btb
Aus Freude am Lesen

btb

Buch

In einem kleinen südfranzösischen Ort am Meer lebt Léonard Moreno, genannt Chib, von der alten Kunst, Tierkörper zu konservieren. Nur wenige wissen, dass er auch menschliche Körper zu konservieren versteht. Eines Tages sucht ihn die wohlhabende Blanche Andrieu auf und bittet ihn, den Körper ihrer tödlich verunglückten kleinen Tochter Elilou einzubalsamieren. Bei der Arbeit stellt Chip entsetzt fest, dass der Kinderkörper Verletzungen aufweist, die nicht von dem Unfall herrühren können. Das düstere Geheimnis um Elilou lässt ihn nicht ruhen, und er beschliesst, einen Blick hinter die Fassade der wohl angesehenen Familie zu werfen. Als er nur knapp dem Tode entgeht, ahnt er, dass er im Kreise der Andrieus höchst unerwünscht ist.

Autorin

Brigitte Aubert, 1956 geboren, zählt zu den profiliertesten Krimiautorinnen Frankreichs. Sie schreibt neben Romanen auch Drehbücher und ist Produzentin der erfolgreichen »Série noire«, einer Koproduktion von Gallimard und dem französischen Fernsehen TFI. 1996 wurde sie für den Roman »Im Dunkel der Wälder« mit dem französischen Krimipreis ausgezeichnet. Brigitte Aubert lebt in Cannes.

Von Brigitte Aubert bei btb

Im Dunkel der Wälder. Roman (72163)
Die vier Söhne des Dr. March. Roman (72240)
Marthas Geheimnis. Roman (72341)
Karibisches Requiem. Roman (72310)
Sein anderes Gesicht. Roman (72603)
Tod im Schnee. Roman (72780)
Der Puppendoktor. Roman (72802)
Nachtlokal. Roman (72924)

Brigitte Aubert

Schneewittchens Tod

Roman

Aus dem Französischen von
Eliane Hagedorn und Bettina Runge

btb

Die französische Originalausgabe erschien
2002 unter dem Titel »Funérarium« bei Édtitions du Seuil, Paris

Die im Roman enthaltenen Gedichte wurden von
Susanne Van Volxem übersetzt.

Umwelthinweis:
Alle bedruckten Materialien dieses Taschenbuches
sind chlorfrei und umweltschonend.

btb Taschenbücher erscheinen im Goldmann Verlag,
einem Unternehmen der Verlagsgruppe Random House GmbH

1. Auflage
Deutsche Erstveröffentlichung Oktober 2003

Umschlaggestaltung: Design Team München
Umschlagfoto: Photonica/Vojnar
Satz: IBV Satz- und Datentechnik GmbH, Berlin
SR · Herstellung: Augustin Wiesbeck
Made in Germany
ISBN 3-442-73100-3
www.btb-verlag.de

Unter dem flammenden Himmel
ein ferner Schleier, in meiner Seele
ein Schleier.

Seichi

Schau, niemand ist zurückgekommen,
der einmal fortgegangen ist.

Bestattungstext, Ägypten

PROLOG

Hund Hund Hund
bebende Lefzen
lauf lauf lauf
Japsen, Keuchen
feuchte Erde
Halsband, Ast, Geheul
Hund liebt
Hund trinkt
Hund streunt
Hund, der du bist
Liebst trinkst streunst, der du bist
T.O.T.
Doch kein Samen ergießt sich unter dem Körper
Und keine Alraune wächst
Alraunwurzel als Hundeknochen?
Sie sind auch Hunde
ohne Unterlass
»Ah, ah! Das ist gut!«
Der Hund aufgehängt wie ein Neger
Rotlicht Feuerkreuz
Wie gerne würde ich
einen Menschen ans Kreuz nageln
Lodernde Fackel
Sie sie sie
ohne Unterlass
hechelnde Zungen

wilde Schreie
als täte das weh
Sie sie sie
wie die Hunde
Ich habe es auch getan
sie hat geweint
Rotlicht Feuerkreuz
Beine verschränkt
Herz gebrochen

KAPITEL 1

Völlig nackt, Arme und Beine gespreizt, lag der alte Mann festgeschnallt auf dem weiß gekachelten, blutverschmierten Tisch. Sein schütteres Haar war sorgfältig zurückgekämmt und betonte sein ausgemergeltes Gesicht mit den kantigen Zügen. Sein überdehnter Mund ließ einen tadellosen Zahnersatz sehen.

Seine Augen – blaue klebrige Kugeln – ruhten neben ihm in einer rostfreien Metallschale.

Léonard »Chib« Moreno zog seine extra dünnen, befleckten Latexhandschuhe aus, rollte sie zu einer Kugel zusammen und warf sie in den Mülleimer, der von Wattetupfern, durchtränkt mit Sekreten, überquoll. Er streifte ein frisches Paar Handschuhe über und griff nach seinem glänzenden Chirurgenbesteck, das an der Wand befestigt war, gleich neben dem Labortisch mit den Phiolen, den versiegelten Töpfen, den Injektionsnadeln und Röhrchen. Er wählte ein Skalpell aus, wog es in seiner braunen Hand und trällerte dabei *His Jelly Roll is Nice and Hot*.

Ohne sein Trällern zu unterbrechen, griff er nach dem schlaffen Penis zwischen den behaarten bleichen Schenkeln des Greises und trennte ihn sauber ab. Er legte den blutigen Fleischfetzen in die dafür vorgesehene Emailleschale.

Das Geräusch der Klimaanlange erinnerte an das Summen eines Fliegenschwarms. Es musste schön draußen sein. Schön und heiß. Eine leichte Brise in den Palmen. Schaumkronen auf dem Meer, Luftmatratzen. Martinis *on the rocks*. Körper, die sich im Sand räkelten. Hier aber war es kalt, eine Kälte, die nach Formalin und Blut roch. Er stellte die Klimaanlage auf »Max.« und schlüpfte in seine ärmellose Goretex-Weste.

Dann füllte er einen Löffel mit heißem Teer und beugte sich erneut über den nackten Körper.

»Du wirst sehen, das wird perfekt!«, murmelte er und führte den Löffel in eines der Nasenlöcher, die noch rot waren von dem Haken, dessen er sich kurz zuvor bedient hatte.

Der Teer zischte beim Kontakt mit der Haut. Ganz vorsichtig neigte Chib den Löffel, damit nichts danebenging. Er wiederholte den Vorgang mehrere Male, gänzlich konzentriert auf seine Arbeit, wobei er jetzt *On the Killing Floor* summte. Der Teer musste die ganze Schädelhöhle ausfüllen.

Das Klingeln des Telefons ließ ihn zwar nicht zusammenzucken, aber er stieß einen kurzen Seufzer der Verärgerung aus, legte den dampfenden Löffel auf die behaarte Brust, um sein Handy aus der Tasche seines weißen Kittels zu angeln.

»Hi! Chib! Come va?«

»Ich bin beschäftigt, Greg.«

»Zwei Puppen, zuckersüß, zwanzig Uhr, im *Navigator.* Ich zähle auf dich.«

»Ich glaube nicht, dass ich kann. Ich muss hier was fertig machen.«

»He! Ich spreche nicht von Leichen, ich spreche von quicklebendigen Frauen.«

»Es geht im Leben nicht nur ums Bumsen, Greg.«

»Verdammt! Bei mir brauchst du dich nicht wie ein pädophiler Priester aufzuführen, ja? Gut, dann also bis später!«

Greg hatte schon aufgelegt. »Warum treffe ich mich immer wieder mit ihm?«, fragte sich Chib zum tausendsten Mal, während er die dampfenden Nasenlöcher mit Watte zustopfte. Diesem Typen, bei dem alle Gespräche nur um ein Wort kreisten – vögeln – und dessen Übersetzung in sechsunddreißig Sprachen. Ein geiler Bock, der ihm das Leben versaute, unter dem Vorwand, dass sie zusammen die Schulbank gedrückt hatten zu einer Zeit, als Léonard-le-Bâtard, der Bastard, heilfroh gewesen war, dass Grégory-le-Nanti, der Reiche, ihn gegen all die kräftigen Kerle der so genannten Motorrad-Gang verteidigt hatte – Idioten auf lächerlichen Mopeds, tätowiert mit Abziehbildern, die aber für ein schmächtiges Kerlchen mit Brille wie ihn Furcht erregend gewesen waren.

Muss Dankbarkeit ewig dauern, Herr? Würde er sich all diese Obszönitäten bis zum Grab anhören müssen? Nicht, dass er etwas gegen Sex und seine Freuden hätte, aber bei Greg war es kein Sex mehr, die Frauen waren beliebige »Schwanz-Passformen«, und das ödete ihn auf die Dauer an.

Er sah auf seine Armbanduhr, eine Kopie der 1938er Pilot's Watch von Omega, eine kleine Extravaganz, die er sich unlängst geleistet hatte. 18 Uhr 4 Minuten 18 Sekunden. Er musste noch das Hirn in das Becken mit den Aromastoffen geben und alles sauber machen.

Was sollte er anziehen?

Eine Dreiviertelstunde später summte die elektronische Klingelanlage. Er steuerte auf die in die Wand eingelassene Apparatur zu und schaltete den Videobildschirm ein. Ein Frauengesicht erschien, um die siebzig, perfekt geliftet, große braune sorgfältig geschminkte Augen, leicht kollagen-unterspritzte Lippen, kastanienbraunes, zu einem lockeren Knoten gebundenes Haar, eine dicke Schicht Creme-Make-up auf dem Hals, unter der man trotzdem die Altersflecken und die Falten von übermäßigem Sonnenbaden sah. Der Hals kann nur schwer lügen, dachte er bei sich, während er sie über die Sprechanlage begrüßte.

»Ich komme. Nehmen Sie schon Platz.«

Er tätschelte den Fuß der Leiche, der mit einem Etikett versehen war »Antoine di Fazio, 1914-2002«, zog seinen Kittel aus, stopfte ihn in die kleine Waschmaschine, erfrischte sich mit einem feuchten Waschlappen, bevor er in ein weißes Popelinhemd und eine schwarze Alpakahose schlüpfte und nach oben ging.

Gräfin di Fazio saß in dem kleinen High-Tech-Wartezimmer auf der Kante der schwarzen Ledercouch unter dem grau-blauen de Staël. Sie trug einen roten bequemen Samthosenanzug von Gucci. Zwei Goldarmreifen von Bénin klirrten an ihrem linken Handgelenk. Das rechte schmückte lediglich eine Tiffany First Lady, stellte Chib fest.

Er verneigte sich kurz vor der Gräfin, die sich am Wasserspender ein Glas Wasser geholt hatte und es mit kleinen Schlucken leerte.

»Wie geht es ihm?«, fragte sie.

Eine reichlich idiotische Frage, da es sich um einen Toten handelte, aber er zeigte sich liebenswürdig:

»So gut es unter diesen Umständen möglich ist, Madame.«

»Sind Sie bald fertig?«

»In etwa achtundvierzig Stunden.«

Die Gräfin seufzte. Chib reichte ihr ein Kleenex-Tüchlein, mit dem sie sich vorsichtig die Augen abtupfte.

»Mein lieber armer Antoine!«

Ein alter Fiesling, der mit seinem Bentley ein Stoppschild überfahren und ein kleines Mädchen getötet hatte, bevor er selbst gegen einen Strommasten gerast war.

»Ich werde ihn im blauen Salon aufstellen, Lady Choupette zu seinen Füßen«, fuhr sie schniefend fort.

Chib hatte Lady Choupette im vorigen Herbst ausgestopft – ein Bulldoggenweibchen, so bissig wie sein Herrchen.

»Fürchten Sie nicht … dass Ihre Besucher …«, fragte er und warf einen verstohlenen Blick auf seine Uhr.

»Unsere Vorfahren ruhen in den Katakomben des Kapuzinerklosters in Palermo«, gab sie hochnäsig zurück. »Es ist bei uns üblich, die sterbliche Hülle unserer geliebten Verstorbenen auszustellen.«

So weit Chib informiert war, bestand die einzige bekannte Gewohnheit in der Familie der Gräfin aus durchtriebener Prostitution, dank derer sie sich den Grafen di Fazio geangelt hatte, einen steinreichen sizilianischen Reeder, zwanzig Jahre älter als sie. Doch er bewunderte es, dass die Gräfin die Familientradition ihres Gemahls fortführte. Schließlich passte der Sarkophag von Antoine di Fazio ganz gut in den mit viktorianischem Nippes und Porzellanpuppen voll gestopften blauen Salon.

»Ich verreise für etwa zehn Tage«, fuhr sie fort. »Die Hochzeit unseres Neffen in New York. Ich lasse ihn dann bei meiner Rückkehr abholen.«

»Überhaupt kein Problem.«

Sie zog ein gefaltetes Stück Papier aus ihrer Chanel-Handtasche und legte es auf das Plexiglastischchen. Daraufhin verabschiedete sie sich und entschwebte würdig in die Frische der Dämmerung.

Chib entfaltete den Scheck. Es war der vereinbarte Betrag. Ein hübsches Sümmchen. Seine Dienste hatten ihren Preis. Es gab fast niemanden mehr, der den Beruf nach den neuesten Methoden wie auch nach überlieferten auszuüben wusste.

Er schenkte sich ein Glas Wasser ein, trank die Hälfte und goss den Rest über seinen rasierten Schädel. Keine Zeit zum Duschen. Er knöpfte sein Hemd zu, band sich eine schwarze Strickkrawatte um, schlüpfte in ein schwarzes Alpakajackett, das zu seiner Hose passte, und setzte seinen kleinen schwarzen Filzhut auf. Er wollte schon gehen, als er merkte, dass er noch immer seine Plastiküberzieher über seinen schwarzen Mokassins trug. Er streifte sie ab, warf sie in einen Korb neben dem Schreibtisch aus Holz und Chrom, wo er über seine Ausgaben Buch führte, und trat in seinen Taxidermisten-Raum mit Schaufenster zur Straße.

Es war ein Zimmer mit verblichenen Tapeten, voll gestellt mit Füchsen, Wieseln, Hirschen und Wildschweinen, dazu, an den Wänden befestigt, mehrere Thun- und Schwertfische. Auf der Werkbank thronte ein kleiner Hai, gefangen von der *Rule Britannia,* einer Yacht, die in einem benachbarten Hafen ankerte.

Draußen schimmerte das Meer im letzten rötlichen Schein der Abenddämmerung. Seine *ouabet,* sein Reiner Platz, wie die Ägypter die Einrichtungen zur Bestattungspflege nannten, befand sich in einem Viertel am östlichen Stadtrand von Cannes und blickte auf den Strand. Er stieg in sein giftgrünes Floride-Kabrio, ein Peugeot-Modell von 1964, und ließ den Motor an.

Der Boulevard du Midi war schwarz vor Menschen, und er

fuhr gute zehn Minuten im Kreis, bis er den Wagen unter einem Schild mit dem Abschleppzeichen geparkt hatte. Bald darauf war er am *Navigator,* Gregs bevorzugtem Restaurant, angelangt, einem schicken Lokal mit zuvorkommender Bedienung und einer geschmacklosen gelb- und lachsfarbenen Dekoration.

Greg stand neben seinem metallic-roten Jeep. Er steckte noch in seinem königsblauen Neoprenanzug, ein braun gebranntes Muskelpaket, das blonde, von der Sonne gebleichte Haar zu einem Pferdeschwanz gebundenen, und rollte das leuchtende Segel seines Surfbretts zusammen. Zwei junge Frauen auf mindestens fünfzehn Zentimeter hohen Plateausohlen, die Arme vor ihren Siebziger-Jahre-Bustiers verschränkt, sahen ihm zu.

Chib schlenderte auf sie zu und musterte sie dabei eingehend. Die Große, um die dreißig, hatte struppiges rotes Haar und Piercings in Nase und Augenbrauen. Die Kleinere, ein Pummelchen mit großem Busen, hatte ihr platinblond gefärbtes Haar mit Plastikspangen gespickt, so dass es in Büscheln hochstand. Greg musste sie am Strand aufgegabelt haben, dachte Chib, während er ein höfliches »Salut« von sich gab.

»Ah, da bist du ja!«, rief Greg, zog seinen Anzug aus und stellte stolz seinen Waschbrettbauch und seine Gewichtheberbrust zur Schau. »Also, Mädchen, das ist Chib.«

»Chib?«, gluckste die Große. »Wie Kartoffelchip?«

»Chib, wie Chibata, meine Schöne!«, verbesserte Greg und stieg in seine Liberty Jeans.

Das Mädchen prustete erneut los, und Chib spürte, wie ihm die Röte bis an die Haarwurzeln schoss. Greg schlüpfte in seine abgetretenen Timberlands, streifte seinen senfgelben Marlboro-Pullover über, rief »Auf geht's!« und hakte sich bei beiden Mädchen unter.

»Verdammt, willst du uns mit deiner Totengräber-Kluft den Abend verderben?«, raunte er ihm zu. »Warum ziehst du nie das Lacoste-Shirt an, das ich dir geschenkt habe?«

Ein rosafarbenes Sweatshirt? Nein, danke. Chibs heimliches Wunschbild waren die fünfziger Jahre, der Black-Jazz. Er war

Lester Young, und er schlief mit Billie Holiday, während er magische Solos in verrauchten Kneipen spielte, immer in Schwarz und Weiß, so wie auf den Fotos. Kein rosafarbenes Sweatshirt für Lester Young.

Greg hatte den besten Tisch reserviert, in einer Ecke am Fenster mit Blick über die Motorhauben der am Bordstein parkenden Wagen hinweg aufs Meer – eine Palmengruppe und ein Stück vom Alten Hafen mit dem Palais des Congrès.

Die Große hieß Sophie, das Pummelchen Pam. Pam! Chib trank schweigend seinen Tomatensaft, während Greg einen seiner ewigen Witze erzählte. Chib hatte absichtlich einen Tomatensaft genommen, weil er wusste, dass es Greg ärgerte, der schon bei seinem zweiten Pastis war und die Mädchen drängte, noch etwas zu trinken, bevor die Meeresfrüchte kamen. Als wäre es heutzutage noch nötig, Frauen abzufüllen, um sie rumzukriegen. Als lebte man noch zu der Zeit, als drei schwarze Matrosen auf Sauftour die zwanzigjährige Ida Moreno vergewaltigt hatten, die sich nach ihrer Arbeit als Platzanweiserin in einem Kino hatte breitschlagen lassen, etwas mit ihnen zu trinken. Neun Monate später folgte die Geburt von Léonard Moreno, Väter unbekannt. Vorname Leonard Bernstein zu Ehren: Ida war begeisterte Musikfreundin und spielte Violine in einem kleinen lokalen Orchester. Der Name Chib entstand erst später, als er begonnen hatte, sich mit den Toten zu beschäftigen.

Ein Kellner stellte eine riesige Platte mit Meeresfrüchten auf den Tisch, mit Austern, Venus-, Mies- und Herzmuscheln, mit Krebsen, Meeresspinnen, Seeigeln und Seegurken. Greg stürzte sich auf eine Seegurke, die Chib mit ihrem unbehaarten, glänzenden Äußeren an den welken Penis des alten Antoine di Fazio erinnerte.

Pam und Sophie erzählten von ihrer Heimatstadt Metz. Sie waren im Zug hierher gekommen und wollten weiter bis nach Genua zu einer kleinen Tour an der Riviera. Greg spulte seine endlose Liste guter Adressen und guter Vorschläge herunter und zerteilte dabei seine Seegurke, die kleine Bläschen von sich gab wie ein Ertrinkender.

Chib wählte ein paar nicht zu fette Austern, eine Krebsschere, drei Seeigel und beträufelte alles reichlich mit Zitronensaft. Er durfte sich nicht länger von Greg tyrannisieren lassen. Er durfte nicht länger seine Abende damit verbringen, mit Gregs flüchtigen Eroberungen höfliche Konversation zu machen. Er war nicht Greg, er hatte nicht das vulgäre Charisma von Greg, er würde nie groß, blond, schön und blöd sein. Er war zu klein – ein Meter fünfundsechzig – zu dünn – nicht mal fünfundfünfzig Kilo – zu dunkel – wenn auch nicht richtig schwarz –, mit großen Husky-Augen, einem störenden Hellblau in seinem goldbraunen Gesicht. Die Augen von Ida. Einer seiner Vergewaltiger-Väter musste einen blauen Gameten gehabt haben. Ida hatte Anzeige erstatten wollen, die *USS Constellation* aber war schon wieder in See gestochen. Ein alter Polizist mit gelben Zähnen hatte ihr geraten, einen Schlussstrich zu ziehen. Sie sei noch jung, sie würde sich schon wieder fassen.

Jung, ohne Familie, mit einem farbigen Bastard. Im Cannes der späten fünfziger Jahre war das nicht gerade ein idealer Ausgangspunkt für die soziale Integration. Ida hatte eine Bleibe gefunden – am Fuß der Altstadt, im *Suquet,* einem Altbau, dessen beide untere Stockwerke von Madame Hortense, der Mutter von Greg, bewohnt wurden. Sie war die Wirtin der berühmtesten »amerikanischen Bar« der Stadt, einem Club mit Hostessen, auf Wunsch auch mehr, dessen Schild stolz am Eingang zum Hafen prangte. Im dritten Stock logierte Monsieur El Ayache, der ein Zimmer seiner Wohnung als Werkstatt nutzte, in dem er dem Beruf eines Tierausstopfers nachging, wie man damals noch sagte.

»Rot oder weiß?«

»Hm?«

Greg deutete auf zwei Flaschen Sancerre. In seine Erinnerungen vertieft, entschied sich Chib aufs Geratewohl für den Roten. Sophie aß ihre Austern mit einem begeisterten Schlürfen, Pam schlug sich mit ihrer Meeresspinne herum. Greg reihte eine Anekdote an die andere, brachte die Mädchen zum Lachen, wie immer mit ungeheurer Lässigkeit, so, als steckte seine Platin-Kreditkarte zwischen seinen Zähnen und garantierte ihm ein ewiges Lächeln.

Es dauerte nicht lange, und der kleine Léonard verbrachte seine Abende bei dem alten Ägypter, der ihn in seine Kunst einweihte. Er war begabt, er lernte schnell, und ihm gefiel diese Tätigkeit. Als er zwölf Jahre war, hatte El Ayache ihm ein sehr altes, ledergebundenes und handgenähtes Buch anvertraut, das voller unverständlicher Zeichen war. Farid El Ayache gehöre der Bruderschaft der Mysterien an und sei einer der letzten Nachfahren der Einbalsamier-Priester, hatte er dem verdutzten Jungen noch mitgeteilt. Er hatte Krebs, er würde sterben und wollte Léonard seine Geheimnisse anvertrauen, damit dieser die tausendjährige Fackel übernahm.

Es war wie ein Märchen, ein Fantasy-Roman, dessen Held plötzlich Léonard war. Er hatte das Angebot natürlich angenommen und absolute Verschwiegenheit gelobt, indem er die Haut seines Bauches durch zwölf Schnitte mit dem Silexmesser opferte. Dann hatte er den Sud aus Kräutern und Lurchblut getrunken, sich mit Myrrhe und Essenzen salben lassen und war zwei Jahre später, nach dem Tod von Monsieur Al Ayache, offiziell – und insgeheim – großer Einbalsamier-Priester, Meister der Mysterien und Vertreter des Amon-Re-Ordens für die ganze Côte d'Azur geworden.

Mit vierzehn fand er das gar nicht übel, leider aber reichte es nicht aus, um sich die dreckigen Rassistenschweine in der Schule vom Hals zu halten. Greg konnte das sehr viel wirkungsvoller, und er musste als Gegenleistung nur seine Hausaufgaben machen.

»Können Sie mir das aufmachen?«

»Hm?«

Pam hielt ihm ein widerspenstiges, spitzes Bein hin. Chib steckte es in die Metallzange, ließ es krachen und legte das weiße saftige Fleisch frei.

»Was machen Sie beruflich?«, Pam biss in ihre Spinne.

»Ich habe einen kleinen Taxidermie-Laden«, antwortete Chib und schenkte ihr Weißwein ein.

»Er beschäftigt sich mit Tieren«, fiel ihm Greg ins Wort. »Er ist Präparator.«

»Ah!«, rief Pam aus. »Ich liebe Tiere!«

»Er auch ... was, Chib? Er hat ein Herz für Tiere.«

Chib kam sich lächerlich vor. Pam fing an, von Greenpeace zu reden, dann vom Tankerunglück vor den Küsten der Bretagne, vom Teer im Gefieder der Vögel. Chib dachte an den Teer in Antoine di Fazios Körper. Die Gräfin hatte einen Sarkophag mit Feingoldüberzug für seine sterbliche Hülle anfertigen lassen.

»Gehen wir tanzen?«, schlug Greg vor und bat um die Rechnung. »Ich kenne einen echt coolen Klub. Der Besitzer ist ein guter Freund. Beim Festival gehen dort alle Stars hin.«

Sophie und Pam tauschten einen vielsagenden Blick, »So, so«, während Greg den Beleg unterschrieb. Chib war müde, er wollte nach Hause und schlafen. Doch er hörte schon Gregs Proteste.

Draußen ließen ein paar Typen ihre schweren Maschinen aufheulen. Ein lauer Wind trug das Rauschen der Wellen vom Meer her, die weiter unten über den einsamen Strand rollten, bis zu ihnen. Vor der Terrasse der benachbarten Pizzeria spielte ein junger Kerl auf seiner elektrischen Gitarre McLaughlin, gar nicht übel ...

Chib versuchte, sich zu verdrücken, doch wie er's geahnt hatte, protestierte Greg lautstark. Er ließ sich breitschlagen, mit ihnen ins *Sofa,* Gregs Nachthöhle, zu gehen. Im Rover kicherten die Mädchen unentwegt, gaben ihre Kommentare ab zu den Passanten, die über den Kai flanierten, und staunten lauthals über die schicken, blank polierten Luxusyachten. Als sie am Kasino vorbeifuhren, stießen sie kleine aufgeregte Schreie aus, und Greg, der große Prinz, wendete und hielt mit quietschenden Reifen vor dem *parking valet*.

Zack, die Schlüssel fliegen dem Typen in blau-goldener Uniform entgegen, »Hier, mein Guter«, und hopp, man hilft den jungen Damen aus dem Wagen »Nun mach schon, Chib«, und man tritt gelassen und siegessicher ein, als wäre man zu Hause.

Sanfte, leicht jazzige Musik, Art-déco-Ambiente, ein riesiges Aquarium mit exotischen Fischen und der Raum mit den Automaten, vibrierend von Klirren und Summen, von klingelnden Lichtern, von Spots und von Rufen. Ein Höllenlärm, der in Spiralen bis zu der hohen Decke aufstieg. Greg zog ein dickes Bündel mit zerknitterten Hundert-Euro-Scheinen aus der Tasche. Er reichte jedem Mädchen einen. »Amüsiert euch ein bisschen, meine Schönen.« Erneutes Glucksen. Empfehlungen von Gregdem-Strategen, welches die guten und die schlechten Automaten sind: »Hopp, es geht direkt zu den Zwei-Euro-Automaten, man spielt schließlich nicht mit den Hinterwäldlern, aber warte, ich würde gern eine kleine Tour zu den Zehn-Euro-Monstern machen, was meinst du, Chib?«

Chib nickte. Wie du willst, Greg, also los, Greg, hauen wir dein Geld auf den Kopf.

Mit einer Schachtel voller großer Jetons unterm Arm, eine Monte Cristo im Mundwinkel, prüfte Greg den Automaten mit zusammengekniffenen Augen, als dächte er: Wirst schon sehen, du Schlampe, mit mir ist nicht zu spaßen, während Pam und Sophie den vom Haus spendierten Champagner schlürften.

Chib dachte unterdessen an Antoine di Fazio. Hatte er genug Sägespäne? Er hatte vergessen, in der Vorratskammer nachzusehen.

Bei jeder Runde gab die Geldmaschine ein Ritornell, bei jedem Gewinn triumphierende Klänge von sich. Greg gewann, versteht sich. Die wenigen Male, die Chib gespielt hatte, hatte er verloren. Haushoch verloren. Greg dagegen gewann immer. Greg war das lebende Beispiel für die Ungerechtigkeit der menschlichen Existenz. Er hatte nie einen Finger gekrümmt, um Erfolg zu haben, er dachte nur daran, sich zu amüsieren, seine Umgebung war ihm völlig egal, und alles gelang ihm.

»Materieller Erfolg ist nichts als ein Irrlicht, eine Hand voll Sand, der im Wind der Ewigkeit zerstäubt«, flüsterte Monsieur El Ayache Chib ins Ohr. Ja, mag sein. Er gähnte verstohlen. Keine Lust, mit einer begeisterten Pam im Bett zu landen, die nach

Meerspinne stank, oder mit einer nörgelnden Sophie, die seine Wohnung kritisierte. Nur Lust, sich allein in die Falle zu hauen, den letzten Hit vom No Smoking Orchestra, den er eben gekauft hatte, anzuhören und dabei ein eisgekühltes Bud trinken.

Er nutzte den Augenblick, als Greg, gefolgt von den begeisterten Mädchen, seinen riesigen Berg Jetons eintauschte, um sich aus dem Staub zu machen.

Zurück zu seinem Floride, o Wunder: Er stand noch da. Er zog seinen Mini-CD-Player aus der Hemdtasche, schob ihn ins Armaturenbrett. Tom Waits, *Lowside on the Road*.

Vor seinem Haus angekommen, stellte er den Motor ab und blieb ein Weilchen sitzen, um dem Meer und den Möwen zu lauschen. Er war müde. Er wünschte, dass etwas passieren würde.

In seiner Wohnung strich er automatisch über den Kopf von Foxy, dem Fuchs, seinem allerersten Werk. Ein armer alter zahnloser Fuchs, dem büschelweise das Fell ausfiel.

Er ging ins Zwischengeschoss, ließ sich auf den Futon fallen, der direkt auf den glasierten Terrakottafliesen lag. Das rote Lämpchen des Anrufbeantworters blinkte. Piep.

»Guten Abend«, sagte eine tiefe Frauenstimme. »Bitte rufen Sie mich zurück unter der Nummer null sechs, null sieben, zwölf, einunddreißig, vierzehn.«

Chib runzelte die Stirn: kein Name. Sicher Arbeit. Wie spät war es? Dreiundzwanzig Uhr. Er wählte die Nummer. Dreimal klingeln. Dann die Frau, ihre sehr ernste Stimme.

»Ja?«

»Hier ist Léonard Moreno, Sie haben mir auf Band gesprochen.«

»Ah, Monsieur Moreno, danke, dass Sie mich gleich zurückrufen. Man hat mir geraten, mich an Sie zu wenden; es geht um einen etwas sonderbaren Auftrag.«

»Ich höre«, antwortete Chib, sanft wie ein Priester, der sein Gegenüber zur Beichte ermuntert.

»Wir haben soeben unseren geliebten kleinen Engel verloren«, fuhr die Stimme mit einem leichten Beben fort, »unsere liebe kleine Elilou.«

»Tut mir Leid«, murmelte Chib, der sich fragte, ob es um eine Hündin ging.

»Aber nicht so wie uns«, entgegnete die Frau. »Das arme kleine Herzchen war eben erst acht Jahre alt.«

Schniefen. Verdammt, es ging doch wohl nicht um ein kleines *Mädchen?*

»Diese verdammte Treppe ... entschuldigen Sie ...«

Sie weinte jetzt leise, nicht zu unterdrückende Schluchzer. Chib, der auf seinem Futon hockte, kratzte sich unbehaglich das Schienbein.

»Wir müssten uns treffen«, fuhr die Frau fort, nachdem sie sich geschnäuzt hatte ...

»Meine Adresse ist Boulevard Gazagnaire, Nummer hundertachtundzwanzig«, sagte er. »Sie können vorbeikommen, wann immer Sie wollen.«

»Mir wäre es lieber, wir würden uns in der Bar des *Majestic* treffen, wenn Ihnen das keine Umstände macht, morgen früh um zehn Uhr.«

Sie legte auf, ohne seine Antwort abzuwarten. Eine verzweifelte Frau, reich und daran gewöhnt, dass man ihr gehorcht, ohne zu diskutieren. Eine Kundin, die bereit ist, ein Maximum hinzublättern. Um ihre kleine Tochter einbalsamieren zu lassen.

KAPITEL 2

Wind war aufgekommen, ein kalter, schneidender Mistral, der das Meer mit weißen Schaumkronen versah. Chib schlug den Kragen seiner Jacke hoch und vergrub die Hände tief in den Taschen. In der glitzernden Sonne wirkte die Stadt, als hätte man sie mit Chlorwasser gescheuert – die Farben waren belebt, die Konturen sauber, wie gestochen.

Es war niemand auf der Terrasse des *Majestic.* Er trat in die Bar und suchte das Halbdunkel nach seiner zukünftigen Klientin ab. Sie musste um die fünfzig sein, eher von der noblen Sorte, sagte er sich. Drei Viertel seiner Kundschaft mit »sonderbaren« Aufträgen, rekrutierte sich aus dieser Kategorie. Leute in einem gewissen Alter, die über die entsprechenden Mittel verfügten und einen Hang zum Romantisch-Morbiden hatten.

Zwei kleine alte Damen, Croissantkrümel in den Mundwinkeln, plauderten munter und tranken dabei genussvoll ihren Tee. Ein Geschäftsmann im marineblauen Anzug, den Stöpsel seines Handys im linken Ohr, den »Organizer« in der rechten Hand, las *Le Monde.* Eine junge blonde Frau mit Rock und flaschengrüner Strickjacke schimpfte leise mit ihrer kleinen Tochter, die sich weigerte, ihre kalte Milch zu trinken und trotzig den Kopf schüttelte. Ein Touristenpärchen, ausstaffiert mit Karten und Fotoapparaten, stritt, über einen Führer gebeugt, miteinander.

Gut, sagte sich Chib, sie ist noch nicht da. Er bestellte einen starken Espresso und knackte mit den Fingergelenken. Er war nervös.

Der Kaffee war gut. Er trank ihn langsam und beobachtete den Raum dabei im Spiegel über dem Tresen. 10 Uhr 10. Würde sie kommen? Jemand berührte ihn an der Schulter; er fuhr herum und verschüttete dabei etwas Kaffee.

Die junge Frau in Grün musterte ihn mit ihren großen grauen mandelförmigen Augen. Etwa seine Größe, von aristokratischer Schlankheit, leicht gebeugt, Mitte dreißig. Feines, schmales Gesicht, hohe Wangenknochen, wohlgeformte Lippen. Sie hatte was von Vivian Leigh, dachte er bei sich.

»Monsieur Moreno?«, fragte sie mit dieser unglaublich tiefen Stimme, die überraschte bei einem so zierlichen Körper.

Chib murmelte »ähm … ja« und kletterte von seinem Barhocker.

Das kleine Mädchen, fünf oder sechs, saß in dem viel zu großen Ledersessel und spielte mit einem elektronischen Gameboy, den sie in alle Richtungen schüttelte. Die junge Frau machte Chib ein Zeichen, ihr zu folgen.

Sie nahmen Platz. Sie trank einen Schluck Perrier, bevor sie sprach.

»Ich bin Blanche Andrieu«, sagte sie. »Das ist Annabelle. Sag guten Tag, Anna.«

»Nein!«, knurrte Annabelle und kauerte sich noch tiefer in ihren Sessel. »Papa will nicht, dass wir mit den *Goulou-Goulou* sprechen.«

»Goulou-Goulou«, so wurden die Afrikaner genannt, die Glasschmuck am Strand verkauften. Léonard rieb sich vorsichtig den Nasenrücken. Und Madame hieß zu allem Überfluss Blanche …

»Anna!«, schimpfte die Frau.

Dann wandte sie sich wieder ihm zu und sagte:

»Entschuldigen Sie die Kleine, aber sie ist im Augenblick völlig durcheinander.«

»Klatsch, voll auf die Nase!«, brüllte Annabelle und drückte hektisch auf die Knöpfe ihres Gameboy, auf dem sich zwei Karatekämpfer krümmten.

»Wir sind Freunde der Gräfin di Fazio«, fuhr Blanche fort.

»Jean-Hugues, mein Mann, spielt – das heißt spielte – Golf mit Antoine.«

»Ist Ihr Mann auch Reeder?«, fragte Chib.

»Nein, er ist im Finanzgeschäft.«

Geld, ein Haufen Geld in Aussicht.

»Womit kann ich Ihnen dienen?«

»Wumm, jetzt bist du tot!«, triumphierte Annabelle.

»Leise, Chérie. Möchten Sie noch einen Kaffee?«

»Gerne, danke.«

Der Kellner stand schon neben ihr, bevor Chib geantwortet hatte. Sie bestellte zwei Kaffee und richtete ihre Aufmerksamkeit auf ihr leeres Glas Perrier.

»Wir sind seit fünfzehn Jahren verheiratet. Wir hatten sechs Kinder. Wir sind katholisch«, fügte sie hinzu, als wäre das eine Rechtfertigung.

Wie alt mochte sie sein? Schwer zu sagen bei diesen so sehr gepflegten Frauen. Auf alle Fälle noch keine vierzig. Er konnte sie sich eigentlich nicht mit sechs Bälgern am Rockzipfel vorstellen. Sie wühlte in ihrer Hermès-Tasche und zog ein Foto hervor.

»Hier«, sagte sie.

Vor blühenden, sauber gestutzten Rhododendronsträuchern stand die Familie Andrieu aufgereiht.

»Das ist Jean-Hugues«, sagte sie.

Der Vater, groß, schlank, hellblondes, kurz geschnittenes Haar, eckiges Kinn, blaue Augen mit stechendem Blick, in einem weißen Jogginganzug, der so sauber war, dass man davon geblendet war, an den Füßen Air Max Sphere. Er hielt ein etwa zweijähriges Mädchen auf dem Arm.

»Eunice, unsere Jüngste«, erklärte sie.

Neben dem Vater vier weitere Kinder, alle strohblond. Er erkannte Annabelle, die ans Hosenbein ihres Vaters geklammert war und Grimassen in Richtung Objektiv schnitt.

»Und das ist Charles, unser Ältester«, fuhr die Madame Andrieu fort und deutete auf einen Heranwachsenden mit Bürstenschnitt.

Auch er im Jogginganzug – dem gleichen wie Papa, dessen Doppelgänger er zu sein schien. Groß und stark, sehr blass, mit schmalen roten Lippen und traurigem Gesichtsausdruck.

»Louis-Marie.« Sie zeigte auf einen anderen Jungen, sehr viel schmächtiger, marineblauer Blazer, das glatte Haar zurückgekämmt, verächtlich verzogener Mund, zwei Finger über dem Kopf eines kleinen Mädchens mit strahlendem Lächeln zum Victory-Zeichen geformt ... »Und das, das ist sie, unsere kleine Elilou«, murmelte sie und wurde blass, »unsere Elisabeth-Louise.«

Chib vertiefte sich in die Betrachtung des Fotos, um ihr Zeit zu geben, sich wieder zu fassen.

Elisabeth-Louise. Die Kleine zeigte ein strahlendes Lächeln, das die Zahnspange zur Schau stellte, ihr langes blondes Haar wehte im Wind, ihr Gesicht war von Sommersprossen übersät ... das Foto war eine perfekte Reklame für die vorbildliche Familie.

»Mein Gott, wenn wir das geahnt hätten ...«, fügte Blanche Andrieu seufzend hinzu.

Sie hustete und fuhr fort:

»Ich habe das Foto letzten Monat gemacht. Am siebzehnten März. Es war der Geburtstag von Louis-Marie.«

Das war der Eingebildete im Blazer. Chib wollte ihr das Foto schon zurückgeben, als er bemerkte, dass der Älteste, Charles, selbst ein Foto in Richtung Kamera hielt, das einen kleinen Jungen in Windelhosen zeigte, blond gelockt, Grübchen. Sie fing seinen Blick auf.

»Léon, unser Dritter. Er ist zweiundneunzig im Swimmingpool ertrunken, er war achtzehn Monate alt«, erklärte sie ruhig.

Chib verschlug es fast den Atem, und er räusperte sich, bevor er fragte:

»Was kann ich für Sie tun?«

Sie sah ihm in die Augen.

»Ich will Elilou bei uns behalten, Monsieur Moreno. Es kommt nicht in Frage, dass wir sie allein unter der Erde lassen wie ihren armen Bruder.«

Der Kellner stellte zwei Tassen Espresso auf ihren Tisch und verschwand.

»Wie denkt Ihr Mann darüber?«, fragte Chib und trank einen Schluck viel zu heißen Espresso.

»Jean-Hugues ist natürlich einverstanden. Ich hätte einen solchen Schritt nie ohne sein Einverständnis unternommen. Ich bin es nicht gewöhnt, etwas ohne das Wissen meines Mannes zu tun.«

Er beobachtete sie, während sie Zucker in ihren Espresso gab.

Kleines goldenes Kreuz am Hals, sonst kein Schmuck außer dem Ehering, sehr wenig Make-up, katholisch bis in die Fingerspitzen, die Fingernägel nicht zu lang, sorgfältig perlmuttfarben lackiert. Die Art von verklemmter Noblesse, die ihn auf die Palme brachte. Bis hin zu ihrem Hermès-Täschchen, auf das er am liebsten geschossen hätte. Ein sehr schlichtes Modell, Marke »Kolleg-Mappe«, das weit über zweitausend Euro gekostet haben dürfte.

Und die Vorstellung, am Körper eines Kindes zu arbeiten, war ihm zuwider. Er würde einfach ablehnen.

»Wo ist ... Elilou zurzeit?«, hörte er sich trotzdem fragen.

»Neben dem Landhaus gibt es eine kleine Kapelle«, erklärte sie. »Sie ... sie hat uns vorgestern verlassen. Unser Hausarzt ist gekommen, er hat den ... Tod ... festgestellt ...«

»Fick dich ins Knie!«, rief die Kleine.

»Annabelle! Dass ich so was nie mehr aus deinem Mund höre! Du bekommst Fernseh-Verbot für die ganze Woche.«

Annabelle fing an zu heulen und hämmerte mit ihren kleinen Fäusten wütend auf die Armlehnen.

»Entschuldigen Sie ihr Verhalten. Sie steht unter Schock, wie wir alle«, sagte Blanche, und ihre Lippen zitterten.

Hübsche Lippen, fest und voll.

Und die Leiche eines kleinen Mädchens in einer Kapelle. Ihm Blut und Eingeweide entnehmen. Diese tadellos gepflegte Frau, die ihren Kummer so kühl zum Ausdruck brachte.

»Man braucht eine Genehmigung ...«

»Mein Mann hat sich darum gekümmert. Wir haben einen privaten Friedhof auf dem Anwesen«, erklärte sie, die Augen noch immer auf eine schmollende Annabelle geheftet, die aufgesprungen war.

»Es ist ein kostspieliger Eingriff«, fügte Chib mit getragener Stimme hinzu.

»Das spielt überhaupt keine Rolle. Ich will, dass unser Engel bei uns bleibt, ich will ihr kleines Gesicht sehen, ihre kleinen Hände berühren können ...«

Ihren kleinen kalten und steifen Körper. Der niemals wachsen wird. Der mit der Zeit weniger einem schlafenden Kind als der staubigen Hülle einer verschrumpelten Zwergin gleichen wird.

»Dann also das *Formalin-Verfahren*?«, fragte Chib noch immer mit leiser Stimme, während Annabelle auf der Terrasse hinter einer Taube herlief. »Chemische Konservierung?«

Blanche schien plötzliche Übelkeit zu unterdrücken, dann stimmte sie zu.

»Etwas, das sie so lange wie möglich ... lebendig bleiben lässt.«

Ihre Stimme zitterte bei dem Wort »lebendig«. Chib nickte schweigend, dann meinte er:

»Hören Sie, ich rate Ihnen, sich das noch einmal zu überlegen. Bis heute Abend. Und rufen Sie mich dann an.«

»Ich bin nicht hier, um Ihren Rat einzuholen, Monsieur Moreno«, entgegnete sie und betonte jede Silbe einzeln, »sondern um Sie zu bitten, das zu tun, wofür man Sie gewöhnlich bezahlt, und zwar gut, wenn ich recht informiert bin.«

Wie konnte sie es wagen, in diesem Ton mit ihm zu sprechen? Sollte sie ihre Tochter doch einäschern lassen! Er erhob sich mit der Absicht, ihr ein »Ich bin nicht ihr Diener« an den Kopf zu knallen, doch es kam nur ein äußerst höfliches »Ich bin nicht sicher, Ihren Auftrag annehmen zu können« aus seinem heuchlerischen Munde.

Sie tauchte ihre großen grauen Augen in die seinen, er sah die kleinen Fältchen, die dunklen Ringe unter der leichten Tönungscreme, das kaum merkliche Zittern ihrer Lippen, die Ader, die an ihrer Schläfe pochte.

»Bitte«, sagte sie. »Bitte.«

Er seufzte, den Blick auf den Oleander geheftet, dessen Blüten in der Sonne leuchteten.

»Wann kann ich bei Ihnen vorbeikommen?«

»Kommen Sie um zwei Uhr. Wir erwarten Sie.«

Die Straße schlängelte sich den Hang hinauf – Düfte von Harz, Lavendel und wildem Jasmin.

Zweimal musste er seine Notizen zu Rate ziehen: nach dem Transformatorenhaus rechts abbiegen, dann die Erste links. Okay. Er schaltete in den zweiten Gang herunter, und die Reifen knirschten auf dem Kies. Er hatte das Verdeck geöffnet und bot sein Gesicht dem Wind und der Aprilsonne dar.

Die Straße jetzt an einer alten efeubewachsenen Steinmauer entlang. Ein verrostetes Tor kam in Sicht, daneben ein brandneuer Briefkasten aus Edelstahl und ein automatisches Codeschloss.

Er bremste, beugte sich heraus, um zu lesen. Auf dem Briefkasten ein einfaches Plastikschild: »Andrieu de Glatigny«. Hm, hm. Adlige. Wenig geneigt, ihre Herkunft zur Schau zu stellen. Er schaltete den Motor ab, stieg aus und streckte sich seufzend. Und weil es sein musste, drückte er auf den kupfernen Klingelknopf.

Er wartete. Blätterrauschen. Der Wind war frischer geworden. In der Ferne war der dumpfe Rhythmus eines Baggers zu hören. Er sah auf die Uhr: 13 Uhr 57.

Quietschend öffnete sich das Tor, und vor ihm stand eine junge Araberin, das lange schwarze Haar zu einem Knoten gebunden. Sie trug ein geblümtes ärmelloses Kleid, darüber eine blaue Schürze.

»Monsieur Moreno?«, fragte sie und kniff die Augen zusammen.

»Ja. Ich habe einen Termin mit Madame Andrieu de Glatigny«, sagte Chib.

»Lassen Sie das Glatigny weg, sie legen keinen Wert drauf.«

Das Mädchen trat zur Seite, um ihn hereinzulassen.

»Sie werden im Wintergarten erwartet«, erklärte sie. »Wenn Sie bitte mitkommen wollen.«

»Wohnen Sie hier?«, fragte Chib und folgte ihr den von blühendem Hibiskus gesäumten Weg.

»Ich gehöre nicht zur Familie, wenn es das ist, was Sie wissen wollen«, entgegnete sie. »Ich heiße Aïcha, ich bin das Dienstmädchen.«

Eine ungestüme junge Stute, würde Greg sagen.

»Sind sie sympathisch?«, fragte er und wäre beinahe über eine Wurzel gestolpert.

»Schon okay. Sind Sie Arzt?«

»Nein, warum?«

»Oh! Ich dachte, Sie kämen ihretwegen, es geht ihr so schlecht!«

»Wem?«

»Madame Andrieu! Sie ist völlig kopflos und stopft sich mit Beruhigungsmitteln voll. Es ist schrecklich, das mit der Kleinen ...«

Ihre Stimme versagte.

»Sie haben sie gern gehabt?«, wollte Chib wissen.

Sie schnellte so heftig herum, dass er sie fast angerempelt hätte.

»Ich weiß nicht, ob ich sie gern hatte oder nicht, darum geht es auch gar nicht, aber sie war noch so klein, ich hätte nicht gedacht, dass ein Kind so sterben kann ...«

»Sie hatten wohl auch einen Schock ...«

Aïcha knackte mit den Fingergelenken.

»Ich habe sie gefunden. Am Fuß der Treppe. Ich dachte, sie wäre ohnmächtig, ich wollte sie hochheben, aber ihr Kopf ... ihr Kopf ... er hat sich gedreht, so, von vorne nach hinten ... ach, verdammt!«

Ihr wurde übel, sie beugte sich vor und übergab sich. Chib hätte am liebsten die Flucht ergriffen.

Er blickte auf und sah das Haus. Ein Landhaus aus dem achtzehnten Jahrhundert, aus dem weißen Stein von Les Beaux errichtet.

An den rechten Gebäudeflügel grenzte ein Garten im italienischen Stil. Hinter einem uralten Eukalyptus sah man das Hellblau des Swimmingpools durchschimmern.

Schmiedeeiserne Gartenmöbel vor den großen Terrassentüren. Ein Kinderfahrrad auf den Terracottafliesen. Ein Schaukelgerüst im Schatten einer Pinie. Im Hof, der mit Kies bedeckt war, zwei nebeneinander geparkte Wagen, ein bordeaufarbenes Chrysler-Sebring-Cabrio und der neue Jaguar Typ X, metallicgrau. Er strich bewundernd über die Karosserie. Aïcha hatte sich wieder gefasst und führte ihn zu einem achteckigen Pavillon neben dem linken Gebäudeflügel.

Sie stieß die Tür auf und verkündete:

»Monsieur Moreno.«

Vor einem Vorhang aus Riesenbambus saß Blanche Andrieu de Glatigny auf einem wassergrünen japanischen Stuhl; gegenüber zwei weitere Stühle und ein runder Tisch, darauf ein Teeservice aus dunklem Ton mit drei winzigen, dazu passenden Tassen. Ringsum standen Riesenkakteen und die verschiedensten tropischen Pflanzen. Eine Fülle von Farben und Düften, die, verstärkt durch eine Wand, über die Wasser rieselte, den Eindruck eines Miniaturdschungels vermittelten.

Aïcha verschwand, noch bevor die Herrin des Hauses ein Wort gesagt hatte. Die Hände in den Taschen vergraben, blieb Chib stehen.

»Setzen Sie sich«, sagte sie unvermittelt mit ihrer außergewöhnlichen Stimme. »Mein Mann wird gleich da sein.«

Er nahm auf dem Stuhl Platz, den sie ihm gewiesen hatte, und strich über seine glatte gebogene Armlehne.

»Grüner Tee«, kündigte sie an und füllte seine Puppentasse. Ihre Augen waren grau und ebenso undurchsichtig wie ein gefrorener See.

Er nickte schweigend. Es roch nach nasser Erde, an den Fenstern blühten Azaleen in flammenden Farben.

Das Geräusch von gedämpften Schritten. Chib wandte sich

ein Stück um. Jean-Hugues stand neben ihm. Ein Meter fünfundachtzig, flacher Bauch, breite Schultern, blondes, gut geschnittenes Haar, marineblauer Anzug von Daniel Cremieux, hellgraues Hemd, Krawatte aus geflochtener Seide von Vuitton, schwarze glänzend geputzte Berluti, glatt rasiertes, klassisch schönes Gesicht. Kein Schmuck außer dem Ehering und der Moon Watch von Omega am linken Handgelenk. Chib trug seine Reverso Gran'Sport am rechten Handgelenk. Eine Gewohnheit aus seiner Kindheit.

Er stand auf, schüttelte die ihm entgegengestreckte Hand. Eine kräftige Hand, frisch manikürt.

»Meine Frau hat mir von Ihrer Begegnung berichtet.«

Elegante Stimme. Leichter Bariton.

»Ich denke, Sie haben Ihren Preis schon festgelegt«, fügte er wie selbstverständlich hinzu.

Leicht aus der Fassung gebracht, nannte Chib die übliche Summe.

»Gräfin di Fazio hat uns viel Gutes von Ihrer Arbeit erzählt«, fuhr Andrieu fort, als ginge es um die Einrichtung einer neuen Küche. »Ich lege großen Wert auf Qualität.«

Ja, und du hast mit Sicherheit auch viel Erfahrung im Einbalsamieren kleiner Mädchen, dachte Chib und riss sich zusammen, um keine Grimasse zu schneiden. Andrieu gefiel ihm nicht. Zu sauber. Zu gut gekleidet. Eine zu normale Stimme, männlich, ohne vulgär zu sein, distinguiert, ohne schwul zu wirken. Ein perfekter Typ. Passend zu seiner makellosen Frau. Ein perfektes Sitcom-Paar.

»Wenn Sie mir bitte folgen möchten«, sagte Andrieu. »Wir gehen in die Kapelle. »Madame wartet hier auf uns.«

Madame gab keinen Ton von sich und trank ihren Tee in Schlucken so winzig wie ihre Tasse.

Sie traten in den Garten, der in strahlendes Licht getaucht war, gingen unter einer blühenden Glyzinie und gelangten zu einer kleinen, im romanischen Stil erbauten Steinkapelle mit einer Tür aus gehämmertem Metall, die Mister Perfect aufstieß. Die Tür quietschte nicht. Nicht eine Fledermaus flatterte auf.

Im Innern der Kapelle war es dunkel und kühl. Tonnengewölbe, das einzige Schiff mit bunten Glasfenstern versehen, die auf naive Art Christi Leidensweg darstellten, ein paar Bankreihen aus unlängst gewachstem Nussbaumholz, ein Altar, beherrscht von einem lebensgroßen Kruzifix, an dem ein schöner Christus aus Olivenholz Tränen vergoss, Chorgestühl entlang der Seitenwände, ein Heiliger Franz von Assisi aus bunt bemaltem Holz, mehrere leere Nischen, die kleine Standbilder oder Kultgegenstände beherbergt haben mussten, an den Wänden alte Standarten mit Wappen und goldenen Aufschriften in lateinischer Sprache. Die unebenen, teils gesprungenen Terrakottafliesen zeugten vom Alter des Bauwerks. Vor dem Altar war das Gerüst aufgebaut. Und auf dem Gerüst ruhte eine kleine Gestalt, bedeckt mit einem weißen Tuch.

Chib holte tief Luft, als Jean-Hugues Andrieu, die Züge angespannt, das Tuch mit einer brüsken Bewegung zurückschlug.

»Meine Tochter Elilou«, sagte er und wandte sich ab.

Die Kleine wirkte nicht wie schlafend. Sie sah tot aus. Die Haut bläulich marmoriert, Wangen und Nasenflügel eingefallen. Ihr langes Haar, derselbe Blondton wie der ihres Vaters, war sorgfältig gebürstet und mit einem roten Samtband versehen. Er sah die kleinen über der Brust gefalteten Hände, die bläulichen Nägel. Sie trug ein weißes Organdykleid und schwarze Lackschuhe mit Riemen.

Chib war beklommen zumute. Er liebte die Toten, liebte seine Arbeit an ihnen. Aber dies hier war einfach zu traurig.

Doch es war unmöglich, einen Rückzieher zu machen, unmöglich, diese Menschen noch mehr zu quälen, indem er ablehnte.

»Sie muss in mein Atelier gebracht werden«, sagte er schließlich.

»Atelier«, ein neutrales Wort, um an eine neutrale Tätigkeit denken zu lassen.

»Wann?«, fragte Andrieu.

»Möglichst heute noch. Die Zeit ist wichtig.«

»Ich weiß«, fiel ihm Andrieu ins Wort. »Und noch etwas: Ich

will nichts von dem hören, was Sie tun, die Einzelheiten sind mir völlig gleichgültig, ich lehne es strikt ab, von Ihnen Details zu erfahren, ist das klar?«

»Absolut klar. Können Sie veranlassen, dass sie am späten Nachmittag bei mir abgeliefert wird? Hier ist die Nummer eines Transportspezialisten.«

Andrieu nahm die Karte entgegen, die er ihm hinhielt, als handelte es sich um die Nummer für Telefonsex.

»Sehr gut. Ich kümmere mich sofort darum.«

Er steuerte auf die Tür zu, und Chib folgte ihm, den Blick auf die alten Terrakottafliesen gerichtet.

Als sie draußen waren, schlug Andrieu ihm nicht vor, sich von seiner Frau zu verabschieden. Er nahm das Walkie-Talkie, das er am Kroko-Gürtel trug, und rief:

»Aïcha, können Sie bitte Monsieur Moreno begleiten?«

Aïcha tauchte augenblicklich auf und strich ihr Kleid glatt.

»Meine Frau wird Sie morgen anrufen«, sagte Andrieu und drückte Chib die Hand. »Danke, dass Sie gekommen sind.«

Sprach's und verschwand im Kakteen-Pavillon.

Chib folgte Aïcha zum Tor. Sie war gut gebaut, knackiger Hintern, herausfordernder Busen. Ob sie der brave Familienvater aufs Kreuz legte?, fragte er sich flüchtig. Als hätte sie seine Gedanken erraten, drehte sie sich um:

»Monsieur macht sich große Sorgen um Madame. Er fürchtet einen Rückfall ...«

»Was für einen Rückfall?«

»Nach dem Tod ihres ersten Kindes wurde sie schwer depressiv. Wissen Sie, der Kleine, der im Pool ertrunken ist. Sie war mehrere Monate lang in Behandlung.«

»Sie scheinen sehr aneinander zu hängen«, sagte Chib ins Blaue hinein.

»Ja, sie streiten sich nie. Ich persönlich würde das langweilig finden, aber gut, jeder nach seiner Façon ...«

»Er gefällt sicher den Frauen, groß, blond und kräftig gebaut, wie er ist ...«

Wie Greg. Sie lachte, ein kleines perlendes Lachen.

»Sind Sie neidisch? Also mich machen blonde Männer nicht an. Ich hab eine Schwäche für die großen brünetten Behaarten, die gefährlich aussehen«, fügte sie hinzu, als sie das Tor öffnete.

Er setzte eine düstere Miene auf und ließ seine Bizepse spielen.

»Tut mir Leid, aber Sie sind einfach nicht aggressiv genug «

»Ach, ja? Wie schätzen Sie mich denn ein? Keine Angst, sagen Sie's nur, ich lache gern.«

»Na ja, Sie sind eher von der Sorte klein und süß ...«

»Halt, hören Sie auf!«, protestierte er und stieg in seinen Floride. »Sie werden meinen Selbstmord zu verantworten haben«, rief er noch, als schon der Motor lief und sie lachend das Tor schloss.

Und dann schämte er sich, blöde Witze gemacht zu haben, während in der Nähe ein totes Mädchen lag, und hätte um Haaresbreite die Abzweigung verpasst.

»Klein und süß!« Ein hübscher kleiner schwarzer GI, Miniaturausgabe seiner Papas. Ein kleiner schwarzer GI für Blanche. Mist, warum hatte er das gedacht? Sie gefiel ihm nicht einmal. Aïcha war hundertmal attraktiver.

Zurück in seinem Atelier, bereitete er sein Material vor und schob Signor di Fazio in ein Kühlfach. Auf seinem Anrufbeantworter war eine Nachricht von Greg, der ihm mitteilte, dass er Pam und Sophie flachgelegt hätte. »Super, *muy caliente,* du hättest bleiben sollen.« Und dass sie nach Monaco fahren würden, um im *Hotel de Paris* zu frühstücken.

Er löschte die Nachricht und fragte sich, was Greg wohl zu Blanche Andrieu sagen würde. »Dringend auftauen!«, wäre wohl die harmloseste Variante. Nur dass eine Frau, die trauert – die schlimmste Trauer, die um ihr eigenes Kind –, gewiss nicht wie sonst handeln würde.

Gut, genug von Blanche Andrieu. In wenigen Stunden würde ihre kleine Tochter hier liegen und sein Messer in ihr bleiches Fleisch eindringen. Er holte tief Luft und nahm die Meditationshaltung ein. Ein wenig innere Leere wäre gut.

Doch an die Stelle der Leere traten plötzlich Schreie. Der Schrei der kleinen Elilou, die über die Rampe fällt. Der Schrei von Aïcha, als sie den leblosen Körper entdeckt. »Madame, Madame, kommen Sie schnell, es ist schrecklich!« Die Schreie von Blanche Andrieu, rau, fast wie das Brüllen eines Tiers, und das blasse Gesicht von Jean-Hugues Andrieu, versteinert, ein Glas frisch gepressten Orangensaft in der Hand. Das Hämmern der Absätze auf den Fliesen, die Sirene in der Ferne, das Jammern der anderen Kinder, die in ihr Zimmer gebracht werden, schnell. »Aïcha, helfen Sie mir.«

Er befahl den Andrieus, aus seinem Kopf zu verschwinden mit ihren Dramen, ihrem Kummer, ihren Schreien. Doch sie weigerten sich, setzten sich fest, pressten sich stöhnend an die Decke seines Schädels, und er musste lange eiskalt duschen, um sie zu vertreiben.

Als die Türglocke ertönte, war er bereit. Die Instrumente waren aufgereiht. Die Stereoanlage war eingeschaltet, der CD-Player angestellt, Tom Waits bereit zu singen *Cold was the night, hard was the ground …*

Lucas und Michel traten ein und ärgerten einander mal wieder. Die beiden Männer erinnerten ihn immer an Laurel und Hardy. Lucas, ein glatzköpfiger Koloss, stand kurz vor der Pensionierung. Michel, ein kleiner kesser Rotschopf wog kaum mehr als sechzig Kilo. Um ihr Gehalt ein bisschen aufzubessern, machten sie Überstunden und liehen sich den Leichenwagen ihres Chefs. Lucas hatte ständig Rückenschmerzen, und Michel trank zu viel, sein Arzt hatte ihn schon gewarnt.

»Sollen wir ihn wie immer abstellen?«, erkundigte sich Lucas, der den kleinen plombierten Sarg unter seinen gewaltigen Arm geklemmt hatte wie einen großen Koffer.

»Hier die kleine Rechnung!«, rief Michel und nahm seine Schirmmütze ab. »Haben Sie was zu trinken? Ich krepiere vor Durst!«

Er bot ihnen zwei gut gekühlte Bier an, zahlte sie in bar aus und schloss erleichtert die Tür, denn er hatte es plötzlich eilig, sich an die Arbeit zu machen. Erneutes Klingeln an der Tür. Es war Pageot, der Beamte von der Bestattungspolizei, ein blonder Lulatsch. Kraft Artikel R 363.1 ff./soundso der Kommunalverfassung war er angewiesen, bei jedem Eingriff zugegen zu sein. Chib stellte fest, dass er noch erschöpfter wirkte als gewöhnlich. Pageot verbrachte all seine freien Stunden und Nächte damit, ein Segelboot zu bauen, sein Segelboot, mit dem er auf Weltreise gehen wollte, weit weg von Toten und Formalingeruch. Chib reichte ihm ein Muster von der Mischung, die er verwenden würde, und einen Umschlag mit dem vereinbarten Betrag. Pageot grauste es davor, Chibs Arbeit beizuwohnen. Er hob zwei Finger an seine blonden Haare, dankte ihm und nutzte seine drei Stunden der verheimlichten Freiheit, um an seinem geliebten Boot zu arbeiten.

Endlich allein. Chib streifte seine Handschuhe über und bewegte seine Finger wie ein Pianist vor dem Konzert. Er prüfte, ob die Balsamierungsflüssigkeit fertig und in ausreichender Menge vorhanden war. *Ci/IK x VI = Cf/KI x Vf/VI*. Initiale Konzentration des Formaldehyds, Volumen des Produkts im Injektionsbehältnis, Konzentration der Mischung in besagtem Behältnis, Volumen des Injektionsbehältnisses. Dann öffnete er den plombierten Deckel. Dies war immer ein eigenartiger Augenblick. Eine Mischung aus Aufregung und Angst angesichts der unmittelbar greifbaren Präsenz des Todes.

Beim Anblick des kleinen wächsernen Gesichts empfand er, wie schon in der Kapelle, ein Gefühl des Widerwillens. Man hätte meinen können, da läge ein kleiner schlafender Vampir, die Wangen eingefallen, das Haar sorgsam gekämmt, die kleinen Wimpern gesenkt, die Hände, vor allem die Hände, diese kleinen, über der mageren Brust gefalteten Hände und die winzigen Nägel mit dem transparenten Lack.

Sie fing schon an zu riechen. Nur ein wenig, aber unverkennbar, dieser so typische Geruch der Toten.

Er hob den Kopf, sprühte sich eine aromatische Mischung auf der Basis von Kiefernnadeln und Lavendel in die Nase, seufzte. El Ayache wäre nicht zufrieden mit ihm gewesen.

Gut, er musste erst den Körper entkleiden. Er nahm die Hände, kalt und trocken, auseinander und begann, das weiße Kleidchen aufzuknöpfen, das unter seinen Fingern raschelte. Ein Knopf gab nach und blieb in seiner Hand liegen. Er legte ihn neben das Spülbecken, zog die Kleine ganz aus, griff dann nach der großen Sonde, die er ihr in den Magen legen würde, um Wasser und die verschiedenen Körperflüssigkeiten abzuleiten.

Eine große Narbe verlief von der Hüfte bis zum linken Knie. Er tastete sie mit den Fingerkuppen ab. Eine frühere Fraktur. An der rechten Fessel eine weitere Narbe.

Irritiert drehte er das Mädchen auf den Bauch. Bläulichrote Flecken, die auf die Lage beim Tod zurückzuführen waren, daneben Hämatome, die zweifellos von dem Sturz herrührten. Noch eine Narbe an der linken Schulter. Er hob das lange Haar hoch und entdeckte das gebrochene Genick: keine äußeren Zeichen. Er drehte das Kind wieder auf den Rücken.

Eine ausgeprägte Neigung zu Unfällen, wie sie bei einem kleinen Mädchen selten vorkommt. War sie gestorben, weil ihre Spiele wieder einmal zu halsbrecherisch gewesen waren, diesmal leider im wahrsten Sinne des Wortes?

Die ersten Klänge von *Take the A Train* von seinem Handy ließen ihn fast zusammenzucken. Er legte die Sonde beiseite und hob nervös ab.

»Hallo, bin ich mit dem König der Schornsteinfeger verbunden?«

Greg.

»Was willst du? Ich bin bei der Arbeit.«

»Hör auf, du bringst mich noch zum Heulen! Was hältst du von einem kleinen Abendessen beim Inder?«

»Mit wem?«

»Ein Tête-à-tête, nur du und ich, ha, ha, ha.«

»Ich dachte, du wärst in Monaco mit ...«

»Vergiss es, die beiden Landpomeranzen sind mit zwei italienischen Motorradfahrern auf und davon.«

»Um ehrlich zu sein, ich bin ziemlich kaputt.«

»Scheiße, Mensch, du bist immer kaputt. Scheint eine Berufskrankheit zu sein ...«

»Gut, okay, also gegen acht Uhr.«

»Im *Taj*. Und bitte komm nicht wieder als Totengräber verkleidet. Im *Taj* gibt es immer ein paar hübsche Drachenköpfe …«

Und schon wieder saß er in der Falle. Du hast keine Selbstachtung. Du nimmst immer die Opferrolle ein. Wehre dich endlich. Such dir ein Mädchen, führ ein normales Leben, weit weg von Gregs vulgärer Welt.

Ein normales Leben, höhnte er, und stieß die feine Stahlspitze in den Bauch, was sollte das bitte sein, ein normales Leben? Kann einer, der den ganzen Tag mit Leichen arbeitet, ein normales Leben führen? Die Gesellschaft der Lebenden ist mir zu laut, das ist das Problem. Ein Aspekt des Problems.

Gut. Und jetzt die Großreinigung. Da das Kind durch den Sturz sicher eine Schädelverletzung erlitten hatte, klammerte er vorsichtig die linke Halsschlagader ab, um über die rechte injizieren zu können. Anschließend würde er über dieselbe rechte Ader das Formaldehyd einspritzen, um die linke Kopfhälfte zu behandeln und damit das hässliche Anschwellen des Gewebes um die Augen zu vermeiden. Dann machte er einen Schnitt in die Drosselvene, über die die Organflüssigkeiten abfließen würden. Das war der Augenblick, in dem der Austausch stattfand. Blut gegen Formalin. Neue Sonde; diesmal führte die durch einen langen Gummischlauch mit der Balsamierungsflüssigkeit in einem Spezialbehältnis verbundene Sonde in die Halsschlagader. Der unsinnige Eindruck entstand, ein eigentümliches Fahrzeug vollzutanken. Chib legte den Zeigefinger auf den Startknopf des Kompressors, hielt jedoch plötzlich inne. Er hatte den unangenehmen Eindruck gehabt, dass die Kleine die Lider bewegt hatte. Lächerlich. Das arme Mädchen war nichts weiter als ein Haufen kaltes, starres Fleisch. Er drückte auf den Knopf. Der Apparat sprang mit dem vertrauten Vibrieren an und trieb die Balsamierungsflüssigkeit in die Halsschlagader, damit sie sich im Kreislaufsystem verbreiten und das Blut verdrängen konnte, das aus der geöffneten Vene in den für diese Zwecke angebrachten Drain zu tropfen begann. Gut. Er setzte das Skalpell an, klappte vorsichtig die Ränder des etwa zehn Zentimeter langen Schnittes auf, durch den er Leber, Lunge, Magen und Gedärme entfernen, sie dann waschen und in die Kanopen, die geweihten Krüge, geben würde. Obwohl es bei der Injektion von Formaldehyd eigentlich überflüssig war, zog er es vor, nach der herkömmlichen Methode vorzugehen, Ritual und Moderne zu vermischen …

Er arbeitete noch eine halbe Stunde und legte dann die Instrumente beiseite. Er war nicht richtig konzentriert, ihm fehlte das entsprechende Feeling. Er holte tief Luft, atmete kräftig aus, machte ein paar Dehnübungen. Die Nervosität lief durch seine Finger wie ein elektrischer Schauer. Kein guter Zustand für die Arbeit. Was brachte ihn so aus dem Gleichgewicht?

Er nahm die Anubis-Stellung ein und begann die zweiundsiebzig Strophen der *Wächter der Geheimnisse,* murmelte sie im Gleichklang mit seiner bewusst verlangsamten Atmung.

Telefon.

Mist!

»Hier ist Blanche Andrieu.«

»Ja bitte?«

»Ich wollte nur wissen, ob … ob alles gut verläuft …«

Super gut, Madame, der Sarotti-Mohr hat alles zerlegt, no problem!

»Ich habe eben erst angefangen, aber ich sehe keine Schwierigkeiten. Sie brauchen sich keine Sorgen zu machen.«

»Ich mache mir keine Sorgen, aber es ist einfach so, dass … Ich wollte sagen …«

»Blanche? Bist du da, Chérie?«

»Entschuldigen Sie, ich werde gerufen.«

Klack. Entlassen, der Mohr hat seine Schuldigkeit getan. Er knallte den Hörer etwas zu heftig auf die Gabel. Er hätte den Auftrag nicht annehmen dürfen. Wie bei Greg. Wie jeden Tag in seinem Leben.

Er öffnete die Tür seines Mini-Eisschranks und nahm einen kräftigen Schluck aus dem Krug mit Pfefferminztee und wandte sich erneut Elilou zu. Sie sah erbärmlich aus, nackt, die Rippen vorstehend, mit dieser riesigen Nadel im Hals. Ein albtraumhaftes Bild, das nichts mit der üblichen Erhabenheit der Verstorbenen zu tun hatte.

Plötzlich bemerkte er, dass ein Formular auf den Boden gefallen war. Er hob es auf. Es war der Totenschein. Unterzeichnet von Dr. Gérard Cordier. »Fraktur der Halswirbel als Folge eines Sturzes auf der Treppe des elterlichen Hauses.« Drei kleine Knochen. Deren Bruch tödlich war … Ja, wirklich halsbrecherisch, die kleine Elilou, wiederholte er bitter.

Zwei Minuten später überraschte er sich dabei, wie er die Nummer von Dr. Cordier wählte. Seine Finger in dem schmutzigen Latexhandschuh drückten kräftig auf die Tasten.

Mit bewegter Stimme teilte ihm dessen Sekretärin mit, dass, oh, was habe er für ein Glück, soeben ein Patient abgesagt habe und der Doktor – verzückte, zitternde Stimme – ihn in einer Stunde empfangen könne. Chib bedankte sich herzlich und machte sich, sonderbar erleichtert, wieder an die Arbeit.

Er verbrachte eine halbe Stunde in dem weiß und grau gehaltenen Wartezimmer des Arztes zwischen einem Koloss, der sich alle zwei Minuten schnäuzte, und einer Frau im Trainingsanzug mit abgespanntem Gesicht. Er blätterte verschiedene Zeitschriften durch, die auf dem niedrigen Glastisch lagen. *Le Revenu, Valeurs Actuelles/Capital, La Croix, Maisons et Jardins* … Er war eben dabei, sich zu fragen, ob er seinen Loft orangerot streichen sollte, als die Tür aufging und ein bärtiger Fünfzigjähriger in weißem Kittel auf der Schwelle erschien und ihn bat einzutreten.

Das Sprechzimmer war genauso nüchtern eingerichtet wie das Wartezimmer. Zwei Reproduktionen von Kandinsky an der linken Wand, eine von Chagall an der rechten, ein Schreibtisch aus Glas und Chrom, darauf nur ein Notizblock und ein Mont-Blanc-Kugelschreiber.

»Setzen Sie sich. Was führt Sie her?«

»Schmerzen in der rechten Hand, sie wird leicht steif. Madame Andrieu hat mir Ihre Adresse gegeben«, fügte er hinzu und gab vor, den Chagall zu bewundern, obwohl ihm die Malkunst völlig gleichgültig war.

»Blanche?«, sagte Dr. Cordier und zog eine graue Braue hoch. »Sie kennen die Andrieus?«, fuhr er fort, griff nach Chibs Handgelenk und ließ es vorsichtig kreisen.

»Ich hatte unlängst Gelegenheit, ihre Bekanntschaft zu machen. Mit diesem Drama …«

»Ach, Sie wissen davon. Schrecklich, nicht wahr, wie das Schicksal einem doch übel mitspielen kann! Heben Sie den Arm, so … Tut das weh?«

»Ein bisschen. Wissen Sie, ich bin Präparator, ich werde die Konservierung vornehmen. Ich brauche übrigens Ihre Unterschrift unter das gerichtsmedizinische Gutachten.«

»Kein Problem. Ich möchte nicht mit Ihnen tauschen. Mein Job ist schon nicht besonders lustig, aber Ihrer … Tief einatmen, bitte.«

»Ja, grausam, solche Sachen. Und die Eltern werfen sich bestimmt jeden Tag vor, nicht genug aufgepasst zu haben.«

»Hm. Ein Sturz auf der Treppe … ich wüsste nicht, wie sie das hätten verhindern können, außer ihr zu verbieten zu leben!«

»Bei besonders wilden Kindern muss man immer auf der Hut sein, das ist anstrengend.«

»Nun, Elilou war nicht besonders wild. Das war nicht ihr Tag, das ist alles. Gut, wir werden eine Röntgenaufnahme machen, für alle Fälle.«

»Ich bin letztes Jahr beim Skifahren gestürzt, ich hatte zwei Wochen Schmerzen. Meinen Sie, es könnte sich um einen Bruch handeln, den man nicht erkannt hat?«

»Wohl kaum. Einen Bruch hätten Sie bemerkt. Eher eine Verrenkung.«

Kurz darauf verließ er die Praxis mit dem gegengezeichneten Zertifikat, das bestätigte, dass Elilou keine schwere ansteckende Krankheit gehabt hatte, die ein Verbot seiner Arbeit an der Toten bedeutet hätte. Sein Besuch war also nicht völlig sinnlos gewesen.

Die Terrasse des *Taj* war überfüllt. Greg, der natürlich am besten Tisch saß, nippte an seinem Whisky und lächelte in die Runde. Er winkte den eintretenden Chib herbei, als bestünde die Gefahr, dass er anderswo Platz nähme.

Kaum saß er, drückte Greg ihm schon die Menükarte in die Hand, »Ich sterbe vor Hunger«, kritisierte sein graues Hemd: »Sieht aus, als käme es von Woolworth«, und meckerte, dass er keinen Aperitif nehmen wollte. Chib überhörte das alles und vertiefte sich in die Karte, während Greg sich ausgiebig über ihre Nachbarinnen ausließ.

»Ich nehme das Prawn Tadori«, beschloss Chib.

Er hatte eine Vorliebe für kräftig gewürzte Garnelen. Greg entschied sich für ein Biryani »da hat man wenigstens was auf dem Teller«, bestellte eine Flasche Châteauneuf-du-Pape und verlangte nach Chips und Oliven. Der Kellner nickte höflich, den Blick auf einen Punkt in der Ferne gerichtet.

Peinlich berührt, wie jedes Mal, wenn Greg seine Nummer abzog, schaute Chib auf den Spiegel in der Ecke. Ein schwarzer Haarschopf in einer benachbarten Nische lenkte seinen Blick auf sich. Eine braune, feingliedrige Hand mit einem blauen Halbedelstein am Finger, ein Adlerprofil, ein Lachen, Aïcha!

Von ihrem Begleiter, der ihr gegenüber saß, sah er nur einen grauen Haarkranz und die Schultern, die in einem Jeanshemd steckten. Ihr Vater?

»Sag mal, träumst du oder was?«

»Entschuldige.«

»Hier, probier mal den Châteauneuf, der schmeckt prima.«

»Köstlich.«

»Du bringst mich echt auf die Palme, Chib! Man könnte dich für einen Pfarrerssohn halten! Hm ... ich wollte sagen ... Willst du nichts von dem Naan? Iss, du bist viel zu dünn!«

Chib kaute auf seinem Naan herum und versuchte dabei, einen Blick auf das Gesicht des Mannes zu erhaschen, der an Aïchas Tisch aß. Sie schien sich nicht sonderlich zu amüsieren, nickte häufig, schaute nach rechts und nach links, trank Rosé in kleinen Schlucken, lächelte bisweilen höflich.

Ein Langweiler – sie bereute längst, seine Einladung angenommen zu haben, sagte sich Chib und nahm seine Tandoori-Garnelen in Angriff, während Greg ihm lang und breit den letzten Klatsch der Stadt erzählte. Wusste er schon, dass Laeticia, die junge Frau von Notar Seems, ihren Mann mit Joël, dem Heilpraktiker, betrog?

»Hm.«

Plötzlich drehte sich der Weißhaarige um und verlangte nach der Rechnung. Chib traute seinen Augen nicht. Es war Cordier. Der treue Hausarzt der Familie beim Tête-à-Tête mit dem Dienstmädchen. Na und? Hatte er nicht das Recht, eine attraktive junge Frau anzubaggern?

»Sie ist süß, die kleine Araberin«, raunte Greg ihm in diesem Augenblick zu. »Würde ich gerne zum Nachtisch vernaschen. Kennst du sie?«

»Nein, wieso?«

»Weil sie dich eben gegrüßt hat.«

»Wie?«

»Ja, Mensch, sie hat dir ein Zeichen gemacht. Also ist sie entweder deinem unwiderstehlichen Charme verfallen, oder du kennst sie.«

»Na ja, ein bisschen ...«

»Ein bisschen? Verdammt, stell sie mir vor!«

»Sie ist in Begleitung.«

»Der alte Knacker? Du machst wohl Witze. Warte, sie stehen auf, sie kommen, halt dich zum Angriff bereit!«

Chib drehte sich um, als Aïcha und der Arzt eben auf seiner Höhe angelangt waren. Sie lächelte ihm höflich zu, und er bemerkte das Erstaunen in den Augen des Arztes.

»Guten Abend«, sagte sie.

»Guten Abend. Darf ich Ihnen Gregory, einen alten Freund, vorstellen. Gregory, Aïcha und Doktor Cordier.«

»Na, so ein Zufall!«, meinte der und machte Anstalten, weiterzugehen.

»Können wir Sie zu einem Drink einladen?«, fragte Greg – feuriger Blick, stählernes Lächeln.

»Nun …«

Aïcha zögerte.

»Ein andermal, danke«, schaltete sich Cordier mit einem höflichen Lächeln ein, und sie gingen.

Greg beugte sich zu Chib vor:

»Die Kleine muss ich haben. Hast du ihren Vorbau gesehen? Was meinte der Alte übrigens mit ›So ein Zufall‹? Kennst du den auch?« Greg verschlang einen gehäuften Löffel Reis.

»Er ist der Hausarzt eines meiner Kunden. Ich habe ihn wegen eines Problems mit meinem Handgelenk aufgesucht.«

»Ich habe dich ja gewarnt«, lachte Greg. »Aber wenn du mich fragst, ist dein Problem nicht das Handgelenk, weißt du …«

Draußen war es kalt, feuchte Windböen, wirbelnde Wolken, schimmernde Wellen. Die Passanten stemmten sich mit gesenkten Köpfen gegen den Wind. Ein Hund pinkelte seligen Blickes an einen Mülleimer.

»Kneif mich, ich träume!«, rief Greg plötzlich und reckte den Hals.

Chib folgte seinem Blick. Den Kragen ihres grünen Mantels hochgeschlagen, die Hände in den Taschen vergraben, wartete sie am Taxistand. Und schon stürmte Greg los, mit der Begeisterung eines Setters, der ein Wildkaninchen gewittert hat.

»Können wir Sie irgendwo absetzen?«

Sie fuhr zusammen, entspannte sich aber wieder, als sie Chib bemerkte, der hinter dem großen Blonden auftauchte.

»Ich wohne ziemlich weit entfernt, Monsieur Moreno weiß es.«

»Ah, Monsieur Moreno weiß es«, sagte Greg und bedachte Chib mit einem lasziven Blick. »Macht nichts, wir werden Sie nicht erfrieren lassen; außerdem ist es unvorsichtig.«

»Ich möchte Sie nicht stören.«

»Aber das stört uns doch nicht, was, Chib? Eine kleine Spazierfahrt, das macht uns keine Angst! Los, kommen Sie.«

Sie folgte ihnen. Greg lenkte das Gespräch auf das Restaurant, und ihre Nervosität ließ ein wenig nach. Mit einem Seufzer ließ Chib seinen geliebten Floride stehen. Er würde frühestens in einer guten Stunde zu Hause sein.

Greg startete seinen Jeep wie ein Rallyefahrer. Aïcha hatte sich geweigert, vorne einzusteigen. Auf dem Rücksitz kauernd, klammerte sie sich am Überollbügel fest. Greg legte eine CD ein, und die Vibrationen von Daft Punk erfüllten den Wagen. *One more time …*

»Gefällt Ihnen das?«, brüllte er.

»Ja. Ich liebe Techno.«

»Ich auch. Kennen Sie das *Palladio?* In der Rue Neuve?«

»Ja, ein super Schuppen!«

»Der Chef ist ein guter Freund von mir. Wir könnten alle zusammen hingehen, wenn Sie Lust haben.«

»Mit mir braucht ihr nicht zu rechnen«, sagte Chib zu einem Olivenbaum, der seine silbrige Mähne im Wind schüttelte. Das *Palladio* war immer gerammelt voll, man konnte sein eigenes Wort nicht verstehen, die Getränke kosteten ein Vermögen, und beim Gehen hatte er jedes Mal das Gefühl, sein Herz würde explodieren.

»Hat Ihr Freund Sie nicht begleiten können?«

»Nein, er hat einen Anruf bekommen. Ein Notfall.«

Sie wechselten noch ein paar Worte, bis das Landhaus in einem Mondstrahl zu erkennen war.

»Hier ist es!«, rief Aïcha, und Greg brachte den Wagen mit quietschenden Reifen vor dem Tor zum Stehen.

Kein Geräusch war vom Haus her zu hören. Nur ein Fenster war erleuchtet, im ersten Stock.

»Wohnen Sie hier?«

Greg schien ungläubig.

»Meine Arbeitgeber«, erklärte sie. »Und so habe ich Monsieur Moreno kennen gelernt.«

»Sie können mich ruhig Chib nennen«, sagte Chib automatisch.

»Du arbeitest für die Leute, die hier wohnen?«, fragte Greg mit nachdenklicher Miene.

»Hm«, erwiderte Chib, »in gewisser Weise.«

»Sie haben ihre kleine Tochter verloren, Elilou«, fügte Aïcha hinzu und öffnete die Wagentür. »Das hat sie unheimlich mitgenommen.«

»Geht es Madame Andrieu besser?«, erkundigte sich Chib und stieg auch aus.

»Nein, nicht wirklich. Sie hat jede Nacht Albträume trotz der Schlaftabletten, ich höre sie oft schreien. Sie haben den Priester kommen lassen.«

»Den Priester?«

»Pater Dubois; ein Cousin von Monsieur. Ich weiß zwar nicht so recht, was ein Priester in so einem Fall ausrichten kann, aber gut … Ich bin nicht sonderlich religiös«, fügte sie mit einem kleinen Lächeln hinzu.

»Ich auch nicht«, sagte Chib.

»Worüber redet ihr?«, fragte Greg, der inzwischen gewendet hatte.

»Über Religion«, sagte Chib.

»Verdammt, ich hätte es wissen müssen. Chib ist der einzige Kerl auf der Welt, der mit Jennifer Lopez über Philosophie und den lieben Gott diskutieren könnte.«

Aïcha lachte.

»Danke für das Taxi. Gut, ich muss gehen, es ist spät.«

Greg sprang aus dem Wagen.

»Hier, meine Telefonnummer«, rief er und drückte ihr seine Visitenkarte in die Hand.

Sie lächelte, ohne zu antworten, und stieß das Tor auf.

Sie sahen ihr nach.

»Hübscher Arsch«, kommentierte Greg. »Und sympathisch.«

»Sie mag große männliche Dunkelhaarige«, sagte Chib und lehnte sich behaglich in seinem Sitz zurück.

»Na, dann wird sie eben lernen, große, kräftige Blonde zu mögen. Meinst du, ich könnte sie mit ins *Alsacien* nehmen?«

Gregs Lieblingsbrasserie.

»Glaubst du, sie isst Schweinefleisch?«, fügte er nachdenklich hinzu.

»Wer sagt dir, dass sie deine Einladung annimmt?«

»Ihre Augen. Ihre Augen haben es mir gesagt. Du hast keinen Blick für so was, aber es ist nun mal so. Sie und ich, da führt kein Weg dran vorbei!«

Er lenkte den Wagen auf den Kiesweg und stimmte aus vollem Hals *Aïcha* von Khaled an.

Womit habe ich das verdient?, fragte Chib den Mond.

Keine Ahnung, ist mir auch völlig egal, antwortete dieser und verschwand hinter einer Wolke.

Das war eben das Problem.

KAPITEL 3

Die Kühlschublade glitt mit einem Zischen auf, das an ein Seufzen erinnerte. Das betrübte Seufzen des Todes, der sein Werk betrachtet. Elilou, armer Korpus, der Mund verkniffen wie eine Wunde, die Wangen wächsern und gespannt wie Reispapier, das jeden Augenblick reißen kann. Es wurde Zeit, sie zurechtzumachen. Den Körper und die Haare waschen, sie bürsten und mit dem roten Band zusammenbinden. Etwas Puder, um ein übermäßiges Glänzen der Haut zu verhindern, Feuchtigkeitscreme für die Lippen. Kein Rouge, kein Make-up, dazu war sie zu jung.

Um fünfzehn Uhr war er fertig. Er streifte seine Handschuhe ab, wusch sich sorgfältig die Hände, trank ein großes Glas eisgekühltes Wasser. Der leere Sarg stand in einer Ecke des Raums auf zwei Böcken. Er würde das balsamierte Kind hineinlegen und die Eltern benachrichtigen, dass sie es abholen könnten. Er zog sie vorsichtig an, das weiße Kleid, die weißen Söckchen, die Lackschuhe, nein, das war wirklich nicht so wie das Anziehen einer Puppe, weil Puppen nicht kalt und grau sind, ihre Nägel nicht blau werden und sie nicht schlecht riechen. Er hob den Körper hoch, legte ihn sorgsam zwischen die lackierten Holzwände, den Kopf auf ein kleines rotes Kissen gebettet, die Hände über der Brust gefaltet, bürstete die blonden Haare und schloss den Deckel.

Also gut. Er griff nach dem Telefon auf dem Kühlschrank, wählte die Nummer und zwang sich, tief durchzuatmen.

»Hallo?«

Blanche Andrieu. Mist.

»Guten Tag. Hier ist Léonard Moreno.«

Rasches Atmen. Keine Antwort. Er fuhr fort:

»Ich … Ist Ihr Mann da?«

»Nein, er ist zu einem Termin gefahren. Was ist los? Gibt es Probleme?«

Was für Probleme sollte es geben? Sie ist tot!

»Nein, nein, keine Probleme. Im Gegenteil. Das heißt, ich wollte sagen, ich bin fertig …«

Bebende Stimme am Ende der Leitung:

»Oh! Sie wollen sagen … ich werde Jean-Hugues Bescheid geben. Er wird Sie zurückrufen.«

»Sehr gut, ich danke Ihnen. Entschuldigen Sie die Störung.«

»Nein, das macht nichts, das ist doch normal, ich … Bringen Sie sie zurück? Oder müssen wir den Schrein in Ihre Praxis bringen?«

Den Schrein? Wovon sprach sie? Und »Praxis«, als wäre er Arzt! Sie war ja völlig durchgedreht. Er wiederholte dümmlich: »Den Schrein?«

»Den gläsernen Schrein. Mein Mann hat ihn aus Turin kommen lassen, über seinen Cousin, Pater Dubois. Sie werden nur noch dort hergestellt, bei den Zisterziensern von San Michele d'Oro. Kennen Sie die Abtei? Sie ist wunderschön und noch dazu in den Bergen gelegen.«

Nicht mehr zu stoppen, die Gute. Achterbahnwirkung der Beruhigungsmittel.

»Ah, sehr schön, sehr schön«, stimmte er zu.

Ein Glassarg, der Horror schlechthin! Die Kleine, ausgestellt in der Kapelle wie ein ausgestopfter Hirsch neben einem Christus aus Holz!

»Hugues ist sehr traditionsbewusst, wissen Sie, und wir wollten das Beste für sie.«

»Natürlich, natürlich. Ich werde das alles mit ihm besprechen, wenn er mich anruft.«

»Oh, jetzt fällt es mir wieder ein, er ist in Paris! Ja, er hat es mir gestern Abend gesagt. Er hat heute Morgen die Sieben-Uhr-

Maschine genommen und kommt mit dem Flieger um zwanzig Uhr zurück.«

»Kein Problem.«

»Warum kommen Sie nicht hierher mit ... Elilou? Das wäre doch einfacher.«

Ja, kommen Sie doch zum Tee mit meiner ausgestopften Familie.

»Nun ...«

»Jean-Hugues ist so überlastet ... Und ich möchte sie nicht Unbekannten anvertrauen.«

Schniefen. Raschelndes Taschentuch, das die zitternden Nasenflügel abtupfte. Lehne ab! Warte, dass dich ihr Mann am Abend anruft.

»Wie Sie wollen. Ich könnte in einer Stunde, sagen wir anderthalb Stunden, bei Ihnen sein.«

»Gut, dann also bis gleich!«

Künstlich auf munter getrimmter Tonfall, Ergebnis lange trainierter heiterer Höflichkeit.

Und jetzt den Sarg im Kofferraum des Floride dorthin schaffen. Wie ein Grabschänder. Denn normalerweise hätte er Lucas und Michel rufen müssen, weil man Leichen nicht in einem Kabrio herumkutschiert. Aber ...

»Du fühlst dich unbehaglich, weil du unrein bist, Chib«, raunte ihm die Stimme von El Ayache zu, als er aus seiner Trainingshose stieg, um seinen dunkelgrauen Anzug anzuziehen. »Dein Herz ist unrein. Der Körper der Kleinen stößt dich ab, weil dich der ihrer Mutter anzieht. Du bist nicht auf dem Weg. Du beleidigst den Tod. Fang dich wieder! Reinige dich! Bete!«

Keine Lust zu beten, Lust auf ein Bier, Lust auf Sonne, Lust, Gärtner zu sein und Blumen auf den Gräbern wachsen zu lassen.

Er band sich die Krawatte um, schwarzes Leinen mit feinen blauen Streifen, und holte seinen Wagen. Licht überflutete den Boulevard, zwang ihn, die Augen zusammenzukneifen. Grelles Licht, gemeißelt vom Mistral. Das Meer schien transparent und eisig. Surfbretter glitten über die Wellen, sausende Farbtupfer.

Die Luft roch nach Jod und Algen. Nach Salz, nach trockenem, sauberem Salz.

Er fuhr den Wagen vors Haus, stellte das Warnblinklicht an, um den Sarg zu holen, den er in eine Decke gewickelt hatte.

Als er gerade den Kofferraum öffnete, tippte ihm jemand auf die Schulter. Er fuhr zusammen, hätte beinahe seine Last fallen lassen. Der Chef des Restaurants nebenan musterte ihn lächelnd, seine Pastis-Fahne flatterte im Winde.

»Mein Neffe hat den gleichen!«

Den gleichen was? Den gleichen Holzkasten? Den gleichen Schlips?

»Aber in Grau. Modell Siebenundsechzig. So was kriegt man nicht alle Tage zu sehen! Ich sollte euch mal miteinander bekannt machen. Er ist verrückt nach Oldtimern. Ich persönlich ziehe den modernen Komfort vor. Mein Dreihundertfünfzig SE, astrein. Aber, nun, jeder hat seine Vorlieben, was?«

Chib lächelte höflich, brachte den Sarg im Kofferraum unter und schlug die Klappe energisch zu.

»So ist es«, sagte er, nur um etwas zu antworten. »Jetzt muss ich aber los, bin schon spät dran!«

»Derselbe Tick wie die mit ihren Jeeps«, fuhr der Restaurantchef, an den Laternenpfahl gerichtet, fort. »Ich fände es unbequem, so ein Ding zu fahren ...«

Stau. Er kurbelte die Scheibe herunter, atmete den Geruch der blühenden Mimosen ein, die Auspuffgase des Rollers vor ihm. Wieder anfahren. Über die Schnellstraße. Er stellte sich vor, wie der Sarg im Kofferraum gerüttelt wurde, wie Elilou in den Kurven hin und her rutschte, doch das störte sie nicht. Es waren die Toten, die die Lebenden störten, nie umgekehrt.

Die Hügel. Die Straße, die sich zwischen den Olivenbäumen schlängelte. Verschneite Berge, ganz nahe. Er könnte am Wochenende Ski fahren, das würde ihn auf andere Gedanken bringen. Und Sie, Blanche, glauben Sie nicht, dass Ihnen ein bisschen Pulverschnee gut täte?

Stopp.

Transformatorenhaus, Abzweigung, schmiedeeisernes Tor,

finstere Villa in der untergehenden Sonne. Er betätigte die Klingel.

Schritte auf dem Kies, die jugendliche Gestalt von Aïcha, das lange schwarze Haar zu einem Knoten gebunden.

»Also wirklich, wir scheinen unzertrennlich! Sind Sie allein?«

»Leider ja. Das heißt, ich habe Elilou im Kofferraum.«

Sie riss entsetzt die Augen auf.

»Wie schrecklich!«

»Madame Andrieu hat mich gebeten, sie ihr zurückzubringen. Ihr Mann ist, glaube ich, in Paris.«

»Ja, er kommt erst heute Abend nach Hause. Aber … wie … wollen Sie sie zur Kapelle transportieren?«

»Sie ist nicht schwer.«

»Sie können sie doch nicht einfach so unter den Arm klemmen!«, rief sie entrüstet, als sie ihn den Kofferraum öffnen und ein großes, in eine Decke gewickeltes Paket herausnehmen sah.

»Was soll ich denn machen? Sie in eine Kutsche legen, die von Schimmeln gezogenen wird?«

Die Anspielung auf *Mirage de la Vie* ließ sie erstarren. Nervös glätteten ihre Hände die weiße Schürze.

»Das ist abscheulich. Tragen Sie sie schnell in die Kapelle, bevor ich Madame Bescheid gebe.«

»Der Tod ist abscheulich. Ich bin nicht für ihn verantwortlich.«

»Nein, aber es scheint Sie völlig kalt zu lassen.«

Ihn sollte das kalt lassen? Ihn, der beauftragt war, Anteil zu nehmen, den Übergang ins Jenseits möglichst gut zu organisieren? Ihn, der Ordnung ins Sterben bringen sollte? Während dieses kleine Mädchen Tag und Nacht an seinem Innern nagte, als wäre er es, den man mit Säure füllte! Vielleicht war das der Vorwurf, den Greg ihm machte – keine Gefühle zu zeigen.

Den Sarg gegen die Hüfte gestemmt, Aïchas Atem im Rücken, machte er sich auf den Weg zur Kapelle. Sie bog wortlos zum Wintergarten ab. Also bitte, sei nur sauer, ganz sicher bin ich nicht der große schöne Greg-der-Draufgänger. Ich bin

Black Shaman, der Überbringer schlechter Botschaften, derjenige, den man am liebsten mit den schlechten Nachrichten ins Feuer werfen würde. Der nach der Verderbtheit des Fleisches riecht.

Du bist vor allem in puncto Frauen eine Null, mein Lieber. Hör auf mit deiner Psycho-Tour und stell diese verdammte Kiste vor dem Altar ab.

So. In der Kapelle roch es nach Kälte, nach kaltem Staub. Das Licht, das durch die Glasfenster drang, durchflutete das Schiff und tauchte den gefliesten Gang in einen rosafarbenen Schein. In einer Ecke ein großer Gegenstand unter einem weißen Laken. Er hob es ein Stück an, ließ es dann ganz heruntergleiten. Es war der Glasschrein. Er betrachtete ihn neugierig. Ein Sarg aus Kristall, Typ »Grab«. Er begutachtete die diskret angebrachte Vorrichtung zum Ableiten der Gase, die hermetischen Verschlüsse; sie entsprachen den geltenden Regeln. Der Boden war mit weißem Samt ausgelegt, und dazu ein kleines weinrotes Kissen. Ein kleines Prinzessinnenbett unter einer Glasglocke. Ein Bettchen für Schneewittchen-in-der-Kapelle. Eine fast abgebrannte Kerze unter dem Bildnis der Jungfrau mit den geöffneten Armen und dem einladenden Lächeln. Die neue Maman von Elilou. Die Gute Mutter, die nie schimpft, die immer verzeiht.

Daneben weinte ihr Sohn blutige Tränen auf das große Holzkreuz. Chib seufzte. Er fand es ebenso befremdlich, einen Mann zu verehren, der gleichzeitig der Vater, der Sohn und der Heilige Geist sein sollte, wie einen Mann mit Falkenkopf. Vielleicht war sein eigener Vater Anhänger des Voodoo-Kults. Vielleicht floss das Blut eines großen afrikanischen Königs in seinen Adern. Er strich über das sorgsam polierte Holz einer der kleinen Bänke, beugte sich hinab, um den Geruch von Wachs einzuatmen.

»Guten Tag.«

Er hatte sie nicht kommen hören. Er drehte sich um, zu rasch und sichtlich nervös.

Sie trug einen aschfarbenen Wollrock und einen schwarzen

Rundhalspulli, keinen Schmuck, kein Make-up, nur das Kettchen mit dem Goldkreuz. Blass, so blass wie eine Wachsstatue, die Hände über dem Schoß gefaltet.

»Kann ich sie sehen?«

Er ging einen Schritt auf sie zu, um sie davon abzuhalten.

»Ich ... ich glaube, es wäre besser, zu warten, bis Ihr Mann da ist ... Es ist, es ist immer schwer zu ertragen.«

»Ist sie entstellt?«

»Nein, aber glauben Sie mir, es ist besser, wenn Sie zusammen sind.«

Sie rang die Hände, ihre Lippen zitterten, sie drehte den Kopf zur Seite, atmete tief ein und wandte ihm das Gesicht wieder zu. Ihre Augen, so klar, regengrau, das Grau eines Horizonts ohne Hoffnung. Er nahm erstaunt zur Kenntnis, dass seine rechte Hand zu einer Bewegung ansetzte, um ihr über die Wange zu streichen, eine Geste, die er nur mit äußerster Anstrengung zurückhalten konnte. Die Augen auf den Sarg gerichtet, in dem ihr Kind ruhte, schien sie es nicht zu bemerken.

Der Staub tanzte in einem goldenen Sonnenstrahl. Schweigen. Ihrer beider Atem beklommen. Plötzlich drehte sich Blanche Andrieu zu ihm um, ihre Augen funkelten, schienen vor Zorn zu lodern, und er glaubte, sie würde endlich ihre Wut und ihre Verzweiflung herauslassen.

»Kann ich Ihnen eine Erfrischung anbieten?«

Völlig aus der Fassung gebracht, nickte er nur, und sie verließen die Kapelle.

»Haben Sie schon gesehen, dass der Oleander blüht?«, fragte sie, als sie in den Weg zum Wintergarten einbogen.

Er nickte. Kein Wunder, dass sie jede Nacht Albträume hatte, wenn sie ständig eine Rolle spielte. Sie hätte lieber in Weinkrämpfe ausbrechen, sich die Wangen zerkratzen, die Haare raufen, den Mond anheulen sollen wie eine trauernde Wölfin.

Im Wintergarten roch es nach frischer Blumenerde und Pflanzenschutzmittel, sagte er sich, als er über die Schwelle trat. Dann hielt er inne. Alle Kinder waren da: Charles, Louis-Marie, Annabelle und Eunice. Sie saßen auf den kleinen japanischen Stühlen rund um einen der niedrigen grünen Tische und tranken offenbar Tee.

»Sagt *bonjour* zu Monsieur Moreno, Kinder«, sagte Blanche und schritt auf die beiden Korbsessel unter dem Glasdach zu.

Ein widerwilliges, geraumtes *Bonjour* war zu hören. Im Vorübergehen sah er, dass sie keinen Tee, sondern heiße Schokolade tranken und dazu Gebäck aßen. Sie machten beim Essen keinen Lärm, zankten und stritten sich nicht, stießen nur bisweilen ein kurzes Kichern aus. Eingeschüchtert? Dressiert wie Pudel?

»Nehmen Sie Platz.«

Als er sich setzte, glaubte er, vier feindselige Augenpaare im Nacken zu spüren.

»Tee, Kaffee, oder würden Sie ein Stärkungsmittel vorziehen?«, sagte Blanche, und es klang, als würde sie aus einen Telefonbuch zitieren.

Ein Stärkungsmittel! Mein Gott, schöpfte sie ihren Wortschatz aus den Schwarten der zwanziger Jahre, oder was?

»Tee wäre sehr angenehm«, erwiderte er artig und versuchte, sich in dem schmalen harten Sessel zu entspannen.

Aïcha erschien und schob einen Teewagen vor sich her, mit einer Teekanne aus ockerfarbenem Porzellan und dazu passenden, winzigen Schalen. Grüner Tee also. Japanisches Dekor, japanischer Tee, aber französische Geilheit in Anbetracht der Anzahl der Kinder. Bravo, Chib, der hätte von Greg sein können!

Er nahm einen Schluck von dem Tee, der natürlich kochend heiß war. Fast hätte er die extravagante kleine Schale fallen lassen, stellte sie auf die nicht weniger extravagante Untertasse. Aïcha deckte den Tisch der Kinder ab. Er erkannte das Zirpen von Annabelles Gameboy wieder. Charles kritzelte in ein Heft, Louis-Marie hatte ein Buch aufgeschlagen, Harry Potter, und die kleine Eunice saß am Boden und unterhielt sich mit einem Plüschhasen, der eine rote Hose trug.

Er widmete seine Aufmerksamkeit erneut der Frau ihm gegenüber, deren bleiches Profil sich vom Hintergrund abhob.

Eine Schönheit, die zugleich so kalt, so klassisch und so zerbrechlich war … eine gefährliche Mischung, Chib, wie Feuer und Eis, sie bringt dein Gehirn und den Rest zum Schmelzen, du endest als kleiner nasser Haufen zu ihren Füßen, und sie stößt dich mit der Spitze ihres Glaspantoffels beiseite und seufzt: »Bah, entfernen Sie das bitte, Aïcha.«

Noch ein Schlückchen Tee. Wie er sich nach einem eiskalten Bier sehnte! Blanche trank, die Augen ins Leere gerichtet, an ihrem Hals eine pochende Vene, die den fast unwiderstehlichen Impuls bei ihm auslöste, den Finger darauf zu legen und zu sagen »Scht, alles wird wieder gut«. Aber nichts würde gut werden. Nein, überhaupt nichts. Elisabeth-Louise würde nicht wieder lebendig werden, genauso wenig wie der kleine Léon. Blanche würde ein neues Baby bekommen, würde immer mehr Beruhigungsmittel nehmen, heimlich zu trinken beginnen und in einer Entziehungsklinik enden, mager, das Haar zerzaust, aber immer noch so nobel, der Geist jedoch definitiv im Freilauf.

Wie der deine im Moment, mein alter Chib.

»M'man!«

Schweigen, dann:

»Ja, Chérie?«

Louis-Marie stand vor ihnen, gebügelte Jeans, marineblauer Pullover und weiße Turnschuhe.

»Pierre hat mich Samstagnachmittag zu seinem Geburtstag eingeladen.«

»Ich fürchte, du kannst nicht hingehen, Chérie.«

»Aber warum? Es ist ein Samstag, wir haben keine Schule, und alle anderen sind da!«

»Samstagnachmittag kommt Josselin zur Segnung.«

»O M'man, kann er nicht am Sonntag kommen?«

»Du bist wirklich eine absolute Null, Louis!«

Die Stimme von Charles, voller Verachtung.

»Ich hab dich nicht nach deiner Meinung gefragt!«, erwiderte der Jüngere gehässig.

»Schluss jetzt!«, fuhr Blanche dazwischen. »Nein, er kann

nicht am Sonntag kommen. Dein Vater hat ihn gebeten, übermorgen hier zu sein, und …«

»Aber warum muss ich denn dabei sein?«

Blanche holte tief Luft, und Chib stellte sich vor, wie sie ihn anbrüllte: Weil der hübsche Glassarg deiner hübschen kleinen Schwester gesegnet wird, bevor er in dieser verdammten, so kalten Kapelle versiegelt wird, und weil ich will, dass ihr alle dabei seid, denn sie ist, verdammt noch mal, auch deine Schwester, Louis-Marie! Doch stattdessen sagte sie nur:

»Dein Vater wird es dir heute Abend erklären. Also lass es jetzt gut sein.«

Der Junge seufzte nervös, warf Chib einen Blick zu, so freundlich wie der eines Kampfhundes, der von seinem Drosselhalsband gewürgt wird, und trat, die Hände zu Fäusten geballt, den Rückzug an.

Noch einmal Tee. Eunice hatte sich genähert und zu Füßen ihrer Mutter gesetzt. Sie fummelte an ihrem Hasen herum, ein großes rosa Ding mit einer Karotte zwischen den Zähnen.

»Er heißt Bunny!«, vertraute sie Chib an, der sich ein Lächeln abrang. »Er isst Ka'otten und Kuchen, die mit Ma'melade d'in. Er kann sp'echen«, fügte sie mit ernster Miene hinzu.

»Ah!«, meinte Chib, der mit Kindern nicht viel anzufangen wusste.

Eunice drückte auf den Hasen, der brummte: »Ich bin dein F'eund!«

»Lass Monsieur Moreno in Ruhe, Liebes.«

»Ist das dein Name, M'sieur Mo'eno?«

»Léonard. Léonard, die Ente Quak!«

Mein Gott, Chib, bist du jetzt total durchgeknallt?

»Léona'd, die Ente Quak?«, wiederholte Eunice lachend. »Aber du bist doch keine Ente!«

»Doch! Quak, quak!«

Sie kicherte und schüttelte Bunny.

»Hö'st du, Bunny. Sag guten Tag zu Ente Quak!«

»Ich mag Karotten!«, verkündete Bunny mit japanischem Akzent.

Neben dem Hasen, dem kleinen Mädchen und der Herzdame fehlte nur noch der verrückte Hutmacher, damit sich dieser Albtraum in ein Wunderland verwandelte, wie bei Alice im Wunderland.

»Wo wohnst du, Quak?«, erkundigte sich Eunice.

»In einem Teich am Ende des Parks.«

»Und deine Fede'n, wo sind die?«

»Unter meinem Hemd.«

»Lüge! Und übe'haupt t'inken Enten nicht Tee mit Maman.«

Warum musste immer alles schief gehen?

»Eunice, komm, beruhige dich. Sie erregt sich so schnell«, vertraute Blanche Chib mit einem gequälten Lächeln an. »Hier, nimm einen Keks für Bunny.«

Eunice griff nach dem Keks, zerdrückte ihn auf der Schnauze des Hasen und flüsterte: »Iss, Bunny Ché'ie, iss, schmeckt gut, kommt ja von Maman.«

Chib beglückwünschte sich erneut, Junggeselle zu sein.

»Ich will Sie nicht länger aufhalten, Sie haben sicher viel zu tun.«

»Normalerweise höre ich um diese Zeit das klassische Konzert auf France-Musique«, erwiderte sie. »Sie sehen, wie beschäftigt ich bin!«

Mein Gott, diese Atmosphäre! Okay, aber womit hast du denn gerechnet? Dass sie dir vorschlägt, im Pool herumzutollen mit Elisabeth-Louise als Luftmatratze? Stop! Schnell ein normales Gesprächsthema finden.

»Pater Dubois ist ein Verwandter von Ihnen?«

»Josselin ist ein Cousin meines Mannes, ein Sohn seiner Tante Camille Dubois d'Anvers. Und mein angeheirateter Cousin über meine Urgroßmutter, Eugénie Fantin d'Auron.«

Alle von Adel. Die ganze Sippe adelig, katholisch, verklemmt. Gut, und weiter?

»Er arbeitet mit Jugendlichen«, fuhr sie fort. »Er muss viel reisen. »Er hat sich um die ... den ... um Elilou gekümmert ... Jean-Hugues legte Wert darauf, dass ...«

Das Wetter, wenn man jetzt vom Wetter sprechen könnte.

Aber zu spät, Taschentuch am Augenwinkel, schnell die Nase in den Tee, die Augen auf die Füße richten.

Eunice brabbelte weiter in das Schweigen hinein.

»Nicht weinen, Bunny, auch du kommst in den Himmel! Wi' kommen alle in den Himmel und machen da Picknick mit Elilou.«

Ein Albtraum. Er war hellwach in den Albtraum eines anderen gefallen. Die pochende Vene an ihrem Hals. Die zitternden Lippen. Verdammt noch mal, man kann sie doch nicht so lassen!

Er stand unvermittelt auf, und Eunice wich zur Seite.

»Kann ich ... soll ich Aïcha rufen?«, flüsterte er, tief über sie gebeugt, eine Hand auf die Lehne des Sessels gelegt, an ihre vor Kummer zitternde Schulter.

»Nein, es geht schon, danke.«

Er richtete sich auf und nahm wieder Platz, nicht ohne den eisigen, auf ihn gerichteten Blick von Charles wahrzunehmen. Der Junge blinzelte und gab vor, sich erneut in sein Gekritzel zu vertiefen. Louis-Marie war verschwunden. Annabelle klebte noch immer an ihrem Gameboy, voll auf dem Elektronik-Trip.

»Böse!«, rief Eunice und schlug den Kopf des Hasen mehrmals auf den Boden. »Böse, böse, böse!«

Und wenn wir noch etwas Tee nehmen würden, was meinst du, Chib? Er schenkte sich nach, ohne Blanche anzusehen. Sie hatte sich wieder gefasst, das Taschentuch in der Hand zerdrückt, an der ein schlichter, schmaler goldener Ehering schimmerte. Wie spät mochte es sein? Er wagte kaum, auf seine Armbanduhr zu schauen. Ein kurzer diskreter Blick. 18 Uhr 22. Und Andrieu würde erst um neun aufkreuzen. O nein! Er konnte doch nicht so lange hier ausharren bei den neurotischen Kindern und der völlig gebrochenen Mutter. Er machte Anstalten, sich zu erheben.

»Als Léon von uns gegangen ist, wollte ich mir das Leben nehmen.«

Er sank in seinen Sessel zurück. Sie hatte den Satz gesagt, ohne ihm den Kopf zuzuwenden, als hätte sie ihn an den Farn in dem Topf gerichtet. Musste er etwas dazu sagen? War ihr seine Gegenwart überhaupt noch bewusst?

»Aber man hat nicht das Recht, sich auszulöschen, nicht, wenn man Kinder hat. Das Leid ist Teil des Lebens, nicht wahr?«

Ganz im Ton von: »Möchten Sie noch ein Stück Kuchen, mein Bester?«

Da der Farn nicht antwortete, murmelte Chib ein ziemlich erbärmliches »Ja, leider.«

»Belle-Mamie ist da!«

Er zuckte zusammen. Charles war lautlos an ihren Tisch getreten.

»Wie bitte, Charles?«

»Belle-Mamie ist da.«

»Ach, ja! Seid ihr fertig? Sie verbringen den Abend und die Nacht bei meiner Schwiegermutter«, fügte sie, an Chib gewandt, hinzu.

»Blanche, Liebes!«

Eine hoch gewachsene, kantige Dame trat ein – kurzes graues, gut geschnittenes Haar, cremefarbene Seidenbluse über passender Hose, breiter Ledergürtel, Halstuch und Armreifen von Hermès, das Ebenbild ihres Sohnes, nur dreißig Jahre älter, kaum Make-up, ein schlichter Ehering, zwei weiße Diamanten in den Ohren.

Sie blieb vor ihnen stehen, nahm Eunice in die Arme.

»Na, mein Herzchen, wie geht's?«

»Ich nehme Bunny mit; e' will die Kassette mit den hunderteins Dalmatine'n sehen«, gab die Kleine zurück und schüttelte ihren Plüschhasen.

»Nun, aber ich weiß nicht, ob er das darf, wir werden sehen. Jetzt lauf schnell und hol deine Sachen.«

Eunice verschwand, ihre Geschwister waren schon gegangen. Die Frau wandte Chib ihr faltiges nobles Gesicht zu.

»Léonard Moreno«, erklärte Blanche rasch. »Er ist es, der ...«

Noch ein unvollendeter Satz, diese Leute schienen mit Auslassungspunkten zu kommunizieren.

»Ah?! Tut mir Leid, Ihre Bekanntschaft unter diesen Umständen zu machen, Monsieur Moreno, aber Jean-Hugues hat mir versichert, dass Sie vollkommen ...«

Chib nickte.

Blanche hatte sich erhoben.

»Entschuldigen Sie mich, Belle-Mamie, ich muss nachsehen, ob die Kinder fertig sind.«

Belle-Mamie sah ihr wortlos nach, dann durchbohrte sie Chib mit ihren blassblauen Augen.

»Ich weiß, ich bin ein bisschen altmodisch, wie mein Sohn mir oft vorwirft«, seufzte sie, »aber, offen gestanden, war ich nicht dafür ... Ich finde das ziemlich ... wie soll ich sagen ... sehen Sie ...«

»Bei diesem Thema sind die Meinungen sehr ...«, versicherte Chib, der sich an den Gebrauch dieser Kommunikationsform zu gewöhnen begann.

»Aber gut, sie haben darauf bestanden, sie liebten dieses Kind so sehr, und die arme Blanche ... zweimal von einem so grausamen Schicksalsschlag getroffen ...«

Chib seufzte ebenfalls, die Hände gefaltet, die Augen gesenkt, der perfekte Zuhörer.

Belle-Mamie tupfte diskret mit dem Rücken der manikürten Hand über die Augen, seufzte erneut, erblickte dann ihre Enkeltochter.

»Annabelle, mein Mäuschen! Komm, gib mir einen Kuss!«

»Louis-Marie schimpft die ganze Zeit, weil er seinen blauen Trainings-Dingsbums nicht findet«, posaunte die Kleine heraus.

»Trainingsanzug, mein Mäuschen. Dann soll er eben einen anderen nehmen.«

»Er will aber den blauen, er sagt, der bringt ihm Glück.«

»Das ist Aberglaube, die Gegenstände bringen kein Glück, mein Mäuschen. Komm, wir holen ihn. Guten Abend, Monsieur Moreno. Nehmen Sie's mir nicht übel, wenn ich sage, dass ich hoffe, Sie niemals wiederzusehen.«

»Das kann ich vollkommen verstehen, Madame.«

Als er allein war, ging er an den Pflanzen vorbei, las die Etiketten, ohne sie wirklich zu sehen, blickte hinaus auf den Park, wo eine auf alt getrimmte Laterne sich mit einem gelblichen Lichthof umgab. Ein nachtblauer Peugeot 606 parkte in der Einfahrt, und die Kinder kletterten hinein, während Belle-Mamie auf Blanche einredete, die ihre Arme vor der Brust verschränkt hatte wie jemand, der friert.

»Sehen Sie Ihren Freund heute Abend?«

Aïcha.

»Ich denke nicht. Warum?«

»Nur so. Kennen Sie ihn schon lange?«

»Wir haben zusammen die Schulbank gedrückt.«

»Oh!«

»Wie heißt die Schwiegermutter mit Vornamen?«

»Louise. Deshalb hatten sie die Kleine so genannt.«

»Und Elisabeth?«

»Das ist der Vorname der Mutter von Madame. Elisabeth-Louise wurde nach dem Tod des Jungen geboren, deshalb haben sie wohl alles versucht, um ihr Glück zu festigen, was weiß ich ... Man kann nicht sagen, dass es ihnen gelungen ist ... Ich habe den Eindruck, Ihre Anwesenheit tut Madame gut, sie wirkt weniger ... weniger wie ein Zombie, wenn sie mit Ihnen spricht.«

»Wie muss es wohl die übrige Zeit sein! Ist sie nett, die Schwiegermutter?«

»Was meinen Sie?«

Chib lächelte, ohne Antwort zu geben.

»Ich kann gar nicht erwarten, dass endlich morgen ist. Das ist mein freier Tag. Es wird mir gut tun, an die frische Luft zu kommen«, fügte Aïcha hinzu.

»Und gestern Abend? Hatten Sie da nicht frei?«

»Nur im Restaurant, das ist nicht dasselbe. Sie wollen wissen, ob ich mit dem Doktor schlafe, oder?«

»Na ja ...«

»Nein, ich schlafe nicht mit ihm, auch wenn er's gerne hätte. Und da er mich unter dem Vorwand eingeladen hat, mir die

Ausstellung über die Kabylei zu zeigen, haben sie mich gehen lassen. Kulturelles Alibi.«

»Sind Sie Kabylin?«

»Scheint so. Ehrlich gesagt, ist es mir völlig egal. Meine Mutter geht mir ständig damit auf die Nerven. Und Sie?«

»Mein Vater war Amerikaner. Matrose auf Zwischenstopp hier im Hafen. Ich habe ihn nicht kennen gelernt.«

»Meiner hatte vor fünf Jahren einen Herzinfarkt. Über seinem Presslufthammer zusammengebrochen. Ich hätte Sie eher für einen Nigerianer oder so was gehalten.«

»Vielleicht bin ich ja so was.«

»Und Greg?«

»Provenzale durch und durch. Er wurde mit einer Schale Aïoli in der einen und einer Boule-Kugel in der anderen Hand geboren.«

Aïcha lachte und ließ ihren dicken schwarzen Zopf fliegen.

»Vorsicht, sie kommt zurück.«

Und schon schob sie den Teewagen hinaus, bückte sich, um ein Spielzeug aufzuheben, ohne sich noch einmal umzusehen.

»Es tut meinen Kindern gut, zu Belle-Mamie zu gehen, das bringt sie auf andere Gedanken«, verkündete Blanche und nahm wieder Platz.

»Ich werde Sie jetzt verlassen, es ist schon spät«, sagte Chib.

»Ach, bleiben Sie doch zum Abendessen! Jean-Hugues muss bald hier sein.«

»Ich meine … Ich möchte Sie nicht stören.«

Sie drehte sich abrupt zu ihm um und sah ihm zum ersten Mal seit seiner Ankunft richtig in die Augen.

»Sie stören mich nicht. Im Gegenteil. Ich muss mit jemandem sprechen. Denn sonst mache ich vielleicht eine Dummheit. Irgendeine. Ich verstehe, dass Sie's eilig haben zu gehen, weinende Frauen sind Männern ein Graus, aber ich versichere Ihnen, es ist eine Ausnahme, normalerweise bin ich sehr beherrscht. Ein richtiges kleines Zirkuspferd.«

»Hören Sie … ich …«

»Nein, Sie hören mir zu. Wenn ich schon mal eine Geisel habe. Aber was rede ich da? Entschuldigen Sie, ich verliere den Verstand bei all diesen Medikamenten.«

»Wollen Sie sich nicht ein wenig ausruhen?«

»Ich höre gar nicht mehr auf, mich auszuruhen. Das macht mich verrückt, definitiv! All diese Ruhe, die ewige Ruhe ...«

Ihre Stimme versagte, und Chib streckte die Hand aus, legte sie auf ihr eisiges Handgelenk und zog sie dann, dunkelrot im Gesicht, wieder zurück. Wo war der Barschrank? Ein Cognac, ein dreifacher, würde ihm gut tun. Und auch sie brauchte eine Stärkung.

»Um wie viel Uhr wünschen Sie zu speisen, Madame?«

Verdammt! Bei all diesen Menschen, die auf- und abtraten, kam man sich vor wie im Theater.

«Zwanzig Uhr, danke. Möchten Sie einen Aperitif?«

»Gern.«

Quietschen von Rädern. Und wieder ein Teewagen, diesmal einer aus Teakholz, voll gestellt mit Flaschen und Flakons.

»Ich hätte gern einen Cognac«, sagte Chib, an Aïcha gewandt, die ihm ein großzügige Dosis Delamain einschenkte.

»Und ich einen Suze«, sagte Blanche.

»Hm, der Doktor hat aber gesagt ...«

»Einen Suze, danke.«

Sicher durfte sie keinen Alkohol trinken. Und wenn sie hier auf diesem verflixten Mosaikboden zusammenbrechen würde? Er würde ihr die Bluse öffnen müssen, damit sie Luft bekam, sie ohrfeigen müssen ... Er nahm einen kräftigen Schluck. Gut! Angenehmes Brennen der Speiseröhre, angenehme Wärme im Magen. Blanche nippte an ihrem Suze, hustete und leerte ihr Glas dann in einem Zug. Das fing ja gut an.

Aïcha war verschwunden, wahrscheinlich in den Tiefen des Anrichtezimmers. Blanche griff nach der Suze-Flasche, füllte ihr Glas erneut, einfach so, ganz natürlich, mit einer vagen, an Chib gerichteten Geste, einer Geste, die besagte: »Bedienen Sie sich nach Belieben.«

Er nickte, schenkte sich noch etwas von dem Delamain nach, um ihr Gesellschaft zu leisten.

Sie kippte ihren zweiten Suze runter, den Blick ins Leere gerichtet, eine Hand um die Armlehne des Sessels geklammert. Musste er etwas sagen oder tun? Außer an seinem exzellenten Cognac zu nippen.

Ruhe. Draußen wurde es später Nachmittag. Ein grün-gelber Schmetterling an der Scheibe. Seine Flügel schlugen zart an das Glas. Das Geräusch der Eiswürfel, die in dem silbernen Kübel schmolzen. Ein Seufzer. Er schwenkte den Cognac in seinem Glas, er roch daran, trank noch ein wenig. Ein zweiter Seufzer. Dann:

»Haben Sie Kinder?«

Jetzt kommt das Verhör.

»Nein. Ich bin Junggeselle.«

»Wünschen Sie sich keine?«

»Nein, eigentlich nicht. Ich glaube nicht, dass ich ein guter Vater wäre«, fügte er spontan hinzu.

»Warum?«

»Ich habe den meinen nicht gekannt. Ich weiß nicht, was ein guter Vater zu tun hat.«

Sie stellte ihr Glas ab.

»Und ich weiß nicht, wie man es macht, eine gute Mutter zu sein«, erwiderte sie, die Augen gesenkt. »Nein, ich weiß es wirklich nicht, denn eine gute Mutter lässt ihre Kinder nicht sterben, nicht wahr?«

Warum hatte er diesen Blödsinn gesagt? Warum?!

»Was passiert ist, war nicht Ihre Schuld.«

»Ach, was wissen Sie schon?«

Gute Frage. Aber …

»Niemand ist für einen solchen Unfall verantwortlich, es sei denn das Schicksal, die unglücklichen Umstände …«

»Ich hätte es ahnen … hätte aufpassen … auf der Hut sein müssen. Eine gute Mutter ist wie ein Matrose im Ausguck, sie darf niemals ein Auge zutun, verstehen Sie?«

Als könnte man über das Schicksal wachen! Der Cognac stieg ihm in den Kopf, er wäre gerne gegangen. Er beugte sich zu ihr hinüber.

»Sie sind nicht für den Lauf der Welt verantwortlich, Sie können nicht ewig Schuldgefühle haben.«

Sie zuckte die Schultern.

»Nein, ich weiß, ich sollte die Blumen betrachten, dem Zwitschern der Vögel lauschen, mich freuen, dass ich noch vier hübsche Kinder habe. Glücklich sein über meine Ehe, meinen Lebensstandard, ein passables Aussehen, nicht wahr?«

»Denken Sie nie an etwas anderes als an sich selbst? Ihr Mann muss schließlich auch sehr leiden … Ihre Kinder …«

»Wie können Sie es wagen!«

Sie war zitternd aufgestanden.

Er erhob sich jetzt auch.

»Sie sprechen mit mir. Ich antworte Ihnen. Aber Sie kaufen sich wohl besser ein Tonbandgerät, dann können Sie sich in Stereo zu Grunde richten.«

»In einer halben Stunde wird serviert.«

»Monsieur Moreno kann nicht bleiben.«

»Ach? Na gut, ich gebe Colette Bescheid.«

Aïcha ging, sichtbar verblüfft. Er stellte sein Glas auf dem Teewagen ab. Umso besser, er war froh, nicht mit dieser Halbverrückten essen zu müssen.

»Sie sind wirklich sehr empfindlich«, sagte er plötzlich. »Aber in dem Gefühl der Verantwortung für das Schicksal anderer zu schwelgen bedeutet, sich in der Sünde des Hochmuts zu sonnen.«

»Na, wunderbar! Ich schlage vor, Sie tun sich mit meinem Cousin zusammen, er wäre begeistert.«

»Es tut mir Leid, Sie gekränkt zu haben.«

»Und warum? Was kann Ihnen das schon anhaben. Sie kehren in ihre Leichenhalle zurück, oder wie man das nennt, schauen sich einen guten Film im Fernsehen an und denken: »Gott sei Dank, dieser Hysterikerin bin ich entkommen.«

War sie ein Medium oder was? Aber er hatte keine Lust, sie zu verhöhnen. Er hatte Lust, sie in die Arme zu nehmen und zu trösten. Und auch, sie zu ohrfeigen. Zu viele Gelüste gleichzeitig. Diese Frau bringt dich aus der Fassung, Chib.

»Ich glaube nicht, dass Sie hysterisch sind. Ich glaube, Sie sind sehr traurig und brauchen Hilfe.«

»Ich habe bereits einen Ehemann, einen Arzt und einen Priester, brauche ich jetzt auch noch einen Therapeuten? Oder einen Hund?«

Einen Liebhaber.

»Ich weiß nicht, was Sie tun müssen, ich habe Ihnen keinen Rat zu geben, aber Sie sind dabei unterzugehen.«

»Werfen Sie mir einen Rettungsring zu, einen tröstenden Satz, diese stereotypen Redewendungen, wissen Sie, die man bei Beerdigungen von sich gibt.«

»Ich ...«

Er holte tief Luft, trat näher, einen Schritt, nur einen Schritt.

»Kann ich Ihnen helfen?«

Sie kam näher. Einen Schritt. Nur einen Schritt.

«Nein, ich glaube nicht. Aber ich danke Ihnen.«

»Ah, Moreno, Sie sind noch da!«

Er hätte vor Schreck fast einen Herzinfarkt bekommen!

»Ich hatte Glück und hab noch die Maschine um siebzehn Uhr fünfzehn erwischt«, sagte Andrieu und streckte ihm die Hand entgegen. »Ach, ich glaube, ich könnte auch eine kleine Stärkung gebrauchen. Wollten Sie gehen?«, fügte er hinzu und schenkte sich einen Schluck Glenmorangie ein.

»Ja, ich wollte mich gerade verabschieden.«

»Ist alles ... gut verlaufen?«

Blanche wandte das Gesicht ab.

»Kein Problem. Sie ... sie ist in der Kapelle. Wenn Sie sie sehen wollen ...«

»Gut.«

Er leerte sein Glas in einem Zug.

Draußen war es kalt, eine beißende Kälte. In der Kapelle betätigte Andrieu einen Schalter, und eine Sechzig-Watt-Birne verbreitete gelbliches Licht. Chib ging zum Sarg, hob den Deckel und trat zurück, um Andrieu Platz zu machen. Der hüstelte, beugte sich mit angespannten Zügen vor und zog sich nach einem kurzen Blick wieder zurück.

»Sehr gut, sehr gut. Sie müsste nun in den Schrein gelegt werden.«

»Wenn Sie wollen, könnte ich es gleich machen«, schlug Chib vor.

»Na schön, na schön«, sagte Andrieu mit dumpfer, zitternder Stimme.

Chib stellte den Sarg am Boden ab, trat an den Schrein und zog das Laken herunter. Als wäre er plötzlich aufgewacht, trat Andrieu hinzu und half ihm, den zerbrechlichen Glasdeckel anzuheben und ihn auf dem Gerüst festzuklemmen.

»Danke«, sagte Chib, »jetzt komme ich allein zurecht. Ich bin in zehn Minuten bei Ihnen.«

Andrieu wollte protestieren, besann sich aber und verließ die Kapelle.

Chib ging zu dem Holzsarg, schob die Arme unter Elilous Körper und trug sie zu ihrer neuen Behausung. Die Toten scheinen manchmal so schwer, dachte er und wischte sich den Schweiß von der Stirn. Während er automatisch die Erklärung der Unschuld murmelte: »Ich habe nicht gelogen, ich habe nicht betrogen, ich habe nicht verletzt, ich habe nicht getötet ... ich bin rein, ich bin rein, ich bin rein ...«, machte er sie noch ein wenig zurecht, glättete ihr Kleid, ordnete ihr Haar, strich über die Lider und die mit Klebstoff versiegelten Lippen. Dann schloss er langsam den Deckel des durchsichtigen Grabs, schaltete das Licht aus und kehrte in den Wintergarten zurück.

»Wir haben übermorgen um siebzehn Uhr eine Zeremonie vorgesehen. Ich würde mich sehr geehrt fühlen, wenn Sie kommen könnten«, sagte Andrieu, kaum dass er eingetreten war.

Oh, nein!

»Ich möchte nicht ... Sie sind im Familienkreis ...«

»Es sollen möglichst viele Menschen kommen, ich möchte, dass alle da sind, um Abschied zu nehmen von meiner Tochter!«

Raus hier, Chib, schnell raus hier, steig in deinen Wagen und dröhn dich mit Techno zu, damit dein Kopf frei wird.

Schnell verabschiedet, Monsieur Andrieu die Hand geschüttelt, Madame Andrieu zugenickt, zur Tür gegangen, ihren Blick auf den schmalen Schultern gespürt.

Aïcha hielt ihn unterwegs auf.

»Warum bleiben Sie nicht?«

»Ich glaube, sie möchten allein sein.«

»Hm. Greg hat mich angerufen. Er sagt, Sie würden morgen mit dem Boot rausfahren.«

»Ach, ja, ähm, gewiss, wenn das Wetter schön ist. Hat er Sie eingeladen?«

»Ja, morgen ist mein freier Tag. Soll ich eine Windjacke oder so was mitnehmen?«

»Nein, davon gibt es genug an Bord. Nur einen Pulli zum Wechseln, falls Sie ins Wasser fallen.«

»Sehr lustig. Ist es gefährlich auf dem Boot?«

»Es kann schaukeln. Nein, es ist ungefährlich. Hat er Ihnen gesagt, was auf dem Programm steht?«

»Er sprach von einem Picknick auf den Inseln. Und dass ich eine Freundin mitbringen könnte.«

»Und?«

»Mal sehen. Gefällt mir, ehrlich gesagt, nicht so sehr, zwei Typen und zwei Frauen, ein bisschen plump, oder?«

»Das hängt von der Freundin ab.«

»Aïcha!«

»Ich komme! Dann, bis morgen!«, fügte sie hinzu und eilte davon.

Draußen, kühle, duftende windige Nacht. Knirschender Kies. Türknallen, Motorsummen, dazu *What's New* von Saint-Germain. Scheinwerferlicht, das über die sauber geschnittenen Hecken gleitet, Fahrt hinunter in die Stadt zum Lärm des Lebens, weit weg von diesem Mausoleum voller Frustrationen.

Aber *sie* blieb eingeprägt in die Netzhaut, unauslöschlich.

Wie ein Zauberbann.

Der einen zum Abgrund zieht.

INTERMEZZO I

Kleiner schwarzer Mann
hopst und hüpft
zappelt und zuckt
wie eine junge Katze
im tiefen Teich
ein Maunzen und Miauen
Das ödet mich an
Größer ist besser
bedeutet Widerstand
geilt mich mehr auf
wie beim letzten Mal …
Wen werde ich also lieben
beim nächsten Flug?
Eisig meine Flügel, scharf die Kanten
schneiden durchs Fleisch
Fetzen. Mit dem Rüssel wühlen
Engel machen
ist ein Beruf
Keine Lust auf Reime
Keine Lust auf Regeln
Lauf
oder krepier
Ja, ja, steck ihn rein, tief
wie den Schürhaken ins Feuer,
in den Mund

KAPITEL 4

Die *Riva* brauste mit Vollgas durch die Fluten, Chib klammerte sich an die Metallreling, Aïcha und ihre »Freundin« standen vorne neben einem Greg, der, ganz Lächeln und Muskeln, lässig das Motorboot lenkte und, um die Mädchen zum Schreien zu bringen, es die Wellenkämme hochjagte. Chib schloss die Augen. Er hatte immer Angst, dass dieses verdammte Ding aus Mahagoni umkippen, sie alle ins Wasser befördern und ihnen als Zugabe auf den Kopf knallen würde. Warum musste Greg so schnell fahren? Es wäre so angenehm, geruhsam die Küste entlangzuschippern, in einer vernünftigen Entfernung zum Ufer, die ein Mann bei guter Gesundheit innerhalb einer halben Stunde schwimmend zurücklegen kann. Ja, das wär's, langsam mit sanftem Plätschern dahinfahren, die Finger durch das kühle Wasser gleiten lassen und nicht spüren müssen, wie einem der Magen durchgeschüttelt wurde, jedes Mal, wenn sich der Bug hob, kurz in der Schwebe blieb und dann schwer auf das Wasser klatschte.

»Gleich kreuzen wir ein besonders großes Boot, jetzt wird's lebhaft. Alle Mann festhalten!«

Greg öffnete ein Auge und sah das Heck einer riesigen Yacht vorbeiflitzen, dahinter glitzerndes Kielwasser, das mit voller Wucht gegen die Bordwand schlagen würde, oh, die *Riva* neigte sich sehr elegant auf die Seite, Aïcha fing gerade noch ein Lederpolster auf, das sonst über Bord geflogen wäre, Gaëlle, die Freundin, stieß einen spitzen Schrei aus und klammerte sich an die Windschutzscheibe, Greg ließ sein »Keine-Panik-auf-der-

Titanic«-Lachen ertönen, während Chib betete, dass die *Riva* mit dem Kiel nach unten aufschlagen würde.

Plumps. Oh. Platsch, platsch, platsch – eine Reihe von Stößen. Wo bleiben diese verdammten Inseln? Ich zähle bis hundert, bei hundert wird es vorbei sein.

Siebenundneunzig. Gedrosseltes Tempo. Danke Großer Ré-Horakhty, ägyptischer Sonnengott, mögest du hundert Millionen Jahre strahlen. Er durfte nicht daran denken, dass noch der ganze Rückweg bevorstand.

Chib richtete sich auf. Die *Riva* schlängelte sich zwischen den großen weißen Felsblöcken hindurch, die eine kleine seichte Bucht säumten. Greg erteilte den mit Bootshaken bewaffneten Mädchen Manövrieranweisungen, damit die Seiten des Boots nicht an die herausragenden Felsen stießen. Schließlich verstummte der Motor. Chib beugte sich über die Reling. Das Wasser war kristallklar, Algen wedelten über den Sand, rote Flecke von Seesternen, schwarze kugelige Seeigel, gestreifte Blitze von Fischen. Gaëlle klatschte begeistert in die Hände. Vierundzwanzig Jahre. Medizinstudentin. Groß, schlank, rotgelockte Mähne, strahlendes Lächeln. Aïcha und sie besuchten denselben Kurs für afrikanische Percussion und hatten sich angefreundet. (Natürlich konnte Greg auf der Konga trommeln, und natürlich hatte Greg sie zu sich nach Hause zum Konga-Trommeln eingeladen, in seine Maisonette-Wohnung mit Blick über den Hafen.)

»Hilfst du uns, oder schläfst du?«

Auspacken des Picknicks, Ausbreiten der Tischdecke, Verteilen von Tellern und Besteck, Korkenzieher, gekühlter Weißwein. Kein Windhauch, wir haben das Glück gepachtet, wer möchte Hummer?

Das feste Hummerfleisch. Totes Fleisch. Weiß und kalt.

»Ich gehe schwimmen«, verkündete Chib.

»Du? Spinnst du? Das Wasser ist noch eiskalt!«

Er zuckte die Schultern. Die Vorstellung, in das glasklare Wasser einzutauchen, erschien ihm plötzlich unwiderstehlich. Er zog sich aus bis auf den schwarzen Calvin-Klein-Slip – Gott sei Dank hatte er nicht seinen alten Känguruh-Slip an –, kletterte über das Schandeck und tauchte zögernd einen Fuß in die Fluten.

Brrr. Wirklich brrr. Sei's drum. Gelobt sei, was hart macht. Bis zu den Knien. Sehr kalt. Die Schenkel. Gefühl von Schrumpfen im Unterleib. Das Wasser berührte den Slip.

»Er wird noch zum Schoko-Eskimo, der Idiot!«

Auf die Bizepse stützen, um sich ganz langsam hinunterzulassen, kalter Biss in den Bauch, Anspannen der Brustmuskeln, abstoßen und hopp, Schultern, Hals, Kopf untertauchen, ja.

Er kraulte kräftig, um sich vom Boot zu entfernen, genoss das eisige, belebende Prickeln auf der Haut. Etwas streifte seinen Schenkel, und für den Bruchteil einer Sekunde hatte er das grauenhafte Bild einer Elisabeth-Louise vor Augen, die wie ein toter Fisch im Wasser trieb, den Mund voller Blasen, die Augen voller Hass, das lange Haar wie zu einer Blütenkrone ausgebreitet. Er drehte sich um die eigene Achse. Ein Bündel weißlicher Algen. Er stieß sie mit dem Fuß zurück, tauchte wieder auf, schüttelte sich. Greg stand schon auf dem Bug in violetten Boxershorts. Kopfsprung, aufspritzendes Wasser, Lachen, Gregs kräftige Muskulatur teilte die Fluten mit perfekten Kraulbewegungen.

Chib zog sich an Bord, griff nach dem Badetuch, das Gaëlle ihm reichte. Ein schöner Tag. Ein köstliches Picknick. Angenehme Begleitung. Ein bitterer Geschmack im Mund, den das Salzwasser nicht hatte vertreiben können.

»Hast du Probleme?«

Wieder Gaëlle, ein Glas Weißwein in der Hand.

»Ein Problem im Job, nichts Schwerwiegendes.«

»Was machst du beruflich?«

Die Fangfrage.

»Ich bin Taxidermist.«

Sie hob die Brauen.

»Ausstopfer? Eher außergewöhnlich. Was stopfst du aus? Den Hund der alten Omas?«

»Unter anderem. Fische, Wildschweine ...«

»Stinkt das nicht zu sehr?«

»Man gewöhnt sich dran. Und du, wie ist's mit der Medizin?«

»Die stinkt nicht schlecht ...«

»Ich habe noch nie einen Mediziner präpariert«, meinte er mit nachdenklicher Miene.

Sie lächelte, leerte ihr Glas, bot ihm eines an, das er ablehnte.

Er streckte sich auf einer der Bänke aus, wärmte sich in der Sonne auf. Greg kam wieder an Bord, bespritzte alle. Noch ein Gläschen Weißwein? Also prost! Die Mädchen räumten die Reste des Picknicks wieder ein. Dann Stille, Vorzeichen der Siesta. Greg schmierte Aïcha mit Sonnencreme ein. Gaëlle las die letzte Elizabeth George. Chib schloss die Augen. Den kurzen Moment der Ruhe genießen.

Das Boot wiegte sich leicht. Greg schlüpfte in seinen Taucheranzug und griff nach seiner Harpune.

»Heute Abend gibt's Tintenfisch!«, verkündete er.

Aufspritzendes Wasser. Leichte Brise. Sanftes Schaukeln. Benommenheit.

»Bist du morgen zur Zeremonie eingeladen?«

Aïcha. Als sie an Bord geklettert waren, waren sie zum Du übergegangen.

Chib seufzte.

»Leider.«

»Das wird finster werden ... Sie haben zwei Aushilfskräfte für den Empfang engagiert«, fügte sie hinzu.

»Welcher Empfang?«

»Für den Leichenschmaus. Scheint so üblich zu sein – alte französische Tradition ...«

Kurzes Bild von einem Ballsaal voller weiß gepuderter, als Marquis verkleideter Vampire, die den Körper der Kleinen verschlingen. Du hast zu viele Filme gesehen, Chib.

»War sie sehr wild, Elisabeth-Louise?«

»Elilou? Nein, sie war eher ruhig, ein Kind, das still in einer Ecke spielt. Warum?«

»Ich habe Spuren von mehreren Brüchen gefunden.«

»Ach so ... sie hat oft Pech gehabt, war ein Mädchen, das

sich ständig verletzt, weißt du. Ihre Geschwister haben sie deshalb oft aufgezogen.«

Unangenehmer Schauder.

»Und mit ihren Eltern, wie ging das?«

»Na ja, sie war sechs Jahre alt, natürlich ging das. Sie sind streng, aber nett. Außerdem war sie ein braves Kind. Nicht wie dieses Biest von Annabelle.«

»Wer ist das Lieblingskind?«

»Das kann man nicht wissen. Der Vater behandelt alle gleich, ein bisschen wie in der Armee. Und Madame, sie ist oft geistesabwesend. Nur Fassade und dahinter unbewohnt.«

»Nimmt sie Drogen?«

»Du fragst wie ein richtiger Polizist! Nein, sie nimmt keine Drogen. Sie neigt eher zum Alkohol.«

»Und der Priester?«

»Der Cousin? Den kann ich nicht ausstehen! Mit seinem gekünstelten Lächeln und seiner zuckersüßen Stimme – man könnte ihn für einen Schwulen im Priestergewand halten.«

Gaëlle blickte von ihrem Roman auf.

»Glaubst du, das ist einer von diesen pädophilen Priestern?«

»Auf jeden Fall sieht er so aus.«

»Hast du irgendein auffälliges Verhalten in Gegenwart der Kinder bemerkt?«, fragte Chib und stützte sich auf einen Ellenbogen.

»Nein«, musste Aïcha widerwillig zugeben. »Genauer gesagt, spricht er kaum mit den Kindern; er hängt ständig nur bei Madame herum.«

»Meinst du, er legt sie aufs Kreuz?«, fragte Gaëlle mit gespielter Empörung.

»Das würde mich wundern, wo sie doch nur Augen für ihren Jean-Hugues hat. Und ich würde es mir verkneifen, ihn zu betrügen. Der ist nämlich nicht von der super-coolen Sorte, weißt du.«

Gaëlle legte ihr Buch beiseite und wandte sich zu Chib.

»Warum stellst du all diese Fragen über das Mädchen. Denkst du an Kindesmisshandlung?«

So, jetzt war es ausgesprochen.

»Ich weiß nicht. Ich hab mich nur manchmal gefragt ...«

»Kindesmisshandlung? Sagt mal, ihr tickt wohl nicht richtig!«, protestierte Aïcha. »Niemand hat je die Hand gegen Elilou erhoben!«

»Manchmal geschieht so was unbemerkt, im Verborgenen. Wir haben neulich ein paar schreckliche Fälle in der Uni durchgenommen«, erwiderte Gaëlle mit gerunzelter Stirn. »Frauen, die ihre Kinder heimtückisch vergiften oder systematisch Unfälle provozieren. Man spricht von Münchhausen-Syndrom.«

»Du spinnst!«

»Ich nicht, aber deine Blanche Andrieu scheint mir nicht ganz dicht.«

»Sie würde keinem ihrer Kinder je etwas antun! Sie ist superkatholisch!«

»Ein Grund mehr, was, Chib?«

Er zuckte die Schultern. Wer konnte sagen, wozu eine Frau wie Blanche Andrieu fähig war oder nicht? Und wer konnte sagen, was Chib Moreno gern mit ihr angestellt hätte oder nicht?

»Verletzen sich die anderen Kinder auch oft?«, beharrte Gaëlle, offensichtlich interessiert an dem Thema.

»Nein, eigentlich nicht.«

»Hat sich einer von ihnen schon mal was gebrochen?«

Aïcha dachte kurz nach.

»Ich glaube nicht. Aber das will nichts heißen. Ich sagte doch, Elilou war sehr ungeschickt.«

Gaëlle wandte sich an Chib, wie an einen Komplizen.

»Das sagt man immer bei misshandelten Kindern. »Er ist ausgerutscht, er ist die Treppe hinuntergestürzt ...«

»Hör auf!«, protestierte Aïcha. »So ist sie umgekommen, die arme Kleine.«

»Hat Cordier die Leiche untersucht?«, fragte Chib und setzte sich auf.

»Er wurde sofort gerufen; ich habe das Telefonat geführt. Reich mir den Wein rüber, danke, Gaëlle.«

Aïcha trank einen Schluck und fuhr fort:

»Es war halb sieben, ich war gerade aufgestanden, und gehe in die Küche, um zu frühstücken, ich kümmere mich nicht ums Essen, das macht die Köchin, Colette. Gut, also ich gehe durch die große Eingangshalle, es ist dunkel, ich habe kein Licht gemacht, und ich sehe etwas am Fuß der Treppe liegen. Ein Haufen Wäsche. Nur während ich mir das sage, weiß ich ganz genau, dass es kein Haufen Wäsche ist, das ist manchmal komisch. Ich trete also näher, ich spüre, wie mein Herz hämmert, ich weiß noch nicht, dass es Elilou ist, aber ich bin wie krank, und dann plötzlich sehe ich sie. Sie liegt auf dem Bauch, aber ... oh, Scheiße ... aber ihr Kopf ... weil ihr Kopf verdreht ist, sieht er mich an, obwohl sie auf dem Bauch liegt; ich spüre, wie mir die Knie weich werden, weil ich all das gleichzeitig denke, dass der Kopf verdreht ist und dass sie mich nicht richtig ansieht, weil ihre Augen wie aus bemaltem Glas sind, geöffnet und starr. Wenn ich nur daran zurückdenke, wird mir ganz übel.«

Niemand sagte etwas. Gaëlle füllte erneut die Gläser. Gregs Flossen schlugen aufs Wasser. Aïcha strich sich durchs Haar und über die Schläfen. Gaëlle beugte sich zu ihr vor:

»Und was hast du gemacht? Hast du geschrien? Bist du in Ohnmacht gefallen?«

»Nein. Nein, ich habe nicht geschrien, ich bin nicht in Ohnmacht gefallen. Komisch, aber ich bin, als ich begriffen habe, dass sie tot ist, plötzlich ganz ruhig geworden. Ich bin zunächst in Andrieus Arbeitszimmer gelaufen, um die Nummer von Cordiers Handy zu suchen, und habe ihn angerufen. »Verdammt, das darf nicht wahr sein!«, und dann: »Ich komme!«, und ich hörte ihn noch murmeln: »Mein Gott, die arme Blanche!« Dann habe ich es Colette gesagt, die anfing, laut zu schreien, und ich hab ihr gesagt, sie soll sich zusammenreißen, dass es nicht der passende Augenblick ist, und dann bin ich raufgegangen. Und dann hatte ich solchen Schiss, ihnen das sagen zu müssen, dass es mir vorkam, ich weiß nicht, als würde ich schweben, ich bin also raufgegangen, alle Schafzimmer sind im ersten Stock, ich habe an ihre Tür geklopft, er hat geöffnet, er war im Jogginganzug, er läuft jeden Morgen eine halbe Stunde im Park, und er fragte: »Was gibt's?«, ziemlich unwirsch. »Elilou hatte einen Unfall, Monsieur.«

»Das ist ja der reinste Horror!«, kommentierte Gaëlle und leerte ihr Glas.

»Du sagst es! Er hat mir angesehen, dass es ernst war, und dann meine zitternden Stimme. Er ist plötzlich kreidebleich geworden. ›Was für ein Unfall? Was ist passiert?‹ ›Es ist furchtbar. Sie ist die Treppe hinuntergestürzt, sie … ich glaube, sie ist …‹, mehr habe ich nicht gesagt, er hat mich zur Seite gestoßen, ich wäre fast gefallen, und er ist wie ein Verrückter gerannt, und dann hörte ich ihn schreien: ›Elilou!‹, es hat mich fast zerrissen, und Blanche ist aus dem Bett gesprungen, sie kam ungekämmt auf den Flur gestürzt und hat gerufen: ›Was? Was ist?‹, ich habe ihr nicht antworten können, und er brüllte ›Elilou!‹, sie ist die Treppe hinuntergerannt, sie war im Nachthemd, das mit den Häschen drauf, und sie hat geschrien: ›Jean-Hugues?‹, und dann hat sie auch angefangen zu brüllen, ich wusste nicht, was ich tun sollte, die Kinder kamen aus ihren Zimmern, ich wollte ihnen den Weg nach unten versperren, aber Charles hat mich fast umgerannt, und dann war das Chaos perfekt, alle heulten und schrien, und Andrieu hielt die Kleine auf dem Arm, als würde er sie wiegen. Es ist blöd, aber ich musste an Clark Gable denken in *Vom Winde verweht,* als die kleine Bonny Blue stirbt, ich habe zu heulen angefangen, derart zu heulen …«

»Kann ich mir vorstellen. Ich wäre, glaube ich, in Ohnmacht gefallen«, meinte Gaëlle mit weit aufgerissenen Augen.

»Nun, Blanche ist in Ohnmacht gefallen. Sie hat die Hand an die Brust gelegt und bums, lag sie am Boden. In diesem Moment klingelt es, ich bin zur Tür gerannt, es war Cordier, zum Glück. Er hat alle zurückgedrängt und Andrieu befohlen, er soll die Kleine auf das Sofa legen. Er hat sich über sie gebeugt, und er hat den Kopf geschüttelt, so. Andrieu zuckte zusammen, als hätte man ihm einen Fausthieb versetzt. Er hat sich an Charles geklammert, der kein Wort gesagt hat. Und dieser Idiot von Louis-Marie fragt noch: ›Ist Elilou tot, Papa?‹ Ich hätte ihn ohrfeigen können! Cordier benahm sich sehr gut. Er hat sich ihnen zugewandt und gesagt: ›Ihr müsst tapfer sein, Kinder, eure kleine Schwester hat den Sturz nicht überlebt.‹ Und dann hat er der stöhnenden Blanche eine Spritze verpasst und Andrieu ein Röhrchen mit Tabletten gegeben, und er hat Colette gebeten, Kaffee zu machen, und, mein Gott, wie hat die arme Alte geheult, während sie kochte!«

»Und dir? Hat er dir nichts gegeben?«

»Mir? Er hat mich in den Arm genommen, der geile Bock.«

»Vielleicht nur eine Geste des Mitgefühls?«, meinte Chib.

»Von wegen!«

»Das ist wohl ein richtig scharfer Hund, oder was?«, erkundigte sich Gaëlle und leerte ihr Glas.

»Ganz schön scharf auf meinen Luxuskörper, das stimmt.«

»Niemand hat die Version vom Sturz bezweifelt?«, fragte Chib.

»Na, ich habe sie mit verdrehtem Kopf am Fuß der Treppe gefunden, ein Pantoffel auf einer Stufe, da kann sie doch nur gestürzt sein!«

»Hm … Genau genommen, hätte man ihr woanders das Genick brechen und sie später dort ablegen können, stimmt's, Gaëlle?«

»Stimmt«, erwiderte sie mit gerunzelter Stirn. »Aber warum an Mord denken, wenn es um ein kleines ungeschicktes Mädchen geht? Du hast schon ganz schön verquere Ideen, oder?«

»Ich weiß nicht«, meinte Chib. »Ich spüre schlechte Schwingungen bei dieser Geschichte.«

»Na, so was! Bist du ein Medium?«

»Nein, aber … ist sie gewöhnlich früh aufgestanden, die Kleine?«

»Normalerweise wecke ich die Kinder um sieben Uhr für die Schule«, erklärte Aïcha. »Ich helfe Eunice und Annabelle beim Anziehen. Aber Elilou kann sehr gut vorher aufgewacht und in die Küche gegangen sein, sie ist ziemlich naschhaft.«

»War«, korrigierte Gaëlle.

»Ist das oft vorgekommen?«, beharrte Chib.

»Manchmal. Einmal habe ich sie sogar vor dem Fernseher erwischt!«

»Und niemand hat sie aufstehen hören? Hat sie ein eigenes Zimmer?«

»Ja, jeder hat eines für sich. Auf jeden Fall wäre sie ganz leise gewesen, wenn sie vorgehabt hätte, Blödsinn zu machen.«

»Beruhigt, Monsieur Chib?«, erkundigte sich Gaëlle lächelnd.

»Muss ich wohl, Frau Medizinerin, aber nicht vollständig überzeugt.«

»Hier die Frucht meiner Arbeit!«

Ein tropfender Greg kam die Leiter hochgeklettert und hielt seine Harpune mit einem winzigen Kalmar daran in die Höhe.

»Ach, der Arme, das ist ja noch ein Baby!«, rief Gaëlle, »den wollen wir doch nicht töten!«

»Wirf ihn wieder ins Wasser, bitte!«, bettelte Aïcha.

»Spinnt ihr, oder was? Der schmeckt, auf dem Grill geröstet, ganz köstlich.«

»Ist uns egal, den essen wir nicht!«, meinte Aïcha energisch. »Wir sind gegen den Genozid der Kraken.«

»Aber das ist doch gar keine Krake, das ist ein verdammter Kalmar! Den isst man wie Hähnchenfleisch!«

Schweigen.

»So ein Quatsch!«, murmelte Greg, zog den kleinen Kalmar von der Stahlspitze und warf ihn ins Wasser zurück. »So, sind jetzt alle zufrieden?«

»Du bist ganz lieb!«, versicherte ihm Aïcha und küsste Greg auf die Wange, der daraufhin tatsächlich errötete.

Na, mein Bester, die wird schon mit dir fertig, diagnostizierte Chib und streckte sich mit einem zufriedenen Lächeln wieder auf seiner Bank aus.

Nachdem alle zusammen im Panorama-Restaurant des Sofitel zu Abend gegessen hatten – danke, Greg – und er mit Gaëlle bei sich zu Hause ankam, war Chib ziemlich beschwipst. Er hatte zu viel getrunken. Gaëlle auch, sie schwankte und kicherte, während sie die ausgestopften Tiere betrachtete. Er hatte nicht geplant, sie mit heimzunehmen, es hatte sich so ergeben, als Greg und Aïcha sich verabschiedet hatten, bevor sie in den Jeep stiegen. »Ich würde mir gern dein Atelier ansehen«, hatte sie gesagt, »wenn dich das nicht stört.«

Sie war hübsch, sympathisch, intelligent. Warum nicht? Hatte er ein Keuschheitsgelübde abgelegt? Nein. Lernte er jeden Tag ein hübsches vierundzwanzigjähriges Mädchen kennen, das bereit war, sich ihm an den Hals zu hängen? Nein. Na, dann mal los!

Er bot ihr einen Martini und einen Cognac an.

»Cognac, danke.«

Er schenkte sich auch ein Glas ein. Er war gut, ein Geschenk der Gräfin di Fazio.

Während sie in kleinen Schlucken ihren Cognac trank, legte er eine CD auf. *In the Mood For Love.*

»Hat dir der Film gefallen?«, fragte Gaëlle und schenkte sich nach.

»Sehr. Und dir?«

»Super! Tanzen wir?«

Später, als sie sich im Dunkel seines Schlafzimmers an ihn schmiegte, während er rauchte, fragte sie plötzlich:

»Hatte sie blaue Flecken am Rücken?«

»Wie?«

»Die Kleine, ob sie blaue Flecken am Rücken hatte?«

»Ja, warum?«

»Das ist oft bei misshandelten Kindern der Fall. Blaue Flecken an Stellen, an denen man sich bei gewöhnlichen Stürzen nicht stößt, gar nicht stoßen kann«, rezitierte sie. »Hast du eine Zigarette für mich?«

Chib reichte ihr seine Marlboro, sein Arm war halb eingeschlafen.

»Was weißt du sonst noch darüber?«

»Eine ganze Menge, aber ich wollte vor den anderen nicht davon sprechen; das ist einfach zu abscheulich. Hast du Zugang zu der Leiche?«

Er dachte einen Augenblick nach.

»Ja, ich glaube schon. Ich könnte einen letzten Besuch vorschützen.«

»Vergewissere dich, ob sie Jungfrau ist«, riet ihm Gaëlle eiskalt.

Chib fuhr hoch und hätte ihr beinahe in die Augen gestoßen.

»Was?«

»Glaub mir, vergewissere dich, dann siehst du klarer.«

»Das ist ja ungeheuerlich!«

»Bist du vierundzwanzig oder ich? Wie alt bist du übrigens?«

»Zweiundvierzig.«

»Bah, so alt! Ich hab mich von einem alten Schwarzen aufs Kreuz legen lassen!«

»*Ich* wurde aufs Kreuz gelegt. Trotz heftiger Gegenwehr!«

»Von der habe ich zwar nichts bemerkt. Aber wenn du's sagst ...«

Sie schwiegen einen Augenblick. Der Wind rüttelte an den Fensterläden. Man hörte das Meer, ein gedämpftes gleichmäßiges Rauschen.

»Meinst du wirklich, ich sollte ...?«, fragte Chib und drückte seinen Zigarettenstummel in der Bierdose aus, die er als Aschenbecher benutzte.

»Wenn du deinen Seelenfrieden haben willst, dann ja«, meinte Gaëlle gähnend. »O weh, ich muss morgen um sechs Uhr aufstehen, meine Kurse beginnen um acht.«

»Am Samstag?«

»Hm. Eine Autopsie.«

»Wir scheinen wirklich für einander geschaffen«, lächelte Chib und schlang die Arme um sie. »Soll ich dir zeigen, wie ich mit meinem Skalpell arbeite?«

»Für heute Abend hast du mich schon genug aufgeschlitzt. Sing mir lieber ein Wiegenlied.«

»*Dos gardenias para ti*
Con ellas quiero decir ...«

KAPITEL 5

Die Abschiedszeremonie war für siebzehn Uhr vorgesehen. Chib stellte seinen Wagen um 16 Uhr 30 vor dem großen Tor ab. Er bekam keine Luft, hatte Kopfschmerzen und trotz des Kaugummis einen üblen Geschmack im Mund. Er griff nach seinem Köfferchen, einem schwarzen Modell mit Metallrahmen, versuchte, zwanzig Mal tief durchzuatmen, hörte jedoch beim elften Mal auf, stieg aus und klingelte.

Aïcha öffnete das Tor. Sie sah schlecht aus, hatte Ringe unter den Augen.

»Wir haben gestern wirklich zu viel getrunken! Ich hab vielleicht einen Kater! Du nicht?«

Er nickte.

»Ein bisschen.«

»Und Gaëlle, ist sie gut nach Hause gekommen?«

»Ich glaube, ja«, sagte er ausweichend.

»Versuch gar nicht erst, zu lügen, sie hat mich nämlich angerufen!«

Dieses Mitteilungsbedürfnis der Frauen! Ein angeborener Defekt! Er folgte ihr über den Kiesweg und fragte sich, was wohl die Kommentare von Gaëlle gewesen sein mochten. »Er taugt nicht viel«, »nett, aber ein bisschen weich, weißt du ...«, »er gibt sich Mühe«. Das wäre das Schlimmste. So was wie: »fleißiger Schüler, doch leider unbegabt«. Er zuckte die Schultern. »Nicht verklemmt, der Typ, nein, überhaupt nicht!«

Mehrere Wagen parkten auf dem Vorplatz. Er erkannte den nachtblauen Peugeot von Belle-Mamie, der Schwiegermutter.

»Wer ist schon da außer der Großmutter?«, fragte er leise.

»Alle, außer Cordier. Der Priester, die Labarrières – das sind Freunde von ihnen –, Chassignol – der Kompagnon von Andrieu – mit seiner Pute, und die Osmonds, das sind Nachbarn.«

»Hat Blanche keine Eltern mehr?«

»Verstorben. Sie hat noch eine alte Tante, die aber nicht mehr reisen kann.«

Er legte ihr die Hand auf den Arm, ganz leicht nur, und deutete auf sein Köfferchen.

»Ich muss noch mal in die Kapelle.«

Aïchas Züge verdüsterten sich.

»Eine letzte Überprüfung, ich will nicht, dass es später Probleme gibt, das wäre wirklich unangenehm«, erklärte er vage. »Gib ihnen Bescheid, dass ich dort bin und dass sie besser nicht kommen, okay?«

»Aber wenn Andrieu ...«

»Er hat sicher keine Lust, der Totenpflege von Elilou beizuwohnen. Sag ihm also, dass ich komme, sobald ich fertig bin.«

»Das wird ihm nicht recht sein ...«

»Er hat mich bezahlt, damit ich meine Arbeit tue, und ich tue sie. Lässt sich die Kapelle abschließen?«

Sie waren vor dem Portal angelangt.

»Innen steckt ein großer Schlüssel; ich weiß nicht, ob er noch funktioniert. Kirchendiebe sind ja ziemlich selten«, sagte Aïcha und eilte zum Haus.

Er stieß die Tür auf. Wieder dieser Geruch nach Staub, nach Erde, nach Kälte und nach Moder. Man hatte eine violette, gold-befranste Samtdecke über das Gestell gelegt. Darauf, vor dem für die Messe geschmückten Altar, stand der gläserne Sarg.

Chib schloss die Tür hinter sich und betätigte den großen, schweren Eisenschlüssel. Er ließ sich drehen. Perfekt. Er hatte wenig Zeit. Er öffnete sein Köfferchen, holte die Palette mit Schminke heraus, sozusagen als Alibi, streifte seine Latexhandschuhe über, mit dem Gefühl, ein Verbrechen zu begehen. Dann hob er den Deckel.

Elilou lag da, die Lider geschlossen, die blonden Locken ausgebreitet, die Hände auf der Brust gefaltet, die Beine geschlossen, die Lippen mit Spezialkleber versiegelt.

Mit trockenem Mund und hämmerndem Herzen ließ er die Hand zwischen die dünnen Schenkel gleiten, vermied dabei, auf die Lider zu blicken, und unterdrückte den Impuls, auf der Stelle die Flucht zu ergreifen. Seine Fingerspitzen berührten widerwillig das Höschen der Kleinen und glitten darunter.

Du darfst das nicht tun, Chib, du kannst das nicht an der Leiche eines kleinen Mädchens tun. Aber er musste es wissen.

Schritte auf dem Kies. Eine Tür, die zugeschlagen wurde. Schnell! Er steckte den behandschuhten Mittelfinger in das Geschlecht, das hermetisch verschlossen schien. Wie viele Jahre Knast konnte man sich mit einer Sache wie dieser einhandeln? Leichenschändung? Fünf?

Er schob den Finger tiefer hinein, die Schritte kamen näher, eine Stimme, schnell, um Himmels willen!

Er zog die Hand zurück, brennend vor Scham, legte die kleinen Beine wieder zusammen, streifte das Kleid herunter, lief zur Tür, um den Schlüssel in dem gewaltigen Schloss zu drehen, zog seinen Handschuh aus und schloss seinen Koffer, als Jean-Hugues Andrieu mit finsterer Miene erschien.

»Aïcha sagte, Sie wollten eine letzte Überprüfung vornehmen?«, sagte er mit eisiger Stimme.

»Ja, ich wollte mich überzeugen, dass alles in Ordnung ist. Manchmal … gewisse Details … da ist es ratsam …«

Er ließ den Satz in der Schwebe, nach Art des Hauses, und Andrieu nickte, schien beruhigt …

»Sie ist schön, nicht wahr?«, hauchte er in Richtung des Sarges. »O mein Gott, es wäre ein so hübsches junges Mädchen aus ihr geworden!«

Er unterdrückte ein Schluchzen, dann wandte er sich ab und entfernte sich mit mechanischen Schritten.

Chib schluckte kräftig und folgte ihm mit hochrotem Kopf.

Sie war es nicht mehr! Sie war keine Jungfrau. Kein Hymen! Ein kleines Mädchen von acht Jahren! Wie war das möglich?

Eine genetische Missbildung? Ein vorzeitiger Riss des Hymens als Folge eines Sturzes? Oder vom Ponyreiten?

Sie wurde vergewaltigt, so sah die Wahrheit aus. Jemand hatte sie vergewaltigt und getötet.

Die Polizei benachrichtigen? Greg kannte bestimmt jemanden im Kommissariat. Aber was sollte er sagen?

»Guten Tag, Monsieur Moreno.«

Beinahe wäre er mit Blanche zusammengestoßen; sie war aschfahl in ihrem marineblauen schlichten Kleid, fast ungeschminkt, die Schultern gebeugt. Er grüßte sie, die Augen auf den kleinen goldenen Christus an ihrem Hals geheftet ...

»Mein Cousin, Pater Dubois«, fuhr sie fort und deutete auf einen kleinen, hageren Mann mit strengen Zügen, im dunkelgrauen Anzug, ein silbernes Kreuz am Revers des Jacketts.

Der Priester nickte ihm wortlos zu. Chib stellte fest, dass seine Augen und sein Haar den gleichen Grauton hatten wie sein Anzug. Über dem Stehkragen ein stark hervortretender Adamsapfel. Seine schmalen Lippen lächelten nicht. Er wirkt weniger wie ein Pädophiler als wie ein pensionierter Gestapo-Mann, sagte sich Chib, als Belle-Mamie ihn jetzt begrüßte, die Augen geschwollen, ein Taschentuch in der Hand zusammengedrückt. Dann stellte Blanche ihn ihren Freunden vor, den Labarrières, um die fünfzig, betucht, teuer gekleidet, gut frisiert, kostbarer Schmuck an Madame, Breuer-Krawatte an Monsieur, sauber, gesund, rosig, nichts Auffälliges. Die Osmonds, die Nachbarn, etwa im gleichen Alter, waren etwas weniger fad. John Osmond hatte den behaglichen Bauch des Biertrinkers und seine Frau Clotilde die rote Nase der Alkoholikerin. Er hatte sich für die Kleidung des Gutsbesitzers, ganz in Olivgrün, entschieden, sie für einen schlecht geschnittenen Kasak, der sie aussehen ließ wie eine Nonne in Zivil. Die Chassignols waren eine Nummer für sich. Rémi Chassignol, der Kompagnon, gehörte zur Gattung Raubtier, dichte dunkle Mähne, stählerner Blick, Adlernase, sehr lässig in einem todschicken Gilles-Masson-Anzug, während seine Pute das pralle Hinterteil und den üppigen Busen in ein hautenges dunkles Designer-Kleid gezwängt hatte; das lange, blonde Haar fiel über ihre Schultern, und die aufgeworfenen Lippen waren zu einem Schmollmund halb geöffnet.

Höfliches Händeschütteln, kurzes verhaltenes Lächeln, gedämpfte Stimmen, und immer wieder trauriges mitleidiges Kopfschütteln.

Die Augen, wie vom Weinen gerötet, die Arme vor der Brust verschränkt, das Haar akkurat gescheitelt, hielt sich Charles – die perfekte Miniaturausgabe seines Vaters –, in seinem dunklen Anzug, ein wenig abseits und musterte Chib, ohne ihn zu grüßen.

»Was möchten Sie trinken?«, fragte Blanche plötzlich hinter ihm.

»Ein Glas Wasser, danke.«

Sie machte dem Kellner in weißer Weste ein Zeichen, es war eine der Aushilfskräfte, von denen Aïcha gesprochen hatte.

Blanche … Er betrachtete ihren zarten Nacken. Die Hand darauf legen. Sie an sich ziehen. Sie beschützen. Beschützen vor was? Vor wem? Vor dem Tod? Lächerlich.

Sie vor der Wahrheit beschützen, die sie nicht kannte? Dass jemand ihr Kind missbraucht hatte? Nein. Würde er also zulassen, dass ein Mörder in Freiheit blieb? Ja. Weil er nicht sicher war. Es waren nur höchst morbide Vermutungen.

Und die Tatsache, dass sie nicht mehr Jungfrau war? Nur eine taktile Halluzination? Er leerte sein Glas Mineralwasser in einem Zug. Er hatte Lust, Gaëlle anzurufen. Er wollte schon nach draußen gehen, um zu telefonieren, als Pater Dubois hüstelte.

»Meine Damen, meine Herren, wenn Sie mir bitte folgen wollen …«

Chib bemerkte den Schatten der Furcht auf dem Gesicht der Pute, deren Namen er nicht richtig verstanden hatte. Winnie oder so ähnlich. Winnie-der-dauergewellte-Bär. Belle-Mamie, eingeschnürt in ein graues Kostüm, hob die Hand an die Brust und seufzte tief. Charles legte die große Hand des zu schnell Herangewachsenen auf ihren gefleckten Arm. Sie strich ihm mit einem gerührten Lächeln über den Kopf. Blanche, den Kopf gesenkt, rang die Hände. Andrieu hatte einen Arm um ihre Schulter gelegt. Die Osmonds starrten beharrlich auf den Boden, die Labarrières ostentativ in die Luft.

Die kleine Prozession bewegte sich zur Kapelle, nur das Knirschen des Kieses unterbrach die Stille. Chib, die Nerven aufs Höchste angespannt, atmete mühsam.

Sie traten in die Kapelle und nahmen auf den Bänken Platz, die zu diesem Anlass frisch eingewachst worden waren. Jeder reckte diskret den Hals, um den gläsernen Sarg und die Leiche, die darin ruhte, besser sehen zu können. Die Pute verbarg ihr Gesicht an der muskulösen Brust von Chassignol. Noémie Labarrière bekreuzigte sich. Clotilde Osmond begann, in dem Messbuch vor sich zu blättern. Belle-Mamie, neben ihrem Sohn, betupfte ihre Augen. Blanche hielt zitternd den Betstuhl umklammert. Die Männer standen reglos da, den Blick ins Leere gerichtet, starr wie Wachposten. Pater Dubois legte die violette Stola über seine Schultern und trat vor den Altar.

Jetzt kamen die Kinder im Gänsemarsch herein, angeführt von einer völlig aufgelösten Aïcha. Eunice, strahlendes Lächeln, gefolgt von einer Annabelle mit tränenverquollenen Augen, und von Louis-Marie im marineblauen Blazer, steif und feierlich. Der aschfahle Charles beschloss den Marsch. Sie nahmen auf der für sie reservierten Bank hinter ihren Eltern, direkt vor Chib Platz. Aïcha setzte sich neben die kleine Eunice.

»Meine sehr lieben Brüder, meine sehr lieben Schwestern, wir sind hier versammelt …«

»Warum ist Elilou in der Glaskiste?«, krähte Eunice.

»Scht, Liebling, man spricht nicht während der Messe!«, sagte Andrieu, der sich, den Zeigefinger auf die Lippen gelegt, umgedreht hatte.

»Wir sind hier aus einem sehr traurigen Anlass versammelt …«

»Ich muss Pipi machen!«

»Halt den Mund!«, zischte ihr Louis-Marie zu. »Halt den Mund, oder es passiert was!«

»Du Böser! Ich sage es Maman!«, flüsterte die Kleine und schmiegte sich in den Arm von Aïcha, die den Tränen nahe schien.

»... von Elisabeth-Louise, deren reine und unschuldige Seele ...«

Rein und unschuldig ... Chib ballte die Hände zu Fäusten.

»... unser großer Kummer ...«

Plötzlich ein raues Schluchzen. Er kam von Winnie-der-Pute, die die Augen verdrehte. Sie murmelte »Entschuldigung« und schnäuzte sich geräuschvoll.

Belle-Mamie, die kerzengerade dasaß, warf ihr einen vernichtenden Blick zu. Die Osmonds fixierten jetzt verbissen ihre Füße. Paul Labarrière hatte die Augen geschlossen. Noémie hielt ihre starr auf den Priester gerichtet, damit sie nicht zu dem gläsernen Sarg wanderten.

Chib sah, dass die Hände von Charles zitterten. Der Junge weinte nicht, war aber rot geworden. Louis-Marie hatte eine steinerne Miene aufgesetzt, die Lider gesenkt, die Lippen zusammengepresst, so dass sie nur noch einen Strich bildeten. Annabelle wippte mit den Beinen, immer schneller, und klapperte mit den Zähnen. Eunice, fest an Aïcha gedrückt, lutschte wie wild an ihrem Daumen, die Augen groß wie Untertassen.

Von heftigen Schauern geschüttelt, schien Blanche der Ohnmacht nahe.

»... weil wir an die Wiederauferstehung glauben ...«

Ich nicht, dachte Chib bei sich, o nein, die Schlächter und die Totengräber glauben nicht an die Wiederauferstehung.

»Lasset uns beten! Vater unser, der du bist im Himmel ...«

Gemurmel von schwachen Stimmen, Räuspern, Husten. Chib öffnete den Mund im Takt, ohne jedoch Laute von sich zu geben. Er betete nicht gerne. Er bemerkte, dass Charles die Lippen beharrlich geschlossen hielt, den Blick auf den großen hölzernen Christus über dem Altar gerichtet. Ein Blick voller Groll und Zorn. Gegen einen so grausamen Gott?

Dubois hob die Hostie, dann den Kelch mit dem Messwein. »Es ist groß, das Mysterium des Glaubens«, und das des Todes erst recht, dachte Chib und musste immer wieder einen Blick auf Elilou werfen, die so artig in ihrem gläsernen Käfig lag. Auch Louis-Marie betrachtete seine Schwester und murmelte dabei etwas vor sich hin. Chib wäre fast zusammengezuckt. Er hatte »Fuck you« von seinen Lippen abgelesen. An wen mochten die Worte gerichtet sein? An ihn, Chib? An den Priester? An Gott? Oder an den, der seine Schwester ermordet hatte? Langsam leidest du unter verfrühter Altersdementia, Chib. Wenn der Junge Bescheid wüsste, hätte er doch wohl mit seinen Eltern gesprochen, glaubst du etwa nicht? Es sei denn, sein Vater wäre der Vergewaltiger und Mörder. Aber dass Jean-Hugues Andrieu es war, der Elilou missbraucht und ihr dann das Genick gebrochen hat wie einem Huhn, schien wenig plausibel.

Jetzt gingen sie, die Kommunion zu empfangen. Alle, außer Chassignol, Clotilde Osmond, Aïcha und, welche Überraschung, Blanche, die, den Kopf gesenkt, auf ihrer Bank verharrte.

Andrieu beugte sich über sie, eine Hand auf ihrer Schulter. Flüstern. Keine Reaktion. »Blanche, ich bitte dich!«

Kurze Drehung des Oberkörpers: »Lass mich!«

Er ballte die Hände zu Fäusten, bevor er seinerseits zum Altar schritt, zwei rote Flecken auf den Wangen. Belle-Mamie kam mit weit geöffneten Augen zurück.

»Was ist los, Blanche?«

Keine Antwort. Mit verkniffener Miene nahm Belle-Mamie wieder Platz. Winnie-die-Pute stolperte neben dem Sarg und konnte sich im letzten Augenblick noch an Paul Labarrière festhalten. Noémie Labarrière weinte lautlos kleine Tränen, die über die braun gebrannten Wangen der gut erhaltenen Fünfzigerin rannen. Hatte sie Elilou gut gekannt? Oder weinte sie aus Mitgefühl mit den Eltern? Aïcha drehte sich, die Augen voller Tränen, kurz zu ihm um. Er beugte sich vor und drückte ihr die Schulter und spürte ganz deutlich, dass diese Geste des Trostes an Blanche gerichtet war. Eunice war eingeschlafen, etwas Speichel rann über ihr Kinn. Annabelle, noch zu klein für die

Kommunion, versetzte der Bank ihres Vaters kleine Fußtritte, nicht so heftig, um dafür gescholten zu werden.

Pater Dubois ergriff erneut das Wort, man erhob sich, man faltete die Hände, man fragte sich, ob er zum Schluss käme, ob dieser gequälte, schamlos zur Schau gestellte Körper endlich fortgeschafft und diese Tortur ein Ende finden würde!

Aïcha, die noch immer Eunice im Arm hielt, versuchte, die schmollende Annabelle auf die Füße zu bringen. Eine Ohrfeige von Charles, und sie schoss hoch, feuerrot im Gesicht. Louis-Marie bedachte sie mit einem eiskalten Blick, und sie machte sich ganz steif. Blanche war auch aufgestanden und zitterte so heftig, dass er den Eindruck hatte, die Vibrationen im eigenen Körper zu spüren. Andrieu schniefte. Seine Hände umklammerten den Betstuhl so fest, dass die Knöchel weiß hervortraten.

Requiem aeternam dona eis Domine. Et lux perpetua luceat eis.

»Herr, gib ihr ewige Ruhe, und das ewige Licht leuchte ihr.«

Dieses Licht, das sie nicht mehr sehen würde. Diese Ruhe, von der sie allzu viel haben würde. Fleischhülle, angefüllt mit aseptischer Flüssigkeit, wirst du Zugang zu den Engeln haben?

Musik. Orgel, natürlich Mozart. Das unvollendete *Requiem*. Schluchzen. Noémie Labarrière versteckte sich hinter ihrem bestickten Taschentuch. Winnie-die-Pute rannte keuchend nach draußen. Chassignol warf ihr einen tödlichen Blick nach und vertrieb dabei eine flüchtige Träne. John Osmond war hochrot, Clotilde trocknete sich die Augen. Belle-Mamie hatte, von Schluchzern geschüttelt, den Kopf auf die Schulter ihres Sohns gelegt. Sie wandte sich zu Charles, drückte ihm die Hand, versuchte, Louis-Marie zu umarmen, der sich jedoch frei machte, strich über die Wange von Annabelle, die lauthals zu weinen begann.

»Gehet hin im Frieden des Herrn ...«

Ite missa est. Es bleibt nur, weiterzuleben.

Andrieu nahm Blanche beim Arm, zog sie zum Mittelgang. Sie wehrte sich schwach und folgte ihm dann, das Gesicht zu ihrem Kind gewandt, das der ewigen Finsternis preisgegeben war.

Prozession zum Ausgang, violettes Dämmerlicht, Duft von blühendem Jasmin. Es war windig. Sonnenuntergang über den Bergen. Weißer Kondensstreifen eines hoch fliegenden Flugzeugs. Flüchtige Berührung der Hüfte von Blanche mit der Hüfte von Chib. Aïcha brachte die Kleinen zum Haus, langsam gefolgt vom Rest der Gesellschaft. Winnie lehnte am BMW der Chassignols, um wieder zu Atem zu kommen. Sie hatte sich neu geschminkt. Noémie nahm Blanche wortlos in die Arme und zog sie an sich. Resignierte Unbewegtheit von Blanche. Paul Labarrière drückte Andrieu ungeschickt die Schulter. Belle-Mamie klammerte sich an Charles, der wie ein Greis von sechzehn Jahren wirkte. Louis-Marie holte schniefend mit dem Fuß aus und schoss einen Kieselstein meterweit. Chib wusste nicht, wie er sich verhalten sollte. Worte des Trostes schienen so lächerlich. Er fragte sich, wo das andere Kind, der kleine Léon, begraben war. Blanche hatte einen Privatfriedhof erwähnt. Eine Gruft unter der Kapelle? Aber was geht dich das an, Chib, willst du den Kleinen ausbuddeln und sehen, ob man ihn missbraucht hat, bevor er ertränkt wurde?

»Sie haben eine beachtenswerte Arbeit geleistet, Monsieur Moreno.«

Er wandte sich um. Pater Dubois sah ihn an, und sein schmaler Mund deutete ein Lächeln an.

»Hm …«

»Sie wollten sich so gerne ein strahlendes Bild von ihr erhalten, das Bild des fröhlichen Kindes, das sie gewesen war«, erklärte er mit seiner hellen Stimme.

Wenn er fand, das der präparierte Vampir in dem Sarg etwas Fröhliches an sich hatte, umso besser.

»Es ist eine schreckliche Prüfung …«, hörte Chib sich sagen.

»Das Leben ist ein Geschenk Gottes, über das der Mensch nicht verfügen kann – leider. Entschuldigen Sie mich, Jean-Hugues macht mir ein Zeichen.«

»Glauben Sie an die Wiederauferstehung?«

Es war Louis-Marie, blass, sein vierzehnjähriges Gesicht voller Angst.

»Nein. Ganz und gar nicht. Die Toten stehen nicht wieder auf, nie. Weil sie tot sind. Glaub mir, ich weiß, wovon ich rede«, versicherte ihm Chib mit einem Seufzen.

»Haben Sie meine Schwester einbalsamiert?«

»Hm.«

»Man könnte meinen, es sei eine Puppe. Eine Puppe aus Fleisch«, fügte der Junge mit angewiderter Miene hinzu.

Mein Gott, was für ein grässlicher Ausdruck!

»Man könnte meinen, sie sei böse!«

»Sie ist nicht böse, es ist nur so, dass sie nicht mehr lächelt, nicht mehr spricht, verstehst du? Aber sie wird nicht auferstehen, da kannst du sicher sein.«

»Das hoffe ich«, meinte Louis-Marie seufzend und ganz offensichtlich nicht überzeugt.

»Louis-Marie!«, rief Belle-Mamie.

Er zuckte die Schultern und entfernte sich mit schlurfenden Schritten.

KAPITEL 6

Der Empfang fand in einem der Salons statt, einem großen Raum mit ockerfarbenen Wänden und einem Boden aus Terrakottafliesen. In der Mitte ein großer Landhaustisch mit einem üppigen kalten Büfett darauf. Mehrere Bilder – Präraffaeliten – an den Wänden, ein Strauß weißer Kamelien in einer chinesischen Porzellanvase, Stühle aus Gusseisen.

Man hätte sich in der Toskana wähnen können, dachte Chib und strich über eine große Amphore.

Die Aushilfskräfte begannen, Flaschen zu öffnen und zu servieren. Um seine Nervosität zu überspielen, nahm Chib einen Teller – ein gelbes Quadrat aus Keramik – und einen dazu passenden Becher. Niemand schien Hunger zu haben, doch man bediente sich, um seine Hände zu beschäftigen. Blanche stand in der Nähe der Terrassentür und betrachtete die Kapelle.

Jean-Hugues Andrieu trank, ohne etwas zu essen, in raschen Schlucken seinen gekühlten Muscadet. Belle-Mamie legte eine besorgte Hand auf seinen Arm, und er seufzte, bevor er sein Glas abstellte.

»Ich habe Eunice ins Bett gebracht, sie war müde«, sagte Aïcha zu Blanche, die zerstreut nickte.

Sie verließ das Zimmer, nachdem sie Chib einen kurzen Blick zugeworfen hatte. Annabelle, auf ihrem Stuhl, spielte mit ihrem Gameboy. Die Knaben waren verschwunden.

Vertrauliches Gespräch zwischen Rémi Chassignol und Paul Labarrière:

»Mein lieber Vizepräsident, hast du bei deinen Sozi-Freunden ein Wörtchen für mich einlegen können?«

»Der Regionalrat ist kein Einlass für Korruption, mein Bester«, entgegnete Paul. »Lass uns morgen darüber sprechen.«

Brennendes Gefühl im Nacken. Chib drehte sich um. Es war wieder Pater Dubois. Seine kleinen, dünnen Lippen – wie eine Narbe.

»Sind Sie katholisch, Monsieur Moreno?«

Nein, ich g'oßer Voodoo-Magie', de' sonntags Weiße als Salat f'isst.

»Ich bin zwar getauft, aber kein praktizierender Katholik.«

»Haben Sie den Glauben verloren?«

Was geht dich das an?

»Ehrlich gesagt, wurde ich in andere Riten eingeweiht.«

»Sie haben die Religion gewechselt?«

»In gewisser Weise. Ich bin ein Anhänger von Amon-Re.«

Pater Dubois blinzelte, dann formte sich sein kleiner Mund zu einem sarkastischen Rund.

»Sie belieben zu scherzen.«

Chib lächelte freundlich.

»Sagen wir mal so, ich interessiere mich sehr für die Glaubensrichtungen im alten Ägypten.«

»Ungezügelter Pantheismus, nicht die geringste intellektuelle Erhabenheit.«

»Die Lehre von Ka, Ba und Akh scheint mir, ganz im Gegenteil, von großer Spiritualität zu zeugen.«

Clotilde Osmond, die gerade einen Toast mit Gänseleberpastete aß, wandte sich zu ihnen um.

»Sie interessieren sich für Spiritualität, Monsieur ähm …?«

»Moreno, Léonard Moreno. Ja, ein wenig.«

»Und was ist das, dieses Ka, Ba et cetera?«

»Die drei Bestandteile des menschlichen Geistes. Das Ka ist in gewisser Weise Ihr Reservoir an Lebenskraft. Durch Ihre Haltung nähren Sie ihn zu Lebzeiten und legen so einen Vorrat für das Jenseits an. Das Ba ist sozusagen unsere Seele. Sie entfliegt bei unserem Tod und kann manchmal auf die Erde zurückkommen und sich an den geliebten Orten aufhalten. Und das Akh ist eine Art von leuchtendem und unsterblichem Geist mit einer kleinen diabolischen Seite.«

»Dummes Geschwätz!«, rief Pater Dubois.

»Ich finde das nicht weniger seltsam als das Mysterium der Dreifaltigkeit«, gab Chib in liebenswürdigem Ton zurück.

»Ah, die Heilige Dreifaltigkeit!«, stimmte Clotilde zu. »Welch verwirrende Lehre. Mein Mann ist Anglikaner. Und ich fühle mich, wenn ich ehrlich bin, stark vom Buddhismus angesprochen – verzeihen Sie, Pater.«

»Eine Religion ohne Gott. Sicher das Ideal einer Gesellschaft, die keine Herren will«, sagte der Pater.

Clotilde runzelte die Stirn.

Chib griff nach einem Röllchen Parmaschinken mit einem Stück Kiwi darin und nutzte die Gelegenheit, etwas beiseite zu treten. Clotilde und Pater Dubois stürzten sich jetzt in eine heiße Debatte über den Niedergang der Spiritualität in der westlichen Welt, während sich Chib unauffällig der Fensterfront näherte, bis er neben Blanche stand, die sich nicht von der Stelle bewegt hatte, die Hände um einen Becher mit Mercurey geklammert, aus dem sie noch nicht getrunken hatte.

Er schenkte sich etwas Wein ein und tat so, als betrachtete er das Bild an der Wand – eine toskanische Landschaft mit Ruinen und Olivenbäumen.

»Ich habe gehört, was Sie über die Seelen gesagt haben. Über das, was Sie Ba nennen.«

Sie hatte gesprochen, fast ohne dabei die Lippen zu bewegen.

»Diese Art von ätherischer Seele, die an geliebte Orte zurückkehren kann. Aber ist das ein Phantom? Oder … nur eine Präsenz, etwas Wirkliches?«

Er schluckte.

»Sie sollten sich solche Dinge nicht vorstellen.«

»Dann hätten Sie erst gar nicht darüber reden sollen.«

»Phantome existieren nicht. Wir sind nicht einmal sicher, ob wir eine Seele besitzen.«

»Der gute Dubois wäre entzückt, das zu hören.«

»Lassen Sie sich nur nicht in dieses Affentheater um den Spiritualismus hineinziehen.«

»Nach dem Tod von Léon habe ich eine Hellseherin aufgesucht. Ich weiß, es ist idiotisch, aber ich musste es tun. Sie sagte mir, dass er dort oben bei Gott glücklich sei. Dass er an uns denke. Dass er uns liebe. Aber ein Baby kann noch nicht lieben, nicht wahr?«, fügte sie hinzu und sah ihn an. »Ein Baby hat Bedürfnisse, das ist alles. Und wenn es allein ist, dann leidet es.«

Er tauchte seinen Blick in den ihren.

»Die Toten leiden nicht. Das Leiden ist den Lebenden vorbehalten. Die Toten ruhen in Frieden, weil sie nichts mehr spüren.«

»Was wissen Sie schon davon? Nur weil Sie eine Art Schlächter der Verstorbenen sind, verfügen Sie noch lange nicht über die Wahrheit.«

Chib spürte, wie sich seine Finger um dem hübschen gelben Becher klammerten. Mit welchem Recht redete sie so mit ihm? Der Schmerz verwirrte sie! Der Schmerz oder die Überheblichkeit des Großbürgertums?

»Blanche, Liebes, isst du gar nichts?«

Andrieu, die Augen eingesunken, die Wangen rot gefleckt, überragte sie mit seiner Körpergröße.

»Ich habe keinen Hunger. Wir unterhalten uns über Religion.«

»So, gut, gut. Der Glaube ist unser einziger Trost. Aber im Augenblick neige ich eher dazu, alles hier zum Teufel zu schicken«, fügte er verbittert hinzu.

Keiner von beiden hat das Kind umbringen können, dachte Chib. Sie lieben es ohne Zweifel, sie lieben es und leiden entsetzlich. Wie hatte er sich nur vorstellen können …

Vibration des Handys an seiner Hüfte.

Er deutete auf den Apparat und trat in den Garten. Es war Gaëlle.

»Wie geht's?«

»So lala. Und deine Autopsie?«

»Ein alter Clochard. Eine Leber wie eine Stopfgans. Ekelhaft. Und die Kleine?«

Er fühlte, wie sich sein Puls beschleunigte. Er hatte keine Lust zu antworten. Aber er sagte:

»Ich glaube, dass ... das heißt, ich will sagen ... ich habe kein Hymen gespürt.«

»Wenn du keines gespürt hast, dann gab es auch keines.«

»Aber das ist unmöglich!«

»Hast du Organe entnommen? Gewebe?«

»Ja, warum?«

»Ich würde das gern untersuchen. Kann ich morgen bei dir vorbeikommen?«

»Okay. Das wird ein heiterer Sonntag.«

»Erst die Arbeit, dann das Vergnügen. Du wirst schon nicht zu kurz kommen.«

Sie hatte bereits aufgelegt. Da haben wir's, der Mann als Lustobjekt einer jungen ungehemmten Studentin. Er trat wieder in den Empfangsraum. Blanche bedachte John Osmond, der sie zu ihren Pflanzen beglückwünschte, mit einem höflichen Lächeln. Jemand hatte Musik aufgelegt. Vivaldi. Besänftigend. Néomie Labarrière diskutierte mit Winnie-der-Pute über die unterschiedlichen Vorzüge von Twingo und Smart. Er machte einen Bogen um sie. Rémi Chassignol, Paul Labarrière und Andrieu gaben Kommentare zum letzten Sieg von Tiger Woods zum Besten. »Er ist wirklich der einzige Schwarze, der eine Begabung fürs Golfspiel hat«, meinte Adrieu. »Im Allgemeinen sind sie eher Athleten«, stimmte Chassignol zu. »Das ist eine Frage der Morphologie.«

Cool, Chib, beweg deine Morphologie zum Büfett und genehmige dir noch ein Schlückchen Mercurey *premier cru*. Belle-Mamie plauderte mit Annabelle. Clotilde und Pater Dubois waren noch immer in ein lebhaftes Gespräch verwickelt ... Sie kippte einen Muscadet nach dem anderen runter und wurde zusehends rosiger. Der Priester trank Perrier, öffnete und schloss geziert seinen kleinen Mund.

Chib warf einen diskreten Blick auf seine Breguet 1954, die

er auf dem Flohmarkt erstanden hatte: 18 Uhr 30, er könnte sich gut aus dem Staub machen, dachte er sich, als Charles und Louis-Marie hereinkamen. Charles griff nach einem Toast mit pürierten Auberginen. Louis-Marie, Walkman-Kopfhörer auf den Ohren, nahm sich ein Glas Limonade.

»Louis-Marie!«, rief der Vater, »was machst du mit dem Ding?«

»Ich höre das Stück von Debussy, das ich bei meiner Klavierprüfung spielen muss«, antwortete der Junge, indem er den Kopfhörer ein wenig lüpfte.

»Nimm das ab!«, gab Andrieu sichtlich unzufrieden zurück. »Nimm das sofort ab!«

»Aber Papa …«

»Keine Widerrede!«

Louis-Marie wurde blass, nahm den Kopfhörer ab und ließ den Walkman auf den Boden fallen.

»Wie du willst, Papa.«

Sprach's und verschwand.

Chassignol hüstelte, Paul Labarrière bückte sich, um das Ding aufzuheben, und legte es auf den Tisch.

»Die Jugend von heute …«, seufzte er.

Andrieu lächelte gezwungen, doch bevor er etwas antworten konnte, griff Belle Mamie ein:

»Die Kinder machen mir Sorgen, Jean-Hugues … Sie stehen unter Schock, verstehst du? Du solltest Dubois bitten, mit ihnen zu sprechen.«

»Als würden sich Jugendliche heutzutage noch den Priestern anvertrauen!«, brummte Andrieu und leerte sein Glas.

»Dubois kennt sich mit jungen Leuten aus. Denk an die ökumenische Werkstatt, die er ins Leben gerufen hat.«

»Vielleicht könnte Ihnen Cordier jemanden empfehlen«, schlug Labarrière mit gedämpfter Stimme vor. »Letztes Jahr hatte Noémie diese … diese unerklärliche Depression. Er hat sie zu Aymet, dem Neurologen, geschickt, Sie wissen, der immer mit der Fliege im Club erscheint. Ja, und nach wenigen Sitzungen war alles wieder im Lot.«

»Unsinn, die Kinder brauchen keinen Psychiater!«, rief Belle-Mamie.

»Neurologe, nicht Psychiater«, korrigierte Labarrière.

»Das ist dasselbe!«, zischte sie und wandte sich wieder ihrem Sohn zu. »Was die Kinder brauchen, ist moralische Unterstützung.«

»Willst du damit andeuten, dass ich meiner Rolle nicht gerecht werde?«, gab Andrieu zurück, und seine Züge verhärteten sich.

Chassignol nahm Labarrière beim Arm:

»Übrigens habe ich dir Winifried noch gar nicht vorgestellt ...«

»Charles und Louis-Marie sind völlig hilflos. Sie brauchen dich, Jean-Hugues.«

»Und was soll ich, bitte schön, tun? Ich kann sie schließlich nicht wieder zum Leben erwecken!«

»Ich verbiete dir, blasphemisch zu werden!«

»Du kannst mir verbieten, was du willst; glaubst du, das ändert etwas?«

»Du bist es, der einen Psychiater braucht!«

»Maman, ich bitte dich! Das ist jetzt wirklich nicht der Augenblick ...«

»Du und vor allen Dingen *sie*! Sie ist dabei, den Verstand zu verlieren«, fügte sie mit so leiser Stimme hinzu, dass Chib sich vorneigen musste, um es zu verstehen.

»Maman!«

»Es tut mir Leid, aber ich wurde aufgehalten ... Ein Infarkt in meinem Wartezimmer, das müssen Sie sich vorstellen! Zum Glück konnte ich ...«

Cordier war eingetreten, küsste Belle-Mamie die Hand und wandte sich Andrieu zu:

»Wie ist es – hält Blanche durch?«

»Das Einzige, was sie braucht, ist, dass man sie in Ruhe lässt«, knurrte Andrieu, »und ich auch.«

»Ich habe Ihnen etwas mitgebracht.«

Er zog einen kleinen Flakon aus der Tasche, den er Andrieu

in die Hand drückte. Der dankte ihm mit einem knappen Kopfnicken, bevor er sich abrupt entfernte.

Belle-Mamie legte ihren Lachs-Toast auf den Teller zurück.

»Ich bekomme einfach nichts herunter!«, gestand sie.

»Das ist ganz normal«, versicherte ihr Cordier und warf einen Blick auf seine Uhr. »Entschuldigen Sie, ich muss telefonieren ... der Infarkt ...«

»Glauben Sie nicht, dass Blanche ausspannen sollte?«

»Gewiss.«

»Das heißt, ich dachte eher an ein Sanatorium.«

Er musterte sie plötzlich aufmerksam.

»Sorgen Sie einfach dafür, dass sie nicht allein mit den beiden Kleinen bleibt. Sie ist nicht in der Lage, sich richtig um sie zu kümmern, vor allem um Eunice«, sagte er und verschwand im angrenzenden Salon.

Chib hatte den Eindruck, seine Ohren seien gespitzt wie die eines Jagdhunds; er war so verkrampft, dass sein Kiefer schmerzte.

Andrieu hatte also Autoritätsprobleme bei seinen Söhnen. Und er vertrug es ganz offensichtlich nicht, wenn sich seine Mutter in seine Ehe einmischte. Belle-Mamie wollte Blanche in die Psychiatrie einweisen lassen. Cordier stopfte alle voll mit allen möglichen Anxiolytika, Antidepressiva und Hypnotika. So, so. Man warf also einen Blick hinter die Kulissen eines hübschen kleinen Gesellschaftsdramas. Man entdeckte den Koffer mit der Verkleidung, den Masken, den Accessoires. Und Pater Dubois, der mit Jugendlichen arbeitete, erschwerte noch die Lage. Er musste genauer unter die Lupe genommen werden. Und Noémie Labarrière mit ihrer »unerklärlichen Depression«. Hatte sie vielleicht herausgefunden, dass ihr Mann die kleine Elilou vergewaltigte? Und dieser so anständige Paul Labarrière, hatte er nicht einen verschwommenen Blick und ein weichliches Kinn? Hm. Die verdächtige Miene des ehrlichen Bourgeois?

»Die Familie ...«, seufzte Belle-Mamie, die ihm plötzlich sehr alt vorkam. »So viele Freuden und so viel Leid ...«

»In diesen extrem schmerzvollen Zeiten, die Sie durchmachen, ist man natürlich geneigt, alles, was Lebenskraft gibt, aus den Augen zu verlieren. Doch das heißt nicht, dass es nicht existiert.«

»Wie Recht Sie haben!«, rief sie plötzlich. »Genau das versuche ich, Blanche klarzumachen. Aber ...«

»Es heißt, der Schmerz einer Mutter sei tiefer als der Ozean und finsterer als die Nacht.«

Chib Moreno, der Phrasendrescher!

»Eine Mutter ist auch für diejenigen verantwortlich, die bleiben«, bemerkte Belle-Mamie mit einem falschen Lächeln, das wohl ihre Aussage mildern sollte. »Eine Mutter kann es sich nicht erlauben, sich im Ozean ihres Schmerzes zu verlieren, um mit Ihren Worten zu sprechen, weil sonst die ganze Familie untergeht.«

»Wenn Sie einen Augenblick Zeit haben, Louise, würde ich Ihnen gern von der nächsten Mission in Afrika erzählen.«

Pater Dubois war unvermittelt aufgetaucht, sein Glas Perrier in der Hand. Er roch nach Eau de Cologne. Seine neugierigen Äuglein wanderten über Chibs Gesicht, der Lust hatte, sie zu vertreiben wie lästige Fliegen.

»Entschuldigen Sie, ich habe Sie unterbrochen«, fügte er seelenruhig hinzu.

»Wir sprachen von der Bedeutung der Werte innerhalb der Familie«, gab Belle-Mamie zurück. »Monsieur Moreno legt großen Wert darauf, wie wir.«

Stell dir mal vor, ein Mohr!

»Das gereicht Ihnen zur Ehre, Moreno, Sie gestatten doch, dass ich Sie Moreno nenne? Heutzutage neigen die Menschen dazu, nicht mehr selbstständig zu denken. Sie lassen sich vom allgemeinen Trend treiben wie ein Korken von der Strömung.«

Chib stimmte zu, ohne sich etwas zu vergeben. Er hatte sehr oft den Eindruck, ein Korken aus Ebenholz zu sein, hin und her geworfen von seinen eigenen Gefühlen und den Zufälligkeiten des Lebens, unfähig, zu entscheiden, welche Richtung er einschlagen sollte.

»Alles ist abhängig vom schnöden Mammon«, fügte der Priester zornig hinzu.

»Immer noch Ihre Gleichheits-Obsessionen, Josselin!«, rief Belle-Mamie dazwischen. »Sie vergessen, es sind unsere Werte, die Frankreich zu dem gemacht haben, was wir lieben.«

»Eine Metze im Bett der Multis«, knurrte Dubois und hielt sein Glas umklammert.

»So reden Sie doch bitte nicht von Dingen, die Sie nicht kennen …«

Die alte Zicke! Aus den Augenwinkeln sah Chib, wie Clotilde Osmond ihren x-ten Becher leerte und sofort wieder füllte. Ihr Mann hatte sich endlich von Blanche gelöst und war jetzt in die Betrachtung der Stereoanlage vertieft, wobei er ein Spießchen mit Hühnerfleisch in Zitronengras verzehrte. Chib überließ Pater Dubois und Belle-Mamie ihren Streitereien.

Nachdem er einen Blick über die Versammlung hatte gleiten lassen, ließ er sich langsam hin zu Blanche treiben. Sie stand immer noch an der Terrassentür, die trotz der inzwischen kühlen Temperaturen draußen halb geöffnet war.

Sie fröstelte, die Arme vor der Brust verschränkt, den Blick zu den ersten Sternen gehoben. Jetzt hob auch er den Blick. Es war leichter, sich vorzustellen, dass all diese funkelnden Lichter kleine schimmernde Seelen waren, als gewaltige Feuerbälle, die dabei waren, sich gegenseitig zu verschlingen.

Sie wandte ihm das Gesicht zu.

»Warum interessieren Sie sich für mich?«

Das sagte sie ganz direkt, ganz kalt.

Warum? Nun …

»Ich weiß es nicht.«

»Gehören Sie zur Gattung der Aasgeier, die sich vom Unglück der anderen ernähren?«

»Und Sie, gehören Sie zur Gattung der narzisstischen Bourgeoisie, die glaubt, alles nach ihren kleinen armseligen Maßstäben beurteilen zu können?«

»Aasgeier und dazu aggressiv.«

»Hm. Das hat mit meinem Minderwertigkeitskomplex zu tun. Sie wissen, meine Hautfarbe ...«

»Mir gefällt Ihre Hautfarbe.«

Das hatte sie in einem Ton gesagt, wie sie hätte sagen können: »Reichen Sie mir bitte das Salz«, während ihre hellbeigen Ledersandalen Kreise auf die Fliesen malten.

Er kam sich plötzlich vor, als schwebte er mit ihr, von den anderen durch eine dünne unsichtbare Membran getrennt, in einer Raum-Zeit-Blase, in der sie in einer Sprache kommunizierten, die sie allein verstanden.

Quatsch, Chib. Sie manipuliert dich. Sie ist verrückt, Belle-Mamie hat schon Recht. Aber er hatte keine Lust, zu gehen. Er hatte Lust hier zu bleiben, sie zu berühren unter diesem sternenübersäten Himmel, der nach Flieder roch.

Plötzlich trat der Priester zu ihnen.

»Ach, Moreno! Sie, der sich für Ägypten interessiert ... wir haben diesen Mittwoch eine Vortrag ... ›Amenophis IV. und die monotheistische Versuchung‹ von Pater Rosière, einem unserer brillantesten Theologen, einem unermüdlichen Reisenden. Sie sollten kommen ...«

Mit einem Scheck für irgendein gutes Werk auf afrikanischem Boden, du wirst deine armen Brüder schließlich nicht im Stich lassen! Chib nickte.

»Ich werde versuchen zu kommen«, sagte er.

»Es findet um zwanzig Uhr im Kulturzentrum, Route des Ormeaux, statt. Blanche kennt es.«

»Wir sind Mitglied des Vereins ›Terre du Nil‹«, bemerkte sie beiläufig.

Ein Haufen Frömmler also, mit siebenstelligem Einkommen. Gut, er würde sehen. Er drehte sich um und stellte fest, dass die anderen Gäste sich langsam verdrückten. Es wurde Zeit, zu gehen.

»Ich möchte mich jetzt verabschieden ...«

Dubois, der sich an Blanche gehängt hatte, nickte.

»Und vergessen Sie nicht, Mittwoch, zwanzig Uhr!«

Blanche hatte sich nicht umgedreht.

Total verwirrt entfernte er sich, wäre beinahe mit Andrieu zusammengestoßen, der ihn zerstreut grüßte, schüttelte die trockene Hand von Belle-Mamie und trat nach draußen, mit dem Gefühl, einem verhexten Universum zu entkommen. Wie lebendig ihm sein Floride vorkam! Er ließ sich dankbar in den Ledersitz gleiten. Jedes Mal, wenn er von hier aufbrach, hatte er den Eindruck zu fliehen.

Aber wovor fliehst du, Chib?

KAPITEL 7

Gaëlle hob den Kopf, strich eine Strähne aus der Stirn und legte Elilous Leber in ihr Kühlfach zurück.

»Scheinbar nichts Anormales.«

»Was suchst du denn?«

»Spuren von Verletzungen in Folge von Schlägen. Wenn die Kleine Opfer schwerer Misshandlungen war, die den Tod hätten nach sich ziehen können – zum Beispiel eine Gehirnblutung –, hat ihr Folterer sie vielleicht getötet und dem Mord, um eine Autopsie zu vermeiden, den Anschein eines Unfalls gegeben, verstehst du?«

»Glaubst du nicht, dass du da etwas zu weit gehst? Dass die Kleine auch ganz einfach die Treppe hat hinunterstürzen können?«

»Hör zu, ich habe ein Praktikum zum Thema ›Gewalt in der Familie‹ gemacht und kann dir versichern, dass es wirklich häufiger vorkommt, als man denkt.«

»Okay, aber das heißt noch lange nicht, dass jeder Kindestod auf so was zurückzuführen ist.«

»Im Fall eines kleinen achtjährigen Mädchens sollte man sich Fragen stellen. Zeig mal die Nieren.«

»Verdammt, sollten wir nicht lieber an den Strand gehen?«

»Hör auf zu meckern. Man könnte meinen, du bist Onkel Tom.«

»Sehr nett. Hier. Viel Spaß.«

»Glaubst du, ich werde mal so wie du sein, wenn ich älter bin?«

»Du meinst charmant und wohlerzogen? Ich denke, die Chancen sind eher gering.«

Sie lachte und glitt mit ihrem Skalpell in die tiefgefrorene Niere.

Chib lag im Sand ausgestreckt und sah Gaëlle beim Schwimmen zu, wie sie sicher und geschmeidig durchs Wasser kraulte. Er war nur einmal kurz ins viel zu kalte Wasser eingetaucht. Kinder spielten Frisbee, ein Hund pinkelte an einen Baumstamm, der beim letzten Sturm umgeknickt war. Die Untersuchung hatte nichts Auffälliges ergeben. Die Kleine schien bei guter Gesundheit gewesen zu sein. Gaëlle wollte weitere, speziellere Analysen an der Uni durchführen, aber ... Chib schwankte ständig zwischen der Mord- und der Unfallthese. Ohne die Möglichkeit zu vergessen, dass die Kleine sexuelle Beziehungen mit jemandem gehabt haben und zusätzlich die Treppe hinuntergefallen sein könnte. Wussten ihre Geschwister etwas? Aber wie könnte man sie ausfragen? Es waren arrogante, selbstsichere Kinder, die wenig geneigt waren, sich Erwachsenen zu offenbaren ... Würden sie bei diesem verfluchten Ägypten-Vortrag zugegen sein? Er hatte sich erkundigt; Pater Rosières war tatsächlich ein herausragender Gelehrter, eine Koryphäe auf dem Gebiet der Ägyptologie. Würde es sich lohnen hinzugehen? Würde Blanche dort sein? Sicherlich. Sie würden sie alle mitnehmen wollen, um sie von ihrem Schmerz abzulenken. »Du musst auf andere Gedanken kommen, Blanche, musst etwas unternehmen.« »Der aggressive Dunkelhäutige wird da sein, das bringt Ablenkung.«

Gaëlle tauchte neben ihm auf.

»Ganz schön kalt heute!«

Sie begann sich energisch abzutrocknen, dann ließ sie sich neben ihn fallen.

»Was machen wir heute Abend. Vorausgesetzt natürlich, du bist frei ...«

Ja, er war frei, frei wie die Luft, frei wie ein Luftzug zwischen zwei Türen.

»Sollen wir eine Pizza essen gehen?«

»Wie originell! Soll ich für uns kochen?«

»Du kannst kochen?«

»Mein lieber Chib, ich kann alles. Wie in den amerikanischen Filmen, weißt du? Du trinkst ein Glas gut gekühlten Chardonnay, während ich köstliche saftige Steaks brate, und dann führen wir ein geistreiches Gespräch, gespickt mit eleganten sexuellen Anspielungen ...«

»Das wird schwer sein, doch ich will's versuchen«, meinte er und verschränkte die Arme hinter dem Nacken.

Die Steaks waren köstlich und saftig gewesen. Der Wein gut gekühlt. Das Gespräch amüsant und der Schluss recht turbulent, dachte Chib, als er seine auf den Fernseher geworfenen Jeans wieder auflas. Gaëlle, die bäuchlings zwischen den zerwühlten Laken lag, lächelte ihm zu.

»Für so einen alten Opa schlägst du dich ja ganz tapfer.«

Er warf ihr die Jeans ins Gesicht. Sie streckte ihm die Zunge raus.

»Ich sterbe vor Durst.«

»Champagner oder Mineralwasser?«

»Champagner, mein Prinz!«

Er, der sonst kaum etwas trank, hatte plötzlich ständig Lust, sich zu besaufen. Er öffnete den Kühlschrank. Ob Blanche schon schlief? Wälzte sie sich in ihrem Bett, die Finger in die Laken gekrallt? Versuchte sie, zu beten, zu beten, bis sie das Denken vergaß, bis sie nicht mehr die Schreie ihres Kindes aus den mit Klebstoff versiegelten Lippen hörte?

Er ließ den Korken des Pommery knallen und bespritzte Gaëlle mit dem schäumenden Nass. Welch ein Glück, sich betrinken zu können, ohne von seinem Mann oder seiner Schwiegermutter ausspioniert zu werden, ohne jemandem Rechenschaft ablegen zu müssen!

»Woran denkst du?«

»An nichts. In meinem Alter denkt man nicht mehr, man versucht nur zu atmen.«

»Weißt du, mein Bruder hat einen Freund, der bei der Sitte arbeitet.«

»Ich habe nicht vor, auf den Strich zu gehen.«

»Es wäre interessant, herauszufinden, ob jemand aus dem Umfeld der Kleinen in der Kartei steht.«

Er seufzte. Diese Geschichte nahm unheimliche Ausmaße an.

»Ja, das wäre gut«, hörte er sich sagen.

Es war erneut Wind aufgekommen, ein Ostwind, beladen mit schwarzen Wolken. Chib überprüfte noch einmal die Adresse. Kulturzentrum »Les Cèdres«, 1027, Route des Ormeaux, Richtung Cabris. Zu seinen Füßen schimmerte die Altstadt ocker- und rosafarben. Die Stadt der Parfüms. Er mochte Grasse nicht, trotz seiner dekadenten Schönheit. Hier hatte er den Eindruck zu ersticken. Zu weit vom Meer entfernt. Zu abgeschlossen, zu konzentrisch. Er gab Gas. Blanche hatte gesagt: »Nach der Tankstelle die Erste rechts.« Blanche. Er hatte sie angerufen, um sie nach der genauen Adresse zu fragen. Es war ihm vorgekommen, als hätten die beiden Tage, die sie sich nicht gesehen hatten, zwei Jahre gedauert. Aber sobald sie angefangen hatte zu sprechen, war es gewesen, als wäre sie immer da gewesen. »Ach, Sie kommen?«, hatte sie gesagt, und er hatte sich befangen, sogar aufdringlich gefühlt. »Ich weiß noch nicht genau.« Die Antwort war hervorgesprudelt: »Kommen Sie ...«, gefolgt von einem: »Ja, Belle-Mamie, ich bin gleich da! Entschuldigen Sie mich.« Ende des Gesprächs.

Hatte er dieses »Kommen Sie« geträumt? Warum hätte sie ihm das sagen sollen? Warum hatte sie aufgelegt, ohne etwas hinzuzufügen? Wo war diese verdammte Tankstelle? Hatte er die Abzweigung verpasst?

Er sah die Tankstelle – zwei verrostete Zapfsäulen und einen Typ mit Schirmmütze wie aus den vierziger Jahren – und bog, wie angegeben, nach rechts ab. Was für eine blöde Idee, ein Kulturzentrum in diese Wüste zu setzen! Ein Kulturzentrum voller perverser Spießer.

Das heißt, nicht wirklich, wenn die von Gaëlle eingeholten Auskünfte zutrafen.

Der Freund ihres Bruders, der bei der Sitte arbeitete, hatte sich gerne bereit erklärt, gegen ein Mittagessen mit ihr seine Akten durchzugehen. Kein Hinweis auf Pater Dubois, auf die Andrieus oder ihre Freunde.

»Wenigstens wissen wir das jetzt!«, war Gaëlles Kommentar gewesen.

»Und wie war das Mittagessen?«, hatte Chib gefragt.

»Gar nicht schlecht, wir waren im *Odine* am Strand, und dann haben wir noch bei ihm einen Joint geraucht.«

Kleines albernes Stechen. Er würde doch nicht eifersüchtig werden! Er war ja nicht mal verliebt!

»Fragst du mich nicht, ob ich mit ihm geschlafen habe?«

»Was geht mich das an? Du bist frei.«

»Du bist wirklich ein alter verknöcherter Achtundsechziger!«

»Achtundsechzig, da war ich neun, meine Kleine.«

»Freie Liebe und der ganze Kram … ich kann mir dich einfach nicht mit Afro-Look und Flower-Power-Hemd vorstellen.«

»Ich habe immer Anzug und Brille mit Kassengestell getragen.«

»Wie auch immer, wir haben tatsächlich miteinander geschlafen«, hatte sie etwas leiser hinzugefügt, »aber es war nicht gerade das Gelbe vom Ei, ich war völlig lädiert.«

»Das kommt davon, wenn man das große Mädchen spielt.«

»Gut, ich hör jetzt auf, in zwei Minuten fängt meine Vorlesung an.«

Was war das überhaupt für ein Kerl, dieser Flic, der Shit rauchte. Ein Rambo in Lederjacke und Nike? Zu seiner Zeit hätte niemand mit einem Polizisten geschlafen!

Er bremste. Hinter einer Mimosenhecke erhob sich das Kulturzentrum. Ein großes modernes Gebäude, weiß und verglast. Nicht eine einzige Zeder in Sicht. Roter Oleander, Agaven, eine Palme. Etwa zwanzig Wagen auf dem Parkplatz. Auf in den Kampf!

Die Vorträge fanden im Kino statt, einem kleinen Saal mit hundert Plätzen, gebrauchte Sitze aus königsblauem Samt, roter Vorhang, Wände mit dunkelblauem Stoff bespannt. Zwei große Lautsprecher zu beiden Seiten der Leinwand. Auf der Tribüne, neben einem Mikrofon, war der Diaprojektor aufgestellt.

Es waren schon etwa fünfzig Personen im Saal verteilt. Er hatte darauf geachtet, in der letzten Minute einzutreffen, um Gespräche vor Beginn des Vortrags zu vermeiden. Er nahm in der letzten Reihe neben dem Ausgang Platz. Er hatte Belle-Mamie mit Charles und Louis-Marie in der zweiten Sitzreihe entdeckt. Die Labarrières eine Reihe dahinter. Pater Dubois stand im Gespräch mit einem alten, von Falten zerfurchten Mann in Sutane. Höchstwahrscheinlich Pater Rosières. Andrieu und Blanche waren nirgends zu sehen. Ein Gefühl der Enttäuschung durchströmte ihn.

»Warum bleiben Sie ganz allein im Dunkeln?«

Er fuhr zusammen. Sie stand neben ihm, musterte ihn und fächelte sich Luft mit dem Programm zu.

»Ganz allein im Dunkeln, daran bin ich gewöhnt«, brachte er hervor. O Wunder, ihre Lippen umspielte der Schatten eines Lächelns. Ich habe Ihren Mann nicht gesehen«, fügte er lässig hinzu.

»Er wurde in letzter Minute verhindert. Er musste nach Brüssel reisen. Geschäftlich ... Bis später.«

Und schon schritt sie den Gang hinunter und setzte sich neben Belle-Mamie, die sich kurz darauf umdrehte, um ihm zuzuwinken.

Pater Rosières kannte sein Thema, aber Chib hatte große Mühe, sich zu konzentrieren. Gedanken im Freilauf, vorbei an blühenden Friedhöfen.

Man applaudierte dem Redner, der den Projektor abstellte und die Tribüne herunterstieg. Was tun? Aufbrechen? Sich der kleinen Gruppe anschließen, die sich um den reisenden Priester gebildet hatte, und an dem Gespräch teilnehmen?

»Im Foyer findet ein kleiner Umtrunk statt.«

Dubois war aufgetaucht, lautlos, wie es seine Art war.

»Hat Ihnen der Vortrag gefallen?«

»Sehr interessant. Man merkt, dass er die Materie gründlich beherrscht.«

Während sie sprachen, folgten sie den anderen und gelangten ins Foyer. Flaschen mit Coca-Cola, Orangensaft, Rotwein. Erdnüsse, Oliven, Wurstscheibchen. Das Minimum für einen Cocktail. Ein Junge mit Akne bediente.

»Wie geht's, Romain?«, rief ihm Dubois zu.

»Bestens, danke.«

»Romain ist einer der Jugendlichen aus unserem Heim«, flüsterte Dubois Chib zu, »traurige Familiengeschichte …«

»Sind Sie Erzieher?«

»Nein, aber wir halten spirituelle Hilfe bereit für alle, die es wünschen. Und einmal im Monat organisiere ich ein Philosophen-Café.«

»Sie reisen viel.«

»Ja, das stimmt. Das Wort Gottes durch die Welt zu tragen, ist in meinem Fall nicht nur ein Bild.«

Sie waren in der Nähe von Blanche angelangt, die geistesabwesend an einem Glas Rotwein nippte. Chib bestellte dasselbe, Dubois ein Glas Coca-Cola. Der junge Romain wirbelte hinter dem Tresen umher und sorgte dafür, dass alle prompt bedient wurden. Die Labarrières begannen ein Gespräch mit Blanche, während Belle-Mamie zu Chib trat und ihn begrüßte.

»Haben sie ihren Hund wiedergefunden?«, erkundigte sich Dubois nach einer Weile und fügte, an Chib gewandt, hinzu: »Der Terrier der Labarrières ist seit drei Tagen verschwunden.«

Belle-Mamie verzog den Mund und senkte die Stimme:

»Man hat ihn an einem Ast aufgehängt gefunden, den armen Kerl. Noémie glaubt, dass er eine Katze gejagt hat – Sie wissen ja, wie er Katzen hasst –, dass er abgerutscht ist und sich an seinem Halsband erhängt hat.«

»Oh! Das sollte man wohl besser nicht vor Blanche und den Kindern erwähnen«, meinte der Priester nachdenklich.

»Natürlich«, knurrte Belle-Mamie und entfernte sich.

Dubois wiederum steuerte auf zwei alte Damen zu, die sich

an ihren Handtaschen festhielten. Rosières diskutierte weiter mit einer kleinen Gruppe von Ägypten-Freunden, zu der sich auch Belle-Mamie und die Labarrières gesellt hatten. Chib wandte sich zu Blanche.

»Haben Sie sich ein wenig erholen können?«

Welch ein brillanter Einstieg in eine Unterhaltung, Chib!

»Das ist nicht wirklich mein Ziel, Monsieur Moreno«, erwiderte sie.

»Okay, dann guten Abend.«

»Sie sind weniger empfindlich, wenn es darum geht, Ihren Scheck einzulösen.«

»Und Sie sind weniger unangenehm, wenn Sie eine Schulter suchen, an der Sie sich ausweinen können.«

»Ist alles in Ordnung, Maman?«

Louis-Marie, fast so groß wie Chib, heute in Jeans und marineblauem Blazer, musterte sie.

»Ja, mein Liebling.«

»Möchtest du einen Orangensaft?«, fragte er höflich.

»Nein danke, mein Liebling. Und du, trinkst du nichts?«

»Och ... Waren Sie schon mal in Ägypten?«, fragte Louis-Marie, an Chib gewandt.

»Ja, mehrere Male. Ein herrliches Land.«

»Haben Sie dort Mumien gesehen?«

»Ja. Im Museum von Kairo.«

Blanche war noch bleicher geworden.

»Schon sonderbar, wenn man sich vorstellt, dass es wirkliche Tote sind, die man wie Kunstwerke betrachtet ...«

Tickte der Junge nicht richtig?

»Was mir am besten gefallen hat, war, den Nil in der Feluke raufzufahren«, sagte er, um das Thema zu wechseln.

»Gibt es dort keine Krokodile?«

»Manchmal. Schwimmen würde ich nicht empfehlen.«

»Im Fernsehen war eine Reportage über Menschen, die von Haien gefressen worden waren, von großen weißen.«

Schnell das Gespräch unterbrechen, bevor das Thema auf Vampire und Auferstandene kam.

»Entschuldigen Sie, ich bin gleich wieder da.«

Er entfernte sich in Richtung Toiletten. Sie musste ihn für inkontinent halten, unfähig, ohne sich zu erleichtern, das Ende des Gesprächs abzuwarten.

Als er wieder herauskam, sah er, dass Charles mit Romain sprach und dieser knallrot geworden war. Warum? Schon entfernte sich Charles wieder mit einer Hand voll Erdnüssen, und Romain begann, fieberhaft die Flaschen einzuräumen. Drogenhandel? Setzte sich Charles jeden Abend einen Schuss Heroin, während Louis-Marie zum x-ten Mal *La Reine des Damnés* las?

In diesem Moment trat Louis-Marie auf Charles zu und flüsterte ihm etwas ins Ohr. Dessen Gesicht verzog sich, er griff nach dem Handgelenk seines Bruders und sagte leise, aber trotzdem deutlich: »Du Drecksack!«

Na, tolle Atmosphäre!

Louis-Marie befreite seine Hand mit einer Drehung und grinste hämisch, wobei ihn Romain aus den Augenwinkeln beobachtete. Niemand hatte etwas bemerkt, die Auseinandersetzung hatte weniger als fünf Sekunden gedauert. Ruhig und lässig mischten sich die beiden Jungen wieder unter die Erwachsenen. Chib stellte plötzlich fest, dass Blanche verschwunden war.

»Maman ist frische Luft schnappen gegangen«, rief ihm Louis-Marie zu.

»Nun, und ich fahre bald heim. Ich habe zu tun.«

»Oh! Sie wollen sagen …«

»Ein Dobermann, den sein Herrchen ausstopfen lassen will«, sagte Chib leicht verlegen.

Die Augen des Jungen wurden größer.

»Genial! Haben Sie den Film *Dobermann* gesehen?«

»Nein.«

»Ich auch nicht. Papa hat es nicht erlaubt. Wenn wir auf ihn hören würden, würden wir nur noch Disney-Filme sehen. Alle Jungen vom Gymnasium haben ihn gesehen!«

»Und Charles?«

»Charles? Was stellen Sie sich vor? Charles mag nur intellektuelle Filme. Und die Disneys«, fügte er lächelnd hinzu.

»Versteht ihr euch gut, Charles und du?«

»Ja, warum?«

»Es sah mir eben ganz so aus, als hättet ihr euch gestritten.«

»Ach so … Ich kann es nicht ausstehen, wenn Charles in der Öffentlichkeit jemanden anbaggert, das ist alles.«

»Wie bitte?«

»Charles ist schwul, wussten Sie das nicht?«

»Soll das ein Witz sein?«

»Nein, schockiert Sie das?«

»Ich bin nur ein wenig erstaunt … wissen deine Eltern Bescheid?«

»Papa hat ihn mit Costa, dem Gärtner, *in flagranti* erwischt, aber er hat Maman nichts gesagt. Machen Sie keinen Blödsinn.«

»Du hättest nicht davon sprechen sollen, wenn deine Mutter es nicht weiß.«

»Ich vertraue Ihnen.«

»Du kennst mich nicht.«

»Ich irre mich selten, was Menschen angeht. Nicht wahr, Charles?«, fügte er hinzu und drehte sich nach seinem Bruder um, der sich geräuschlos genähert hatte.

Der ernste, fast erwachsene Blick von Charles wanderte von Chib zu Louis-Marie.

»Wovon sprecht ihr?«, fragte Charles mit leichtem Argwohn in der Stimme.

»Von Maman«, erwiderte Louis-Marie und entfernte sich.

»Glauben Sie kein Wort von dem, was er sagt. Er ist ein Fabulierer.«

Also gut.

»Hast du keine Angst, er könnte gefährliche Dinge erfinden? Dinge, die deiner Mutter zugetragen werden?«

»Die Sie ihr weitererzählen könnten?«

»Zum Beispiel«, sagte Chib und hielt seinem Blick stand.

Charles musterte ihn von oben herab.

»Sie sind in Maman verliebt, also wollen Sie ihr nicht wehtun.«

Chib wäre fast an seinem Wursthäppchen erstickt.

»Was redest du da für einen Unsinn?«

»Alle Männer sind in Maman verliebt.«

»Das ist lächerlich. Du argumentierst wie ein kleiner Junge.«

»Ich bin ein kleiner Junge, Monsieur Moreno. Und Sie sind in meine Mutter verliebt, auch wenn Sie es noch nicht wissen sollten.«

»Lebhafte Diskussion?«

Belle-Mamie klopfte ihrem Enkel, der sich ganz steif machte, auf den Arm.

»Ich war im Begriff, mich zu verabschieden, ein Termin … aber es war wirklich sehr interessant!«

»Ich werde Dubois sagen, dass er Ihnen beim nächsten Mal Bescheid gibt.«

»Sehr liebenswürdig von Ihnen.«

Er schüttelte ihr die Hand und klopfte Charles dann leicht auf die Schulter.

»Bis demnächst!«

Er winkte Dubois aus der Ferne zu und stieg, noch ganz benommen von dem Gespräch mit den beiden Jungen, schnell die Stufen hinauf, die zum Ausgang führten.

Blanche saß auf der Motorhaube seines Floride und rauchte. Seit wann rauchte sie überhaupt? Er hatte sie noch nie mit einer Zigarette gesehen.

Deutlich verunsichert trat er näher.

»Entschuldigen Sie, das ist mein Wagen.«

»Ich weiß. Keine Angst, ich mache ihn nicht kaputt.«

»Ist Ihnen nicht kalt?«

»Ich glaube nicht.«

»Sie sehen ganz verfroren aus.«

Sie warf ihren Zigarettenstummel weg, der auf dem Beton verglühte, glitt herunter und glättete ihr cremefarbenes Leinenkleid. Sie war so nah … Mit dem Gefühl, eine schreckliche Sünde zu begehen, legte er die Hand auf ihren nackten Arm.

»Sie sind eiskalt.«

»Das ist mit völlig egal, um ehrlich zu sein.«

»Mir auch«, entgegnete er.

Sie hob den Kopf. Seine Hand lag noch immer auf ihrem Arm. Zu lang. Zu lang für eine harmlose Geste. Sie befreite sich nicht. Sie sah ihm nur schweigend in die Augen. Er ließ die Hand sinken.

»Maman?«

Es war Charles. Er stand in der Eingangstür und reckte den Hals zu dem halbdunklen Parkplatz. Sie seufzte:

»Ich komme gleich.«

»Okay«, rief der Junge zurück, ohne sich von der Stelle zu bewegen, und blickte weiter in ihre Richtung.

Chib murmelte:

»Auf Wiedersehen, Blanche. Passen Sie gut auf sich auf. Auch wenn es Ihnen egal ist.«

»Ich möchte Sie wiedersehen.«

Wie?

Ungläubig, wie ein Idiot, starrte er sie an.

»Ich möchte ... ich möchte Ihr ... Atelier sehen.«

»Nein.«

»Bitte.«

»Das ist krankhaft.«

»Ich zahle Sie auch. Ich will zusehen, wie sie ... arbeiten.«

»Nein«, wiederholte er und schüttelte den Kopf.

«Sie lassen mich also fallen? Denn ich bin im Begriff zu fallen. Und das wissen Sie.«

»Ich lasse Sie nicht fallen, ich will Ihnen helfen, aber nicht so.«

»Doch so. Ich bitte Sie. Nur ein Mal.«

»Verdammt, Sie treiben mich in die Enge!«

»Morgen, um elf Uhr.«

»Aber ich ...«

»Das ist mein einziger Augenblick der Freiheit.«

Sie entfernte sich schon hin zum Licht und zu Charles, der ungeduldig auf den Fußballen wippte.

Morgen um elf, Blanche bei ihm! Sofern diese Schwuchtel von Charles nichts mitgekriegt hatte! Charles, ein Schwuler! Mit Costa, dem Gärtner! Aber wie glaubwürdig war Louis-Marie, der Fabulierer? Jugendliche fabulieren oft. Könnte Elilou das Geheimnis von Charles aufgedeckt und gedroht haben, alles der Mutter zu erzählen? Doch warum sie umbringen, wenn der Vater bereits Bescheid wusste? Aber vielleicht hatte Andrieu geglaubt, dass es sich nur um einen einmaligen Ausrutscher seines ältesten Sohnes handelte, während Elilou wusste, dass es ein Dauerzustand war? Oder ihn mit noch einem anderen überrascht hatte? Mit Chassignol oder Labarrière, zum Beispiel ... Mit jemandem, der bereit war zu töten, um sich das Schweigen der Kleinen zu sichern ... Aber welchen Bezug sollte das zur Vergewaltigung von Elilou haben? Gab es auf der einen Seite einen Kinderschänder und auf der anderen einen Mörder, der sich seiner Homosexualität schämte?

Und Blanche, die ihn aufsuchen wollte und zuließ, dass er sie zu lange berührte, was wollte sie wirklich?

Und Charles, der ihm seelenruhig erklärte: »Sie sind in meine Mutter verliebt.« So ein Quatsch, denn wenn er verliebt wäre, wüsste er es ja wohl, oder?

Okay, er wusste es. Er war verliebt. Okay, jetzt war es raus. Er war in diese blöde, hochnäsige bourgeoise Ziege verliebt. Gut, er gab alles zu. Und was machen wir jetzt? Andrieu mit seiner weinenden Frau betrügen, der dann einen russischen Killer ausschickt und ihm bei lebendigem Leib das Fell abzieht? Das heißt, er würde gar nicht mit ihr schlafen können, weil sie ihm solche Angst machte, dass er total impotent wäre, das stand schon mal fest. Und überhaupt, warum, zum Teufel, wollte er mit dieser Frau schlafen, die nicht die richtige für ihn war?!

O mein Gott ... Wollte Gaëlle nicht morgen kommen? Nein, sie hatte Vorlesung. Auf jeden Fall vorher prüfen, dass keine Nachricht auf seiner Mailbox war.

INTERMEZZO 2

Schwarze Schlampe
»Au, au, aah!«
Eine Hündin, die gedeckt wird
ich habe genug von dir
Quiek macht der Vogel
Genick gebrochen
Zerstückelt habe ich ihn
gefressen habe ich ihn
roh, blutig das Fleisch zwischen den Zähnen
Herausreißen werde
ich deine Brüste
mit einem einzigen Biss
und deine Mädchenmöse
in Fetzen
Bald …

KAPITEL 8

Sieben Uhr morgens. Chib, barfuß in der Küche, die Stirn an die Fensterscheibe gedrückt. Die ganze Nacht fast kein Auge zugetan. Ein Gefühl, als wären seine Lider tonnenschwer. Draußen ein entfesseltes Meer, aufgewühlt von sintflutartigem Regen. Weiße Streifen von Möwen dicht über den Wellen. Wolken, von Windstößen gepeitscht, wie vom Lasso eines Gauchos. Der alte Holzponton, überspült von gierigem Schaum. Bilder von Fischern in gelbem Ölzeug, die Gesichter triefend von Salzwasser, Trawler, die durch gewaltigen Wellengang stampfen, »Mann über Bord!«, »Leck steuerbords!«, wie viele Filme, Bücher, bleierne Himmel und Männer, verschlungen von den tobenden Fluten.

Er löste sich vom Fenster und vom flach einfallenden Licht, trank einen Schluck Grapefruitsaft und kratzte sich an der Brust. Er würde sich Eier und Kaffee machen. Nach einer Weile würde es schon besser werden. Der Kaffee und der Regen, heiß und kalt.

Er hatte das Bedürfnis, zu trödeln, damit die Zeit stehen blieb. Damit der Morgen in diesem grauen Schimmer verharren möge. Er hatte Angst.

Telefon. Er schreckte zusammen. Stolperte über das Stuhlbein, wäre fast gestürzt.

»Mist! Hallo?«

»Du scheinst ja in Hochform zu sein, mein Bester!«

»Greg! Es ist noch nicht mal acht Uhr!«

»Ja, ich weiß, aber ich brauche deine Karre.«

»Was?«

»Meine ist in der Werkstatt, und ich muss Aïcha besuchen.«

»Heute Morgen?«

»Ja. Madame macht Besorgungen in der Stadt, und die Kinder sind bei der Großmutter.«

»Und was will sie der Köchin sagen?«

»Die Köchin kommt nicht, wenn die Kinder nicht da sind.«

»Und der Gärtner?«

»Der Gärtner ist bei den Nachbarn. Was willst du sonst noch wissen? Heute ist die Bahn frei, Punkt, aus.«

»Okay, hast du immer noch den zweiten Schlüssel?«

»Klar.«

»Er steht vor dem Haus. Aber stör mich nicht, ich arbeite.«

»Du bist ein Schatz, weißt du? Ich bringe ihn dir um drei Uhr zurück. Also, bis später, und danke.«

»Mein einziger Augenblick der Freiheit.« Die Kinder bei Belle-Mamie, kein Gärtner, keine Ehemann, keine Köchin, dafür eine Aïcha, die begeistert war, mit Greg-dem-Aufreißer allein zu sein. Der den Wagen um drei Uhr zurückbringt. Madame Andrieu hatte also nicht die Absicht, zum Mittagessen nach Hause zu fahren. Und wo beabsichtigte Madame Andrieu zu Mittag zu speisen? In der Miniatur-Leichenhalle von Monsieur Moreno? »Ich habe Dobermann-Steaks, Sie werden sehen, wie gut das schmeckt, meine Liebe.«

Apropos Dobermann, er sollte sich an die Arbeit machen, wenn er rechtzeitig fertig werden wollte. Sein Herrchen, ein ehemaliger Postler, wartete ungeduldig darauf, ihn mit nach Hause zu nehmen. »Mein Tarzan! Vergiftet! Wirklich niederträchtig! Ein so sanftes und freundliches Tier! Die Menschen sind so grausam!«

Tarzan lag auf der Seite, die Augen glasig. Ein prächtiges Tier, schlank, reinrassig. Lange, gelbe, spitze Zähne. Sein Drosselhalsband, Anhänger mit eingeprägtem Namen, lag neben ihm. Tarzan würde die Zweizimmerwohnung seines Herrchens zieren, dem er fast bis zur Taille reichte. Es musste schon beeindruckend sein, wenn man seine Dosenravioli vor dem Fernseher aß und einem dabei ein Dobermann über die Schulter sah.

Der Hund stank. Er musste ihn dringend ausnehmen. In der Bauchmitte und hinter den Beinen einen Schnitt machen, sorgfältig die Haut abziehen, sie zur Seite legen, jede Fleischparzelle von den Knochen abkratzen, die er behalten wollte. Das restliche Skelett aus geschmeidigem Harz hatte er bereits angefertigt. Es wartete geduldig darauf, von dem behandelten Fell des Tiers bedeckt zu werden.

Letztendlich war diese Arbeit sehr viel zeitaufwändiger und schwieriger, als einen Menschen zu bearbeiten, denn Menschen waren in den seltensten Fällen dazu bestimmt, auf Sockeln ausgestellt zu werden.

10 Uhr 30. Er legte sein Werkzeug beiseite und warf die schmutzigen Handschuhe in den Mülleimer. Er musste duschen, sich anziehen.

10 Uhr 55. Er stand in seinem Atelier in schwarzer Hose, weißem Hemd, grauer Strickkrawatte. Ein echter Mormone. Noch dazu außer Stande stillzusitzen. Er strich Ruky, dem Fuchs, über den Kopf, schnipste der Eule eine Feder weg, pustete ein imaginäres Staubkorn vom Schwertfisch. Und wenn er sie zum Mittagessen einladen würde? An einen ruhigen, erholsamen Ort? Auf einen Friedhof, Chib, das wäre perfekt.

Und wenn sie sich's anders überlegt hatte und nicht kommen würde? Wenn sie plötzlich keine Lust mehr hatte, ausgenommene, mit Formol gefüllte Kadaver zu sehen? Wenn sie keine Lust mehr hatte, dich, Chib, zu sehen? Und wenn sie einen Unfall gehabt hatte? Voll gestopft mit Beruhigungsmitteln am Steuer ihres Wagens, keine Reflexe mehr, aus der Kurve geflogen, von der Bühne abgetreten?

Die Türklingel.

Sie sah ihn an, die Arme schlaff am Körper, die Handtasche umgehängt, beigefarbenes Kostüm, cremefarbene Bluse, Ringe unter den Augen, nasses Haar …

»Möchten Sie etwas trinken? Eine Cola, ein Suze …

»Ein Glas Wasser, danke.«

Er ging in die Küche, sie ließ den Blick über die ausgestopften Tiere gleiten.

»Haben sie Namen?«

»Manche. Das ist Ruky, die da ist Hera. Hier bitte.«

Er reichte ihr das Glas.

»Haben Sie's leicht gefunden?«

»Hm.«

»Haben Sie keinen Schirm?«

»Regnet es?«

Er blickte auf die Fensterscheiben. Sie folgte seinem Blick.

«Ah!«

Das Wasser zitterte in ihrem Glas.

»Setzen Sie sich«, sagte er.

Sie sah sich um, nahm auf der schwarzen Couch Platz, trank einen Schluck.

»Die Kinder sind bei Belle-Mamie.«

Er hätte beinahe gesagt ›Ich weiß‹, konnte sich aber gerade noch bremsen.

»Haben Sie schlafen können?«

»Ein wenig. Genug, um Albträume zu haben. Haben Sie auch manchmal Albträume? Ich habe immer den Eindruck, dass Männern so etwas fremd ist.«

»Es kommt schon mal vor.«

»Was für eine Art von Albträumen?«

»Ach, ganz banale, ich komme zu spät zur Schule, ich verliere meine Hose mitten auf der Straße …«

»Nein, das meine ich nicht … ich spreche von wirklichen Albträumen. Zugeschnürte Kehle, kalter Schweiß, Herzrasen, das Gefühl, dass es sofort aufhören muss, weil man sonst keine Luft mehr bekommt …«

»Ich dachte, Cordier würde Ihnen etwas zum Schlafen geben.«

»Nicht stark genug. Cordier will mich nicht betäuben. Cordier will mein Bestes, wie alle.«

»Manchmal möchte man Sie ohrfeigen.«

»Tun Sie sich keinen Zwang an. Ich liebe das.«

Er erstarrte. Machte sie sich lustig? Sie sah nicht so aus, wie sie da auf der Kante der schwarzen Couch saß, ihr Glas Wasser in der Hand, und ihn ruhig ansah. Aus der Serie: Die Familie der Irren – hier Mutter Maso?

»Weiß Ihr Mann, dass Sie hier sind?«

»Nein. Werden Sie's ihm sagen?«

»Nein. Warum sind Sie gekommen?«

»Ich sagte es Ihnen. Um zuzusehen.«

»Das ist eine eher abstoßende Arbeit. Da ist nichts Romantisches dran.«

»An mir ist auch nichts Romantisches. Der Schein trügt.«

»Genau. Sie sind hart, robust, entschlossen ...«

»Ich bin verrückt, das ist was anderes, aber nicht romantisch.«

»Haben Sie mit Dubois über ihre Neigung zur Demütigung gesprochen?«

Sie hatte sich erhoben und deutete auf die weiß lackierte Tür mit der Aufschrift »Zutritt verboten«.

»Ist es dort?«

Er stand nun ebenfalls auf, ging an ihr vorbei, achtete darauf, sie nicht zu streifen, und öffnete die Tür.

Tarzan lag auf der Sezierbank unter einem weißen Laken. Die chirurgischen Instrumente funkelten über dem Labortisch. Es roch nach Blut, nach chemischen Produkten, nach verwesendem Fleisch. Er hatte die Klimaanlange hochgedreht, und es war kalt.

Sie näherte sich mit einem Schritt, sehr blass.

»Ist das der Hund, an dem Sie gerade arbeiten?«

»Hm.«

Er hob das Laken, und man sah das Fell des Hundes, das wie ein Bettvorleger ausgebreitet war, die noch intakte Schnauze, die hochgezogenen Lefzen, die gläsernen Augen.

Ihr Blick weitete sich, sie presste die Hand an den Mund und wurde ohnmächtig.

Er sah, wie sie wankte und, die Augen verdreht, in sich zusammensackte wie eine Stoffpuppe. Er konnte sie eben noch auffangen, bevor sie den Boden berührte, indem er sie unter den Achseln fasste. Gute Reflexe, Mister Chib!

Ohnmächtig an seinem Körper. Wenn er sich ein wenig vorbeugte, würden seine Lippen die ihren berühren, die leicht geöffnet waren. Er beugte sich nicht vor. Er spürte ihre Brust an der seinen, ein weicher seidiger Kontakt. Keine unpassende Reaktion, Chib! Zu spät. Unpassende Reaktion. Peinlich berührt, legte er sie sanft auf den Boden, holte ein Glas mit eisgekühltem Wasser, ließ etwas in ihren Mund rinnen.

Sie schluckte, hustete, zuckte, blinzelte.

»Sie haben das Bewusstsein verloren. Hier, trinken Sie ein wenig.«

Sie blinzelte weiter, trank, während er ihren Kopf stützte.

»Langsam atmen. Gut. Geht es besser?«

»Ja. Ich bin lächerlich, nicht wahr?«

»Allerdings ...«

»Helfen Sie mir, aufzustehen.«

Er half ihr auf die Füße, problemlos, sie war leicht. Sie klopfte ihren Rock ab und vermied es dabei, den Hundekadaver anzusehen. Bei jedem Atemzug berührte ihre Brust seinen Arm. Er wich einen Schritt zurück.

»Kann ich Sie zum Mittagessen einladen?«

»Ich habe keinen Hunger.«

»Es würde Ihnen gut tun, etwas zu essen.«

»Wie Sie wollen. Wo ist die Toilette?«

»Da lang.«

Erst als die Tür zufiel, hatte er den Eindruck, wieder atmen zu können. Diese Frau versetzte ihn in einen unvorstellbaren Stresszustand. Wollte sie wirklich geohrfeigt werden? Schlug Andrieu sie? Fesselte, peitschte er sie? Während Chassignol es mit Charles trieb und Labarrière Elilou vergewaltigte? Sadomaso-pädophiler Partnertausch? Wahnsinn. Der reine Wahnsinn.

Sie kam zurück, sie hatte sich gekämmt. Wohin sollte er sie

zum Essen führen? Das Bild vom Restaurant am Strand drängte sich auf; man aß dort gut, es war ruhig, überdacht und verglast. Kein Luxus, aber ...

Der Regen peitschte gegen die Scheiben. Die Wellen rollten über den Sand, drei Meter von ihnen entfernt. Man hatte das Gefühl, in einem Schiff zu sitzen. Es war ziemlich dunkel, angenehm dunkel. Nur wenige Gäste waren da. Ein älteres Paar mit einem Yorkshire Terrier, der auf den Namen Philomène hörte und unentwegt bettelte. Ein etwas jüngeres Paar – sie mit einer für die Fünfzigjährigen so typischen kastanienbraunen Haartönung, er in gestreiftem Hemd –, das nur von Bilanzen und von Gewinn- und Verlustrechnungen sprach. Drei Radler, klatschnass und erschöpft, die Stahlrösser an die Mauer gelehnt.

Das weiße Geschirrtuch über der Schulter, trat der Wirt an ihren Tisch.

»Verdammtes Sauwetter! Nehmen Sie einen Aperitif?«

»Einen Suze, bitte.«

»Und ein Helles vom Fass.«

»Kommt sofort!«

Sie saßen sich schweigend gegenüber, bis man ihre Getränke gebracht hatte, ein Schweigen, erfüllt vom Tosen der Wellen.

Sie warf einen Blick auf die Karte, legte sie wieder beiseite.

»Ist Ihnen am Anfang bei der Arbeit nie übel geworden?«

»Beim ersten Mal musste ich mich übergeben«, gestand er. »Später habe ich gelernt, sie zu lieben. Mit dieser Liebe ist der Ekel verschwunden.«

Er nahm einen Schluck Bier. Sie trank die Hälfte von ihrem Suze. Der Wirt kam zurück. Chib bestellte ein Schwertfisch-Carpaccio, sie einen gegrillten Wolfsbarsch. Ohne Sauce. Eine Flasche Muscadet. Mineralwasser.

Chib ertappte sich dabei, wie er ein Stück Baguette zerkrümelte, und legte es schnell auf den Teller zurück. Der Wind war noch heftiger geworden. Manchmal vibrierten die Scheiben regelrecht. Morgen würde der Strand voller Tang sein. Der Wirt kam mit der Bestellung zurück. Der Muscadet war gut. Sie leerte ihr Glas. Er schenkte ihr nach. Trank ebenfalls. Das Bier auf nüchternen Magen war ihm schon zu Kopf gestiegen. Umso besser. Sollten sie nur beschwipst sein. Ohne Gedanken. Ohne Fragen.

Der erste Blitz ließ sie zusammenzucken. »Gleich kracht's!«, kommentierte der Wirt. Philomène fing an zu jaulen, die Schnauze zwischen die Waden seines Herrchens gesteckt, der immer wieder, wenn auch nicht überzeugend, sagte: »Benimm dich nicht wie ein Baby!« Blanche blickte nach draußen, stocherte dabei mit der Gabelspitze in ihrem Fisch herum und sagte unvermittelt:

»Noémie Labarrière wird Sie sicher anrufen – wegen ihres Hundes.«

»Wie bitte?«

»Wegen Scotty, ihrem Terrier. Er hat sich mit seinem Halsband aufgehängt. Er hat wohl eine Katze gejagt. Man hat ihn an einem Pinienzweig erhängt gefunden.«

Er erinnerte sich an das kurze Gespräch zwischen Dubois und Belle-Mamie. Jemand hatte es für gut befunden, Blanche davon zu erzählen. Wahrscheinlich Noémie Labarrière selbst.

»Es heißt immer, die Stadt sei gefährlich für Tiere. Ich finde es auf dem Land noch viel schlimmer. Dies ist schon der vierte Hund, dem dieses Jahr etwas passiert ist«, fuhr sie fort.

»Sie werden oft überfahren«, stimmte er zu und bemerkte, dass sie nichts aß.

»Hm.«

Sie legte die Gabel ab, blickte ihn an:

»Glauben Sie, dass man einen Hund so lieben kann wie ein Kind?«

»Philomène, jetzt reicht's aber!«

Er erwiderte ihren Blick.

»Sicher. Meiner Meinung nach kann man einen Gegenstand, ein Tier, einen Menschen, einen Ort mit der gleichen Intensität lieben.«

»Wollen Sie damit sagen, das Wichtigste sei nicht, was man liebt, sondern die Tatsache, dass man überhaupt liebt?«

Nein, er wollte gar nichts sagen. Er wollte sein Carpaccio essen und sie dabei ansehen. Er wollte sich neben sie legen und dem Regen lauschen. Er wollte, dass sie sich in Sicherheit fühlte. Für ihre Sicherheit hat sie ihren Ehemann, Chib, dafür braucht sie keinen Neger in Taschenformat.

Eine Welle, stärker als die anderen, krachte gegen den Zementsockel der Terrasse und besprühte die Scheiben mit Gischt.

»Ich hoffe, Ihre Scheiben halten was aus!«, rief einer der Radler lachend. »Sonst essen wir bald mit den Füßen im Wasser.«

»Keine Sorge! Aber heute Abend soll's richtig losgehen. Im November hat mir das Wetter schon einmal alles demoliert. Die Renovierungsarbeiten haben zwei Wochen gedauert.«

»Oh, sehen Sie nur, das Boot!«, schrie plötzlich die Frau mit dem kastanienbraunen Haar und erhob sich halb von ihrem Stuhl.

Ein Motorboot hatte sich von seinen Halteleinen losgerissen und wurde vor ihren Augen vom Wind zur Mole hingetrieben.

»Es wird zerschellen«, sagte einer der Radler voraus.

Die Wellen schoben das kleine Boot vor sich her, drückten den Bug unter Wasser, wie um es zu ertränken, und ließen es dann über die Kämme hüpfen.

»Man könnte meinen, sie foltern es.«, bemerkte Blanche gleichsam als Echo zu Chibs Gedanken.

Das Boot trieb geradewegs auf die Mole zu, halb untergetaucht, zerrieben zwischen dicken Schaumfingern. Plötzlich richtete es sich auf, die Nase im Wind, wie ein Zirkushund, der sich auf den Hinterbeinen vorwärts bewegt. Alle waren verstummt. Eine letzte Welle schob es brutal vorwärts, und das Boot flog in die Luft, schwebte für einige Sekunden unter den Wolken wie eine verrückte Collage, bevor es herunterfiel und gegen die spitzen Steine der Mole schlug.

»Verdammte Scheiße!«, kommentierte einer der Radler finster.

Der Wirt wandte sich zu ihm, um etwas zu entgegnen, doch

niemand sollte erfahren, was er sagen wollte, denn plötzlich riss ein Windstoß einen Teil des Plastikdachs davon, und eine Ladung Regenwasser ging auf Philomène und sein Herrchen und Frauchen nieder, die im Chor zu jammern begannen.

Chib fragte sich kurz, ob es Wirklichkeit war, dass er mitten in einem Mini-Unwetter an seinem vertrauten ruhigen Strand saß, in Begleitung einer Frau, die so substanzlos war wie ein Phantom. Ein Schwall kalten Wassers in seinem Gesicht aber machte ihm klar, dass es tatsächlich so war und dass es das Beste wäre, die Örtlichkeit zu verlassen, bevor der ganze Bau zusammenkrachte.

Er erhob sich. Blanche betrachtete ihn mit einem vagen Lächeln um die Lippen.

»Sie sind nicht wirklich ein Abenteurer, möchte man meinen.«

»Ich bin kein Masochist, nein. Also kommen Sie.«

Sie stand langsam auf, ließ sich Zeit, obwohl ihr das Wasser durch den gewaltigen Riss im Dach auf den Rücken rieselte.

»Wann hört dieser beschissene Wetterbericht endlich auf, uns zu verarschen!«, fluchte der Wirt und versuchte, den Schaden abzudichten.

Die Radler hatten sich ihre Drahtesel geschnappt. Philomène zitterte auf dem Arm seines Herrchens, der dem Ausgang zustrebte, während seine Frau noch den Wirt beschimpfte.

Blanche ging um den Tisch.

Eine Welle in Chibs Sichtfeld schwoll an.

Schwoll wirklich an. Wirklich zu sehr. Wie die gewaltigen Flutwellen, die man aus Katastrophenfilmen kennt.

Er streckte den Arm nach Blanche aus.

Bekam sie am Ellenbogen zu fassen.

Die Welle versperrte die Sicht auf den Horizont.

Er zerrte Blanche rücksichtslos hinter sich her. Sie stieß einen Protestschrei aus.

Es gab ein sehr leichtes Geräusch von zersplitterndem Glas. Ein Riss in der Scheibe? Ein Riss, der sich in ein Spinngewebe verwandelte. Dann zerbarst die Scheibe in tausend Stücke.

Brodelnder Schaum umspülte ihre Füße, leckte an ihnen, versuchte, sie mit sich zu ziehen. Chib hielt sich an einem Metallpfosten fest.

Widerwillig und mit einem dumpfen Knurren zog sich die Welle zurück. Blanche brach in Gelächter aus, ein hysterisches Gelächter.

»Finden Sie das zum Lachen, Sie blöde Kuh?«, brüllte der Wirt. »Verdammt, was ist daran wohl zum Lachen?!«

Chib schob sie zum Ausgang, sie ließ es geschehen, sie lachte nicht mehr, stieß so etwas wie winzige Schreie aus, Schreie wie von einem Hundebaby.

Die Rinnsteine waren überflutet, die Straße stand unter brackigem Wasser. Er umschlang sie, legte ihren Kopf an seine Brust. Er fühlte, wie sich ihre Hände gegen seine Schultern stemmten, sich wehrten, dann brach der Widerstand, es goss in Strömen, das Meer toste ohne Unterlass, er hielt Blanche in den Armen, und sie weinte.

Er streichelte ihre Schulter, ihr Haar, zögernd, ungeschickt. Sie legte das Gesicht, die Lippen an seinen Hals, er spürte ihren raschen Atem, er bekam eine Gänsehaut und zog sie noch etwas fester an sich.

Ihr Schluchzen ließ langsam nach. Schniefen. Leichter Rückzug. Sie hob den Kopf, wischte sich mit dem Handrücken über die Nase. Ihr Make-up war verschmiert. Schwarze Spuren unter den Augen. Unter ihrer klatschnassen Bluse zeichnete sich ihr zerbrechlicher Leib ab, ihre Haare tropften, Strähnen klebten ihr an der Stirn ... Seine Hand strich über seinen Kopf, versprühte dabei unzählige winzige Tröpfchen von seinem Bürstenschnitt. Sie wich noch weiter zurück, räusperte sich, öffnete ihre Handtasche, als wollte sie etwas herausnehmen, schloss sie wieder.

Er fasste sie beim Arm.

»Kommen Sie.«

Sie bedachte ihn mit einem misstrauischen, feindseligen Blick. Er zuckte die Schultern. Sie folgte ihm.

»Hier.«

Er reichte ihr ein Handtuch, behielt eines für sich. Sie begann, ihre nassen Kleidungsstücke damit abzutupfen. Er zog sein Jackett aus und sein Hemd und rieb sich trocken. Wenn er von einem Fuß auf den anderen trat, gaben seine Schuhe ein quietschendes Geräusch von sich. Sie zog die ihren aus und begann, ihre Beine abzutrocknen.

»Ich muss spätestens um drei zu Hause sein«, sagte sie.

Sie sah ihn nicht an. Sie sah durchs Fenster in den aufgewühlten Himmel. Er legte das Handtuch auf den Kühlschrank. Es war 13 Uhr 30.

Tu's nicht, Chib. Tu's nicht. Es ist das Allerletzte, was du tun solltest.

Er tat es.

Er trat auf sie zu und legte eine Hand auf ihre nasse Schulter. Er legte die Hand auf ihre Schulter und zog sie an sich. Er zog sie an sich und legte die Lippen auf die ihren, die kalt und feucht waren. Er küsste ihre feuchten Lippen, und sie erwiderte seinen Kuss.

Warum tust du das, Chib? Ihr seid keine Tiere. Lös die Umarmung, tritt zurück, hört auf, bevor es zu spät ist.

Doch natürlich hörten sie nicht auf, sie ließen sich in das Rauschen des Regens gleiten, unter den zerrissenen Himmel, begierig darauf, zu ertrinken.

14 Uhr 15.

Sie lag auf dem Rücken, völlig regungslos, nackt, die Hände an den Körper gelegt wie eine weiße Marmorfigur. Sein Arm, karamellbraun, dicht neben ihr. Eine Falte des Lakens zwischen seinen Fingerspitzen und ihrer Hüfte.

Er richtete sich auf, schlüpfte in Slip und Hose. Sie begann ganz leise zu trällern. »Maman les p'tits bateaux ont ils des jambes« Maman, haben die kleinen Schiffchen Beine?

Er erschauerte. Sie hatten während der ganzen Zeit kein Wort gewechselt. Sie war verrückt, und er war verrückt gewesen, ihr in ihre Verrücktheit zu folgen. Er hob seine Schuhe auf.

»Es ist Viertel nach zwei«, sagte er.

Sie seufzte, setzte sich langsam auf, bedeckte ihre Brüste mit einem Unterarm.

Er reichte ihr ihre Kleider. Zur Wand gewendet, zog sie sich an. Dann:

»Mein Gott, ich muss furchtbar aussehen. Darf ich Ihr Bad benutzen?«

Als er seine Krawatte, ein echtes Modell aus den fünfziger Jahren, umband, trat sie wieder heraus, genauso tadellos, wie sie am Morgen gekommen war, in einem anderen Leben, einem, das er so gedankenlos verlassen hatte.

Sie zog ihre Wagenschlüssel aus der Handtasche, ließ sie in ihrer Hand mit den blassrosa Fingernägeln springen.

»Denken Sie jetzt, ich sei eine Schlampe?«

Aber nein, überhaupt nicht. Er war der Saukerl – einfach die Verzweiflung einer trauernden Frau auszunutzen ...

»Nein. Ich ... ich denke gar nichts.«

Er verstummte, außer Stande, irgendetwas anderes zu sagen.

Sie schloss die Finger um den Schlüssel, trat auf die Wohnungstür zu.

»Verzeihen Sie«, sagte sie, die Hand schon auf der Klinke. »Verzeihen Sie, Léonard, aber ich könnte Sie nicht lieben. Ich habe keine Liebe mehr in mir.«

»Ich weiß. Das ist nicht wichtig.«

Sie hatte die Tür geöffnet, sie war hinausgetreten, die Tür war hinter ihr zugefallen, und er starrte noch zehn Minuten darauf, eine weiße Tür mit einem Sicherheitsschloss. Sieh mal an, er hatte gar nicht bemerkt, dass die Farbe abzublättern begann.

KAPITEL 9

»… Und das Gesicht von Andrieu, als er mich nackt aus dem Klo kommen sah!«

Greg nahm sich eine Hand voll schwarzer Oliven und machte dem Kellner ein Zeichen, neue zu bringen. Der Regen hatte aufgehört, der Himmel klarte auf, und die Sonne wagte sich wieder vor. Es roch nach Ozon und Nässe, alles schien sauber, frisch gewaschen. Sie saßen auf der Terrasse des *Chelsea,* und Greg spürte, wie Kopfschmerzen in seinem Schädel zu sprießen begannen.

»Was hattest du nackt auf dem Klo zu suchen?«, erkundigte er sich, obwohl er die Antwort schon wusste.

»Ich darf dich darauf hinweisen, dass es das Klo war, das zu Aïchas Zimmer gehört, ja?«, entgegnete Greg und räkelte sich. »Zunächst mal klopft dieser blöde Andrieu nur kurz an und platzt gleich rein, völlig ungeniert, so als wäre er zu Hause …«

»Er ist dort auch zu Hause«, seufzte Chib und griff nach einer Olive, die er zwischen den Fingern rollte.

»Warte, eigentlich sollte er erst am Abend zurückkommen, aber nein, er taucht um zwei Uhr auf, nach dem Motto: Ich wollte meine Frau überraschen. Völlig bescheuert, solche Überraschungen. Gott sei Dank hatte Aïcha ihren Kittel an, weil wir gerade Doktor gespielt hatten. Und er mit spitzen Lippen: ›Wer ist dieser Mann, Aïcha?‹«

Er hielt inne, um einen Schluck Bier zu trinken und einem Mädchen nachzupfeifen, das in hautengen, superkurzen Shorts vorbeikam. Ohne sich umzudrehen, streckte sie den Mittelfinger in die Luft.

»Ich mag Mädchen mit Charakter«, sagte er gähnend. »Gut, wo war ich stehen geblieben?«

»Andrieu kam früher als vorgesehen nach Hause und hat dich nackt in Aïchas Zimmer angetroffen.«

»Ja. Also sie: ›Das ist mein Verlobter, Monsieur.‹ Er: ›Sie könnten ins Hotel gehen!‹ Aïcha äußerst distinguiert: ›Wir konnten nicht ahnen, was geschehen würde … Ich hätte mir niemals erlaubt … Es tut mir wirklich Leid …‹«, imitierte Greg mit Fistelstimme, » … Kurz, sie hat ihn eingewickelt, beinahe hätte sich der Typ noch entschuldigt, uns gestört zu haben. Alles, was ihn interessierte, war, wo seine Frau wäre.«

Kurzer Stich im Magen.

Greg rutschte auf seinem Stuhl hin und her und knackte mit den Fingergelenken.

»Willst du noch etwas? Ich komme um vor Durst.«

»Nein, danke. Und dann?«

»Dann nichts. Er ist rausgegangen, ich habe geduscht, mich angezogen und bin abgehauen. Genau in dem Augenblick, als seine Frau kam.«

»Was hat er zu ihr gesagt?«, fragte Chib und starrte mit der Intensität eines antiken Tragöden auf seine Olive.

»›Warst du einkaufen?‹, irgendwas in dem Stil, ›Was hast du gekauft?‹, und sie: ›Wieso bist du schon da?‹, ›Ich wollte früher kommen, ich wollte dich sehen‹ – wie ein Lustspiel im Fernsehen, ich habe mich gefragt, ob sie ihn nicht betrügt.«

Die Olive fiel Chib aus der Hand und rollte über den feucht glänzenden Bürgersteig.

»Und ich frage mich«, fuhr Greg mit vollem Mund fort, »ob nicht auch er sich das fragt, wenn du verstehst, was ich meine. Die Frau schien nicht ganz sauber. Und er scheint eine echte Nervensäge zu sein. Einer, der sie gerne an der Leine hält.«

Das unangenehme Bild einer Blanche auf allen vieren an einer Leine aus nagelbeschlagenem Leder drängte sich Chib auf.

»Ich hoffe, Aïcha bekommt keine Schwierigkeiten«, sagte er.

»Aber nein, sie hat mir versichert, dass alles in Ordnung ist ... Sie brauchen sie viel zu sehr mit den Kindern und allem ... Verdammt, sie hat mir die Kleine in ihrem Glaskasten gezeigt, das ist wirklich zu widerlich, Mann, ich musste fast kotzen. Hier, siehst du, allein bei dem Gedanken bekomme ich Gänsehaut!«

Er zeigte seinen muskulösen Unterarm mit den blonden, aufgerichteten Haaren.

»Schlimmer als ein Horrorfilm. Ich hatte das Gefühl, als wären jede Menge Irre mit Kettensägen hinter meinem Rücken versteckt. Man muss wirklich verrückt sein, um so was zu machen.«

»Was? Sein Kind einzubalsamieren?«

»Allein das schon, aber vor allem es auszustellen, als wäre sie eine ... ich weiß nicht ... wie die Vogelspinne, die meine Mutter unter einer Glasglocke aus Mexiko mitgebracht hat, verstehst du? Eine verdammte Erinnerung von der großen Reise.«

Er verstummte und trank sein Bier aus, seine Züge verdunkelten sich bei dieser existenziellen Frage. Chib trank einen kleinen Schluck Martini, sein Magen krampfte sich vor Angst zusammen. Wenn Andrieu etwas ahnte ... Aber Andrieu musste andere Sorgen haben als die eventuelle Untreue seiner Frau. Andrieu war ein von Kummer überwältigter Vater. Ein Vater, der – nach dem Tod des kleinen Léon vor zehn Jahren – gerade sein zweites Kind verloren hatte. Eine erhebliche Sterblichkeitsrate für eine wohlhabende Familie. Eine harmonische Familie. So harmonisch, dass es Blanche mit dem Einbalsamierer ihrer Tochter trieb, den sie seit knapp zwei Wochen kannte. Eine vorübergehende psychische Krise? Oder eine ständige Verhaltensstörung. Was verbarg sich hinter der Fassade der ehrwürdigen Familie Andrieu? Ein homosexueller Sohn, zwei Leichen, eine nymphomane Mutter?

»... auf alle Fälle ist der Doktor, dieser Cordier, ganz schön hinter Aïcha her«, sagte Greg, während er sein zweites Bier schlürfte.

»Wie bitte?«

»Hörst du vielleicht hin und wieder zu? Ich habe gesagt, dass dieser Arzt gegen Mittag vorbeigekommen ist. Er hat geklingelt, aber wir haben nicht aufgemacht. Der Typ, der rein zufällig an eben dem Tag vorbeikommt, wenn Aïcha allein zu Hause ist ... Er war äußerst beharrlich, dann ist er wütend abgezogen.«

»Ich darf dich darauf aufmerksam machen, dass er bestimmt den Floride hinter dem Gitter gesehen hat. Und er weiß, dass es mein Wagen ist.«

»O verdammt, er muss geglaubt haben, dass du mit Aïcha rummachst, der alte Lustmolch wird dich hassen!«

Plötzlich wurde Chib bewusst, dass auch Andrieu den Floride im Hof gesehen hat. Er hat also daraus schließen müssen, dass Greg ein Freund des guten Monsieur Moreno war. War der gute Monsieur Moreno ebenso lüstern wie dieser blonde behaarte Schönling? Teilten sie sich die Frauen des Hauses? Der Blonde für die Dunkelhaarige, der Dunkelhaarige für die Blonde ... Eine unvollendete Partitur für mechanischen Beischlaf. Aber nein, warum, zum Teufel, sollte sich Andrieu so etwas vorstellen?

Bsss.

Vibrieren in seiner Gesäßtasche. Das Handy. Er zog es hervor und betrachtete es ohne Begeisterung. Der Apparat vibrierte und blinkte.

»Hallo?«

»Monsieur Moreno?«

»Am Apparat.«

»Hier spricht Noémie Labarrière. Wir haben uns getroffen ... beim ...«

»Ja, ich erinnere mich sehr gut.«

»Ich brauche ihre Dienste, ich habe meinen kleinen Scotty verloren und ...«

»Sollen wir einen Termin ausmachen, um die Sache zu besprechen?«

Greg verzog das Gesicht, hob die kräftigen Schultern und die Augen zum Himmel. Chib blickte auf den Boden.

»Nun ja …«, sie zögerte, »ich bin in der Stadt und …«

»Um sechs Uhr im *Majestic*?«

»Wunderbar. Bis gleich.«

»Nun sieh mal einer an, wie schön er reden kann! Wieder eines von deinen Täubchen?«

»Eine Frau, die ihren Hund ausstopfen lassen will.«

»Wenn ich tot bin, kannst du meinen Schwanz ausstopfen und ihm dem Musée de l'Homme schenken«, spottete Greg, den Blick auf zwei junge Mädchen geheftet, die am Nachbartisch Platz genommen hatten. Nordische Typen, entschied er. Guter Stoff.

»Also, ich gehe.«

Chib hatte sich erhoben.

»Du kannst meinen Martini austrinken, ich will nicht mehr.«

»Ja, ciao, amüsier dich gut mit deiner Alten. Ich rufe dich an.«

Ein betörendes Lächeln auf den Lippen, hatte er sich bereits den Mädchen zugewandt.

Bssss.

Schon wieder!

»Hallo Opa!«

Gaëlle.

»Bist du in der Uni?«

»Ja, wir haben gerade Pause. Heute Abend wird es spät. Wenn du Zeit hast, komme ich morgen bei dir vorbei.«

»Kein Problem. Wollen wir zusammen essen?«

»Ja, bei Sympathie auch mehr. Du scheinst nicht gerade in Hochform.«

»Ich bin ein bisschen müde.«

»Und weiter?«

»Und weiter was?«

»Du verheimlichst mir was.«

»Greg hat sich von Andrieu nackt in Aïchas Zimmer erwischen lassen.«

»Wie kann man so blöd sein! Aber was hatte Andrieu in Aïchas Zimmer zu suchen?«

Gute Frage.

»Vielleicht hat er sich eine schnelle Nummer erhofft«, fuhr Gaëlle fort. »Wenn seine Frau nicht da war ...«

»Sie war in der Stadt, darum ist Greg hingefahren, sie waren allein in der Villa. Andrieu wurde erst abends erwartet, aber dann ist er schon mittags zurückgekommen.«

»Findest du das nicht komisch? Er kommt viel früher nach Hause und taucht direkt bei Aïcha auf, an eben dem Tag, wo sonst keiner zu Hause ist.«

»Für dich sind alle Männer sexbesessen.«

»Na ja ...«

»Greg meinte, er war eher verärgert, dass Blanche nicht da war.«

»Ja, das klassische Spiel. Aber das hat nichts zu bedeuten. Verheiratete Männer sind die schlimmsten. Gut, ich muss wieder in die Vorlesung.«

Andrieu, der Aïcha verführen wollte? Der aus diesem Grund früher nach Hause gekommen war! Wie ihn das beruhigt hätte!

Noémie Labarrière saß an einem Tisch in einer ruhigen, etwas dämmrigen Ecke. Sie trank einen Cappuccino und blätterte in einer Zeitschrift.

»Ich hoffe, ich komme nicht allzu spät«, sagte Chib und zog einen Korbstuhl heran.

Es gar genau sechs Uhr.

»Nein, ganz und gar nicht. Ich bin zu früh dran«, entschuldigte sie sich höflich.

Er setzte sich, sie faltete die Zeitschrift zusammen. Er bestellte ein Mineralwasser. Er hatte keinen Durst. Sie klopfte mit dem Löffelrücken ganz leicht auf den Schaum ihres Cappuccino.

»Wir haben sehr an unserem Scotty gehangen, wirklich ein braver kleiner Hund. Aber er hatte die furchtbare Angewohnheit, Katzen zu jagen, er konnte sie nicht ertragen, sie machten ihn verrückt!«

»Wir haben alle unsere Fehler«, bemerkte Chib-der-König-der-Einbalsamierer.

»Mein Mann hat ihn gefunden. Er hing an einem Zweig, der arme Kleine. Diese elenden Halsbänder ... Und Blanche hatte gerade Elilou verloren ... Ich habe es nicht einmal gewagt, zu weinen, ich schämte mich, verstehen Sie, ein Hund ...«

»Die Liebe macht keinen Unterschied zwischen den Lebewesen.«

»Glauben Sie wirklich?«

Keine Ahnung. Ich habe gerade mit Blanche geschlafen, ich denke an nichts anderes, ich bin total durchgeknallt.

»Mein Mann hat schon seinen Jagdhund Coquette präparieren lassen. Also warum nicht auch Scotty? Wir stellen die beiden nebeneinander in Pauls Bibliothek, unter den Wildschweinkopf.«

»Ihr Mann ist Jäger?«

»Ein leidenschaftlicher. Er und Chassignol sind gute Schützen. Andrieu auch, aber er ist mehr für den Schießstand.«

»Sind sie eng befreundet?«

»So weit das Männern möglich ist«, lächelte sie und entblößte dabei ihre tadellosen Jacketkronen. »Wissen Sie, diese ganze Sache mit dem Testosteron, dem Kampfgeist, der Revierverteidigung ... wie mein armer Scotty. Eine Frau wird niemandem nachjagen, der in ihrem Garten herumspaziert. Sie bietet ihm eher eine Erfrischung an.«

»Sie sind also keine Jägerin?«

»Ganz bestimmt nicht! Blanche, Clotilde und ich spielen Tennis, das ist besser für die Linie. Chassignol würde es gerne sehen, dass wir uns für Winnie verwenden, damit sie sich auch im Country-Club einschreiben kann, aber ...«

Sie schwieg und trank einen Schluck Cappuccino.

»Sie ist etwas zu ...«, wagte Chib zu sagen.

»Ja, genau ... Rémi hatte schon immer einen ... sagen wir ausgefallenen Geschmack. Wenn ich daran denke, dass er beinahe Blanche geheiratet hätte! Das wäre eine Katastrophe geworden!«

Chib spürte, wie sich seine Finger um das Glas klammerten.

»Sie hat ihn also vor Andrieu gekannt?«

»Ja, sie waren zusammen an der Uni. An der juristischen Fakultät.«

»Ich kann mir Blanche schwer an der juristischen Fakultät vorstellen …«

»Oh, sie wollte Anwältin werden, Sie wissen ja, wie das mit dem Idealismus der jungen Mädchen ist … Chassignol hat ihr Jean-Hugues vorgestellt. Der hat sich dann Hals über Kopf in sie verliebt. Sie sind schon seit fünfzehn Jahren verheiratet; als sie dreiundzwanzig war, wurde Charles geboren. Ich konnte keine Kinder bekommen. Ich wollte eines adoptieren, aber davon wollte Paul nichts wissen. Also kümmere ich mich um die der anderen. Ich spiele die Verwöhntante.«

»Belle-Mamie lässt den anderen wohl nicht viel Platz, sie scheint ihre Enkel zu vergöttern«, meinte Chib.

»Sie ist definitiv verrückt nach ihnen!«, stimmte Noémie zu und warf den Kopf zurück, was die zarte Cartier-Kette vorteilhaft zur Geltung brachte.

»Das ist für Blanche sicher nicht immer einfach … Eine so allgegenwärtige Schwiegermutter«, bemerkte Chip kühn.

»Ah, das ist Ihnen also aufgefallen? Normalerweise sehen Männer solche Sachen nicht. Ich musste die Mutter meines Mannes zehn Jahre lang ertragen, ohne dass er je verstanden hätte, warum ich sauer war! Blanches Problem ist, dass sie nie etwas sagt. Sie ist so verträumt, so sehr in ihre innere Welt zurückgezogen … Ganz das Gegenteil von Jean-Hugues, der ist ein Fels in der Brandung!«

»Gegensätze ergeben oft ein gutes Paar«, meinte Speichellecker Moreno.

»Solange sich die Unterschiede nicht in einen unüberbrückbaren Abgrund verwandeln«, betonte Noémie Labarrière, die wohl einen Artikel mit der Überschrift »Wenn ihre Beziehung Risse bekommt« gelesen hatte.

»Sie scheinen sich sehr gut zu verstehen.«

»Natürlich. Es ist nur so, dass … Aber ich bin wirklich zu

schwatzhaft! Paul wird sich fragen, wo ich bleibe. Wann können Sie Scotty abholen? Er ist bei unserem Tierarzt, hier ist seine Karte.«

Chib steckte sie frustriert ein. Noch zehn Minuten, und er hätte alles über das Ehepaar Andrieu erfahren.

Noémie erhob sich und sammelte ihre Pakete ein.

»Ihr versteht es wirklich, mit Frauen zu reden«, erklärte sie verschmitzt.

Ihr? Wer? Die Mischlinge? Die Bastarde?

»Wie mir mein Friseur gesagt hat: ›Es liegt daran, dass wir keine Angst haben, unsere Femininität zu zeigen.‹«

Ihr Friseur? Femininität? Was war …?

Er musste völlig verblüfft aussehen, denn sie hob die Augen und tat verwirrt:

»Oh, entschuldigen Sie, es tut mir Leid, ich bin so indiskret, Sie wollen sicher nicht, dass es bekannt wird! Dieser Schlingel von Charles hat mir … O je, ich muss mich beeilen.«

Charles? Beinahe hätte er sie bei dem feisten Arm gepackt und gebrüllt: Wovon redest du eigentlich, du Schreckschraube?, aber er beherrschte sich, während sie zu der Drehtür trippelte.

»Rufen Sie mich an!«

Er sah ihr nach, als sie zum Taxistand eilte. Was hatte Charles da über ihn erzählt? Was war das für eine Schlangengrube! Auf der anderen Seite wäre es praktisch wegen Blanche, wenn alle ihn für schwul hielten … Mit Blanche? Es war ein Anfall von Wahnsinn, Chib, nicht das Vorspiel zu einer leidenschaftlichen Beziehung. Es war schon vergessen. Es hatte nie existiert.

Wütend trank er sein Wasser aus. Ob sie nun gestört waren oder nicht, Charles und Louis-Marie waren nichts anderes als zwei Lausebengel, die eine anständige Tracht Prügel verdient hätten. Er stellte sich schon die Kommentare vor: Kennen Sie Chiiib Moreno? Den schwulen Präparator, Sie wissen schon, den kleinen Schwarzen, der so manieriert tut. Ein Goldstück, wirklich, derart sensibel, meine Liebe … Man fragt sich, wie er einen so grässlichen Beruf ausüben kann … Brrr!

Er warf das Geld auf den kleinen Tisch und verließ die Bar. Er würde den Hund abholen und nach Hause gehen, um zu arbeiten. In den Eingeweiden eines Köters wühlen und dabei Portishead hören.

Der Tierarzt rückte seine Brille zurecht, die ihm auf die Nasenspitze gerutscht war. Der Terrier lag in einem Plastiksack auf dem Untersuchungstisch.

»So. Der arme Scotty, ein Opfer seines schlechten Charakters!«

Er räusperte sich, nahm die Brille ab und massierte sich die Augen. Müde sechzig Jahre in einer Cordhose und einem perlgrauen Lacoste-Sweatshirt. An den Füßen schwarze Doc Martens. Patek-Philippe-Uhr. Chib ließ den Blick über die von berühmten Kunden signierten Fotos gleiten, die das Zimmer schmückten: zwei Filmstars, der frühere Bürgermeister, ein Top-Modell, ein Fußballspieler …

»Ein erlauchter Patientenkreis …«, bemerkte er mit der, den Umständen entsprechender bewundernder Miene.

»Hm, ich praktiziere schon seit dreißig Jahren hier in der Gegend, ich kenne alle Welt.«

Die Tierarztpraxis lag in einem Park inmitten der Millionärshügel.

»Ich weiß nicht, warum, aber ich dachte, es wäre nicht mehr in Mode, seine Haustiere ausstopfen zu lassen«, fuhr Doktor Chabot fort und strich durch sein schütteres graues Haar.

»Es ist nicht mehr in Mode«, bestätigte Chib, »aber es gibt noch immer Anhänger. Ein Glück für mich.«

»Genau. Aber nebenbei, wenn das da oben so weitergeht, wird es Ihnen nicht an Arbeit mangeln.«

»Wie meinen Sie das?«

»Ich finde, dass es dieses Jahr in der Gegend zwischen Opio und Valbonne eine anormal hohe Anzahl von plötzlichen Hunde-Todesfällen gegeben hat. Ich frage mich, ob wir es nicht mit einem Verrückten zu tun haben, der sich ein Vergnügen daraus macht, Hunde umzubringen. Aber normalerweise benutzt diese Art Irre vergiftetes Fressen. In diesem Fall hingegen … handelt es sich einfach um eine anormale Unfallhäufigkeit, die mich beunruhigt. Ich habe natürlich kein Wort darüber verloren, unnütz, alle aufzuschrecken.«

»Und die Leute in Angst zu versetzen, vor allem, wenn man ohnehin nichts ändern kann!«, fuhr Chib verständnisvoll fort.

»Genau. Seit zwei Monaten aber schien sich die Lage beruhigt zu haben. Und jetzt Scotty ... Auf alle Fälle nicht so furchtbar wie das, was den Andrieus zugestoßen ist ... Was für ein grauenvolles Drama!«

Chib nickte mitfühlend.

»Sie haben auch nicht gerade einen lustigen Beruf! Ich habe zumindest noch die Geburten, die Tiere, die ich retten kann, das ist ein kleiner Ausgleich für das Leid, aber Sie ...«

»Ach, meine Klienten leiden nicht mehr. Ich hoffe, dass meine Arbeit den Angehörigen hilft, Frieden zu finden.«

»Genau. Aber ich finde es eher deprimierend, Leichen um mich zu haben ... Na ja, jedem seinen Job!«

Die Todesfälle bei Hunden sind anormal hoch. Dieser Satz ging ihm durch den Kopf, als er den eingewickelten Terrier aus dem Kofferraum des Floride hob und in sein Haus trug. Ein Hundemörder? Ein Hunde- und Kindermörder? Eine Serie von B-Movies? – Schluss mit dem Theater!

Erfolglos befahl er sich, nicht mehr nachzudenken, und machte sich daran, letzte Hand an den steifen Tarzan zu legen, dessen Zähne über der künstlichen Gummizunge sichtbar waren. Die echte Zunge lag zusammen mit den Eingeweiden und den Augen in der Mülltonne. Eine dünne Farbschicht auf die Zähne, etwas Glanzspray für das Fell, die Glasaugen aus dem Spezialgeschäft sorgfältig in den leeren, gereinigten Höhlen befestigen, die Pfoten unsichtbar auf dem mit seinem Namen gravierten Holzsockel festschrauben. Ächzend hob er das rekonstruierte Tier hoch, es wog bestimmt dreißig Kilo, und setzte es auf ein Rollbrett mit roten und blauen Rädern, auf dem es zum Wagen seines Herrchens gefahren würde. Äußerst eindrucksvoll, das musste er zugeben, als er den ausgestopften Hund, bereit zu einer Skateboardpartie, betrachtete. Gute Arbeit. »So, jetzt kann Papa dich abholen.« Gerade als er das zu den sterblichen Überresten sagte, klingelte es an der Tür.

Sobald der Kunde mit seinem Dobermann auf Rollen abgezogen war, machte er sich an Scotty. Ihn aufschneiden, sorgfältig das Fell und die Knochen, die er noch benötigte, auskratzen, das Fell behandeln und unter der Lampe trocknen lassen. Stunden von Arbeit lagen vor ihm. Aber es war besser, sich mit Arbeit zu berauschen als mit Alkohol, denn das Einzige, wozu er Lust, wirklich Lust hatte – ausgenommen natürlich, Blanche anzurufen, Blanche in die Arme zu schließen, Blanche mit dem Floride abzuholen und in die sternenklare Nacht zu entführen wie ein Dieb, wie ein Barbar –, ja, das Einzige, wozu er ansonsten Lust hatte, war zu trinken, zu trinken, bis er bewusstlos umfiele, den Kopf ebenso leer wie ein Halloween-Kürbis.

INTERMEZZO 3

Sie stank
Sie stank nach sich
Sie stank nach Sklavin
In ihren Augen, in ihrem Mund
der üble Geruch
Der Geruch nach Schreien zwischen den Laken
der Geruch nach Feuchtigkeit
der schmerzt
Die Lippen einer Schlampe und die Wangen eines Kindes
Ihre Lippen
ich will sie besitzen
Ich schneide sie ab
Ich presse sie auf meinen Hals
Hure

KAPITEL 10

Die Sonne durchflutete das Zimmer. Chib öffnete kurz ein Auge und schloss es wieder. Wie spät war es? Er tastete auf den Fliesen nach seiner Uhr, bemerkte, dass er sie am Handgelenk trug: 11 Uhr 12. Super. Er hatte geschlafen wie ein Baby. Wenn er nur nicht solche Kopfschmerzen hätte ... Er drehte sich auf den Rücken, spürte etwas im Kreuz und zog eine leere Wodkaflasche aus dem zerknitterten Betttuch. Na so was! Er hätte schwören können, dass sie gestern Abend noch drei viertel voll gewesen war. Die mit dem Büffelgras, seine Lieblingsmarke. Er hatte übrigens den Eindruck, dass die ganze Büffelherde in seinem Mund weidete. Und dort auch ihre Fladen zurückließ. Schnell, die Zähne putzen. Und pinkeln. Er stand auf, schwankte geblendet. Er hatte eigentlich nur vor dem Zubettgehen einen kleinen Schlaftrunk nehmen wollen, nachdem Scottys Fell sorgfältig auf das Trockengestell gespannt war. Sich keinen Jahrhundertrausch antrinken wollen. Einen, nach dem man Lust auf fünfzehn Jahre Schlafkur hat.

Er schleppte sich zur Dusche und schob sich unter den eisigen Wasserstrahl. Spitze Nadeln auf Schädel und Brust. Bis hundert zählen. Den Mund ausspülen, weg mit den Büffeln!

Zitternd trocknete er sich ab. Wo war das verflixte Mundwasser mit Minzgeschmack? Beim Pinkeln gurgelte er mehrmals. Jetzt ein gutes Vitamin-C-1000, frischen Fruchtsaft, dann würde es sicher besser gehen. Das kalte Wasser rann angenehm über seinen Nacken.

Er legte sich noch einen Moment hin, um kurz einige Zen-Atemübungen zu machen.

Und er schlief wieder ein.

Das Flugzeug brummte. Es würde landen, es würde hier auf dem Kopfkissen landen, aber sah denn dieser blöde Pilot nicht, dass das keine Landebahn war?

Chib fuhr hoch. Das Handy hatte an seiner Wange vibrierte. Verstört drückte er auf die grüne Taste.

»Man hat sie gestohlen! Man hat meine Tochter gestohlen!«

Chib befeuchtete seine Lippen und hörte sich sagen: »Pardon?«, seine Stimme war rau, doch selbst wenn sein vernebeltes Hirn es nicht zugeben wollte – er hatte längst verstanden.

»Man hat Elilou gestohlen!«, brüllte Jean-Hughues in den Hörer.

»Aber …«, brummelte Chib, »aber warum …«

»Woher soll ich das wissen?«

»Haben Sie die Polizei benachrichtigt?«

»Damit es als Schlagzeile in alle Zeitungen kommt? Darum rufe ich Sie ja an. Die Gräfin di Fazio hat mir gesagt, Sie kennen eine seriöse Agentur?«

Was für eine Agentur? Eine Heiratsagentur? Eine Immobilienagentur? Wovon redet er? Plötzlich fiel es Chib wie Schuppen von den Augen, und der Schweiß brach ihm aus. Dieser Idiot von Greg! Er war eines Tages gekommen, als die Gräfin da gewesen war, und hatte sie wie ein Verrückter angemacht. Und mit ihren achtundsechzig Jahren war sie angesichts so viel männlicher Kühnheit dahingeschmolzen. »Ihr Freund ist wirklich reizend«, sagte sie immer, wenn sie sich nach dem Salonlöwen erkundigte. Greg hatte ihr eine Visitenkarte gegeben »*Search Agency* Untersuchungen aller Art«, er hatte sie sich von einem Automaten am Bahnhof ausdrucken lassen, mit seiner Telefonnummer, für den Fall der Fälle …

»Nun«, drängte Andrieu mit gebrochener Stimme.

Nun, nun …

Plötzlich sah Chib klar. Greg als Privatdetektiv, das war die ideale Gelegenheit, der beste Weg, um eine Untersuchung über das zu führen, was dort oben wirklich vorging. Nur ... Wer – ausgenommen eine geliftete und sexuell frustrierte alte Dame – konnte wirklich länger als zwei Sekunden daran glauben, dass dieser Schwachkopf ein Detektiv war? Trotzdem.

»Ich kenne in der Tat jemanden«, sagte er. »Etwas extravagant, aber sehr effizient. Sie kennen ihn übrigens auch.«

»Wie bitte?«

»Sie haben ihn gestern gesehen. In Ihrem Haus. Gregory Donatello.«

»Dieser ungehobelte Typ?«

»Er ist gut in seinem Fach. Wenn sein Benehmen auch manchmal zu wünschen übrig lässt ...«

Stoßweiser Atem. Dann ein Seufzen.

»Gut. Rufen Sie ihn an. Sagen Sie ihm, er soll so schnell wie möglich herkommen. Wir müssen sie wieder finden. Wenn wir sie nicht wieder finden, ich ... ich würde es nicht überleben, verstehen Sie? Zu wissen, dass der Körper meiner Kleinen in den Händen eines Irren ist! O mein Gott, entschuldigen Sie, ich glaube, ich muss mich übergeben ...«

Ich auch, sagte sich Chib und lief ins Badezimmer.

Nachdem er sich entleert hatte, fühlte er sich besser. Essen. Er musste essen. Den Magen stabilisieren. Er öffnete den Kühlschrank und verschlang hastig zwei Scheiben Schinken, einen Magermilchjoghurt, ein großes Stück Gruyère, einen Hühnchenschenkel und einen Riegel Bitter-Schokolade. Dazu Pampelmusensaft. Und jetzt einen Kaffee. Denn ohne Kaffee brauchte er gar nicht erst versuchen zu verstehen, was hier vor sich ging.

Man hatte Elilous Leiche gestohlen.

Absurd. Völlig absurd ...

Hatte derjenige, der diesen »Diebstahl« begangen hatte, ihr auch das Genick gebrochen? Hatte er den Körper geholt, um noch perversere Gelüste zu befriedigen?

Wieder stieg Übelkeit in ihm auf, und er erbrach sich erneut. Nie mehr Wodka. Mindestens für einen Monat nicht.

Er begann sich anzuziehen und rief nebenbei Greg an, um ihn über die Lage zu informieren.

»Bist du verrückt?«, schrie Greg. »Kannst du dir mich als Columbo in der Addams-Family vorstellen? Noch dazu nehme ich am Beach-Volley-Turnier teil. Also, es tut mir Leid, aber auf mich kannst du nicht rechnen, um tote kleine Mädchen im Wald zu suchen.«

»Greg!«

»Nein und abermals nein! Lass mich in Ruhe damit, du kannst ja Gaëlle fragen, die ist bestimmt begeistert. Sag ihnen, sie sei meine Partnerin und basta. Also, ich muss aufhören, ich spiele in einer Viertelstunde, und ich werde gewinnen, verlass dich drauf!«

Gaëlle ... ja, natürlich!

»Ich bin nicht sicher, dass das wirklich eine so gute Idee ist«, sagte sie und trommelte mit den Fingern auf das Armaturenbrett des Floride, der sich im zweiten Gang den Berg hinaufquälte.

»Wir haben keine andere Wahl.«

»Die Polizei wäre mir lieber gewesen. Es handelt sich immerhin um Grabschändung. Ich meine – wenn sich hier in der Gegend ein echter Geisteskranker herumtreibt ...«

»Ich dachte, ich wäre der ewige Feigling?«

»Chib, wenn dieses Mädchen wirklich vergewaltigt und ermordet wurde und wenn man jetzt ihre Leiche gestohlen hat, müssen wir die Polizei einschalten! Fantômette und Razibus werden diese Sache nicht im Handumdrehen lösen können.«

»Und wer übernimmt den Razibus-Part?«

»Hör auf! Verdammt, hast du gelbe Augen! Was hast du gestern Abend gemacht?«

»Ich habe schon immer geahnt, dass es deprimierend ist, mit einer Ärztin liiert zu sein«, seufzte Chib und massierte sich den Nasenrücken. »Gut, rekapitulieren wir. Du bist Gregorys Partnerin. Dein Vater war bei der Polizei. Du bist auf Fälle mit Kindern spezialisiert.«

»Und wenn er meine Zulassung sehen will?«

»Erstens genügt bis zum Inkrafttreten des neuen Gesetzes

eine einfache Gewerbeanmeldung bei der Präfektur, und zweitens fragen die Leute selten danach. Hast du schon mal von deinem Friseur den Meisterbrief verlangt? Andrieu kennt die Gräfin di Fazio, die mich kennt und ihm Greg empfohlen hat. Dieses Milieu funktioniert in konzentrischen Kreisen. Und übrigens, gib dich diskret und wohlerzogen. Genau, wohlerzogen«, beharrte er.

»Ja, Chef. Und du, wer bist du? Der große Marabut der Fundsachen?«

Er zuckte die Schultern, ohne zu antworten. Er konnte den Kopf nicht schütteln, das tat zu weh. Gut, sie waren im Begriff, Unsinn zu machen. Gut, sie müssten die Polizei verständigen. Nun gut, er würde es nicht tun.

Andrieu stand vor der Kapelle, sein Gesicht war angespannt, die Augen gerötet und geschwollen, der weiße Jogginganzug hatte Schweiß- und Staubflecke. Chib, in seinen besten anthrazitfarbenen Anzug geschnürt, machte sie miteinander bekannt und betete, dass sein Atem nicht seinen Kater verriete.

»Gaëlle Holzinski. Die Partnerin von Monsieur Donatello. Er wurde leider in Italien aufgehalten, aber Gaëlle ist sehr kompetent, wenn es um Kinder geht.«

»Wir suchen keinen Pädophilen, verflixt noch mal«, knurrte Andrieu, schüttelte aber Gaëlle die Hand, die sehr elegant wirkte in ihrem beige-rosafarbenen Kostüm von La City. Sie hatte es von einer Zimmernachbarin in der Studentenstadt ausgeliehen.

»Wir suchen nach einer sicherlich sehr gestörten Person, die das Grab eines Kindes geschändet hat«, entgegnete Gaëlle mit ihrem besten Pariser Akzent. »Was hat sich genau zugetragen?«

»Ich bin gegen elf Uhr dreißig gekommen, um ... um ihr guten Tag zu sagen, und ... und sie war nicht mehr da!«

Er schien kurz davor, in Tränen auszubrechen. Mit einer wütenden Handbewegung stieß er die Tür zur Kapelle auf, die den Blick auf den dunklen Innenraum freigab.

Der Sarg thronte leer auf dem Altar. Gaëlle näherte sich mit entschlossenem Schritt, gefolgt von einem von Übelkeit gepeinigten Chib.

»Die Kapellentür war nicht verschlossen?«, erkundigte sie sich, während sie den Glaskasten untersuchte.

»Nein, wie kann man sich vorstellen, dass … wenn nur …«

»Das ist normal, Sie haben sich nichts vorzuwerfen«, sagte sie und beugte sich über die Spur eines getrockneten Tropfens.

Sie wandte Andrieu den Rücken zu, und Chib sah, wie sie schnupperte und das Gesicht verzog. Sie richtete sich wieder auf und ließ den Blick prüfend durch die Kapelle gleiten.

Man könnte meinen, sie hätte ihr ganzes Leben nichts anderes getan, dachte Chib voller Bewunderung. Wirklich der Spross eines Polizisten.

»Haben Sie Fußabdrücke bemerkt?«

»Im Kies? Unmöglich!«

»War irgendetwas verändert? Fehlen Gegenstände?«

»Nein, nichts. Alles war normal, außer … außer dem! Man hat den Schrein verschoben und …«

»Wo steht er gewöhnlich?«

»Dort, auf den Böcken neben dem Heiligen Franz von Assisi.«

Andrieu deutete auf eine schöne Statue aus bemaltem Holz. Chib fragte sich, warum man den gläsernen Schrein auf den Altar gestellt hatte. In blasphemischer Absicht?

»Weiß Ihre Frau Bescheid?«, fragte Gaëlle.

»Ja. Das heißt, ich weiß es nicht. Ich habe es ihr gesagt, aber sie hatte ihr Beruhigungsmittel genommen und ist gleich wieder eingeschlafen …«

»Ihre Kinder?«

»Charles hat gehört, wie ich Moreno angerufen habe.«

Moreno. Das »Monsieur« wurde fallen gelassen.

»Es ist vielleicht besser, wenn er seinen Geschwistern nichts davon erzählt«, meinte Gaëlle.

»Das habe ich ihm schon gesagt. Ich verstehe das einfach nicht«, sagte er und ballte die Fäuste. »Ich verstehe das nicht!«

»Haben Sie Feinde?«

»Feinde?«

»Leute, die Sie nicht mögen? Verärgerte Nachbarn? Konkurrenten, die sich geprellt fühlen?«

»Nicht, dass ich wüsste. Und, ehrlich gesagt, glaube ich nicht, dass ein Börsianer hierher kommen und die Leiche meiner Tochter stehlen würde, um sich für irgendein öffentliches Übernahmeangebot zu rächen.«

»Monsieur Andrieu, es gibt nur zwei Möglichkeiten«, legte Gaëlle mit klarer, ruhiger Stimme dar. »Entweder handelt es sich um die Tat von jemandem, der Sie oder Ihre Familie hasst, oder wir haben es mit einem Verrückten zu tun. Aber Sie müssen zugeben, dass die Wahrscheinlichkeit, dass irgendein Irrer genau in Ihre Privatkapelle kommt und beschließt, den Körper Ihrer Tochter zu stehlen, relativ gering ist.«

»Was Sie da sagen, ist grauenvoll. Sie behaupten, jemand hasst mich derart, dass er sich zu einer so barbarischen Tat hinreißen lässt!«

Gaëlle nickte und legte kurz die Hand auf Andrieus Arm.

»Ich glaube, die Sache ist sehr ernst. Und ich glaube, Sie sollten die Polizei einschalten.«

»Noch nicht! Meine Frau ist schon so am Ende ihrer Nerven ... Wenn wir ... wenn es wirklich ... die Fotos in den Zeitungen ... der Skandal ... das würde sie nicht überstehen. Sie wissen doch, dass die Presse immer informiert wird, wenn es sich um ... um lohnende Themen handelt«, fügte er mit einer Miene hinzu, die Abscheu und Zorn widerspiegelte. »Es gibt Dinge, die im Kreise der Familie bleiben müssen«, murmelte er schließlich.

»Wie Sie wollen«, antwortete sie ungerührt. »Gut. Wie kann man Ihr Grundstück verlassen? Das Eingangstor ausgenommen. Ich nehme an, man hätte gehört, wenn es geöffnet oder geschlossen worden wäre? Mir ist aufgefallen, dass es recht laut quietscht.«

»Ja, ich denke, Aïcha hätte es gehört, sie hat einen sehr leichten Schlaf, und ihr Zimmer befindet sich in dem Flügel, der dem Tor am nächsten ist.«

Er schien angestrengt nachzudenken.

»Links grenzt unser Grundstück an das der Labarrières«, fuhr er fort. »Es wird durch einen Bach abgegrenzt. Auf der anderen Seite haben wir die Osmonds, von denen wir durch eine alte, zwei Meter hohe Steinmauer getrennt sind.«

»Am praktischsten wäre es also, zum Bach hinunterzugehen, ihn zu durchqueren und ...«

Gaëlle beendete ihren Satz nicht.

»Die D 9 zu erreichen«, vollendete Andrieu, die Züge angespannt. »Die D 9 ist nachts sehr wenig befahren.«

»Wann waren Sie zum letzten Mal in der Kapelle?«

Chib fand, dass die Frage schlecht formuliert war, doch Andrieu verstand sofort, was Gaëlle meinte: Wann haben Sie Elilou zum letzten Mal gesehen?

»Gestern Abend, gegen Mitternacht. Ich konnte nicht schlafen. Ich habe mit Louis-Marie Schach gespielt, dann habe ich versucht zu lesen, aber ... Sie war so schön, sie schien zu schlafen, nur zu schlafen ...«

So schön wie ein Rind auf der Fleischbank, wie ein mit Formalin gedopter Vampir, yeah, man!

»Papa!«

Annabelle erschien, wie üblich ihren Gameboy in der Hand, das Gesicht saucenverschmiert.

»Maman ist hingefallen!«, rief sie verstört.

»Scheiße!«, rutschte es Andrieu heraus.

»Sie ist zu uns in die Küche gekommen, sie hat Colette guten Tag gesagt, und dann hat sie so gemacht ...«

Annabelle legte die Hände vors Gesicht und verdrehte die Augen.

»... und sie ist hingefallen, und Colette hat gesagt, ich soll dich rufen.«

»Ich komme.«

Er war schon draußen, Annabelle lief neben ihm her und versuchte, seine Hand zu fassen, doch er schenkte ihr keine Beachtung.

Gaëlle stieß einen gedehnten Pfiff aus.

»Dieser Typ steht unter Strom wie eine Hochspannungsleitung. Ich habe den Eindruck, meine Haare sind elektrisch aufgeladen.«

Chib stimmte ihr zerstreut zu, besessen von dem Wunsch, zu der ohnmächtigen Blanche zu eilen.

»Das scheint dich ja mächtig zu interessieren. Wirst du vielleicht hellhörig, wenn ich dir sage, dass der Dieb auf den Sarg gepinkelt hat?«

Er zuckte zusammen.

»Ah! ›Chib Moreno, die Wiederauferstehung‹!«, meinte sie ironisch.

»Soll das bedeuten, dass der Täter die Kleine hasste?«

»Möglich.«

»Aber wenn er sie hasste, warum hat er dann ihre Leiche mitgenommen?«, gab Chib zu bedenken.

»Um sie zu zerstören, ihr die Gliedmaßen abzureißen, sie zu fressen, ich habe keine Ahnung, aber sicherlich etwas Schlimmes. Die Sache macht mir wirklich Angst«, schloss sie und ging zur Tür.

Er trat zum Altar, zu dem geschändeten Sarg. Keine Zigarettenkippe, kein zum richtigen Zeitpunkt aus einer Tasche gefallenes Papier, kein unglücklicherweise verlorenes Notizbuch, kein Führerschein, nicht einmal der traditionelle Knopf der Tweedjacke, hergestellt von der Firma X, die über eine Kartei mit allen falschen Namen ihrer Serienmörderkunden verfügt … nein, nur die abgenutzten Steinplatten, in deren Zwischenräumen Gras wuchs.

Plötzlich bemerkte er eine kleine weiße Marmorplatte, die unter der Statue des Heiligen Franziskus von Assisi in den Boden eingelassen war. Eine rechteckige Platte, sauber und in gutem Zustand, in die die einfachen Worte graviert waren: »Léon Henri Enguerrand Andrieu, 17. Januar 91 – 23. Juli 1992. Ruhe in Frieden«. Es gab also eine Familiengruft.

Er bückte sich und sah unter dem Altar nach. Dunkel und staubig. Er reckte den Kopf vor, und unter seiner Nase flitzte ein Mauergecko vorbei. Vor Schreck hätte er fast einen Herzinfarkt bekommen. Er erhob sich, seine Angst machte ihn wütend.

»Jesus meine Freude …«

Erneuter Schock. Diesmal ein auditiver. Die Orgelklänge hallten von den dicken Mauern wider. Orgel? Es gab keine Orgel. Er fuhr herum. Die Bach-Kantate erfüllte die Kapelle mit ihren furchtbaren Worten der Freude. In der Nähe eines Pfeilers entdeckte er einen Lautsprecher. Er folgte dem Kabel, das zu der neben dem Eingang in einer Nische eingelassenen Mini-Stereoanlage führte.

Das grüne Licht bezeugte, dass die Anlage eingeschaltet war. Er drückte auf »Stop«, und es kehrte wieder Stille ein. Daneben mehrere CDs: Bach, Mozarts *Requiem, Schätze der Barockmusik* … Wer hatte die Anlage eingeschaltet?

Er trat vor die Tür. Kein Mensch zu sehen. Wo war Gaëlle?

»Ach, sind Sie schon wieder hier?«

Cordier, der mit dem Arztkoffer in der Hand neben seinem grünen Volvo stand, musterte ihn nicht eben freundlich.

»Geht es Blanche besser?«, fragte der Arzt, während er auf das Haus zuging.

»Ähm … ich weiß nicht …«

Cordier hob die Brauen, dann die Schultern und betrat das Haus, das Gaëlle in diesem Augenblick verließ.

»Sie liegt auf dem Sofa im Salon«, erklärte sie und fuhr, an Chib gewandt, fort:

»Hast du etwas gefunden?«

»Nein. Hast du in der Kapelle eine CD aufgelegt?«

»Eine CD? Natürlich. Ich habe mir gesagt: ›Warum sollten wir uns, nachdem wir nichts zu tun haben, nicht in Ruhe den letzten Manu Chao anhören?«

»Jemand hat eine CD aufgelegt. Bach.«

»Na und?«

»Na und?! Ich habe niemanden gesehen, niemand hat gesprochen, irgendjemand hat sich lautlos hereingeschlichen und diese verdammte CD aufgelegt, während ich unter dem Altar herumsuchte.«

»Du scheinst mir ganz schön nervös.«

»Nervös? Ich bin nicht nervös, ich drehe dir nur den Hals um, wenn du weiterhin die Überlegene spielst.«

Er legte die Fingerspitzen an die Stirn und ließ die Gelenke knacken.

»Und Blanche?«

»Sie ist wieder zu sich gekommen. Sie hat gefragt, wo Elilou sei, dann hat sie den Kopf gegen die Wand geschlagen.«

Chib schloss die Augen. Er sah einen Krankenwagen, der Blanche in die sternlose Nacht der Psychiatrie brachte.

»Was sollen wir jetzt machen?«, fragte Chib wütend den grünen Volvo von Doktor Cordier. »Einfach mit den Fingern schnipsen, um die Leiche wieder herzuzaubern?«

»Wir gehen zum Bach.«

»Denkst du an Ophelia? Eine makabere Inszenierung?«, fragte Chib, die Augen weit aufgerissen.

»Ich denke, dass der Dieb mit seiner Beute irgendwo hingegangen sein muss.«

»Ich gehe kurz zu Blanche, dann komme ich nach.«

Sie seufzte. Er errötete.

Cordier richtete sich auf, eine Spritze in der Hand. Andrieu hielt die Hand seiner Frau, die kraftlos dalag, die Augen geschlossen, die linke Schläfe gerötet und angeschwollen.

»Die Beule wird blau werden, dann gelb, nichts Schlimmes«, meinte Cordier. »Aber ich glaube, sie gehört in Behandlung.«

Andrieu machte eine ablehnende Handbewegung:

»Cordier, es ist doch normal, dass sie durchdreht, bei all … bei all dem!«

»Ich weiß, aber langsam wird sie eine Gefahr für sich selbst. Ich gebe Ihnen die Telefonnummer eines guten Arztes«, fuhr er fort und kramte in seiner abgetragenen Tasche.

»Der, der sich auch um Noémie gekümmert hat?«, erkundigte sich Andrieu.

»Hm. Hier. Rufen Sie ihn gleich an.«

Ohne noch etwas hinzuzufügen, ging er zu der großen Fenstertür, in der ein verlegener Chib stand, und verließ, ohne sich zu verabschieden, eilig den Raum.

Ein Zittern durchlief Blanches Körper, ihre Lider zuckten, ihre Hand umklammerte die von Andrieu, der ihre Stirn streichelte.

Verschwinde, Chib, schau dir an, wie sehr sie sich lieben, und verschwinde schnell.

Mit gesenktem Kopf ging er nach draußen und stieß mit einem marineblauen Hemd zusammen.

Charles.

»Geht es Maman besser?«

»Ja, der Arzt war da.«

»Ich weiß, ich habe ihn wegfahren sehen«, antwortete der Junge, dessen Augen auf derselben Höhe waren wie die von Chib.

Augen von einem dunklen Blau. Feindselig. Lauernd.

»Du hast mit Noémie Labarrière über mich gesprochen?«, fragte Chib unvermittelt.

»Duzen wir uns?«, gab Charles zurück.

Unverschämter Blick.

»Ich habe dich etwas gefragt.«

»Warum sollte ich von Ihnen sprechen?«

»Dann hat sie also gelogen?«

Charles deutete ein Lächeln an.

»Alle lügen ... Lügen Sie nie? Sie täten besser daran, meine Schwester wiederzufinden, statt auf Gerüchte zu hören. Dubois sagt, Klatsch öffne der Beschmutzung der Seele Tür und Tor.«

»Und du, wem hast du deine Tür geöffnet?«, fragte Chib und biss sich auf die Lippe.

»Charles, hol deiner Mutter bitte ein Glas Wasser!«

»Ja, Papa.«

Er verschwand mit einem lässigen »Ciao«. Chib zwang sich, tief durchzuatmen. Sich bloß nicht verunsichern lassen. Sich auf die momentanen Gegebenheiten konzentrieren. Charles hatte Cordier gesehen. Charles musste im Garten gewesen sein.

Er sah sich um. Plötzlich fiel sein Blick auf den Werkzeugschuppen des Gärtners. Er lag halb hinter einem uralten Eukalyptusbaum verborgen. Ein Mann in beigefarbenen Shorts und mit nacktem Oberkörper kam heraus. Kräftige Muskeln. Dunkles, zu einem Pferdeschwanz zusammengebundenes Haar. Ein von Falten zerfurchtes Gesicht mit erstaunlich hellen Augen. Costa, der Gärtner? Sicher. Er trug einen aufgerollten Gartenschlauch über der gebräunten Schulter. Er beachtete weder Chib, der mitten im Hof stand, noch das Haus.

War Charles aus dem Schuppen des Gärtners gekommen? Oder war Charles für die mysteriöse CD verantwortlich?

Er nagte an seiner Unterlippe und ging um den Swimmingpool herum, auf dessen Wasser nicht ein einziges Blatt schwamm, um Gaëlle zu folgen.

Ein kleiner Weg führte zum Pinienwäldchen, an einer Ligusterhecke entlang, hinter der man das Rauschen eines Rasensprengers hörte. Nach etwa hundert Metern entdeckte er Gaëlle, über den Boden gebeugt, der mit Piniennadeln bedeckt war. Sie schien verärgert.

»Und, was gibt's?«

»Nichts. Es war noch nie meine Stärke, eine Spur im Wald zu verfolgen.«

»Und der Bach?«

Sie deutete auf das Ufer hinter sich. Chib trat näher. Ein kleiner, geschwungener Wasserlauf, gesäumt von Trauerweiden. Dank einzelner Felsbrocken konnte man das andere, etwas steilere Ufer, das von stacheliger Vegetation durchsetzt war, bequem erreichen.

»Gar nicht so einfach, da raufzukommen, ohne sich an den Dornen festzuhalten«, bemerkte er.

»Ach, man braucht nur aufzupassen.«

Er wandte sich zu ihr um:

»Hör mal, die ganze Sache ist unlogisch. Ein Typ kommt hierher und stiehlt die Leiche eines kleinen Mädchens. Und dann fährt er damit im Auto weg? Um sie zu sich nach Hause zu bringen? Stell dir nur eine Polizeikontrolle vor …«

»Chib, wenn sich die Leute an solche Überlegungen halten würden, würden sie nicht all die Dinge anstellen, die man in der Zeitung lesen kann!«

Er schüttelte den Kopf.

»Wenn derjenige, der das getan hat, es getan hat, weil er Andrieu hasst, wird die Leiche wieder auftauchen. Verstümmelt, entstellt, alles, was du willst, aber sie wird wieder auftauchen, um ihm noch mehr wehzutun!«

»Ich hoffe, das wird nicht der Fall sein«, seufzte Gaëlle, die Hände in die Hüften gestemmt.

»Aha, es ist dir also lieber, wir haben es mit einem Nekrophilen zu tun, der beschlossen hat, Elilou zu seiner ewigen Verlobten zu machen?«

»Mir ist gar nichts lieber. Ehrlich gesagt, wäre es mir am liebsten, es wäre wie vor acht Tagen, als ich dich noch nicht kannte.«

»Dabei schienst du es aber unheimlich aufregend zu finden, mal Amateur-Polizistin zu spielen. Du wolltest doch unbedingt, dass wir der Sache nachgehen, oder etwa nicht?«, schimpfte Chib, zwang sich aber, nicht laut zu werden.

»Okay, ich habe Mist gebaut, bist du nun zufrieden?«

Gaëlle fuhr sich mit der Hand durch das dichte, rote Haar und seufzte.

»Für mich war das ein Spiel, und jetzt ... Andrieu schien derart mitgenommen ...«

Rascheln. Ganz leise. Chib erstarrte. Knacken von trockenem Holz.

»Sehen wir uns das Ufer mal näher an«, meinte er und beugte sich über den Grasboden.

Wieder das Rascheln. Irgendjemand versteckte sich im Unterholz, sagte er sich mit klopfendem Herzen. Er verdrehte die Augen in die Richtung, aus der das Geräusch kam, um Gaëlle darauf aufmerksam zu machen. Sie zuckte die Schultern.

»Was spielst du hier eigentlich? Das ist nicht der richtige Augenblick, um Amstrong zu imitieren! Manchmal frage ich mich wirklich, ob du nicht senil wirst!«

Knacken und Rascheln. Da, zu seiner Linken. Und die blöde Gaëlle, die hinter ihrer schlechten Laune verschanzt blieb. Wer weiß, ob nicht der Lauf einer Waffe auf sie gerichtet war? Automatisch legte er die Hand auf seinen Bürstenhaarschnitt. Außer wenn … Elilous Leiche hinter einer Gehölzgruppe verborgen? Von herumstreifenden Füchsen angefressen? Oder von Ratten? Die kleinen, spitzen Zähne von Feldnagern, die sich in das steife Fleisch bohrten?

Er beugte sich wieder vor und folgte einer imaginären Spur. Gaëlle seufzte.

»Das ist wirklich nicht witzig, Chib!«

In der Nähe des Gestrüpps blieb er stehen, Schweiß rann ihm über den Rücken. Schwer zu sagen, wie ängstlich man ist, ehe man Gelegenheit hat, Angst zu haben, was, mein guter alter Chib?

Atemgeräusche. Auf der anderen Seite dieses verfluchten Busches atmete jemand. Er blickte noch einmal zu Gaëlle, die trotzig den Bach betrachtete, und sprang.

Einfach so, ohne es beschlossen zu haben. Chib-der-Leopard-der-provenzalischen-Landhäuser.

Er spürte die Kratzer der Dornen nicht. Er landete auf einer Masse, die einen entsetzten Schrei ausstieß, warf einen Körper zu Boden, den er dann mit seinem Gewicht niederzudrücken versuchte, packte eine Hand voll blonder Haare und riss heftig daran, dann erstarrte er.

»Sie Idiot!«

Winnie-die-Pute sah ihn keuchend, mit weit aufgerissenen Augen an, ihre vollen Lippen waren fünf Zentimeter von den seinen entfernt.

»Was ist los?«

Gaëlle tauchte auf. Chib erhob sich und klopfte seine Hose ab, während Winnie sich langsam aufsetzte und die manikürte Hand auf ihr grünes Seiden-T-Shirt legte.

»Ich habe ein Geräusch gehört und gedacht …«

»Sie haben mich angesprungen! Sie hätten mir … mir ein Bein brechen können!«

»Wer sind Sie, und was haben Sie hinter dem Busch zu suchen?«, fragte Gaëlle streng.

»Ich bin spazieren gegangen, ist das etwa verboten?«

»Sie befinden sich auf einem Privatgrundstück!«

»Genau, das meiner Freunde, der Labarrières.«

«Tut mir Leid«, korrigierte Gaëlle, »aber hier sind Sie auf der Seite der Andrieus.«

»Ich kenne auch die Andrieus sehr gut, und ich kann mir nicht vorstellen, dass sie sich wegen eines albernen Brombeerstrauchs aufregen!«, knurrte Winnie.

»Gaëlle, ich stelle dir Winifried vor«, fiel Chib ein. »Die Verlobte von René Chassignol«, fügte er übertrieben respektvoll hinzu.

»Das erklärt noch lange nicht, warum Sie sich dort versteckt haben. Wahrscheinlich, um uns auszuspionieren «, fuhr Gaëlle trocken fort.

»Ich habe mich gefragt, was Sie da treiben«, protestierte die junge Frau, »ich habe nicht spioniert! Zunächst habe ich gedacht, Sie hätten hier vielleicht etwas ... ungestörte Zweisamkeit gesucht ... Und dann habe ich Ihr Gespräch gehört, das hat mich neugierig gemacht, so!«, schloss sie und betrachtete aufmerksam ihre langen, orangefarben lackierten Nägel.

»Ist Monsieur Chassignol bei den Labarrières zum Mittagessen?«, fragte Chib, um die Stimmung etwas zu lockern.

Winnie errötete.

»Nein, ich wollte ihnen nur kurz hallo sagen.«

Sie lügt, dachte er bei sich. Aber warum? Was steckt dahinter?

Winnie sah auf ihre Uhr, eine mit Brillanten verzierte Twenty 4. Plötzlich hatte sie es sehr eilig.

»O je, ich muss mich beeilen. Ciao!«

Behände hüpfte sie über die Felsen, so, als hätte sie Leinenschuhe statt Pumps an den Füßen, und winkte ihnen, als sie den Hang hinaufeilte, noch einmal freundschaftlich zu.

»Warum nimmt sie denn diesen Weg?«, murmelte Gaëlle.

»Dir kommt das also auch komisch vor?«

»Wenn du mich fragst, obskurer kann das gar nicht sein. Sie gehört nicht zu der Art von Frauen, bei der man sich vorstellen könnte, dass sie Pilze sucht und dem Gesang der Meisen lauscht. Wenn ich mich nicht irre, ist sie eher auf Männerfang.«

»Ich bin immer wieder überrascht, wie schnell eine Frau in einer anderen die Kurtisane entdeckt!«

»›Kurtisane‹, wie niedlich! So redet heute keiner mehr, Opa.«

»Immerhin hat Opa Winnie aufgespürt, eine Winnie ohne ihren Chassignol, aber vielleicht auf der Jagd nach Labarrière …«, schloss er nachdenklich.

Gaëlle Blick wanderte den grasbewachsenen Hang hinauf.

»Könnte sie mit dem, was uns beschäftigt, etwas zu tun haben?«

»Ich weiß nicht«, gestand Chib. »Es kommt mir wenig wahrscheinlich vor. Winnie-die-Pute eine Komplizin des Mörders-Vergewaltigers-Leichendiebs? Ich sehe keine Frau in dieser Geschichte.«

»Macho!«, rief Gaëlle und verzog spöttisch den Mund.

»Vielleicht«, gab Chib irritiert zu, »aber kannst du dir vorstellen, dass eine Frau mit einer Kinderleiche rumrennt? Einem Typen hilft, solche Sachen zu machen? Ich glaube das nicht. Das ist die Tat eines Mannes.«

»Hört, hört, die Theorien des Léonard Chib Moreno über Hoden- und Vaginaltaten!«

»Genau. Beispiel: Ich habe Lust, dir eine runterzuhauen, während du mit der Zunge zuschlägst.«

»Darüber beklagst du dich aber nicht immer …«

Sie trat auf ihn zu und drückte ihm einen Kuss auf die Wange. Dann wurde ihr Gesicht wieder besorgt.

»Ich schlage vor, wir gehen zu deinem Floride zurück und drehen eine Runde auf der D 9.«

»Okay.«

Jeder in seine Gedanken vertieft, kehrten sie um.

»Moment«, sagte Chib plötzlich. »Und wenn wir den Labarrières einen kleinen Besuch abstatten würden? Um uns zu überzeugen, was an Winnies Geschwätz dran ist? Wir können uns schließlich auch im Wald verlaufen haben.«

Gaëlle nickte, und sie kletterten mit dem eigenartigen Gefühl, etwas Unrechtes zu tun, über die Hecke.

Die Seite der Labarrières glich der der Andrieus wie ein Wassertropfen dem anderen. Perfekt ausgelichtete Pinien, gut geschnittene Olivenbäume, Beete mit rosafarbenem und gelbem Oleander, ein englischer Rasen und ein türkisfarbener Swimmingpool, eingefasst von rosafarbenen Steinplatten. Man hörte rhythmisches Klatschen, das einen schnellen Schwimmer verriet.

»Gibt es hier keinen Hund?«, fragte Gaëlle leise.

»Es gab einen, aber den stopfe ich gerade aus.«

»Du scheinst langsam wirklich zum Liebling des Jetset zu werden!«

»Huuuhu!«, rief Chib, ohne ihr zu antworten, »ist jemand da?«

Spritzen. Stille. Dann tauchte ein Kopf aus dem Pool auf. Labarrière, keuchend, das schüttere Haar an den Schädel geklatscht. Ein massiger Oberkörper, mit üppiger grau gelockter Behaarung. Er stemmte sich auf den Rand des Beckens.

»Was suchen Sie hier?«

»Entschuldigen Sie, wir sind spazieren gegangen und haben uns im Weg geirrt«, erklärte Chib. »Darf ich Ihnen Gaëlle, meine Verlobte, vorstellen?«

»... erfreut. Meine Frau ist nicht zu Hause«, sagte Labarrière und griff nach einem marineblauen Handtuch.

»Sie sind aber nicht kälteempfindlich«, meinte Gaëlle bewundernd.

Der Mann lächelte bescheiden und zufrieden.

»Nein, nicht sehr. Ich versuche, jeden Tag zu schwimmen, von Februar bis November. Waren Sie zum Mittagessen bei den Andrieus?«, fügte er hinzu, während er seine Brust frottierte.

»Nein ... wir haben nur ein Glas getrunken«, erwiderte Chib. »Madame Andrieu hatte einen kleinen Schwächeanfall. Nun, wir wollen Sie nicht länger stören«, fügte er eilig hinzu. »Sagen

Sie der Frau Gemahlin, dass ich mich um Scotty kümmere, morgen Nachmittag wird er fertig sein.«

»Der arme alte Köter«, brummte Labarrière und streifte einen dicken, zum Handtuch passenden Bademantel über. »Costa hat mir erzählt, dass dem Dackel der Doglione auf der anderen Seite des Hügels dasselbe zugestoßen ist. Das Gesetz der Serie ...«

»Costa? Der Gärtner der Andrieus?«, fragte Chib beiläufig.

»Hm. Er kümmert sich auch um unseren Garten. Unserem alten Luigi geht es nicht sonderlich. Costa ist auch bei den Doglione beschäftigt. Ein richtiges Arbeitstier, dieser Costa. Er will genug Geld verdienen, um sich in Portugal zur Ruhe zu setzen. In fünf Jahren. Er baut dort unten ein Haus.«

»Sehr gut«, murmelte Chib. »Also, wir gehen jetzt, einen schönen Tag noch.«

»Danke. Ich werde Jean-Hugues anrufen. Meiner Frau sage ich wegen Scotty Bescheid. Auf Wiedersehen, Mademoiselle.«

Mit vorgestreckter Brust, die Hände in den Taschen seines luxuriösen Bademantels vergraben, lächelte er Gaëlle an.

Fünf Minuten später waren sie außer Hörweite.

»Er war allein, ohne seine Frau«, flüsterte Gaëlle.

»In der Badehose im Pool«, höhnte Chib.

»Mit dieser Winnie als Überraschungsgast.«

»Denkst du dasselbe wie ich?«

»Genau das.«

KAPITEL 11

Als sie wieder im Hof der Andrieus waren, kam Aïcha mit einem großen Weidenkorb vorbei.

»Greg hat gewonnen! Er hat den Preis bekommen!«, rief sie ihnen entgegen.

Dann trat sie näher und fügte leise hinzu:

»Er hat mir das mit der Kleinen erzählt. Habt ihr sie gefunden?«

»Nein«, brummte Chib. »Hat Andrieu dir irgendetwas gesagt?«

»Nichts. Offiziell hatte Blanche einen Schwächeanfall. Das ist alles. Nur mit Mühe konnte ich Belle-Mamie daran hindern, sich mit ihrer Stickerei an ihrem Bett niederzulassen. Und ich habe sie streiten hören. Sie hat Andrieu angebrüllt, weil er euch mit der Sache beauftragt hat. Sie hat gesagt, das sei unverantwortlich. Sie wollte den Major soundso anrufen, einen Freund ihres Mannes, und Andrieu hat geschrien, das käme gar nicht in Frage, sie sollte nach Hause gehen, Punkt. Absolute Superstimmung.«

»Und die Kinder?«, fragte Gaëlle.

»Die sitzen im Fernsehraum und schauen sich *Fourmiz* an. Ich bin auf dem Weg in die Waschküche«, erklärte sie und deutete auf den Korb. »Nachdem alle gereizt sind, beeile ich mich lieber.«

Sie eilte davon.

Sie gingen zum Haus und traten in den ockerfarbenen Salon. Niemand. Chib hüstelte. Aus einem Nachbarzimmer drangen

Gesprächsfetzen und fröhliche Kinderstimmen. Sicherlich der Fernsehraum. Sie gingen in einen anderen Salon mit einem großen Kamin, tiefen englischen Ledersofas, Billardtisch und Bücherregalen bis zur Decke. Alte Marinebilder an den Wänden. Sie hatten den Eindruck, sich in einem schon tausendmal im Film gesehenen Dekor zu befinden. Es fehlte nur der treue Butler, distanziert und mit britischem Akzent. Auf einem kleinen runden Tisch am Fenster stand ein Schachspiel. Andrieu saß darüber gebeugt und betrachtete es, die Unterarme auf die Knie gestützt.

»Entschuldigen Sie uns«, begann Gaëlle.

Er hob langsam den Kopf wie ein Mann, der völlig in seine Gedanken versunken ist, und stand ebenso langsam auf.

»Ich nehme an, Sie haben nichts gefunden«, sagte er. »Paul Labarrière hat mich angerufen, um sich nach meiner Frau zu erkundigen. Er hat mir gesagt, dass Sie bei ihm vorbeigeschaut haben.«

»Wir haben den Weg zum Bach untersucht, erfolglos ...«, erklärte Gaëlle mit einem Seufzer.

»Dort sind wir auf Winifried gestoßen«, fügte Chib hinzu.

»Winnie?«

Andrieu zog eine Braue hoch und musterte ihn. Sein linkes Augenlid zuckte.

»Ja, sie hatte die Labarrières besucht«, erläuterte Chib mit Unschuldsmiene. »Sie hatte wahrscheinlich auf der D 9 geparkt und ist durch den Wald zurückgegangen.«

Andrieu öffnete den Mund und schloss ihn wieder.

Chibs Worte, die irgendwie unsinnig wirkten, hingen in der Luft. Warum, zum Teufel, sollte man auf einer Départementalstraße parken, durch das dornige Unterholz stapfen und einen Bach überqueren, um Freunde zu besuchen, zu deren Villa es eine direkte Zufahrt gibt? Vor allem, wenn es sich um eine eitle junge Frau handelt, die Pumps trägt.

»Ist diese Winifried die Geliebte Ihres Nachbarn?«, fragte Gaëlle plötzlich in sehr sachlichem Ton.

»Winnie? Mit Paul?!«, stammelte Andrieu, »nein, natürlich

nicht. Die Labarrières sind Freunde, ich bitte Sie, und Winnie ist die ... die Verlobte meines Partners Rémi Chassignol.«

»Gibt es Differenzen zwischen Chassignol und Ihnen?«

»Chassig ... aber was erzählen Sie da? Ich kenne Rémi seit über zwanzig Jahren!«

»Abel kannte Kain auch sehr gut«, erwiderte Gaëlle kalt.

»Das ist lächerlich.«

»Jean-Hugues!«, unterbrach sie plötzlich eine autoritäre Stimme. »Oh! Du bist beschäftigt, ich wusste nicht ...«

Belle-Mamie stand in einem blau-grauen, doppelreihigen Kostüm auf der Schwelle, eine Stickarbeit in der Hand.

»Ja, Maman?«

Sie trat näher, musterte die Besucher mit forschendem Blick und begrüßte sie knapp.

»Monsieur Moreno, Mademoiselle ...«

»Holzinski«, sagte Gaëlle.

»Brauchst du mich, Maman?«, unterbrach Andrieu sie.

Der Ton machte klar: Du störst. Doch statt den Rückzug anzutreten, kam sie noch näher.

»Dubois ist da«, verkündete sie in entschlossenem Tonfall.

»Ich bin beschäftigt. Ich komme in einer Viertelstunde.«

»Er weiß Bescheid«, fügte Belle-Mamie herausfordernd hinzu.

»Aber ... Warum hast du mit ihm darüber gesprochen?«

»All deine Heimlichkeiten sind sinnlos, Jean-Hugues.«

»Maman!«

Man wäscht seine schmutzige Wäsche nicht in der Öffentlichkeit!, übersetzte Chib für sich.

»Dubois hat uns immer gut beraten«, rechtfertigte Belle-Mamie und hielt dem Blick aus den geröteten Augen ihres Sohnes stand.

»Das ist mir egal«, fauchte dieser. »In meinem Haus treffe ich die Entscheidungen, hörst du?«

Sie sah ihn streng an:

»Reg dich nicht so auf, das ist kindisch. Das bringt uns nicht weiter. Immerhin handelt es sich auch um meine Enkelin.«

Andrieu verbarg das Gesicht kurz in den breiten Händen und schüttelte den Kopf.

»Lass ihn hereinkommen.« Er gab sich plötzlich geschlagen.

Belle-Mamie unterdrückte ein triumphierendes Lächeln, öffnete die Flügeltür und rief den Priester, der sogleich eintrat. Wie gewöhnlich trug er einen dunkelgrauen Anzug, sein schmaler grauer Oberlippenbart ließ ihn noch mehr wie ein Wiesel aussehen.

Er nickte zur Begrüßung, ging zu Jean-Hugues und schloss dessen beide Hände in die seinen.

»Ein furchtbarer Schlag, ein erneuter furchtbarer Schlag«, murmelte er mitfühlend.

Andrieu machte sich frei.

»Will jemand etwas trinken?«, fragte er und zog eine Flasche Glenfiddich aus dem Barschrank.

Chib und Gaëlle schüttelten den Kopf, Belle-Mamie seufzte genervt, und Dubois lehnte mit einem ungeduldigen Handzeichen ab.

»Nein, danke. Nun, wie ist der Stand der Dinge?«

Ehe Andrieu die Situation zusammenfasste, schenkte er sich einen Fingerbreit Whisky ein. Dubois hörte mit gerunzelter Stirn zu und strich sich dabei mit der Fingerspitze über den Oberlippenbart.

»Eine gottlose Tat. Eine Gotteslästerung!«, sagte er voller Überzeugung, als Andrieu seinen kurzen Bericht abgeschlossen hatte.

»Genau, ein fundamentalistisches Komplott«, höhnte dieser und schenkte sich erneut einen Fingerbreit Whisky ein.

»Das habe ich nicht gesagt«, protestierte Dubois, »aber wir haben es mit einer gestörten Seele zu tun.«

»Ein Besessener?«

Belle-Mamie schien verblüfft …

»Ein Besessener!«, stieß Andrieu hervor. »Sonst noch was?«

Mit einer wütenden Geste leerte er sein Glas.

Dubois zuckte die Schultern.

»Du warst schon immer Materialist, Jean-Hugues. Aber nicht alles ist eine Frage des Geldes.«

»Was hat das mit meiner Tochter zu tun?«

Dubois umfasste Andrieu, Chib und Gaëlle mit einer Armbewegung und erklärte:

»Ihr alle sucht eine rationale Erklärung für eine Tat, die von einer anderen Bewusstseinsebene zeugt.«

»Soll ich einen Exorzisten kommen lassen? Ist es das?«, fragte Andrieu sarkastisch.

»Ich bin ermächtigt, den höheren Exorzismus auszuüben«, unterbrach ihn Dubois. »Darum weiß ich auch, wovon ich spreche.«

»Aber du hast uns nie ...«

»Solche Dinge posaunt man nicht von allen Dächern. Das ist weder ein Thema für Partygespräche, noch dient es der allgemeinen Belustigung, Jean-Hugues. Es ist ein grauenvoller und erschreckender Vorgang.«

Fasziniert beobachtete Gaëlle den Priester. Er schien plötzlich von einer inneren Kraft beseelt, die seine kleinen grauen Augen leuchten ließ. Chib dachte bei sich, dass er auf einmal größer wirkte ... mächtiger, ja, mächtiger, das war das richtige Wort ...

Schweigen breitete sich aus, und alle sahen sich an. Ein Schweigen, das plötzlich von einem Schrei zerrissen wurde.

»Wo ist sie?«

Blanche stand schwankend in der Tür und hielt sich mit einer Hand am Rahmen fest. Sie trug einen halb zugeknöpften Morgenrock aus weißem Satin, unter dem ein naturfarbenes Baumwollnachthemd hervorlugte. Das Haar hing ihr in die Augen. Der Bluterguss an ihrer Schläfe war dunkelblau geworden.

»Wo ist meine Tochter?«

»Blanche, mein Liebling ...«

»Warum hast du mir nichts gesagt? Warum?!«

Sie kam einen Schritt auf sie zu, wäre fast gestürzt und hielt sich gerade noch an der Sessellehne fest.

»Ich bin aufgewacht, ich habe von ihr geträumt, sie hat mich gerufen, sie wollte, dass ich komme, ihr war kalt, so kalt, verstehst du … Ich bin aufgestanden und in die Kapelle gegangen … Sie ist nicht da! Was hast du mit ihr gemacht? Mit welchem Recht?«

»Blanche! Wir wissen nicht, wo sie ist. Jemand hat …«

Andrieu verstummte, unfähig fortzufahen.

»Jemand hat ihre Leiche gestohlen«, vollendete Dubois den Satz an seiner Stelle und ging zu ihr.

Sie starrte ihn ungläubig an. Sie drehte sich zu ihrer Schwiegermutter um, dann zu Chib.

»Das ist verrückt«, brachte sie mit belegter Stimme hervor, »vollkommen verrückt!«

»Ihr Mann hat uns mit der Untersuchung beauftragt«, erklärte Gaëlle. »Wir tun unser Möglichstes.«

»Untersuchung? Aber sie friert, verstehen Sie das nicht? Man muss ihr einen Mantel bringen.«

»Die Medikamente …«, erklärte Andrieu leise, »sie fantasiert. Sie muss wieder ins Bett.«

»Ich kümmere mich darum.«

Belle-Mamie legte den Arm um Blanche, die sich fieberhaft zur Wehr setzte.

»Komm, mein Liebes, komm …«

Sie gingen nahe an dem fassungslosen Chib vorbei. Blanche roch unbestreitbar nach Alkohol. Sie blickte ihn Hilfe suchend an, und er sah, wie ihre zitternde Hand zu einer Bewegung ansetzte, als wolle sie die seine ergreifen, nein, nicht jetzt! Dann ließ sie sie sinken, und die Schwiegermutter zog sie, undeutliche Worte des Trostes murmelnd, aus dem Zimmer.

»Wir werden unsere Ermittlungen fortsetzen«, sagte Gaëlle, an Jean-Hugues gewandt.

»Sehr gut«, brummte dieser und sah den beiden sich entfernenden Frauen nach.

Auch Chib und Gaëlle verließen das Zimmer, während Dubois zu Andrieu sagte:

»Wir müssen beten. Das Gebet ist Kraft. Das Gebet ist Hoffnung.«

»Das Gebet ist ein Irrlicht«, gab Andrieu zurück. »Was, zum Teufel, haben all deine Gebete genutzt?!«

»Ich glaube an Gott den Vater, den allmächtigen Schöpfer des Himmels und der Erde ...«

»Die haben wirklich alle eine Macke!«, kommentierte Gaëlle, als sie ins Freie traten. »Man könnte meinen, alles Psychopathen für einen Horrorfilm aus den fünfziger Jahren.«

»Stimmt, zu Anfang überrascht einen das«, pflichtete Chib ihr bei.

»Und der Pfaffe! Der sollte lieber die Rolle des Satans übernehmen. Der macht mir richtig Angst. Und deine Blanche! Als wäre sie aus einer Klapsmühle ausgebrochen! Der arme Andrieu ist der Einzige, der halbwegs normal scheint.«

»Blanche ist mit Beruhigungsmitteln voll gepumpt, sie hat gerade ihre Tochter verloren, da darf man doch wohl etwas wirr im Kopf sein, oder?!«

Chib spürte, wie Zorn in ihm aufstieg.

»Erzähl mir doch nicht, dass diese Frau nur wegen des Todes ihrer Tochter in diesem Zustand ist«, erwiderte Gaëlle. »Bei der riecht man die chronische Neurose zehn Meter gegen den Wind. Und auch den Alkohol. Solche Leute habe ich massenweise in der Klinik gesehen.«

Chib wandte sich ab, ohne zu antworten. Okay, Blanche war völlig ausgerastet, okay, sie war krank, und? Was wusste Gaëlle schon vom Leben, die illusorischen Gewissheiten der Jugend ausgenommen?

Er steuerte auf die Kapelle zu und hörte – warum, das wusste er selbst nicht – befriedigt, wie seine Sohlen auf dem Kies knirschten. Er war wütend auf die ganze Welt, eine Welt, die es zuließ, dass man kleine Mädchen vergewaltigt und tötet, dass man ihre Leiche stiehlt, eine Welt, die zuließ, dass der feige Chib Moreno nicht die geringste Geste gegenüber der Frau machte, in die er sich trotz ihrer Verzweiflung verliebt hatte, nur weil ihr Mann danebenstand und weil der Angsthase Chib, der König der schnellen Ehebrüche, Schiss hatte. Scheiße! Blanche war im Begriff unterzugehen, und er sah zitternd zu!

Ohne weiter darüber nachzudenken, drückte er die eisenbeschlagene Tür zur Kapelle auf. Er streckte die Arme vor, stieß gegen diese verfluchte unschuldige Tür. Sie öffnete sich gehorsam, und er trat einen Schritt vor.

Nur einen.

Denn beim zweiten Schritt hielt er in der Bewegung inne, eigenartig erstarrt, so, als sei er gegen eine unsichtbare Mauer geprallt.

Eine unsichtbare Mauer, die ihn eine lange Sekunde daran hinderte, Worte für das zu finden, was er sah.

Elilou war zurückgekehrt.

Das sagte ihm sein verwirrtes Gehirn.

Elilou war zurückgekehrt.

Aber nicht in ihren hübschen gläsernen Sarg aus dem Märchen, nicht in ihren gläsernen Sarg, nein.

Sie hing gekreuzigt über dem Altar, mit dem Kopf nach unten.

An das große Holzkreuz geschlagen, von dem man den bemalten Christus abgenommen hatte.

Man hatte ihn auf den Boden geworfen, das Gesicht nach unten.

Chib blinzelte. Dabei sah er alles ganz klar. Das umgedrehte Kreuz. Elilous Gesicht etwa achtzig Zentimeter über dem Altar, ihr feines blondes Haar, das in Korkenzieherlocken an der Mauer herunterhing, die bleichen Wangen, die Lippen, die durch den Klebstoff geschlossen blieben. Der Rock des Kleidchens, der bis über ihre Schultern fiel, gab den Blick auf eine weiße Unterhose frei. Die kleinen übereinander gelegten Beine. Die Nägel, die dunklen Köpfe der langen Nägel, die in die winzigen Füße geschlagen waren, direkt neben dem Riemchen des Lackschuhs.

Wie in Trance stützte sich Chib auf die Lehne eines Betstuhls. Dubois hatte von Besessenheit gesprochen. Und was er hier vor Augen hatte, war in der Tat ein teuflisches Werk.

Er ging zum Altar. Er fröstelte. Sein Mund war trocken wie Pappe. Jeder Schritt kostete ihn Überwindung. Die Nägel in den Händen, wie schwarze, glänzende Augen in den bläulichen Handtellern. Und das Schlimmste, das Schlimmste waren die Augen. Geöffnet, die Lider abgelöst. Tote, verdrehte Augen, die ihn näher kommen sahen. Dämonische Augen, sagte sich Chib, verdammt, diese Augen machten Angst!

Er ballte die Hände zu Fäusten. Diese ganze Inszenierung hatte nur dieses eine Ziel, nämlich Angst zu wecken, Angst und Abscheu. Wer konnte Andrieu so sehr hassen?

Fast wäre er über den Christus gestolpert, der auf den Fliesen lag. Er drehte ihn um und bemerkte, dass man ihm einen Büstenhalter aus schwarzer Spitze angezogen hatte. Das war lächerlich, dachte er, lächerlich, aber widerwärtig obszön, dieser hölzerne Christus mit einem sexy Büstenhalter und den geschnitzten Tränen, die in seinen Bart rannen.

Er rümpfte die Nase. Noch dazu stank es nach Urin. Man hatte auf den Christus gepinkelt. Er fröstelte.

An dem Büstenhalter hing ein weißer Zettel, auf dem ein mit der Maschine geschriebenes Wort stand. Er beugte sich hinab und las: *Hurensohn.* Jetzt war ihm wirklich kalt. Er hob den Kopf: Elilou hing noch immer über dem Altar, den starren Blick auf ihn gerichtet.

Er durfte die Andrieus nicht rufen, sie durften ein solches Grauen nicht sehen!

Er wich zurück und lief zum Ausgang. Gaëlle und Dubois verständigen, Dubois hatte sicher so etwas schon einmal gesehen ... Die Tür schließen, verhindern, dass jemand die Kapelle betrat. Er schloss hinter sich ab und steckte den Schlüssel in die Tasche. Er war schweißüberströmt, und doch fror er.

Er sah Gaëlle, die sich in der Nähe des Werkzeugschuppens mit Costa unterhielt. Er machte ihr ein Zeichen. Sie nickte, beendete das Gespräch und kam zu ihm.

»Es gibt nichts Besonderes, keine Fremden, die sich auf den Besitz geschlichen haben ...«

»Gaëlle, sie ist zurück!«

»Wie bitte?«

»Elilou, sie ist da drin!«

Sie folgte seinem Blick.

»In der Kapelle?«

»Ja, ich warne dich, es ist wirklich kein schöner Anblick.«

»Hat man ihr die Glieder ausgerissen?«

»Nein, aber es ist auch nicht besser.«

Sie trat einen Schritt zurück, sah ihn aufmerksam an.

»Verdammt, du bist ganz grau!«

»Ich sage ja, es ist ein grässlicher Anblick. Wir müssen Dubois Bescheid sagen. Aber auf keinen Fall Andrieu.«

»Ich sehe es mir an«, sagte sie entschlossen.

»Warte!«

Er zog den Schlüssel aus der Tasche.

»Lass niemanden herein und mach die Tür hinter dir zu.«

»Du machst mir Angst«, protestierte sie und nahm den Schlüssel.

Er sah, wie sie den Schlüssel umdrehte, die Tür aufdrückte und ...

Sich übergab.

Er lief zu ihr, drehte sich plötzlich um. Costa beobachtete sie mit zusammengekniffenen Augen. Er schloss die Tür hinter sich. Gaëlle rang nach Atem und wischte sich den Mund mit einem Papiertaschentuch ab.

»Ich musste noch nie kotzen, nicht mal bei der Autopsie«, entschuldigte sie sich.

»Ich bin da besser trainiert als du«, sagte er und legte ihr voller Zuneigung die Hand auf die Schulter.

»Was sollen wir Andrieu sagen? Wenn er das sieht, ist er reif für die Klapsmühle – auf Lebenszeit.«

Chib nagte an der Unterlippe.

»Außer, wir legen sie wieder in den Sarg«, flüsterte er schnell.

»Was? ... Einfach so?«

»Du hast es ja gerade selbst gesagt, er würde den Anblick nicht aushalten, Gaëlle, kein Verwandter kann so etwas ansehen, ohne den Verstand zu verlieren.«

Unentschlossen kaute sie an ihrem Daumennagel. Er verstärkte den Druck auf ihre Schulter.

»Ich weiß, dass wir die Polizei verständigen müssten, aber das würden die Andrieus nicht überleben!«

Ja, Blanche würde sicherlich daran sterben, sich vor einen Zug werfen, sich die Pulsadern mit einer Glasscherbe aufschneiden, die ebenso durchsichtig wäre wie ihr Blick. Blanche, die für immer und ewig durch die schmutzigen Flure der Psychiatrie irren und zusammenhangslose Worte vor sich hin murmeln würde, die Nägel abgesplittert, weil sie an den Wänden gekratzt hätte, wie man am Deckel eines Sarges kratzt, in den man lebendig eingesperrt wurde.

»Sag Dubois Bescheid«, sagte Gaëlle. »Wir werden die Entscheidung mit ihm treffen. Es ist besser, wenn wir uns absichern.«

Chib seufzte.

»Hältst du es hier allein aus?«

»Ja, es geht mir schon besser. Ich werde ein paar Fotos machen.«

Chib sah sie verblüfft an.

»Dann können wir, selbst wenn wir sie wieder in den Sarg legen, doch nach Indizien suchen«, erklärte sie, zog eine kleine Digitalkamera aus der Tasche und stellte das Zoom ein.

Wie sollte er Dubois verständigen, ohne dass Andrieu es mitbekam? Unter dem Blick von Costa, der das Beet mit den weißen und blauen Hortensien goss, schlich sich Chib ins Haus.

Andrieu, der sichtlich verstört war, ging die Treppe zu den Schlafzimmern hinauf.

Chib hatte Glück. Er eilte zur Bibliothek. Die Augen geschlossen und die Hände gefaltet, saß Dubois da und murmelte leise vor sich hin.

»Sie müssen schnell kommen, es ist etwas Schlimmes passiert!«, sagte Chib mit gedämpfter Stimme.

Der Priester öffnete die Augen.

»Haben Sie sie gefunden?«

Chib nickte.

»Ihre Eltern dürfen es nicht erfahren, sie dürfen das nicht sehen«, fügte er eindringlich hinzu.

»Ich komme.«

Dubois folgte ihm, die Lippen zusammengepresst.

Costa war noch immer mit dem Gießen beschäftigt, und Chib zwang sich, den Hof langsam zu überqueren, seine Erregung zu verbergen. Er klopfte leise an die Tür, die sich kurz darauf öffnete. Gaëlle stand mit ihrem Fotoapparat in der Hand vor ihnen. Sie trat zur Seite, um sie hereinzulassen, und schloss dann die Tür hinter ihnen wieder.

Dubois sagte nichts. Reglos starrte er auf Elilous gepeinigten Körper. Dann ging er langsam darauf zu. Seine Lederschuhe knarrten bei jedem Schritt. Er hob die rechte Hand und bekreuzigte sich. Chib hielt den Atem an, war darauf gefasst, dass der Kopf des Kindes herumfahren würde, wie bei einem Remake von *Der Exorzist,* oder dass der hölzerne Christus aufspringen würde, um dem Priester einen Backenstreich zu versetzen. Doch nichts dergleichen geschah. Der gedemütigte Christus blieb am Boden liegen, das Kind starrte weiter aus seinen toten Augen auf sie herab.

»Was sollen wir tun?«, fragte Gaëlle.

»Sie abnehmen und zurück in ihren Sarg legen«, antwortete der Priester mit tonloser Stimme. »Sie dürfen das nicht sehen, sie sind nicht stark genug.«

»Der Ansicht waren wir auch«, erklärte Gaëlle. »Aber wir wollten Ihre Zustimmung.«

»Fangen wir an.«

Er ging entschlossen auf das Kreuz zu. Chib schob den Christus in den Seitengang und kam zu ihm. Der Priester bedeutete ihm mit einer Geste, stehen zu bleiben.

»Gibt es eine Leiter?«

Chib sah sich um. Keine Leiter. Das Kreuz war etwa einen Meter fünfzig hoch, und der Schraubhaken, an dem es befestigt war, war drei Meter dreißig vom Boden entfernt. Ohne Leiter also nicht zu erreichen.

»Vielleicht draußen?«, meinte er.

»Ich sehe nach«, antwortete Gaëlle.

»Aber der Gärtner wird dich fragen, warum du in der Kapelle eine Leiter brauchst«, wandte Chib ein. »Außerdem kann Andrieu jederzeit hier auftauchen. Oder Belle-Mamie, wenn ihr unser Theater auffällt. Ich denke, es könnte vielleicht gehen, wenn man auf den Altar steigt«, sagte er und ließ dem Wort die Tat folgen.

Dubois wollte protestieren, sagte aber nichts. Als Chib auf dem Altar stand, beugte er sich mit ausgestreckten Armen vor. Es fehlten ungefähr sechzig Zentimeter, um den Schraubhaken zu erreichen. Er konnte vielleicht versuchen, das Kreuz mit dem Körper darauf zu fassen zu bekommen, um es abzuhängen. Ja, das könnte er versuchen, dachte er angewidert.

»So ist er nicht vorgegangen«, sagte Gaëlle plötzlich. »Seht mal!«

Von einer Bank aus kletterte sie auf eine der seitlichen Gewölberippen. Dann stützte sie sich auf einem Mauerspalt ab und zog sich zur Mittelrosette über dem geschändeten Kreuz hinauf. Jetzt, da sie auf dem Mauervorsprung der Rosette saß, brauchte sie sich nur leicht vorzubeugen, um das Kreuz zu erreichen.

»Er hatte sicher ein Seil dabei, um das Kreuz herunterzulassen und anschließend wieder hochzuziehen.«

Chib und Dubois blickten sich suchend um.

»Er hat es wahrscheinlich mitgenommen«, knurrte der Priester. »Also, Moreno, helfen Sie mir, wir nehmen es am Querbalken und hängen es ab.«

»Okay.«

Sie packten jeder eine Seite des Querbalkens und gaben Acht, nicht die kleinen durchbohrten Handgelenke zu berühren.

»Eins, zwei, drei!«

Gemeinsam drückten sie das Kreuz so weit nach oben, dass die Öse aus dem Schraubhaken glitt. Gaëlle half ihnen von oben.

Es ist nicht sehr schwer, sagte sich Chib, vielleicht dreißig Kilo. Doch es schwankte gefährlich.

»Runter damit«, schrie Dubois und bückte sich.

Mit einem dumpfen Knall traf das Holz auf den Boden, Elilous Haar wirbelte um ihren Kopf. Sie lehnten den Längsbalken an die Wand, während Gaëlle von ihrem Hochsitz herunterkletterte.

»Legen wir es auf den Boden.«

»Wie sollen wir die Nägel herausziehen?«, fragte Chib und nagte an der Unterlippe.

»Moment!«

Gaëlle kramte in ihrer Handtasche und beförderte einen Nagelknipser zu Tage.

»Hier, den können wir als Zange benutzen.«

Die drei Freunde und die mysteriöse Kapelle, dachte Chib bitter, während er zusah, wie Dubois nach dem Nagelknipser griff und sich daranmachte, einen langen Nagel mit flachem Kopf aus dem bläulich verfärbten Fleisch zu ziehen.

Der Anblick war derart surreal, dass er kaum mehr Emotionen auslöste. Wie eine allzu übertriebene Filmszene. Die schmalen Lippen fest zusammengepresst, macht sich Dubois an das andere Handgelenk. Chib betrachtete den schmutzigen Nagel auf den Fliesen.

»Jetzt die Füße«, murmelte der Priester, über dessen Schläfen der Schweiß rann.

Nur ein Nagel für die beiden gekreuzten Füße. Zwanzig Zentimeter lang und mit dem Geruch von Formol behaftet.

»Moreno, helfen Sie mir, statt Löcher in die Luft zu starren!«

Dubois fasste Elilou am Oberkörper, während Gaëlle die Beine nahm. Er ging zu ihnen und stützte den Kinderkörper im Rücken, wobei ihm die Nähe des Gesichts unangenehm bewusst wurde.

Sie legten sie vorsichtig in den gläsernen Sarg, Gaëlle rückte die Riemchen der Schuhe und die Socken zurecht, um die beiden gelblichen Löcher, die von den Nägeln zurückgeblieben waren, zu verbergen. Chib legte die Hände über der Brust zusammen und zupfte an dem trockenen, knisternden Haar, dann streckte er die Hand aus, um die Augenlider zu schließen.

»Er hat sie weggeschnitten!«, rief er.

»Was?«, fragte Dubois, der dabei war, den Christus aufzuheben.

»Die Augenlider! Ich hatte sie angeklebt. Dieser Dreckskerl hat sie weggeschnitten, um die Augen zu öffnen! Jetzt ist nicht mehr genug Haut da, um sie zu schließen«, erklärte er.

»Nicht zu ändern! Helfen Sie mir, unseren Herrn wieder an seinen Platz zu bringen.«

»Haben Sie das Schild an dem Büstenhalter gesehen?«

»Gotteslästerei! Ich habe es Ihnen ja gesagt, das ist das Werk einer perversen, teuflischen Seele. Er hat unseren Herrn mit seinem Urin besudelt, hat Ihm Unterwäsche angezogen, um Ihn lächerlich zu machen. Satanische Rituale«, schloss er seufzend und richtete die Statue auf.

Chib half ihm mit seinem Mokassin, Modell »Capri«, ihn wieder anzunageln. Die noble Firma Arfango hatte diesen beim Jet-Set der Sechziger beliebten Schuh sicher nicht für eine solche Arbeit vorgesehen.

Ächzend stellten sie das Kreuz wieder auf, als jemand versuchte, die Tür zu öffnen. Es folgten heftige Schläge, die die Füllungen erzittern ließen.

»So«, sagte Chib und ging öffnen.

Ein verstörter Andrieu, der Hemdkragen offen, starrte sie an.

»Warum schließen Sie sich hier ein?«

»Elilou ist wieder da«, fiel Dubois mit beschwichtigender Stimme ein. »Wir wollten dir gerade Bescheid sagen.«

»Was erzählst du da?«, schrie Andrieu und stieß ihn zur Seite.

Als er den Körper seiner Tochter in dem Sarg liegen sah, erstarrte er.

»Wie ist das möglich? Wer hat sie zurückgebracht?«, stammelte er.

»Wir wissen es nicht. Es gab auch einen Akt von Vandalismus«, fügte Gaëlle hinzu und deutete auf das an die Mauer gelehnte Kreuz.

»Was soll dieses Theater? Was hat das alles zu bedeuten?«

Andrieu ballte die Hände so fest zu Fäusten, dass die Knöchel weiß hervortraten.

»Wurde der Körper ... wurde er geschändet?«, stieß er mit geschlossenen Augen hervor.

»Offenbar nicht«, erwiderte Gaëlle mit fester Stimme.

Na bitte, sagte sich Chib, wenn bei einer Untersuchung festgestellt würde, dass Elilou entjungfert war, würde man das dem Leichendieb zuschieben.

Außer, man würde dich beschuldigen, säuselte plötzlich eine grässliche kleine Stimme in seinem Inneren. Der perverse Einbalsamierer mit den Handschuhen und dem Penis aus Gummi. Er blinzelte. Die Arme um die gläsernen Wände gelegt, beugte sich Andrieu über die Leiche seiner Tochter. Plötzlich erstarrte er und wandte sich um.

»Sie hat die Augen geöffnet«, stammelte er. »Mein Gott, Dubois, sie hat die Augen geöffnet!«

»Das ist ein Reflex«, versicherte Chib eilig, »sicherlich, weil der Körper bewegt wurde.«

Andrieu blickte ihn verloren an, fuhr sich mit der Hand durchs Haar und sagte:

»Ja sicher, ein Reflex, ja. Für einen Augenblick habe ich geglaubt ... völlig idiotisch, aber trotzdem ... Gut, ich werde Blanche Bescheid geben.«

»Ich begleite dich«, sagte Dubois und fasste ihn beim Arm.

Sobald sie die Kapelle verlassen hatten, ließ sich Gaëlle auf eine Bank fallen.

»Ich kann nicht mehr! Ich bin erschöpfter, als wenn ich einen Marathonlauf hinter mir hätte.«

»Der Stress«, brummte Chib.

»Das Schlimmste ist, sich sagen zu müssen, dass es jemanden gibt, der so etwas getan hat! Der das Mädchen vergewaltigt, es getötet und dann seine Leiche gestohlen hat, um sie zu schänden. Kannst du dir vorstellen, wie viel Hass dafür nötig ist?«

»Und warum hasst derjenige die Andrieus so sehr?«

Chib klopfte sich nachdenklich auf das Kinn.

»Ein Verflossener von Blanche?«, schlug Gaëlle gähnend vor.

»Irgendetwas stimmt nicht an der Sache.«

Chib lief nervös auf und ab.

»Zum einen haben wir einen Perversen, der eine sexuelle Beziehung zu Elilou unterhielt und sie dann umgebracht hat, damit man ihn nicht entdeckt. Zum anderen haben wir einen Leichenschänder. Es fehlt das Bindeglied.«

»Wie meinst du das?«

»Eine Leiche zu stehlen, ihr die Augen zu öffnen und sie mit dem Kopf nach unten an ein Kreuz zu nageln, ist ein aggressiver Akt gegenüber den Lebenden, die diesen Anblick ertragen müssen. Der Kinderschänder hingegen, der sie missbraucht hat, hat das nicht getan, um die Andrieus damit zu treffen, sonst hätte er sie nicht getötet, um die Vergewaltigung zu vertuschen.«

»Er hat sie vielleicht versehentlich getötet«, gab Gaëlle zu bedenken. »Das Mädchen versucht, ihm zu entkommen, oder ich weiß nicht, was. Gut, mir reicht's für heute. Gehen wir?«

Chib nickte, durch seinen Kopf schossen konfuse Gedanken.

Die Sonne stand hoch am Himmel. Strahlend. Zu strahlend. Die Blumen waren zu bunt, das Gras zu grün. Jeder Kiesel war gestochen scharf wie ein Stein in einem Zen-Garten. Alles schien aus glänzendem Plastik gegossen. Man konnte sich kaum vorstellen, dass in dem Landhaus bleiche, tränenüberströmte Menschen lebten.

Costa war verschwunden. Louis-Marie und Charles stellten einen Ping Pong-Tisch auf. Angesichts des Todes scheint jede Handlung des täglichen Lebens unpassend, sagte sich Chib, während er Gaëlle in den kühlen, dämmerigen Salon folgte.

Gereizte Stimmen aus dem ersten Stock. Aus Blanches Zimmer? Plötzlich erschien Dubois oben auf der Treppe und kam zu ihnen.

»Sie ist sehr erregt«, flüsterte er. »Es ist besser, sie jetzt allein zu lassen. Wir haben gebetet, dass Elilou Ruhe findet, aber das hat nicht ausgereicht, um sie zu beruhigen.«

»Wir wollten uns verabschieden«, antwortete Gaëlle im selben Ton. »Wir werden die Untersuchung morgen fortsetzen, wenn die Familie es wünscht.«

»Sehr gut.«

Er begleitete sie zur Tür.

»Ich hoffe, dieser ganze Zirkus ist bald vorbei«, rief Belle-Mamie aus dem Wintergarten herüber, wo sie mit Eunice und Annabelle bei Tisch saß.

»Ich will in den Zirkus!«, schrie Eunice und klatschte in die Hände.

»Das ist nur eine Redensart, mein Liebling. Iss deine Kekse«, befahl ihre Großmutter, als Chib und Gaëlle das Haus verließen.

»Ich will boxen«, meinte Annabelle und zappelte auf ihrem Hocker.

»Trink deinen Kakao aus und rede keinen Unsinn.«

»Das ist kein Unsinn, ich will Boxerin werden und sie alle platt machen!«

»Annabelle, bitte!«

»Bis morgen.«

Dubois schloss die Tür, und sie konnten die Fortsetzung des Gesprächs nicht mehr hören.

»Eine Dusche, ein Steak mit Pommes und einen doppelten Whisky, schnell, Chauffeur!«

Chib nickte und ließ sich erschöpft in den Floride sinken. Er hatte keine Lust, in dieser morbiden Atmosphäre zu bleiben, aber er hatte auch keine Lust, sich von Blanche zu entfernen. Er hatte zu nichts von all dem Lust, was sich ereignete. Er hatte Lust, etwas anderes als diese Realität zu leben. Er fühlte sich frustriert, genervt und verängstigt. Dazu kamen die ersten Anzeichen einer Stirnhöhleninfektion und heftiges Sodbrennen.

»Kann ich bei dir schlafen?«, fragte Gaëlle und schaltete den CD-Player ein.

»Schlafen, ja«, entgegnete Chib, während Cab Colloway *Hard Times* anstimmte.

INTERMEZZO 4

Meine Zeit
ist gekommen
eisiger Hauch
Die Hände gefesselt
wohlige Wunde
Ihre geschlossenen Augen
ich öffne sie
Ihr stummer Mund
ich bezwinge ihn
Ihr nackter Leib
ich breche ihn auf
wie ein Dieb
Todesdieb
Sie haben Angst
Endlich
Sie verstehen nun
dass auch ihre Zeit gekommen ist
Die Zeit der Züchtigung
die süße Zeit der Schmerzen

KAPITEL 12

Hallo! Was treibst du? Sag bloß, du bist schon wieder mit einer Frau im Bett! Du bist ja schlimmer als ein australisches Karnickel!«

Gregs Stimme plärrte aus dem Telefonlautsprecher.

»Ist Gaëlle bei dir? Huhu, Gaëlle, nun streck doch mal den Kopf unter der Decke hervor!«

»Sie ist weg, sie musste in die Uni«, brummte Chib und legte die Nadel beiseite, mit der er soeben den letzten Stich an Scotty gemacht hatte. »Und wenn ich nun mit jemand anderem zusammen gewesen wäre?«

»Du hast doch nicht mehr als eine Frau pro Jahr!«, spottete Greg.

Da irrst du dich, mein Lieber. Der neue Chib ist ein wahrer Herzensbrecher.

»Aïcha hat mir erzählt, was los ist«, fuhr Greg fort. »Total verrückt, eure Geschichte.«

»Du sagst es.«

»Weißt du, was ich denke?«

»Du weißt doch, dass Denken nicht gut für dich ist!«

»Hör auf mit dem Blödsinn, weißt du, was ich denke? Ich glaube, der Vater war es, mit seinem Wall-Street-Outfit, du weißt schon, wie der Typ, der in *Hollywood Night* die Nutten umlegt. Der am wenigsten verdächtigt wird, ist am Ende immer der Schuldige.«

»Greg, wir sprechen hier von echten Menschen. Von einem richtigen Mädchen.«

»Und es ist echt tot, dein echtes Mädchen. Und sie ist auch nicht selbst aus ihrer Konservendose rausgekommen, um mit Bambi im Wald spazieren zu gehen. Ich sage dir ja, er war es, er hat sie vergewaltigt und umgebracht, und das macht ihn jetzt wahnsinnig.«

»Entschuldige, ich bekomme noch einen anderen Anruf, das sind sie vielleicht.«

»Vergiss nicht, was ich dir gesagt habe, ich habe Instinkt.«

Chib legte auf und griff nach seinem Handy, das auf dem niedrigen Tisch lag.

»Guten Tag, ich rufe wegen Scotty an.«

Noémie Labarrière.

»Ich bin fertig«, sagte er und strich über den Kopf des Terriers. »Ich kann ihn vorbeibringen, wann Sie wollen.«

»Wunderbar! Sagen wir in einer Stunde?«

Er warf einen Blick auf seine Uhr: 10 Uhr 45.

»Sehr gut, bis gleich.«

Während er sich anzog, hörte er seinen Anrufbeantworter ab. Keine Anrufe. Offenbar hatten die Andrieus beschlossen, auf seine Dienste zu verzichten. Das führte zu folgender schmerzhaften Frage: Unter welchem Vorwand konnte er Blanche wiedersehen? Er könnte immerhin anrufen, um sich zu erkundigen, wie es ihr ging. Eine solche Nachfrage wäre völlig normal unter den gegebenen Umständen. Ja, er würde einige Zeit warten, und dann würde er anrufen, sagte er sich gähnend. Er war um sechs Uhr aufgestanden, um Scotty fertig zu machen, ihn mit Kunstharz auszugießen und ihm das behandelte Fell wieder überzuziehen. Jetzt brannten seine Augen, wegen der Müdigkeit und der giftigen Chemikalien. Ein kleiner Spaziergang würde ihm gut tun.

Noémie Labarrière lag auf einem olivgrünen Liegestuhl am Swimmingpool. Sie trug einen in allen Orangetönen changierenden Sari und zierliche Gucci-Sandalen aus geflochtenem Leder.

Als sie Chib mit dem länglichen Metallkasten unter dem Arm sah, setzte sie sich auf.

»Oh, ist er das? Ist das …«

»Ja, wollen Sie ihn sehen?«

»Hier? Nein, gehen wir ins Haus.«

Er folgte ihr.

Ein großer Salon mit weißen Möbeln, der Boden aus rosafarbenem Marmor, die Wände mit lachsfarbenem Leinen bespannt, zwei Vasarelys, ein Hopper, ein Digitalfernseher mit zwei Boxen, ein Stapel *Vogue* auf dem niedrigen Rosenholztisch.

Noémie schien nervös, sie rieb sich die Arme, als wäre ihr kalt.

»Ich glaube, ich brauche ein Gläschen. Es ist das erste Mal … Ich …«

»Ich empfehle ihnen ein Tröpfchen Cognac«, riet Chib, »da geht's Ihnen gleich besser.«

»Ah ja?«

Sie ging an den Barschrank mit Intarsienarbeit und griff nach einer Karaffe aus geschliffenem Kristall.

»Für Sie auch?«

»Ein kleiner Schluck, danke«, antwortete er mit der Unterwürfigkeit eines livrierten Lakaien.

Sie nahm zwei Cognacgläser und füllte sie zur Hälfte. Eines reichte sie Chib und nahm schnell einen Schluck aus dem anderen, ehe sie sagte:

»Also los!«

Er stellte sein Glas auf dem Couchtisch ab und öffnete behutsam die große Metallkiste. Scotty erschien auf seinem Sockel, eine Pfote angehoben, den Schwanz hochgestellt.

»Oh, das ist …«

Eine Hand aufs Herz gelegt, betrachtete Noémie den präparierten Hund. Sie setzte sich und trank noch einen Schluck.

»Das ist überraschend, nicht wahr … ihn so zu sehen … Als würde der kleine Liebling mich gleich begrüßen. O mein Gott, wenn Papa dich sieht …«, sagte sie zu dem Hund.

Dann fügte sie, an Chib gewandt, hinzu:

»Sie haben wunderbare Arbeit geleistet, Monsieur Moreno.«

Noch ein Schluck. Chib nippte nur an seinem Glas, um ihr Gesellschaft zu leisten. Er hatte sich noch nicht von seinem Rausch und den Ereignissen des Vortages erholt. Noémie Labarrière stand auf, kramte in ihrer Handtasche und zog schließlich ein Scheckheft hervor. Chib reichte ihr seine Rechnung, die sie mit ausgestrecktem Arm von sich hielt und kurz überflog.

»Ich habe meine Brille am Pool vergessen, mal sehen … hm …«

Ohne weitere Kommentare legte sie die Rechnung wieder hin und schrieb mit zusammengekniffenen Augen den Scheck aus.

»Mein Mann hat mir erzählt, dass Sie gestern in Begleitung einer bezaubernden jungen Frau hier waren. Ihre Verlobte?«

»Eine Freundin«, bemerkte Chib lächelnd und steckte den Scheck ein. »Es ist amüsant, Ihre Freundin Winifried hat mir dieselbe Frage gestellt.«

»Winnie?«

»Hm«, bestätigte Chib, »Wir haben sie im Wald getroffen.«

»Was machte Winnie denn im Wald? Der armen Kleinen graust es vor Piniennadeln.«

»Ich dachte, sie hätte Ihnen einen Besuch abgestattet.«

»Aber ich war gar nicht da!«, rief Noémie und zog die Brauen hoch.

»Darum ist sie ja auch wieder gegangen«, erklärte Chib und strich das Fell auf Scottys Kopf zurecht.

Noémie schien aus der Fassung gebracht. Dann kniff sie die Lippen zusammen

»Winifried ist ein sehr ungewöhnlicher Vorname«, fuhr Chib fort.

»Sie ist Deutsche. Rémi hat sie bei einem Kongress in Frankfurt kennen gelernt.«

»Ah, sie arbeitet auch im Finanzsektor?«

»Sie servierte den Kaffee«, erklärte Noémi spöttisch. »Sie war die Sekretärin eines der Teilnehmer. Rémi hat sie im wahrsten Sinne des Wortes abgeworben.«

Sie stieß ein kleines spitzes Lachen aus und schien mächtig stolz auf ihre Bemerkung.

»Sie scheinen einander sehr zugetan«, meinte Chib-der-König-der-exquisiten-Konversation.

»Paul denkt, Rémi sollte sich's gründlich überlegen, ehe er sich zu eng bindet. Sie wissen ja, wie das ist ... die jungen Frauen ohne Vermögen haben eine eindeutige Vorliebe für ältere und reichere Herren ... Das scheint genetisch bedingt zu sein.«

Er lächelte höflich. Sie strich leicht über Scottys Kopf und zog die Hand zurück.

»Das ist fast ein wenig widerwärtig«, gestand sie. »Er ist wundervoll, aber ...«

Aber er ist tot. Du fummelst an einen Kadaver herum, und das wird dir plötzlich bewusst.

»Oh, es ist schon Mittag, in einer Viertelstunde muss ich zum Tennis!«

Chib verabschiedete sich.

Die hohe Zypressenhecke verbarg den Blick auf das Anwesen der Andrieus. Aber Chib wusste, dass Blanche auf der anderen Seite war. Wie ein auf eine eisige Matratze geworfener Schatten. Er griff zu seinem Handy und wählte ihre Nummer.

»Ja, hallo?«

Aïcha.

»Ja, hallo, hier ist Chib. Ich wollte hören, was es Neues gibt.«

»Wir brauchen nichts, nein danke.«

»Ruf mich auf meinem Handy an.«

»Auf Wiederhören.«

Er setzte sich ans Steuer des Floride und ließ den Motor an, als Noémie Labarrière in einen bordeauxroten Twingo stieg. Sie hupte, winkte ihm zu und fuhr dann langsam an.

Die D 9 wand sich zwischen den Pinien hindurch. Ein Schild wies auf eine Bodenwelle hin. Er bremste und sah weiter unten den Bach. Er hielt am Straßenrand und ging hinab.

Der steil abfallende Hang führte zu den beiden etwa einhundert Meter auseinander liegenden Anwesen. Durch das Blattwerk erkannte er das elegante Landhaus der Andrieus und den blauen Pool der Labarrières. Jeder konnte sich innerhalb weniger Minuten Zugang verschaffen. Keine besonders gesicherte Lage. Die Tatsache, dass es keine Wachhunde gab, machte die Sache noch leichter. Schlief Costa, der Gärtner, in seiner Hütte, und war er bewaffnet? Aber wie wäre es in diesem Fall möglich, dass er am Vorvorabend nichts gehört hatte? Chib erinnerte sich plötzlich an die kleine Linse in der großen Glasscheibe der Labarrières. Das Haus wurde elektronisch überwacht. Diskreter und effizienter als ein Wachhund. Vor allem in dieser Zeit des großen Hundesterbens, auf das der Tierarzt hingewiesen hatte. Das Landhaus der Andrieus verfügte sicher über eine ähnliche Anlage, deshalb gab es keinen Zaun.

Hastig griff er in die Tasche, sein Handy klingelte.

»Hier ist Aïcha. Ich bin in der Waschküche. Ich konnte vorhin nicht reden, Belle-Mamie stand neben mir.«

»Und?«

»Andrieu hat eine wichtige Verwaltungsratssitzung in London, er kommt erst morgen zurück. Er war sehr besorgt, aber Blanche wollte ihn nicht begleiten. Gestern Abend wollte sie Elilou sehen, sie hat mindestens zwei Stunden in der Kapelle gekniet. Ich habe ihr eine Stola gebracht, sie schien blind und taub zu sein, so, als würde ich gar nicht existieren. Gegen zehn Uhr ist er gekommen und hat sie gewaltsam in ihr Zimmer gebracht. Ich habe sie heute Nacht schreien hören. Eunice hatte heute Morgen eine Azetonämie, Cordier musste kommen, und diese schreckliche Annabelle hat ein Glas Marmelade auf das Sofa gekippt, ich habe eine halbe Stunde gebraucht, bis es wieder sauber war.«

»Und Charles und Louis-Marie?«

»Sie sind wieder in der Schule.«

»Schläft Costa auf dem Anwesen?«

»Manchmal, in dem alten Jagdpavillon, aber meist fährt er nach Hause zurück, nach Chateauneuf.«

»Und Belle-Mamie, ist sie wieder weg?«

»Endlich! Sie hat die beiden Kleinen mitgenommen und behält sie bis morgen bei sich. Sie wollte sie nicht bei Blanche lassen.«

Chib sah auf seine Uhr: 12 Uhr 30.

»Wann kommen die Jungen nach Hause?«

»Gegen fünf, warum? O nein, das ist zu gefährlich!«

»Was ist zu gefährlich?«

»Sie zu besuchen.«

»Ich muss schließlich herausfinden, wer es war!«

»Hör zu, wir kennen uns nicht besonders gut, aber halt mich nicht für blöd.«

»Hallo«, rief Chib, »hallo, ich höre nichts mehr.«

Er unterbrach die Verbindung.

Die Bahn war frei.

Wenig begeistert öffnete Aïcha das Tor. Sie sah angespannt aus, und ihr schwerer Haarknoten neigte sich gefährlich zu einer Seite.

»Sie wünschen?«, fragte sie laut und trat zur Seite, um ihn hereinzulassen.

Aus den Augenwinkeln bemerkte Chib Costa. Er stand auf einer Leiter und schnitt die Lorbeerhecke.

»Ich wollte mich nach Madame Andrieus Befinden erkundigen. Ihr Mann hat mir gesagt, sie hätte gestern ein leichtes Unwohlsein gehabt.«

»Folgen Sie mir, ich werde sehen, ob Madame Sie empfangen kann.«

Chib folgte ihr mit dem eigenartigen Gefühl, in einer Vorabendserie zu spielen, bei der man die Rollen falsch besetzt hatte.

Aïcha ließ ihn im ockergelben Salon warten. Irgendjemand, vermutlich die Köchin, benutzte einen elektrischen Mixer.

Er war gerade dabei, den Turner zu bewundern, sich in den blassgrünen Voluten zu verlieren, als er sie eintreten hörte.

»Was machen Sie hier?«

Er wandte sich um.

Auf die hohe Lehne eines Stuhls gestützt, musterte sie ihn;

sie trug ein strenges Hahnentrittkostüm aus Kaschmir, war untadelig frisiert und leicht geschminkt. Das goldene Kreuz glänzte auf der hellgrauen Bluse. Er kam sich dumm vor.

»Ich wollte hören, wie es Ihnen geht.«

»Ach, tatsächlich? Nachsehen, wie es dem kleinen empfindlichen Ding geht, das den Kopf verliert, und so weiter und so weiter.«

»Ich wollte Sie nicht stören«, sagte er und ging zur Tür.

»Ich habe nicht gesagt, dass Sie mich stören.«

Sie hatte das Kinn gehoben und hielt seinem Blick stand.

Er sagte sich, dass er gehen müsse, jetzt sofort, doch stattdessen trat er auf sie zu.

»Nicht so nah«, sagte sie und warf einen Blick in den Garten.

»Laden Sie mich zum Mittagessen ein, ich will mit Ihnen reden.«

»Ich habe keinen Hunger, und unser letztes Mittagessen hat ein eher schlechtes Ende genommen.«

Er fühlte sich erbärmlich. Er musste gehen, aber er konnte nicht. Nicht, wenn sie so nah bei ihm stand. Wenn er sie zu schnell atmen sah. Wenn seine Hände brannten, weil er sie berühren wollte. Wie konnten Hände so sehr brennen, ohne in Flammen zu stehen? Wie war es möglich, dass sie es nicht spürte?

Sie richtete sich leicht auf, verschränkte die Arme in einer lächerlichen Geste der Verteidigung. Er versuchte ein Lächeln, wirklich jämmerlich.

»Ich will Sie nie wieder sehen«, murmelte sie.

Schlagartig wurden seine Hände eisiger als Elilous Körper. Wie konnten Hände so kalt sein, ohne zu zerspringen? Wie konnte sie ihm das sagen, mit diesem albernen Lächeln, das sie zittern und wanken ließ wie ein Schiff in Seenot?

Er machte einen Schritt auf sie zu, zwang sie, zu der dunklen Halle hin zurückzuweichen, bis sie in einer Ecke lehnte, weit von Costas Blick entfernt. Das Haus war still, man hörte nur die Stimmen von Aïcha und Colette, weit entfernt, hinter den Türen zur normalen Welt. Er legte seine eiskalten Hände auf ihre

Schultern und zog sie an sich. Sie hob die Arme, um sich freizumachen.

»Lass mich los!«

Die Privatheit des Duzens war wie ein Schnitt mit einer Rasierklinge. Er umarmte sie noch fester, und sie ohrfeigte ihn, eine schallende Ohrfeige mit der rechten Hand, die flach auf seiner Wange landete, ohne wehzutun, dort verweilte und sich in ein Streicheln verwandelte. Er ergriff ihr Handgelenk.

»Ich schreie.«

»Normal für ein kleines Ding, das den Kopf verliert.«

»Idiot!«

Endlich ein Funke von Leben! Er ließ sie los. Er empfand plötzlich eine unwiderstehliche Lust, grausam zu sein.

»Ich bin nicht gekommen, um Sie zu vögeln, sondern um mich zu erkundigen, ob wir die Untersuchung fortsetzen sollen.«

Sie errötete.

»Mein Mann ist nicht da.«

»Ich weiß.«

»Ich will nichts mehr von diesem Albtraum hören.«

»Sehr gut. Halten Sie sich die Ohren zu und schlafen Sie gut.«

»Das ist kein Spiel für mich«, zischte sie mit unterdrücktem Zorn, »es ist, als würde ich jeden Tag etwas mehr von meinem Lebenssaft verlieren, von diesem Lebenssaft, den Sie in ihren Plastikeimern auffangen und dann in den Müll schütten. Und stattdessen füllt man mich mit Erde, mit Schaufeln kalter Erde, und Sie, Sie beugen sich vor, Sie sehen zu und fragen mich, wie lange ich noch atmen kann, Sie fragen es mit der vorwurfsvollen Miene, die der Reiche für den Armen übrig hat, der vor Hunger krepiert!«

Er sah die Tränen in den grauen Augen schimmern und langsam über ihre Wangen rinnen. Er spürte, wie die eigenen Tränen – schwer und erstickend – langsam aufstiegen und zu seiner großen Scham seine Lider benetzten.

»Ist da jemand?«

Dubois! Seine Schritte auf dem Kies. Mit einer verzweifelten Geste zog sie Chib an sich und wich in eine winzige dunkle Kammer zurück. Ein Wandschrank, sagte er sich, als er gegen den Staubsauger stieß, mein Gott, wenn sie uns hier finden, sind wir verloren, werden wir aufgehängt und gelyncht. Ihre Hand auf seinem Mund, seine Hand in ihrem Nacken, dann die Münder vereint, in dem Geruch von Desinfektions- und Putzmitteln, ihre Tränen an seiner Wange, er hält sie fest ...

»Ist Blanche nicht da? Ich hatte gesagt, ich käme sie besuchen.«

»Sie muss mit Monsieur Moreno draußen sein.«

»Stimmt, ich habe seinen Floride gesehen. Ich werde nachschauen.«

Chib spürte, wie sein Mund trocken wurde. Aïcha musste außer sich sein, was sollen wir tun, mir egal, ich will dich, sie werden uns finden, das wird furchtbar, mir egal, ich will dich, so wie jetzt, hingegeben.

»Madame?«

Zögernde Stimme von Aïcha.

»Pater Dubois ist da, er sucht Sie.«

Aïchas Schritte, die sich unentschlossen entfernen. Stille.

Blanches Finger krallen sich noch fester in seine Schultern. Dann öffnete sie die Tür einen Spaltbreit und schob sich hinaus. Absatzklappern auf dem gefliesten Boden.

»Josselin!«

»Ach, hier sind Sie, guten Tag, Blanche.«

»Ich war in meinem Zimmer. Haben Sie Moreno gesehen?«

»Nein, ich dachte, er wäre bei Ihnen.«

»Er hat mich gebeten, sich etwas umsehen zu dürfen.«

Auch Chib hatte den Schrank verlassen, sich lautlos zum Wintergarten geschlichen und war mit klopfendem Herzen auf der anderen Seite in den Garten getreten. Er atmete tief durch und wischte sich automatisch über den Mund, um eventuelle Spuren von Lippenstift zu beseitigen. Aber sie trug keinen Lippenstift.

Er sah sie von hinten auf den Pool zugehen, Dubois, die Augen zu Boden gerichtet, an seinem Arm eine braune Ledertasche. Blanche hatte wie immer die Arme verschränkt und den Kopf leicht zur Seite geneigt, zur entgegengesetzten Seite von Dubois, der ihr zuhörte. Chib beschloss, von hinten um das Haus herumzugehen, um ihnen etwas weiter entfernt zu begegnen, so als käme er aus dem Wald.

Ein gepflasterter Weg schlängelte sich durch den kurz geschorenen Rasen. Er kam an einer Schubkarre vorbei, die vor einem blühenden Hibiskusbeet stand. Etwas weiter blieb er stehen. Eine Schubkarre war praktisch, um eine Leiche zu transportieren, eine Kinderleiche. Und wenn es ganz einfach Costa war? Costa, den Louis-Marie beschuldigte, verbotene sexuelle Beziehungen mit Charles zu haben. Trotz seines erwachsenen Auftretens war Charles noch minderjährig. Costa, der diskrete Pädophile, der am Wohnsitz agierte?

Chib trat näher an die Schubkarre heran. Unschuldiges graues Metall, zwei holzüberzogene Griffe. Er beugte sich hinab und sah nur eine zusammengerollte blaue Plastikplane und eine Gartenschere mit verrosteten Griffen. Nein, befleckt, berichtigte er sich, als er unter der rötlichen Kruste apfelgrünen Lack entdeckte.

Er griff nach der Plane, die ihn unwiderstehlich anzog, hob eine Ecke an. Etwas höher, noch ein bisschen. Wieder überkam ihn dieses Gefühl von Angst, von unmittelbarer Gefahr. Er fuhr herum, war ganz sicher, beobachtet zu werden. Niemand. Ein Rotkehlchen flog zwitschernd davon. Entschlossen zerrte er an dem Plastik.

Etwas rollte auf den Boden der Schubkarre, etwas Haariges.

Ein Plüschtier, sagte er sich, eines von Eunices Plüschtieren.

Dann sah er die Spuren an seinen Händen, rote Spuren. Die Plane war innen voll davon. Er beugte sich noch tiefer hinab.

Die Augen des Plüschtiers hingen aus den Höhlen. Sie waren ausgelaufen, hinterließen dicke gelbe Spuren auf der blutigen Schnauze. *Blutig?* Plüschtieraugen, die *ausliefen?* O nein! Er streckte die Hand nach dem haarigen Bündel aus, ergriff eine Pfote und zog daran.

Der aufgeschnittene Bauch des Welpen wimmelte von dicken weißen Maden.

Chib zog die Hand zurück und schüttelte sie, als wolle er sich von etwas Ekelhaftem befreien.

Alles war blutbespritzt. Plötzlich wurde ihm klar, wozu die Gartenschere gedient hatte. Man hatte dem Tier den Bauch aufgeschnitten wie einem Geflügel. Es handelte sich um einen braun-weißen Setter von etwa drei Monaten mit aufgeschlitztem Bauch und herausgeschnittenen Augen.

Angeekelt wischte er die Hände an seiner Hose ab, um auch die geringsten Blutspuren zu entfernen.

»Madame Andrieu sucht Sie. Sie ist mit Pater Dubois im Wintergarten.«

Er zuckte zusammen. Costa stand an der Hausecke und musterte ihn.

»Ich komme«, sagte er und warf die Plane über den Kadaver. »Ist es lange her, dass Sie die Schubkarre zum letzten Mal benutzt haben?«

Costa sah ihn verblüfft an und kniff die Augen zusammen.

»Die Schubkarre da?«

Er hatte einen leicht singenden, angenehmen Akzent.

»Ja, genau.«

»Die benutze ich im Moment nicht. Jetzt werden die Pflanzen zurückgeschnitten. Die Schubkarre benutze ich erst später, um Erde zu transportieren. Sie hätten mir sagen sollen, dass Sie sie brauchen«, erklärte er schulterzuckend, so, als wolle er andeuten, dass ihn die Spinnereien seiner Herrschaft und deren Freunde nicht weiter verwunderten.

»Ich habe sie hier gefunden«, erklärte Chib. »Es liegt ein … ein toter Hund drin.«

Costa runzelte die Stirn und kam herbeigeeilt. Chib hob die Plane an. Costa beugte sich hinab und betrachtete den Welpen seelenruhig.

»Es ist eines von Nildas Jungen«, sagte er, als er sich wieder aufrichtete.

»Nilda?«

»Die Hündin der Osmonds. Sie hat Weihnachten sechs Junge geworfen. Drei haben sie für die Jagd behalten. Das hier ist Tobias. Ich erkenne ihn an der Musterung seiner Hinterpfoten«, erklärte er. »Ich muss sie anrufen«, fügte er hinzu und entfernte sich. »Monsieur Osmond wird verärgert sein, dass sein Hund getötet wurde.«

»Das scheint im Moment häufig vorzukommen. Der Tierarzt von Opio befürchtet, dass sich ein Verrückter in der Gegend rumtreibt«, sagte Chib, der ihm folgte.

»Wer diesen Hund getötet hat, ist mit Sicherheit verrückt«, pflichtete Costa ihm bei. »Stimmt, in diesem Jahr sind viele Hunde durch Unfälle umgekommen.«

»Osmond könnte Anzeige erstatten, hier handelt es sich ja nicht um einen Unfall.«

»Ja. Er wird das sicher mit der Polizei besprechen. Entschuldigen Sie mich …«

Er bog zum Werkzeugschuppen ab und ließ Chib vor dem Wintergarten stehen. Sollte er es Blanche und Dubois erzählen? Blanche würde es ohnehin von den Osmonds erfahren. Dass ein Sadist ihrem Hund Tobias den Bauch aufgeschlitzt und den verstümmelten Kadaver in die Schubkarre der Andrieus gelegt hatte. Am Tag, nachdem man die Leiche von Elisabeth-Louise Andrieu gestohlen und entweiht hatte. Wie passte das alles in diese großbürgerliche Welt in den Hügeln? Wie ein Faustschlag in einen Bilderbogen aus Epinal, sagte sich Chib, als er den grünen Salon betrat. Ein blutiger Schnitt mit der Gartenschere in einer seichten Sitcom. Aber warum?

Dubois saß auf der Kante seines Stuhls und balancierte eine Tasse Tee auf den Knien. Blanche hatte sich in ihrem Sessel zurückgelehnt, ihre Hände umklammerten die Armlehnen.

»Störe ich?«

Dubois fuhr herum und verschüttete dabei ein wenig Tee. Blanche deutete ein Lächeln an.

»Ah, Moreno! Ist Ihre Freundin nicht da?«, fragte der Priester.

»Nein, sie hat …«

Beinahe hätte er gesagt, »sie hat Vorlesung«, doch er besann sich gerade noch.

»Sie hat zu viel zu tun. Ein anderer Fall ... sie hat mich gebeten, ihr zu helfen, da die Umstände ...«

Blanche sah durch das Glasdach in den Himmel.

»Wie dick diese Wolke ist«, sagte sie mit tonloser Stimme.

Automatisch hoben sie den Blick. Eine grauc Masse zog über ihre Köpfe hinweg, wie ein Schiff aus Baumwolle mit verbogenem Bug.

Dubois stellte seine Tasse auf den Tisch.

»Ich gehe jetzt, Blanche, und Sie müssen sich ausruhen.«

»Ebenso wie Sie, nicht wahr?«, meinte sie ironisch.

Dubois erhob sich, ohne zu antworten.

»Ich habe die Nonnen von Sainte-Eulalie gebeten, für Sie und die Ihren zu beten.«

Dieses Mal antwortete Blanche nicht.

»Es sind Franziskanerinnen«, erklärte Dubois, als er mit Chib auf den Hof hinaustrat, »Frauen, die in sozialer Hinsicht ebenso engagiert sind wie in spiritueller. Also, was haben Sie gefunden?«

»Einen jungen getöteten Hund. Er liegt in der Schubkarre hinter dem Haus.«

»Wie wurde er getötet?«

»Mit einer Gartenschere.«

Der Priester kniff die schmalen Lippen zusammen, seine Augen funkelten.

»Es schleicht ganz dicht um uns herum, nicht wahr?«, murmelte er. »Wie ein Schatten, wie ein dunkler, kalter Schatten. Aber ich lasse nicht zu, dass es dieses Haus weiter besudelt!«, fügte er entschlossen hinzu.

»Glauben Sie wirklich, dass wir es mit ... mit einem übernatürlichen Wesen zu tun haben?«, stammelte Chib.

»Ich glaube, dass wir es mit einer übernatürlichen und bösen Macht zu tun haben, noch dazu mit einer schlechten, die sich in einem menschlichen Körper inkarniert hat. Sie wollen mir doch wohl nicht weismachen, dass jemand, der mit den Geheimnissen der Isis vertraut ist, nicht an die Kräfte der Nacht glaubt!«

»Nun, Theorien aufzustellen ist eines, mit ihnen konfrontiert zu werden, etwas anderes.«

Dubois klopfte ihm auf die Schulter.

»Männer wie Sie glauben nur, an das, was sie sehen. Also, dann machen Sie die Augen auf. Satan ist am Werk. Zeigen Sie mir den Hund.«

Nachdem der Priester den kleinen ausgenommenen Hundekadaver betrachtet hatte, kehrten sie langsam in den Hof zurück. Costa schnitt noch immer die Lorbeerhecke, sein Mickymaus-T-Shirt war schweißdurchtränkt. Er lächelte Dubois an.

»Gehört er zu Ihrer Gemeinde?«, fragte Chib.

»Er ist einer der Gläubigsten«, bestätigte der Priester. »Er besucht jeden Samstag die Abendmesse. Ein frommer, aufrechter Mann.«

Der es mit dem ältesten Sohn des Hauses treibt, höhnte Chib innerlich, da kann man wohl von aufrecht sprechen …

Dubois seufzte.

»Ich muss gehen. Halten Sie mich auf dem Laufenden.«

Er stieg in seinen alten blauen Clio und fuhr los. Blanche war allein. Andrieu würde erst morgen zurückkommen. Chib könnte sich also durchaus in ihrem Zimmer verstecken und die Nacht mit ihr verbringen. Er könnte den Floride auf der D 9 parken und unbemerkt durch den Wald zurückkommen. Die Vorstellung, Blanche die ganze Nacht über in den Armen zu halten, ihr Gewicht auf seiner Schulter, ihre zarte Haut an der seinen zu spüren, ließ ihn vor Lust fast zittern. Eine völlig verrückte Idee. Es brauchte nur eines der Kinder mitten in der Nacht ins Zimmer zu kommen … Außer natürlich, sie würde die Tür abschließen. Hm.

Er ging zu ihr. Sie starrte noch immer in den Himmel, ihren Tee hatte sie nicht getrunken.

»Ich möchte mit Ihnen schlafen.«

»Ich möchte schlafen«, gab sie zurück.

»Heute Nacht«, fügte er hinzu.

Sie sah ihn an.

»Das ist gefährlich.«

»Mir egal.«

Sie erhob sich und strich ihren Rock glatt.

»Ich gehe gegen zehn Uhr zu Bett. Auf Wiedersehen, Monsieur Moreno.«

Sie reichte ihm die Hand. Er drückte sie kurz.

Draußen war es jetzt kalt. Er knöpfte seine Jacke zu. Costa machte ihm ein Zeichen:

»Ich war bei Monsieur Osmond. Das Problem ist, dass Monsieur Andrieu nicht da ist.«

»Und?«

»Nun, ich glaube, dass es ihm nicht recht wäre, wenn die Polizei in seiner Abwesenheit hierher kommt. Ich habe Monsieur Osmond gebeten, sie erst morgen zu informieren. Für den Hund macht das auch keinen Unterschied mehr.«

»Aber vielleicht für die Indizien!«, protestierte Chib.

»Monsieur Andrieu ist der Herr im Haus«, warf Costa ein und verschränkte die Arme vor der muskulösen Brust. »Ich hoffe, Sie haben Madame nichts davon gesagt, sie ist schon so durcheinander genug.«

»Ich bin schließlich nicht blöd«, knurrte Chib.

In dem beredten Blick, den Costa auf ihn richtete, las er etwas anderes. Er beschloss, den Rückzug anzutreten. Unnötig, sich die Sympathien des Gärtners zu verscherzen.

Gaëlle hatte mehrere Nachrichten auf seinem Handy hinterlassen. Er hörte sie ab, während er über die D 9 fuhr. Sie konnte an diesem Abend nicht kommen, zu viel Arbeit. Das traf sich gut. Die Nachricht von Greg, der von einer geplanten Bootspartie mit Aïcha am kommenden Samstag sprach, kam ihm irgendwie irreal vor. Er war so sehr in der trüben, finsteren Welt des Landhauses gefangen, dass sein anderes Leben – sein normales Leben – nur noch eine lästige Erinnerung war. Er fand einen ruhigen Platz. Die von Platanen bestandene Zufahrt zu einem Anwesen, dessen verrostetes Tor aus den Angeln gerissen war und verhieß, dass es leer stand. Ein riesiger Magnolienstrauch garantierte Diskretion.

Er drehte um und fuhr Richtung Stadt. An einer Kreuzung entledigte sich ein Bus seiner Fahrgäste. Plötzlich entdeckte er Charles und Louis-Marie. Die beiden Jungen tobten nicht herum, sie schienen eher besorgt. Wieder einmal sagte er sich, dass Charles wirklich das Ebenbild seines Vaters war: groß, kantiges Gesicht, unter dem Bartflaum war schon der Mann zu ahnen. Louis-Marie, kleiner und magerer, war so zerbrechlich wie seine Mutter und hatte das gleiche schmale Gesicht. Als er sah, dass sie warteten, um die Straße zu überqueren, hielt er an:

»Soll ich euch mitnehmen?«

Charles nickte. Er richtete sich auf dem Vordersitz ein und überließ Louis-Marie die Rückbank. Chib bemerkte, dass Charles selbstvergessen an seinen Nägeln kaute, und sah im Rückspiegel, dass Louis-Marie nervös an der Innenseite seiner Wange nagte. Auch wenn sie die Hartgesottenen spielten, hatten sie doch Mühe, den Tod ihrer Schwester zu verarbeiten, sagte sich Chib, während er den Wagen anließ.

»Kommt ihr aus der Schule?«

Erneutes Nicken.

»Auf welches Gymnasium geht ihr?«

»Saint-Joseph«, sagte Louis-Marie. »Das reinste Mittelalter.«

»Rede keinen Unsinn«, ereiferte sich Charles. »Wäre dir das Gesocks von Jules-Ferry lieber?«

»Was verstehst du unter ›Gesocks‹, Charles?«, erkundigte sich Chib.

»Kleine Wichser, Erpresser, Dealer, der ganze Abschaum treibt sich da rum.«

»Charles liebt Ordnung«, höhnte Louis-Marie. »Sie müssen wissen, er ist Royalist.«

»Na und? Du bist viel zu klein, um irgendetwas von Politik zu verstehen, du kleine Null!«

Der Floride quälte sich den vertrauten Hang hinauf.

»Heute Nachmittag hat es einen kleinen Zwischenfall gegeben«, sagte Chib.

»Heute Nachmittag? Waren Sie denn bei uns?«, wollte Charles wissen.

»Ist Maman etwas passiert?«, fragte Louis-Marie.

»Nein. Einem der Hunde der Osmonds, Tobias. Jemand hat ihn getötet.«

Charles zuckte die Schultern, als wäre der Tod eines Hundes angesichts des Todes eines Menschen …

»Weiß man, wer es war?«

»Nein. Wir haben ihn in einer Schubkarre unter einer Plastikplane gefunden.«

»Wie ist er getötet worden?«, wollte Louis-Marie wissen und biss sich auf die Lippe.

»Mit einer Gartenschere«, antwortete Chib, der keine Lust hatte, nähere Erklärungen abzugeben.

»Mist!«, zischte Louis-Marie. »Tobias war wirklich süß.«

»Clotilde wollte ihn Elilou schenken«, murmelte Charles, der bleich geworden war.

»Es sollte eine Überraschung zu ihrem Geburtstag nächsten Monat sein.«

»Schnauze«, schrie Louis-Marie. »Rede nicht über solche Sachen.«

»Mein armer Loulou, du bist wirklich ein hoffnungsloser Fall.«

»Schnauze habe ich gesagt!«, brüllte Louis-Marie und schlug Charles seinen Rucksack auf den Kopf.

Charles drehte sich um und versuchte, ihm eine Ohrfeige zu verpassen.

»Keine Prügelei im Auto«, rief Chib. »Außerdem sind wir da.«

Er bremste vor dem Tor. Die beiden Jungen stiegen aus und starrten sich wütend an.

»Salut und danke«, sagte Charles und holte zu einem Tritt aus, dem sein Bruder auswich.

»Salut Charlie, salut Loulou«, rief Chib und fuhr an.

Splitt spritzte gegen den Kotflügel, und Chib bog lächelnd in die Kurve ein. Er war entzückt, die beiden Jungen aufgebracht zu haben.

KAPITEL 13

Es hatte die ganze Nacht geregnet, ein schwerer Regen, quälend wie eine Migräne. Chib hatte seinen Wagen gegen 22 Uhr 30 in der Einfahrt des verlassenen Anwesens abgestellt. Er war im Regen durch den Wald gelaufen, hatte sich im Dornengestrüpp verfangen, war auf den nassen Blättern ausgerutscht und hatte befürchtet, die Hunde der Osmonds könnten anschlagen. Doch nach der Ermordung des kleinen Welpen waren sie sicher im Haus eingesperrt. Der Swimmingpool leuchtete wie eine Laterne für Schiffbrüchige, ein türkisfarbenes Rechteck mit Narben von Regentropfen auf der Oberfläche. Keuchend und bis auf die Haut durchnässt, hatte er sich am Landhaus entlanggeschlichen und jede Sekunde damit gerechnet, auf einen Costa mit Schrotflinte zu treffen oder auf eine Annabelle im Schlafanzug, die sich die Lunge aus dem Hals schrie.

Der Regen prasselte auf die Kapelle, durchnässte den Kies, trommelte auf das Wellblechdach des Geräteschuppens. Er übertönte das Geräusch seiner vorsichtigen Schritte. Er hatte sich an der Regenrinne festgeklammert und zog sich in den ersten Stock hinauf. Das Zimmer, ihr Schlafzimmer, im Dämmerlicht. Das Fenster war angelehnt. Er war hineingeklettert. Wenn sie die Alarmanlage nicht abgeschaltet hatte, würde sie gleich losheulen, und die Wachmänner würden anrufen, hatte er sich gesagt, während er sich durch das Zimmer tastete, in dem es nach Medikamenten roch. Nach Äther. Es roch nach Äther. Schnüffelte sie Äther? Er war an das Ehebett gestoßen und hatte einen Schenkel unter seiner Hand gespürt. Einen nackten Schenkel.

»Du bist kalt«, hatte sie gesagt, »kalt und nass.«

»Es regnet.«

Er hatte sich auf die Bettkante gesetzt, ihre Stirn und ihre Wangen gestreichelt. Jetzt erst spürte er, wie sehr er fror, er zitterte. Sie hatte ihn plötzlich an sich gezogen, bis er neben ihr lag.

»Hast du die Alarmanlage abgestellt?«

Sie hatte nicht geantwortet, nur den Kopf an seinen Hals geschmiegt.

Dann hatten sie nicht mehr gesprochen.

Es hatte die ganze Nacht geregnet. Im Morgengrauen verschwand Chib in seinen noch unangenehm feuchten Kleidern. Wie ein Dieb war er in das Kabrio geklettert und über die kurvige Straße gefahren. Er hatte keine Lust gehabt, nach Hause zu gehen, und hatte vor einer Nachtbar in der Nähe des Hafens gehalten. Dort hatte er einen Kaffee bestellt und die soeben ausgelieferte Zeitung gelesen. Er hatte in einer Ecke an der großen Scheibe gesessen, um ihn herum der Lärm der Müllwagen und die unaufhörlichen Schreie der Möwen.

Es hatte die ganze Nacht geregnet, als pinkelte der Himmel Blut, als regnete es ohne Ende im Herzen der Finsternis.

Jetzt schien die Sonne von einem Himmel, der seine Wunden rein gewaschen hatte, die Wolken hatten sich zurückgezogen und lagen über den Bergen wie eine dunkle Bleidecke.

Er gähnte. Als er nach Hause kam, schlief er zwei Stunden und wachte dann mit einem klebrigen Geschmack im Mund und schwerem Kopf auf. Die plötzliche, stechende Erkenntnis, dass er eine Beziehung mit Blanche Andrieu hatte, raubte ihm den Atem. Wie war das möglich? Er kannte sie kaum, sie war verheiratet, katholisch, Familienmutter, liebte ihren Mann und hatte soeben ihre Tochter verloren. Wie konnten sie miteinander schlafen? Und warum sie mit ihm?

Er massierte sich die Schläfen und versuchte, Klarheit in seine Gefühle zu bringen. Doch sie blieben ebenso undurchsichtig wie die Wolken über den Bergen. Plötzlich ein schrilles Klingeln, das Telefon.

»Du hättest mich anrufen können!«

Gaëlle.

»Es ist etwas passiert ...«

Chib erzählte ihr von der Entdeckung des verstümmelten Hundes.

»Und Elilou? Alles beim Alten?«

Er hatte nicht einmal nachgesehen. Viel zu beschäftigt, die Mutter zu verführen, sagte er sich angewidert.

»Also, ich hoffe, die Polizei erwischt den Verrückten, der das getan hat. Ich bin sicher, es ist derselbe, der auch das Mädchen vergewaltigt und ermordet hat. Außer, es gäbe in dieser Gegend ein außergewöhnlich hohes Aufkommen an Verrückten.«

Chib stimmte ihr zu. Er wünschte sich so sehr, dass jemand kommen und ihm sagen würde, was genau er empfand, jemand, der ihm helfen würde, seine Gefühle zu sortieren, zu etikettieren, diese Gefühle, die sich überschnitten, sich zerfaserten, sich zeitweilig gegenseitig erstickten.

Sie verabredeten sich für den Abend in einer Pizzeria am Hafen.

Er legte auf. Das Telefon klingelte erneut. Es war Greg. Aïcha hatte ihren freien Abend, was hatten sie vor? Chib schlug vor, sie sollten mit zum Essen kommen.

Dritter Anruf.

»Was haben Sie mit meiner Frau gemacht?«

Er spürte, wie ihm die Knie weich wurden.

»Wie bitte?«

»Sie war angezogen, als ich nach Hause kam, geschminkt und frisiert. Und sie war dabei, Blumen in eine Vase zu stellen. Sie sagte, sie hätte mit Ihnen ein langes Gespräch über den Tod geführt, und das hätte ihr gut getan.«

»Ach ... das ...«

Aber was sollte dieser Blödsinn?

»Ich hoffe, Sie setzen ihr nicht solche Flausen wie Voodoo in den Kopf?«

Nein, in den Kopf setze ich ihr gar nichts, mein Lieber.

»Wissen Sie, ich bin hier in Frankreich geboren.«

»Ich weiß, es ist nur ... Nach Léons Tod hat sie sich dem Spiritismus zugewandt. Zum Glück hat Dubois energisch eingegriffen!«

»Weder Voodoo noch Spiritismus, machen Sie sich keine Sorgen.«

Am besten machen Sie sich überhaupt keine Sorgen.

»Okay. Was den Welpen der Osmonds angeht, so ist die Polizei jetzt da. Das ist auch der eigentliche Grund meines Anrufs; da Sie den Hund gefunden haben, möchten die Polizeibeamten Ihnen einige Fragen stellen. Können Sie kommen?«

»Ich bin schon unterwegs.«

»Und kein Wort über die anderen Sachen, verstanden?«, fügte Andrieu leise hinzu.

»Machen Sie sich keine Sorgen.«

Chib stellte seufzend den Wagen ab. Die Vorstellung, Blanche zusammen mit ihrem Mann zu sehen, machte ihn nervös. Sie hatten sich jetzt in eine Lüge verstrickt. In Verrat. Der gute alte Ehebruch hielt Einzug in dieses Krimidrama. Eine Mischung aus Boulevardstück und Kasperltheater. Lächerlich.

Der Polizeiwagen stand neben Andrieus Jaguar. Hinter dem Haus hörte man Männerstimmen.

Ein Polizeihauptmann untersuchte aufmerksam den makaberen Inhalt der Schubkarre, während ein junger Polizist Notizen machte. Der Hauptmann wandte sich an Chib. Er war etwa fünfzig Jahre alt, das Gesicht hochrot, die Miene leutselig.

Chib stellte sich vor. Sie unterhielten sich eine Weile, und der junge Polizist nahm seine Aussage auf. Der Hauptmann beklagte das Ansteigen sinnloser Gewalttaten, den Mangel an staatsbürgerlicher Gesinnung bei den Jugendlichen, spielte auf die Einwanderer an, während Chib ihm mit seiner weißesten Miene zuhörte.

»Sie glauben doch nicht, dass es sich um das Werk von Kindern handelt?«, fragte er und rückte automatisch seinen Krawattenknoten zurecht.

»Nein«, seufzte der Hauptmann bedauernd, »ich denke, das ist das Werk eines Drogenkranken oder so. Hier im Hinterland treibt sich ein eigenartiges Gesindel herum. Verrückte, die harmlos sind, andere, die weniger harmlos sind.«

»Der Tierarzt von Opio meint, dass hier ein Hunde-Serienmörder sein Unwesen treibt.«

»Die Untersuchung ist eingeleitet«, entgegnete der Hauptmann. »Wir tun unser Bestes.«

»Dessen sind wir ganz sicher«, ließ sich Andrieus distinguierte Stimme in ihrem Rücken vernehmen.

Er schüttelte Chib die Hand und sagte zu dem Hauptmann:

»Ich glaube, bei John Osmond waren Sie schon?«

»Ja, aber er konnte uns auch nicht mehr sagen. Gut, wir nehmen den Kadaver mit, falls der Ermittlungsrichter eine Autopsie anordnet. Ich halte Sie auf dem Laufenden, Monsieur Andrieu. Und übrigens meine aufrichtige Anteilnahme.«

Andrieu blinzelte.

»Danke«, murmelte er mit versteinerter Miene.

Ein Mann aus Marmor, dachte Chib. Er versucht, sich in einen Mann aus Marmor zu verwandeln, aber irgenwie entstehen überall Risse.

Die Polizei zog ab, und Andrieu wandte sich an Chib:

»Sie haben Spuren im Wald gefunden. Irgendjemand ist dort offenbar erst vor kurzem herumgelaufen, es gibt Fußspuren im Matsch. Der Schuhgröße nach zu urteilen, ein Mann. Ein Mann mit Turnschuhen.

Er warf einen Blick auf Chibs Mokassins.

»Das Problem ist nur«, fuhr er fort, »dass der Hund schon früher umgebracht wurde, so dass der nächtliche Besucher nicht zwangsläufig damit zu tun hat.«

»Trotzdem treibt sich irgendjemand im Wald herum«, fühlte sich der erschrockene Chib genötigt anzumerken.

»Genau. Ich werde einen elektrischen Zaun anbringen lassen. Man braucht ja den Teufel nicht in Versuchung zu führen.«

Im wahrsten Sinne des Wortes, wenn man Dubois Glauben schenken wollte.

»Wäre es nicht klüger gewesen, ihnen alles zu sagen?«, fragte er vorsichtig.

»Ich habe Ihnen meine Position schon dargelegt. Ich will keine Paparazzi, keine endlosen Fragen, keine Verdächtigungen, nicht im Moment, nicht mit meiner Frau, die schon mitgenommen genug ist.«

»Ich wollte nur sicher sein ...«, murmelte Chib.

»Nun, das können Sie«, erklärte Andrieu laut und vernehmlich. »Es ist mir wichtig, dass Mademoiselle Holzinski ihre Ermittlungen fortsetzt.«

Wunderbar. Gaëlle blieb im Dienst.

»Warum war die Polizei da?«

Lautlos war Blanche hinter ihnen aufgetaucht. Sie trug ein Kostüm aus Rohseide, eine einreihige Perlenkette, sonst außer dem Ehering keinen Schmuck, sie war leicht geschminkt, ihr Blick klar.

»Nur eine Formalität«, antwortete ihr Mann und fasste sich schnell wieder. »Einer von Osmonds Hunden ist tot.«

Sie zog eine Augenbraue hoch.

»Die Polizei kommt wegen eines toten Hundes?«

»Er ist vielleicht ... vergiftet worden«, erklärte Andrieu und sah auf die Spitzen seiner Schuhe. »Und da man ihn auf unserem Grundstück gefunden hat ...«

»Sie verdächtigen doch wohl nicht uns?«, rief sie aus.

»Natürlich nicht. Eine reine Routinesache.«

Ruhig und anmutig wandte sie sich an Chib.

»Wollen Sie mit uns zu Mittag essen, Monsieur Moreno?«

»Nein, vielen Dank, ich bin bei Freunden eingeladen.«

»Sehr gut. Ach, übrigens hat mich Noémie Labarrière angerufen. Sie ist begeistert von Ihrer Arbeit.«

Ihr Mann betrachtete sie mit einer Mischung aus Erstaunen und Erleichterung. Das Gespenst der psychiatrischen Behandlung entfernte sich an diesem schönen sonnigen Morgen. Spatzen zwitscherten. Der Rasensprenger verbreitete sein gedämpftes Geräusch. Er legte eine Hand auf die Schulter seiner Frau. Sie reagierte nicht. Chib hatte das Gefühl, als würde sein Unterleib mit Messerstichen traktiert. Er, der nie eifersüchtig gewesen war, hatte plötzlich Lust, Andrieus Besitz ergreifende Hand wegzureißen, sie mit einem Beil abzuhacken. Nicht mehr hierher kommen, sagte er sich zum hundertsten Mal.

Andrieus Handy klingelte.

»Hallo, Rémi. Ja …«

Er entfernte sich außer Hörweite.

»Wollen Sie mich zur Kapelle begleiten?«, fragte Blanche und sah ihm geradewegs in die Augen, ohne dass die ihren die geringste Spur einer Erinnerung an die vergangene Nacht verrieten.

»Wenn Sie unbedingt wollen …«

»Danke.«

Er folgte ihr, sie knickte auf dem Kies um, aber er näherte sich ihr nicht, o nein!

Als sie die Kapelle betraten, hatte er eine ungute Vorahnung, so, als würde sie ein neuer grauenvoller Anblick erwarten. Aber nein, Elilou lag in ihrem gläsernen Schrein, der Christus lehnte noch immer an der Wand. Nur der beißende Uringeruch zeugte noch von dem, was geschehen war.

»Anscheinend ist eine Katze hier hereingekommen«, bemerkte Blanche. »Ich werde Aïcha sagen, dass sie putzen soll.«

Mit verschränkten Armen, leicht gebeugt, aber entschlossen, ging sie auf ihre Tochter zu.

»Langsam beginne ich zu begreifen«, sagte sie leise, »ich beginne zu begreifen, dass sie wirklich tot ist. Ich wollte nicht … weil es so wehtut … Das heißt nicht, dass ich es akzeptiere. Ich glaube, ich kann es nie akzeptieren.«

Zögernd legte sie eine Hand auf den Deckel.

»Maman ist da, Chérie. Maman hat dich lieb«, flüsterte sie. »Selbst wenn Monsieur Moreno glaubt, dass Maman eine Hure ist, Maman denkt an dich.«

Chib erstarrte, war schockiert.

»Rede doch keinen Unsinn, mein Gott!«

»Gott scheint sich von all dem abgewandt zu haben. Denkst du nicht, dass ich eine Hure bin?«

»Ich habe nicht übel Lust, dich zu schlagen, wenn du so ein Spiel spielst«, antwortete er.

»Sicher, es wäre praktischer, wenn ich mich vögeln ließe, ohne etwas zu sagen.«

Solche derben Worte schienen aus ihrem Mund unpassend. Sie sahen sich an, standen sich reglos gegenüber, zwischen ihnen die Leiche von Elilou. Dann brach sie das Duell ab, indem sie sich umdrehte. Andrieu trat ein und schob sein Handy in die Jackentasche.

»Entschuldigung, die Geschäfte ...«

Chib verabschiedete sich, sein Geist war von Blanches Worten verätzt. Sie bestach ihn, sie zersetzte ihn, sie steckte in ihm wie die Fäulnis in den Leichen, die er präparierte. Im Wagen drückte er wütend auf die »Play«-Taste des CD-Spielers und drehte den Ton auf volle Lautstärke. *A house where nobody lives* sang Tom Waits. Gab es wirklich irgendetwas, das Blanche beseelte? Oder war sie nur eine Art Person, die aus schizoiden Fragmenten bestand?

Gregs Stimme hallte in seinem Kopf wider: »Du stellst dir zu viele Fragen, Junge, auf die du noch dazu nie eine Antwort findest. Das ist müßig und geht allen auf die Nerven.« Chib beschloss, nicht mehr zu denken.

Die Stimmung am Abend war fieberhaft, ein Tohuwabohu von zusammenhanglosen Fragen und Antworten. Greg verdrehte entsetzt die Augen, Aïcha schloss seine Wissenslücken, und Gaëlle stellte tausend Vermutungen in der Minute an. Eigentlich sehr erholsam, sagte sich Chib, wenn die Gedanken so beschäftigt sind, dass sie keine schmerzlichen Selbstbetrachtungen zulassen.

Er erkundigte sich bei Aïcha, was sie von Charles' sexuellen Neigungen hielt. Sie runzelte die Stirn.

»Für mich ist dieser Junge nicht ganz klar. Er taxiert mich

nie mit Blicken, ganz so, als wäre ich aus Plastik, verstehst du?«

»Louis-Marie hat mir gesagt, er wäre schwul. Er hätte eine Beziehung zu Costa.«

»Was? Darum also! So ein Schwein, dieser Costa!«

»Aber Charles hat mir gesagt, Louis-Marie neige zum Fabulieren.«

»Louis-Marie lügt eigentlich nie«, wunderte sich Aïcha, »er ist der Einzige, der seinem Vater die Stirn bietet.«

»Hängt Charles an seiner Mutter?«

»Wie alle Jungen ... Einer, der sehr an Blanche hängt, ist der alte Osmond. Er vergeht jedes Mal, wenn er sie sieht, der arme Kerl.«

»Versteht er sich denn nicht mit seiner Frau?«

»Clotilde? Sie ist nicht gerade sehr sexy, wie du gesehen hast.«

John Osmond mit seiner Knollennase und seinem Bierbauch. Der sich an der Tochter rächt, weil er die Mutter nicht verführen kann? Außer ... Außer, Blanche treibt es mit allen greifbaren Männern? Blanche stöhnend unter John Osmond, Blanche bei Sexpartys mit Elilou?

Er hatte offenbar laut gedacht, denn Gaëlle fragte: »Wirklich?«, und Greg rief: »Wenn sie Sexpartys veranstaltet haben, kann ich es herauskriegen. Meine Mutter kennt jeden in diesem Milieu. Neben dem Club organisiert sie seit dreißig Jahren Partnertausch-Abende.« Und Aïcha kicherte nervös bei der Vorstellung, der Kellner könnte zuhören.

All das ging ihm durch den Kopf, als er am nächsten Morgen wieder einmal vor dem Landhaus parkte. Eine Art Routine. Gaëlle stieg aus, strich sich durch die rote Mähne und unterdrückte ein Gähnen.

»Ehrlich gesagt, weiß ich nicht genau, was wir hier tun sollen«, flüsterte sie. »Ich habe wirklich keine Ahnung.«

»Überall herumschnüffeln. Fragen stellen. Im Haus suchen.«

»Genau ... Wir wühlen in aller Ruhe in Andrieus Arbeitszimmer, bis wir Fotos gefunden haben, die zeigen, wie Costa mit Charles Sodomie treibt oder Blanche unter dem bewundernden Blick ihres Mannes auf John Osmond reitet.«

»Wo wir gerade bei den Osmonds sind ...«

Chib versetzte ihr einen diskreten Rippenstoß.

John und Clotilde Osmond betraten soeben das Landhaus. John hatte seine Frau untergehakt, sie trug einen großen Korb mit Früchten.

»Ah, ein Sühnebesuch«, höhnte Gaëlle. »Dieser verdammte Rock ist viel zu eng.«

»Halt dich beim Alkohol und bei den Pizzen quatro formaggi etwas zurück«.

»Und du halt dich bei deinen guten Ratschläge zurück. Also, auf in die Höhle des Löwen!«

Sie holten tief Luft und gingen auf das Haus zu.

Blanche, die ein lavendelblaues Leinenkleid trug, dankte den Osmonds überschwänglich.

»Wie wundervoll«, sagte sie und strich über eine Guajave. »Das wäre doch nicht nötig gewesen ...«

»Wir waren auf dem Markt und konnten der Versuchung, Ihnen welche mitzubringen, nicht widerstehen. Jean-Hugues liebt exotische Früchte ebenso sehr wie John!«

Blanche blinzelte und sah Chib und Gaëlle in der Terrassentür stehen.

»Oh, kommen Sie doch herein. Mein Mann ist nicht da, aber ...«

»Er weiß Bescheid«, erklärte Gaëlle wie eine perfekte Privatdetektivin. »Lassen Sie sich nicht stören.«

Sie zog Chib mit in die Halle und ließ die Osmonds stehen, die völlig verblüfft, aber zu höflich waren, Fragen zu stellen. Sie begrüßten diskret Aïcha, die im Fernsehzimmer Staub wischte, und trennten sich. Gaëlle wollte das Arbeitszimmer des Hausherrn inspizieren, Chib die Bibliothek. Aber was suchen wir eigentlich, fragte sich Chib, als er das Zimmer betrat, durch dessen Fensterläden gedämpftes Licht drang. Er strich mit der Hand über den Rücken alter ledergebundener Bücher. Shakespeare. Hm. Er betrachtete das Schachbrett. Er konnte nicht spielen, sonst hätte er eine der Figuren in der angefangenen Partie verschieben können, so, wie man es in Krimis sieht. »Diese vor zwei Jahren begonnene Partie löse ich im Handumdrehen. Sie sind schachmatt, mein Bester!« Er ging zum Billardtisch und stieß ein paar Kugeln mit dem Queue an, doch der Lärm schien ihm in der Stille zu laut. In der Ecke ein Sekretär. Er zog die Mahagonischubladen auf. Nichts als Aktendeckel aus Pappe: Strom, Telecom, Urlaub usw., Papiere, Prospekte, Kalender, in denen Blanche Termine und Geburtstage notiert hatte. Sie hatte eine kleine, spitze Handschrift, altmodisch. Elilou Zahnarzt, las er. Er sah auf das Datum: Mittwoch, 28. April 2002. In wenigen Tagen also.

Er blätterte noch eine Weile in dem Terminkalender, aber es gab natürlich keine Eintragungen in dem Stil: Elilou wieder von John Osmond vergewaltigt; wurden von einem suspekten Individuum verfolgt, das unter seinem Regenmantel nackt war.

Er richtete sich auf und schloss die Schubladen. Auf dem Sekretär stand ein Foto in einem Holzrahmen. Ähnlich wie das, das Blanche ihm am ersten Tag gezeigt hatte. Die ganze Familie, diesmal die Mutter eingeschlossen, mit strahlendem Lächeln, der Wind spielte mit den blonden Haaren. Er griff danach und war so überrascht, dass er es beinahe hätte fallen lassen. Seine Hand hatte etwas Klebriges berührt. Vorsichtig drehte er das Foto um. Die Rückseite des Rahmens war mit einer dickflüssigen, weißen Substanz überzogen, die er auf den ersten Blick identifizieren konnte. Sperma! Man hatte auf das Bild masturbiert, sagte er sich und stellte es angewidert zurück. Wieder dieses unangenehme Gefühl, beobachtet zu werden. Er fuhr herum. Doch da war niemand. Er richtete seine Aufmerksamkeit erneut auf das besudelte Foto. Ein Familienfest. Plötzlich war es, als nähme der Vergewaltiger wirklich Gestalt an. Es waren keine Vermutungen, keine Hirngespinste mehr, es war ein Mann aus Fleisch und Blut, eine schwere Masse, die das Kind erdrückte, in es eindrang und Schmerz und Angst weckte. Es waren die keuchenden, kurzen Atemstöße von jemandem, der seine bestialischen Begierden befriedigte, selbst wenn er ihr Objekt schon getötet hatte. Ja, ein Wesen aus Fleisch und Blut, dessen Seele an einen finsteren Wald erinnerte, undurchdringlich, kalt und erstickend zugleich, ein Wald ohne Licht, ohne Ausweg, dessen Bäume sich neigten, um einen zu erdrosseln.

Er hob den Kopf und wischte sich die Stirn ab. Er schwitzte, als hätte er plötzlich einen Flash gehabt, eine Vision. Er blinzelte, um sich von dem Gefühl des Erstickens zu befreien. Das Zimmer nahm wieder Gestalt an, seine teure Banalität.

Ein Mann, der mit den Andrieus vertraut genug war, um sich allein in der Bibliothek aufzuhalten. Der wusste, dass er genug Zeit hatte, um einen sexuellen Akt zu vollziehen. Es war schwer, nicht an Andrieu selbst zu denken. Oder an Pater Dubois.

»Suchen Sie etwas?«

Belle-Mamie stand kerzengerade in ihrem malvenfarbenen Jogginganzug auf der Schwelle, im Haar ein passendes Band.

»Ich warte, dass Madame Andrieu ihr Gespräch mit ihren Freunden beendet«, improvisierte er und dachte nervös an Gaëlle, die Jean-Hugues Arbeitszimmer durchsuchte.

»Wollen Sie etwas Besonderes mit ihr besprechen?«

Ja, ich wollte wissen, wann wir es wieder treiben können. »Ihr Sohn hat Madame Holzinski und mich gebeten, die Untersuchungen fortzuführen.«

»Ich bezweifele, dass Sie etwas gefunden haben. Das ist ein Fall für die Polizei.«

»Sicherlich, aber hier treffe nicht ich die Entscheidungen«, antwortete er und sagte sich, dass Andrieus Starrsinn, die Polizei nicht einschalten zu wollen, plötzlich verdächtig schien.

Belle-Mamie zog eine ihrer noblen Brauen hoch, und ihre Augen, die so blau waren wie die ihres Sohnes, fixierten ihn eiskalt durch die Bifokalgläser ihrer Brille. Dann hörte sie Schritte auf den Fliesen und wandte sich um.

Gaëlle. Uff! Sie schüttelte lässig ihre rote Mähne und streckte der sprachlosen Belle-Mamie ihre Hand mit den blassrosa lackierten Nägeln entgegen.

»Guten Tag. Wie schön, dass Sie da sind, denn ich benötige ein paar Auskünfte.«

»In welcher Angelegenheit?«, fragte Belle-Mamie und ließ die manikürte, von Altersflecken überzogene Hand sinken.

»Sie verfügen sicher über ein scharfe Beobachtungsgabe«, sagte Gaëlle selbstsicher. »Deshalb hätte ich gerne Ihre Meinung zu den möglichen Feinden Ihres Sohnes gewusst. Männer sind oft viel zu vertrauensselig.«

»Ich muss Ihnen Recht geben«, stimmte Belle-Mamie zu und entspannte sich. »Jean-Hugues ist außer Stande, das Böse dort zu erkennen, wo es sich versteckt.«

Verschwinde, Chib, die Damen beginnen ein Gespräch, bei dem du nichts zu sagen hast.

»Entschuldigen Sie, ich bin gleich zurück.«

Er verließ das Zimmer, ohne dass sie es zu bemerken schienen. Gaëlle war wirklich unglaublich, die geborene Schauspielerin!

Die Osmonds waren noch immer da, er hörte, wie sie sich mit Blanche unterhielten. Wie schade, dass Belle-Mamie kein Mann war, sie hätte einen idealen Verdächtigen abgegeben.

Plötzlich dachte er daran, dass man das Sperma auf dem Rücken des Fotos analysieren lassen könnte. Er müsste es mitnehmen. Inzwischen könnte er einen Blick in die Schlafzimmer werfen. Auf Zehenspitzen schlich er die Treppe hinauf. Jede Tür war mit einem Keramikschild versehen, das den Namen seines Bewohners anzeigte und mit einem besonderen Motiv geschmückt war. Eine kleine Ente für Eunice, ein Eichhörnchen für Annabelle, ein blauer Hase für Elilou, ein roter Sportwagen für Louis-Marie, ein schwarzes Pferd für Charles. Wirklich altmodisch, brummte Chib, als er in Charles Zimmer trat. Er sah sich schnell die Einrichtung an. Ein schmales Bett mit einer schwarzweiß karierten Decke, ein moderner weißer Schrank, ein schwarzer Schreibtisch, auf dem säuberlich aufgereihte Ordner standen, eine Schale in Form einer Hand, in der Stifte lagen, ein Notizblock, ein Laptop – ein weiß-grünes iBook. An den Wänden zwei Poster: ein Sprinter mit angespannten Muskeln und eine unberührte Schneelandschaft, durch die ein Bär stapfte. Chib griff nach dem Notizblock. Eine angefangene Matheaufgabe. Er öffnete schnell die Schubladen. Schulbücher, Wörterbücher, einige Nummern von *Premiere,* zwei Informatik-Zeitschriften, ein Foto, das Brad Pitt mit nacktem Oberkörper zeigte und offensichtlich aus einer Zeitschrift ausgeschnitten war. Aha! Nicht Julia Roberts oder Juliette Binoche, sondern Brad Pitt. Hm. Er legte das Foto zurück unter ein Geschichtsbuch und öffnete den Deckel des iBook. Auf dem Bildschirm bunte Würfel, die vor einem marineblauen Hintergrund entstanden.

Er verließ das Zimmer, schloss leise die Tür hinter sich und betrat das von Louis-Marie. Das gleiche schmale Bett mit einer Decke, die mit Bildern der Simpsons bedruckt war, ein weißer Schrank, ein Regal voller Kinder- und Jugendbücher, der schwarze Schreibtisch, auf dem ein aufgeklappter Weltatlas lag, daneben ein Leuchtglobus, eine Federschale mit Stiften, ein weiß-blaues iBook und der letzte Harry Potter, aufgeschlagen bei Kapitel drei. An den Wänden Kinoplakate: *Scary Movie 1, Das Empire schlägt zurück, Jurassic Park.* Auf dem Bildschirm des iBooks ein blau-roter Spiderman, der an einem Hochhaus emporklettert. In einer Ecke stand ein teurer Aiwa-Synthesizer.

Geräusche. Nicht weit entfernt. Er trat auf den Flur. Unten verabschiedeten sich die Osmonds. Er musste hinunter, das Foto holen. An die Wand gedrückt, schlich er die Treppe hinab, erreichte die Halle. Blanche und die Osmonds standen vor dem Anrichtezimmer, Clotilde bedankte sich bei Colette, die ihr ein provenzalisches Kochbuch überreichte. Chib bog zur Bibliothek ab und lauschte eine Weile an der Tür. Kein Ton. Gaëlle und Belle-Mamie waren wohl gegangen. Er drückte die Klinke herunter, doch die Tür blieb geschlossen. Er versuchte es noch einmal. Irgendwer hatte abgeschlossen. War jemand drinnen? Aber wer? Andrieu? War er mal wieder früher als angekündigt zurückgekommen? Chib klopfte leise. Keine Antwort.

»Hier sind wir!«, rief Belle-Mamies hohe Stimme in seinem Rücken. »Im Wintergarten.«

Er ging zu ihnen. Sie tranken Tee.

»Nehmen Sie eine Tasse«, schlug Belle-Mamie vor. »Es gibt nichts Besseres als einen Oolong. Ich mag diesen grünen japanischen Tee, den Blanche so gerne trinkt, gar nicht.«

»Nein danke«, antwortete Chib, »ich bin kein großer Teetrinker.«

Belle-Mamie kniff die Lippen zusammen.

»Sind die Engländer noch da?«

»Sie verabschieden sich gerade.«

»Ich hatte schon befürchtet, Blanche würde sie zum Essen einladen. Sie sind reizend, aber ... Clotilde sieht gerne zu tief ins Glas, und John ...«

»Louise hat mir erklärt, dass John ... von Blanche fasziniert ist«, beendete Gaëlle den Satz und führt die Tasse zum Mund.

Louise! Sie nannte den alten Drachen beim Vornamen. Unglaublich.

Louise nickte und schenkte sich Tee nach.

»Jean-Hugues meint, das sei harmlos, aber so etwas schickt sich doch nicht! Dieser Mensch darf sich nicht ermutigt fühlen.«

»Es handelt sich wohl um eine rein platonische Leidenschaft, romantisches Strohfeuer, wie es für Männer seiner Generation typisch ist«, meine Gaëlle mit einem entwaffnenden Lächeln.

Aber Belle-Mamie gefiel das Konzept der Entwaffnung anscheinend nicht.

»Der Johannistrieb, jawohl. Der alte Lustmolch! Mein Mann hätte ein solches Verhalten nicht geduldet.«

»In welcher Branche war er tätig«, erkundigte sich Gaëlle mit demselben Interesse, als erwarte sie die Lottozahlen.

»Enguerrand? Im Finanzsektor, das ist Tradition in unserer Familie. Gerade er, der die Buchhaltung verabscheute«, fügte sie mit einem gerührten Lächeln hinzu, das sie zwanzig Jahre jünger aussehen ließ.

Dann setzte sie wieder ihre strenge Miene auf und fügte hinzu:

»Armer, guter Enguerrand, wie sehr ihn all das betrüben würde ...«

Sie beendete ihren Satz nicht und trank ihre Tasse aus. Chib fragte sich, wo Blanche war und wie er das Foto an sich nehmen könnte.

»Ich glaube, ich habe meinen Stift in der Bibliothek vergessen«, meinte er und betastete seine Taschen.

»Nun, dann holen Sie ihn«, erwiderte der alte Drachen, ohne ihn anzusehen.

»Die Tür ist abgeschlossen.«

»Abgeschlossen? Oh, das muss Aïcha gewesen sein, die übereifrig war. Sagen Sie ihr, sie soll Ihnen aufsperren.«

Er ging und fand schließlich Aïcha, die im Esszimmer staubsaugte, ohne Blanche gesehen zu haben. Sie begleitete ihn mit ihrem großen Schlüsselbund zur Bibliothek.

»Ich habe nicht abgeschlossen«, flüsterte sie, »ich bin sicher, dass sie es war, damit du nicht in den Sachen ihres geliebten Söhnchens herumwühlst.«

Er nahm das Foto am oberen Rand des Rahmens und wollte es unter seine Jacke schieben. Doch das war nicht mehr nötig: Man hatte es gereinigt. Die Rückseite war glatt und trocken. Ungläubig strich er über die weiche Pappe. Er holte Aïcha auf dem Flur ein:

»Hast du in der Bibliothek geputzt?«

»Nein, noch nicht. Ich fange gleich an.«

Hielt sich jemand im Haus versteckt? Er eilte die Treppe hinauf, riss die Türen der Schlafzimmer auf sah in allen drei Badezimmern und in den großen Wandschränken nach. Nichts. Dann lief er wieder hinunter, inspizierte das Arbeitszimmer, den ockerfarbenen Salon und das Esszimmer, wo der lange Landhaustisch für zwei Personen gedeckt war.

Und Blanche? Er eilte nach draußen. Blanche unterhielt sich mit Costa, der ihr einen verkümmerten Zitronenbaum zeigte. Das war verrückt! Irgendjemand war zwischen dem Zeitpunkt, als er die Bibliothek verlassen hatte, und jetzt, das heißt, innerhalb der letzten halben Stunde, dort gewesen. Und dieser Jemand hatte das Foto gereinigt und die Tür abgeschlossen. John Osmond? Aber er hatte gesehen, wie Blanche die beiden bis zum Tor begleitete. Osmond hätte seiner Frau sagen können, er habe etwas vergessen. Aber Osmond hatte sicher keinen Schlüssel zur Bibliothek. Es sei denn, er trieb sich öfter heimlich im Haus herum und hatte sich die Schlüssel von Aïchas Bund nachmachen lassen. Osmond, der wirkte wie ein Großvater und der sich im Schatten herumtrieb wie Arsène Lupin.

»Bleiben Sie doch zum Mittagessen«, hörte er Belle-Mamie sagen, als er sich dem Wintergarten näherte, »ein wenig Gesellschaft würde Blanche gut tun.«

Ihm würde es an Blanches Stelle nicht gefallen, dass man Leute zum Essen einlud, ohne vorher gefragt zu werden, dachte Chib. Belle-Mamie wollte ganz offensichtlich noch immer die Königin-Mutter spielen.

»Ich sagte gerade zu Gaëlle, dass Sie doch zum Essen bleiben sollten«, wiederholte die alte Dame.

Blanche gegenüberzusitzen und Konversation zu führen, ging über seine Kräfte.

»Tut mir Leid, aber ich bin schon verabredet«, log er.

»Ich hingegen nehme die Einladung gerne an«, sagte Gaëlle und warf Chib einen fragenden Seitenblick zu, doch der tat so, als würde er nichts bemerken und verabschiedete sich.

»Ich hole dich gegen zwei Uhr ab«, sagte er.

Blanche unterhielt sich nicht mehr mit Costa. Sie lehnte mit verschränkten Armen an einer Wand in der Halle.

»Sie bleiben nicht bei uns, Monsieur Moreno?«

»Nein, ich kann nicht.«

»Wie feige Sie doch sind«, flüsterte sie. dann mit lauter Stimme: »Werden Sie uns wenigstens die Freude machen, zum Kaffee zu kommen?«

»Ich werde es versuchen«, antwortete er steif.

Colette kam mit einer Platte voll gefülltem Gemüse aus der Küche. Blanche löste sich von der Wand, und Chib schüttelte ihr steif die Hand, die trocken und weich war. Er ging hinaus, ohne sich noch einmal umzudrehen.

Charles kam ihm auf dem Hof entgegen und warf seinen mit Büchern voll gestopften Rucksack in die Luft.

»Ich hoffe, das Mittagessen ist fertig. Ich sterbe vor Hunger!«

»Esst ihr nicht in der Schulkantine, dein Bruder und du?«

»Mein Bruder vielleicht, aber mir reicht's für heute. Ich habe erst um drei Uhr wieder Unterricht«, erklärte er lässig und verschwand im Haus.

Chib verließ das Anwesen verwirrter denn je. Charles konnte durchaus schon vor einer Weile heimlich zurückgekommen sein. Charles, der schwule Heranwachsende, der seine Schwester missbraucht und tötet? Das war völlig abwegig ... Alles war von Anfang an abwegig. So, als würden sich zwei verschiedene Spuren übereinander legen, sich miteinander verweben, um die Sicht zu trüben. Er versuchte, die Fakten zu rekapitulieren.

Hauptlinie: Ein Mädchen stirbt. Es wurde vielleicht ermordet. Es ist entjungfert. Man stiehlt die Leiche. Dann bringt man sie zurück, aber ans Kreuz geschlagen. Eine Christusstatue wird geschändet. Einem Welpen wird der Bauch aufgeschlitzt. Man ejakuliert auf ein Familienfoto.

Nebenlinien: Der älteste Sohn hat ein Verhältnis mit dem Gärtner. Die Mutter hat ein Verhältnis mit dem Präparator ihrer Tochter. Der englische Nachbar ist in die Mutter verliebt. Die Schwiegermutter verachtet ihre Schwiegertochter. Ein Freund der Familie hat wahrscheinlich ein Verhältnis mit der Verlobten des Kompagnons des Vaters. Der Vater scheint untadelig.

Bilanz: Jedes der heterosexuellen männlichen Mitglieder der Familie und ihres Umfeldes kann der Schuldige sein. Also Charles und Costa ausschließen? Aber wenn Louis-Marie gelogen hatte? Und warum hatte Charles gegenüber Noémie Labarrière behauptet, Chib sei homosexuell?

Würde Gaëlle darauf kommen, was sich zwischen Blanche und ihm im Laufe dieser langen schlaflosen Nacht abgespielt hatte? *Les Nuits Blanches, Weiße Nächte, ein Film von Visconti, 1957.*

Ihm wurde bewusst, dass er Hunger hatte, also hielt er vor

einem McDonalds an und stellte sich eine Viertelstunde in einer Schlange an, ehe er bei einer schwedischen Studentin zwei Big Mac bestellen konnte. Sie schien überlastet und ihr erstarrtes Lächeln von einem Karikaturisten gezeichnet. Er zog sich in die ruhigste Ecke zurück – Stehtisch in der Nähe der Toiletten –, und während er seine Sandwiches aß, spulte er den Film der Ereignisse noch einmal vor seinem geistigen Auge ab.

Dann ging er zu seinem Wagen zurück, versuchte, in einem holländischen Sprachführer zu lesen, den er während einer Reise nach Amsterdam gekauft hatte, wiederholte wie ein Papagei jeden Satz, warf den Führer auf den Rücksitz, verschränkte die Arme im Nacken, machte die Augen zu und sagte sich: Ich werde ein wenig schlafen, öffnete sie nach fünf Minuten, erschöpft von der Anstrengung, die Lider geschlossen zu halten, massierte seine Schläfen mit dem Zeigefinger, bis er fast blaue Flecken hatte, beschloss, Ordnung im Handschuhfach zu machen, gab auf, nachdem er das vierzehnte Autobahn-Ticket gefunden hatte, nahm sich vor, den Wagen am selben Abend zu waschen und den Sand von den Fußmatten zu saugen, stieg aus, um sich die Beine zu vertreten, stieg aber gleich wieder ein, da er feststellte, dass es endlich zwei Uhr war, und fuhr mit quietschenden Reifen los.

Kurz bevor er das Landhaus erreichte, sah er einen kleinen silbergrauen Toyota Yaris in den geteerten Weg einbiegen, der zu den Labarrières führte. Am Steuer saß eine Frau, eine Frau mit platinblondem Haar. Winnie, die ihre lieben Freunde besuchte. Er bremste und zog sein Handy aus der Tasche. Er wählte die Nummer der Labarrières und geriet an den Anrufbeantworter.

»Guten Tag, hier spricht Léonard Moreno. Ich habe vergessen, Ihnen ein Pflegemittel für Scottys Fell zu geben, und da ich gerade in der Nähe bin …«

Pause. Niemand hob ab.

»Gut, ich werde mich wieder melden. Auf Wiedersehen und einen schönen Tag.«

Die Labarrières waren offensichtlich nicht da. Doch der Yaris kam nicht zurück.

Kurz nachdem Chib eine Tasse jamaikanischen Espresso angenommen hatte, zog sich Blanche unter dem Vorwand zurück, mehrere Telefonate führen zu müssen. Sie plauderten noch eine Weile mit Belle-Mamie, die nicht mehr zu bremsen war, wenn es um das Goldene Zeitalter vor dem Mai 1968 ging, dann gelang es ihnen, sich zu verabschieden. Auf der Straße begegneten sie Andrieu in seinem Jaguar, doch er sah sie offenbar nicht. Er hielt die Augen starr geradeaus gerichtet und schien abwesend.

Als sie an dem Weg vorbeikamen, der zu den Labarrières führte, bremste Chib. Der Yaris war nicht mehr da.

Gaëlle wollte natürlich wissen, warum Chib nicht zum Essen geblieben war, und er schob einen sehr wichtigen Kunden vor, den er dringend treffen musste. Dann erzählte er schnell von dem besudelten Foto, das auf so mysteriöse Weise gereinigt worden war.

»Charles?«, fragte Gaëlle, nachdem sie eine Weile nachgedacht hatte. »Glaubst du, dass es Charles gewesen sein könnte?«

»Ich weiß nicht. Bist du sicher, dass du niemanden im Haus gesehen hast?«

»Doch, natürlich, die sieben Zwerge und Dracula, ich habe nur vergessen, es dir zu erzählen.«

Er brachte Gaëlle zum Bahnhof – sie ging mit einer Freundin ins Theater – und fuhr schlecht gelaunt nach Hause, sein Schädel brummte, und seine Nerven lagen bloß.

Der Briefkasten quoll von Prospekten über, die er wütend in eine nahe gelegene öffentliche Mülltonne beförderte. Zwischen den Prospekten ein Brief vom Finanzamt, eine Karte von einem Freund, der in Kuba Urlaub machte, und ein Päckchen von der Größe eines Buchs. Ein Buch? Er warf die Schlüssel auf den Couchtisch und riss den wattierten Umschlag auf. Es war kein Buch, sondern eine DVD. Die schwarze Hülle war nicht beschriftet. Er hatte nichts bestellt! Er lief hinauf in sein Zimmer und schob die DVD in den Player. Wo war die Fernbedienung? Er suchte das Bett ab. Natürlich unter den Kopfkissen versteckt. Er drückte auf die »Play«-Taste.

Einige Sekunden blieb der Bildschirm schwarz, dann kam ein Bild, nicht sehr scharf, ziemlich dunkel, aber trotzdem deutlich erkennbar: Ein Mann kletterte an einer Regenrinne hinauf. Ein Mann, der ihm glich wie ein Wassertropfen dem anderen und der beim Klettern nervös über die Schulter blickte. Chib schluckte. Das war unmöglich! Man hatte ihn doch nicht filmen können! Verdammte Scheiße!

Anscheinend doch, da man ihn jetzt durchs Fenster steigen und die Flügel hinter sich schließen sah. Dann, Gott sei Dank, nichts mehr. Der schwarze Bildschirm. Allein die Vorstellung, man hätte ihr Liebesspiel filmen können, bereitete ihm Übelkeit. Er ließ die DVD schnell vorlaufen, doch offenbar enthielt sie nichts anderes. Er untersuchte die Hülle von allen Seiten. Eine einfache Plastikhülle, ohne Erkennungsmerkmale. Falls es Fingerabdrücke gegeben hatte, hatte er sie verwischt. Aber das hätte er sowieso nie jemandem gezeigt ... Fast wartete er darauf, dass das Telefon klingeln und er eine verstellte Stimme hören würde, die ihm befahl, sich mit zweihunderttausend Euro, in kleinen Scheinen und in einer Plastiktüte verpackt, zum dritten Laternenpfahl von links zu begeben. Im Grunde wäre es ihm lieber gewesen, es würde sich um Erpressung handeln. Um einen rationalen Geist, der das Geld liebte. Nicht um einen pädophilen und sadistischen Perversling, für den es sicher die höchste Lust war, Andrieu diesen verdammten Film zuzuspielen. Er musste Blanche benachrichtigen. Sie sollte die Post abfangen. Vielleicht war es schon zu spät!

Er lief zum Telefon, und als er nach dem Hörer greifen wollte, begann es zu klingeln. Mit angehaltenem Atem und heiserer Stimme brachte er ein »Hallo«, hervor; er war auf das Schlimmste gefasst.

»Guten Abend, hier ist Noémie Labarrière. Tut mir Leid, dass wir uns heute Mittag verpasst haben, aber ich habe Paul von der Ratssitzung abgeholt, und wir sind zusammen Mittagessen gegangen, das Wetter war so schön!«

Paul war also mittags nicht zu Hause gewesen? Antworten.

»Oh, das macht doch nichts, wenn es Ihnen recht ist, werde ich Ihnen das Mittel morgen vorbeibringen.«

»Gegen elf, das wäre wunderbar.«

»Sehr gut, bis morgen.«

Aber mit wem hatte Winnie sich dann getroffen? Was tat sie bei den Labarrières, wenn die nicht zu Hause waren? Benutzte sie ihr Grundstück, um sich inkognito zu den Andrieus zu begeben? Hatte sie ihren Komplizen abgeholt, nachdem dieser das Familienfoto gesäubert hatte? Chassignol, der Geschäftspartner und Jugendfreund von Andrieu? Chassignol, der von Blanche abgewiesene Liebhaber? Chassignol, das Raubtier ohne Seele?

Er warf sich aufs Bett und schloss die Augen. Neurovegetative Übersättigung. Zu viele Informationen auf einmal. Ganz ruhig werden. Die Dinge sortieren. Das Schlimmste war der Film. Das könnte ihn bei Andrieu den Kopf kosten. Im wahrsten Sinne des Wortes. Er könnte ihn durch jeden kleinen Auftragskiller ins Jenseits befördern lassen. Er hatte keine Zweifel daran, dass der Wonderboy über die nötigen Kontakte verfügte, um jemanden auf den Liebhaber seiner Frau anzusetzen. Zum Beispiel Chassignol! Er versuchte, Gaëlle anzurufen, aber es meldete sich nur der Anrufbeantworter. Er wählte die Nummer der Andrieus. »Madame ist ausgegangen«, erklärte ihm Colette gespreizt. »Sie ist mit der gnädigen Frau Schwiegermutter beim katholischen Hilfswerk.« Die gnädige Frau Schwiegermutter! Gütiger Gott! Seine Hilfe konnte er gut gebrauchen. Ein Bier. Er brauchte ein Bier. Nur ein einziges. Kein Bier im Kühlschrank. Natürlich kein einziges Bier im Kühlschrank. Wann hatte er das letzte Mal daran gedacht, einzukaufen? Letzte Woche? Vorletzte? Oder war es noch länger her? Er konnte nicht hier bleiben und in der Wohnung umherlaufen. Er nahm seine Schlüssel, schlüpfte in sein Jackett und ging hinaus. Ein Bier. Eine Terrasse. Normale Menschen.

Die normalen Menschen gingen an ihm vorbei, ohne dass er sie wahrnahm. Sein Bier verdunstete im Glas. Jetzt, da sie im Schatten lag, war es kalt auf der Terrasse. Chib betrachtete seinen Schlüsselanhänger, so, als würde er den Schlüssel zu der Geschichte liefern. Derjenige, der ihn gefilmt hatte, besaß eine kleine Digitalkamera mit Infrarot-Objektiv. Eine teure Ausrüstung. Er musste Erkundigungen über die Fotoausstattung der Andrieus einholen. Mein Gott, zu wissen, dass jemand *etwas wusste!* Ein Schluck lauwarmes Bier. Schon komisch, wie die objektiv betrachtet unbedeutendste Sache, ein Film über einen Ehebruch, plötzlich wichtiger wurde als der Mord, als die Schändung des Mädchens, nur, weil sie ihn direkt betraf!

Er hatte nicht einmal einen Blick auf die arme Elilou geworfen. Jetzt hatte er Lust auf einen Kaffee, einen starken, bitteren Kaffee, der die Verwirrung in seinem Kopf zerstreuen könnte. Er rief den Kellner, bestellte einen doppelten Espresso und trank noch einen Schluck Bier.

Winnie hatte sich nicht ohne Grund zu den Labarrières begeben. Hatte sie die Schlüssel zum Haus? Ein Rendezvous mit einem der Hausangestellten? Eine Liaison mit Costa, dem allgegenwärtigen Gärtner?

»O Mann, du siehst aus, als hätte man dich gerade aus dem Grab gebuddelt. Beängstigend, sage ich dir!«

Er schreckte zusammen. Greg, in blauen Boxershorts, Marke Billabong, und weißem, über der behaarten Brust geöffnetem Polohemd, sah ihn herausfordernd an. Er setzte sich, bestellte mit dröhnender Stimme einen Tequila und musterte ihn dann wieder mit gerunzelter Stirn.

»Du bist nicht zufällig im Begriff durchzuknallen? Was treibst du mit der neurotischen Alten?«

»Was?«, stöhnte Chib. »Wovon sprichst du?«

»Von Blanche Andrieu. Aïcha meint, du treibst es mit ihr.«

Kurzer Herzstillstand.

»Wieso?«

»Dass du es jeden Fall gerne mit ihr treiben würdest. Anscheinend umschleicht ihr euch wie beim Thaiboxen, wenn sich die Typen abschätzen und beschnuppern.«

»Blanche ist etwas ganz Besonderes«, sagte er einfältig.

»Ja, so besonders wie *Sonderbrigade!* Du bist der lüsterne Sittenbulle und sie die süchtige Sado-Hure.«

»Nenn sie nicht Hure!«

»O weh, das ist ja noch schlimmer, als ich dachte. Der große Moreno ist verliebt, Leute!«, rief er, die Hände trichterförmig an den Mund gelegt.

»Schnauze, du Idiot, verdammt noch mal!«

»Entspann dich und lach mal wieder. Willst du eine Zigarette?«

»Nein.«

»Jetzt schmollt er. Weißt du, im Grunde bist du eine richtige Lesbe.«

Greg zog genüsslich an seiner Camel.

»Jetzt mal im Ernst. Hast du sie vernascht oder nicht?«

»Du nervst. Ich habe an andere Dinge zu denken. Zum Beispiel daran, dass die Leiche eines Kindes gekreuzigt wurde. Dass einem Hund der Bauch aufgeschlitzt wurde. Und dass jemand über einem Familienfoto masturbiert hat.«

»Was? Das ist ja widerlich!«

»Du sagst es. Das Problem ist nur, wir wissen nicht, wer es war. Genau das ist das Problem.«

»Meiner Ansicht nach war sie es.«

»Sie masturbiert über einem Foto? Tolle Überlegung!«

Gregs kräftiger Zeigefinger tippte auf Chibs Brust.

»Bleib höflich, Chib. Gut, okay, das mit dem Foto war sie nicht, aber du musst zugeben, dass sie eine Psychopathin ist.«

»Sie ist eine Psychopathin. Und weiter?«

»Wie viele männliche Verdächtige hast du?«

»Jede Menge: Andrieu, die Freunde: John Osmond, Paul Labarrière, Rémi Chassignol. Costa, der Gärtner. Die Söhne, Charles und Louis-Marie, Pater Dubois, der Cousin ...«

»Der Priester, das wäre nicht übel«, murmelte Greg träumerisch, »in *Fuck the Devil 2* hat er die Babys getötet und gefressen …«

»*Fuck the Devil 2*? Ist das ein Film?«

»Hm, ein Video. Wirklich super. Außer wenn sie ihm einen bläst, denn die Vampirin ist eine Null, und außerdem ist sie keine richtige Blondine. Wenn du willst, leihe ich es dir.«

»Nein danke.«

»Du bist erbärmlich, Léonard Moreno, erbärmlich wie ein alter Frosch im Weihwasserbecken. Du wirst deinen Typen sowieso nicht finden.«

»Danke, du bist wirklich sehr ermutigend.«

»Und vielleicht versucht er sogar, dich kaltzumachen, wenn er sich zu sehr in die Enge getrieben fühlt. Meiner Meinung nach solltest du die Sache aufgeben, und sie auch. Das stinkt zum Himmel, Chib. Alles dort – das Haus, seine Bewohner. Wie diese Häuser, auf denen ein Fluch lastet, weißt du? In den Filmen gibt es immer einen Idioten, der unbedingt nachts um zwei Uhr bei Vollmond da rein will, trotz der abgeschnittenen Köpfe im Garten und der von Werwölfen gezogenen Kutsche. Sag bloß, du willst dieser Idiot sein?«

»Trinkst du deinen Tequila nicht?«

Greg seufzte und leerte sein Glas in einem Zug. Dann verzog sich sein Gesicht zu einem breiten Lächeln.

»Nun sieh sich mal einer diese hübsche Versammlung an! He, Mademoiselle, Mademoiselle … Kann ich ein Autogramm bekommen?«

Chib drehte sich um. Das Mädchen, eine hoch gewachsene Blondine in einem hautengen roten Jeansanzug, schüttelte lachend den Kopf. Greg hatte sich erhoben und war zu ihr gegangen, riesig und lässig, die großen Füße in Herschung-Sandalen, die voller schwarzem Sand waren. Chib trank seinen Kaffee aus, der jetzt kalt war. Er zündete sich eine von Gregs Zigaretten an, inhalierte tief und stellte sich genüsslich vor, dass der Rauch sich in seinen Lungen ausbreitete wie ein tödlicher Nebel. Wie ein Nebel, der Phantome hervorbringt. Morbide und grausame Fantasien.

Er nutzte die Gelegenheit, dass Greg noch immer das Mädchen anbaggerte, erhob sich und verschwand mit einem vagen »Bis später«.

INTERMEZZO 5

Hat dir der Film so gut
gefallen, wie sie zu vögeln?
Ihre marmorne Haut
ihr kristallener Mund
ihr spiegelblinder Blick
Wie Sex mit dem Tod
Du vergießt dich in eine Spalte
die sich verschließt, über deinem Kopf
Schacht ohne Boden
Was danach kommt, wird dir noch mehr gefallen
Opfer und Erlösung
ein Liebesroman
bei dem man Blut weint aus allen Poren
Schweine

KAPITEL 14

Er hatte eine unruhige Nacht verbracht. Mehrmals war er schweißgebadet aufgewacht, aufgeschreckt durch Träume, an die er sich nicht erinnerte, nur an das Gefühl zu fallen, und das kurze Bild eines Autos, das unausweichlich an einer grauen Betonwand zerschellen würde. Er saß am Steuer und wusste, dass er sterben würde. Aber in Träumen stirbt man nie, sagte er sich, während er sich vor dem Spiegel rasierte. Man wacht immer vorher auf. Warum?

Der Spiegel begnügte sich damit, ihm das Bild eines Mannes mit verquollenem Gesicht zurückzuwerfen, so, als würde es plötzlich seine innere Realität darstellen.

Um Punkt elf erschien Chib bei den Labarrières.

»Sehr hübsch, ihr Anzug!«, lobte Noémie, als sie ihn hereinbat. »Smalto?«

»Brioni«, korrigierte er und zupfte automatisch am beigefarbenen Jackett.

»Unglaublich, wie eitel die Männer heutzutage sind!«, sagte sie mit einem schelmischem Lächeln.

Er nickte, doch er fühlte sich unwohl in seiner Haut, als er ihr in den großen weißen Salon folgte. Aus seiner Aktentasche zog er ein Fläschchen ohne Etikett.

»Bitte sehr. Das hält das Fell glänzend und verhindert, dass es zu sehr austrocknet. Wenn Sie wollen, kann ich ihrer Putzfrau zeigen, wie man es anwendet.«

»Fernanda hat einige Tage frei, sie besucht ihre Familie, die

Hochzeit ihrer Nichte… Sie kommt erst übermorgen zurück.«

»Es ist ohnehin nicht kompliziert, alles ist in der Gebrauchsanweisung erklärt.«

Fernanda war also gestern auch nicht da gewesen. Ein leer stehendes Haus. Und Winnie spazierte hier herum. Mit wem?

Noémie bot ihm etwas zu trinken an und betrachtete ihn durch halb geschlossene Lider. Er nahm einen Sherry, sie schenkte sich einen ordentlichen Campari ein.

»Ein hübscher Junge, wohlerzogen und gut gekleidet… eigenartig, dass Sie nicht verheiratet sind!«, säuselte sie plötzlich.

Fing sie schon wieder mit dieser Homogeschichte an?

»Gaëlle liegt nichts daran«, antwortete er liebenswürdig, »wir wollen uns erst besser kennen lernen.«

Sie richtete sich auf.

»Oh, dann ist die Sache ernst?«

»Mehr oder weniger.«

»Sie sind wie Paul. Dem muss man auch die Würmer aus der Nase ziehen. Sind die Gespräche mit uns Frauen derart langweilig?«

»Nein, aber ich bin eher der zurückhaltende Typ«, antwortete er mit einem offenen Lächeln.

Befriedigt lehnte sie sich wieder in das Sofa zurück und zog die Beine unter sich. Eine schöne Frau im reifen Alter mit leicht erschlafften Zügen, sagte er sich. Was wollte sie? Sie versuchte doch wohl nicht, ihn zu verführen? Er stellte sein Glas ab und machte Anstalten, sich zu erheben.

»Wollen Sie schon gehen? Wir haben unsere Unterhaltung doch gerade erst begonnen.«

»Sie haben sicher viel zu tun.«

»Reden Sie keinen Unsinn. Sagen Sie mir lieber, woher Sie stammen?«

Fantasierte sie über den großen Neger-Penis? Er trank einen Schluck.

»Ich bin hier geboren. Meine Mutter war Platzanweiserin im Kino. Meinen Vater habe ich nie gekannt ...«

»War er ... dunkelhäutig?«

»Ja, ein amerikanischer Matrose.«

»Oh, wie romantisch!«

Ja, sich von drei besoffenen Matrosen vergewaltigen zu lassen, das war sicher super romantisch. Seine Mutter hatte davon ihr ganzes Leben lang einen verträumten Blick zurückbehalten. So, als wäre sie eigentlich gar nicht da.

»Und Sie haben nie versucht, ihn ausfindig zu machen?«

Sie ausfindig zu machen? Drei kräftige Schwarze unter Tausenden von Schwarzen, die mit einem weißen Käppi auf dem Kopf über die Meere fuhren?

»Nein. Er fehlt mir nicht.«

Sie beugte sich zu ihm hinüber, kniff die Augen zusammen und setzte eine verschwörerische Miene auf.

»Paul meint, dass Charles vielleicht nicht Jean-Hugues Sohn ist.«

Was für eine Schlange! Chib entschied sich für einen aufrichtig erstaunten Ton.

»Sie meinen, er wäre adoptiert? Aber er ist das Abbild seines Vaters.«

»Paul findet, dass er Rémi sehr ähnlich sieht«, säuselte sie und führte ihr Glas an die rot geschminkten Lippen.

Wieder hatte er das Bild einer Blanche vor Augen, die sich auf Sexpartys hingab. Aber das war lächerlich. Charles sah Jean-Hugues wirklich sehr ähnlich. Was konnte den Labarrières Freude daran machen, solche Hypothesen aufzustellen? Die klassische Animosität gegenüber einem Freundespaar, das jünger, schöner und reicher war und noch dazu Kinder hatte, die sie selbst nicht bekommen konnten? Er betrachtete sie aufmerksam. Sie leckte sich die Lippen wie ein lauerndes Tier. Ein Tier voller Gift, aber nützlich. Sie würde ihm alles sagen, was sie über alle wusste, und selbst, was sie nicht wusste. Gut, den Köder auslegen.

»Hatte Blanche eine Liaison mit Rémi?«

»Das kann ich natürlich nicht bestätigen … Aber Rémi war immer schon in sie verliebt …«

Etwas locker lassen.

»Blanche scheint ihren Mann sehr zu lieben.«

»Natürlich. Aber Rémi hat so viel Charme … die meisten Frauen finden ihn unwiderstehlich.«

Jetzt etwas schmieren.

»Sie auch?«

»Böser Junge! Was wollen Sie da andeuten? Ich habe nur gesagt, dass Rémi sehr viel Erfolg bei den Frauen hat und dass er sicher versucht hat, Blanche zu verführen.«

»Auch wenn er der beste Freund von Jean-Hugues ist?«

»Freundschaft hat mit diesen Dingen nichts zu tun, mein Lieber. Und bedenken Sie, dass er sie vor Jean-Hugues gekannt hat und dass sie ihm einen Korb gegeben und den anderen Mann vorgezogen hat.«

»Alte Geschichten«, warf er ein.

»Für einen Mann ist eine Niederlage in der Liebe nie eine alte Geschichte. In euch allen schlummert ein kleiner Napoleon. Oh, entschuldigen Sie, ich wollte damit nicht sagen …«

Die Hand vor dem Mund, kicherte sie wie ein perverses Kind. Chib lächelte mit Verschwörermiene. In Wirklichkeit ging sie ihm allmählich auf die Nerven. Er hatte Lust, sie zu schütteln. Sie verhielt sich weiterhin affektiert, versuchte, ihn zu betören, unbewusst vielleicht, das konnte er nicht sagen. Sie stellte sich sicher gerne vor, Macht über die Männer zu haben. Eine Beziehung zwischen provokanter Herrin und unterwürfigem Diener. Genau richtig für dich, Chib, den mustergültigen Diener, den perfektesten aller Jasager.

Sie schenkte sich einen ebenso kräftigen Schuss nach wie beim ersten Mal. Er setzte seinen Joker ein.

»Haben Sie wegen irgendeines kleinen Napoleons eine Depression gehabt?«

Sie leerte ihr Glas, ehe sie antwortete, war plötzlich ernst.

»Ich finde Sie sehr neugierig, Monsieur Moreno.«

»Sie interessieren mich.«

»Wirklich? Ich dachte, Sie interessieren sich eher für Blanche …«

Schon wieder! Aber warum sahen sie nur alle die Wahrheit?

»Für Blanche? Was für eine Idee!«

Sie schmollte, beugte sich vor und betrachtete ihn aufmerksam.

»Kleiner Schmeichler, Sie …«

Er hielt ihrem Blick stand. Sie lehnte sich seufzend zurück.

»Paul hatte ein Abenteuer mit Clotilde Osmond«, platze sie plötzlich heraus.

Clotilde mit der roten Nase? Merkwürdige Idee. Sie hatten alle wirklich nichts Besseres zu tun, als sich gegenseitig in ihren Oleanderbeeten aufs Kreuz zu legen. Er hüstelte.

»Ich verstehe, das muss sehr verwirrend gewesen sein … weil Madame Osmond … nun, ich meine …«

»Sie ist hässlich, sagen Sie es ruhig, tun Sie sich keinen Zwang an. Clotilde ist hässlich, sie hat eine Clownnase, ist dick und schlecht gebaut. Und genau das hat mich deprimiert. Warum hat er mich mit diesem anglikanischen Putzlumpen betrogen?«

»Haben Sie eine Antwort darauf bekommen?«

»Nein, das hat er mir nie sagen können. Offenbar war die Unterhaltung mit ihr interessanter als mit mir. Oder sie kannte ihr Kamasutra besser.«

»Das würde mich wundern«, bemerkte Chib mit einem betörenden Lächeln und versuchte sich vorzustellen, wie man Clotilde Osmond begehren konnte. »Auf alle Fälle verstehe ich, dass es ein Schock für Sie war.«

»Es war nicht das erste Mal, dass Paul … Er war immer ein Schürzenjäger … Er ist eben ein Mann, nicht wahr, ich nehme an, ihr könnt nicht anders … das Verlangen zu verführen … zu dominieren …«

Diese Manie, die sie hatte, alles unwiderruflich in Kategorien einzuteilen. Eine Anhängerin vorgefertigter Etiketten. Und der gute alte Paul mit seinem kleinen Bauch und seinem schütteren Haar ein Blitz im Krieg der Geschlechter? Du kommst wirklich nicht mehr mit, mein guter alter Chib!

Jetzt, da sie einmal angefangen hatte, redete Noémie weiter, sie schien schon etwas beschwipst und befeuchtete pausenlos ihre Lippen mit der rosigen Zungenspitze.

»Ich weiß nicht, warum mich das so sehr getroffen hat. Mindestens drei Sitzungen lang habe ich beim Psychiater geweint, nur geweint. Es ist furchtbar, wenn man sich so weinen hört, ohne erklären zu können, warum. Ich versuche, mich fit zu halten, ich mache Gymnastik, spiele Tennis, achte auf meine Ernährung, ich lasse mich nicht gehen, will nicht so werden wie Clotilde Osmond und ... Für wie alt schätzen Sie mich?«

Die tödliche Frage. Der geringste Irrtum und ab auf den Richtblock! Chib brach kurz der Schweiß aus. Jedes Zögern galt als Verrat.

»Achtundvierzig?«

»Wie süß! Ich bekomme bald die Seniorenkarte, mein kleiner Moreno!«

»Das ist unmöglich!«

»Sie sind ein Schatz, wissen Sie. Geben Sie mir etwas zu trinken.«

Er schenkte ihr einen kleinen Schluck ein, aber sie bedeutete ihm, mehr einzugießen. Bald würde sie betrunken sein. Hoffentlich machte sie ihm keine Avancen. Sie lächelte ihn an, die kleine, spitze Zunge zwischen den Lippen, ein Auge schelmisch zusammengekiffen.

»Weiß John Osmond Bescheid?«, fragte er, um sie auf den rechten Weg des ernsthaften Gesprächs zurückzubringen.

»Es ist ihm egal. Er träumt nur davon, die sanfte Blanche zu verführen.«

»Aber hat er es erfahren?«, beharrte Chib, bemüht, die möglichen Motive eines jeden zu entwirren.

»Wenn Sie es genau wissen wollen, ich habe es ihm gesagt. Ich habe bei ihm geklingelt, ihm einen Strauß Rosen überreicht, die ich im Garten geschnitten hatte, und gesagt: ›John, wissen Sie, dass man uns Hörner aufsetzt?‹ Er hat die Rosen in eine grauenvolle Vase in Form eines Delphins gestellt und mir Tee angeboten.«

»Und?«

»Wir haben zusammen Tee getrunken.«

»Er hat nichts gesagt?«

»Doch, er fand ihn zu bitter.«

Chib drohte ihr tadelnd mit dem Finger, sie lachte und versteckte sich hinter einem der Kissen. Wenn sie erwartete, dass er sich auf sie stürzen würde …

»Nein, ernsthaft, was hat er gesagt?«

»Dass es, selbst wenn es stimmte, unwichtig wäre! ›Solche Dinge passieren eben‹ und so weiter und so fort. Ein richtiger Weichling!«

»War das ehrlich gemeint?«

»Ich hatte den Eindruck. Als ich ihm vorgeschlagen habe, die beiden mit einem Beil umzubringen, hat er mich entsetzt angeschaut.«

Chib lachte, um ihr eine Freude zu machen.

»Und wie haben Sie es erfahren? Hat Ihr Mann es Ihnen gesagt?«

»Paul? Machen Sie Witze? Das einzige Mal, als er eine Beule ins Auto gefahren hat, hat er behauptet, von einem Bankräuber angegriffen worden zu sein. Paul ist ein Feigling. Nein, ich habe es erraten, an ihren Gesten, ihren Blicken. Ich habe Paul im Büro angerufen und nur gesagt: ›Clotilde …‹ Und er hat mit einem so ersticken ›Was?‹ geantwortet, dass ich wusste, es war die traurige Wahrheit.«

Chib leerte nachdenklich sein Glas.

Noémie hatte sich mit angezogenen Knien, die Schenkel halb entblößt, in die weißen Kissen geschmiegt. Er warf einen Blick auf seine Uhr.

»Oh, höchste Zeit! Ich muss gehen. Und noch einmal vielen Dank für alles!«

»Böser Junge! Er ist gekommen, um die arme Noémie auszuhorchen, und jetzt verschwindet er und lässt sie ganz allein …«

»Lassen Sie sich von John zum Tee einladen«, rief er und steuerte auf die Tür zu.

In gespieltem Zorn warf sie ihm ein Kissen nach, und er warf ihr einen Handkuss zu.

Gerettet!

KAPITEL 15

Als er draußen war, sah er sich den Pool näher an. Ein Pfad führte durch die Bäume hinab zum Bach. Wenn Winnie sich nicht mit Paul getroffen hatte, weil dieser mit seiner Frau beim Mittagessen war, hatte sie sich dann vielleicht mit Jean-Hugues getroffen? Was gibt es Praktischeres als das leere Haus eines Nachbarn? Oder mit Costa, der hinter jedem Strauch auftauchte? Und dieses Abenteuer von Paul Labarrière mit Clotilde Osmond! War das ein Beweis für Pauls perverse Veranlagung? Aber Clotilde hatte wirklich nichts von einem Kind.

Trübsinnig ging Chib zu seinem Wagen und fuhr langsam zu den Andrieus. Er hielt vor dem Tor und warf einen Blick durch das Gitter auf den Hof.

Kein Jaguar. Kein Peugot 606. Nur Madames Chrysler. Er schaltete den Motor ab und klingelte.

»Was machst denn du hier?«, fragte Aïcha und öffnete das Tor.

»Ich war gerade in der Nähe. Alles in Ordnung?«

»Wenn man so will. Cordier kommt in einer Viertelstunde.«

»Gut, ich will nur schnell in die Kapelle gehen, dann verschwinde ich wieder.«

»Soll ich ihr Bescheid sagen?«

Er spürte, wie er bei ihrem ironischen Ton errötete.

»Nein, nicht nötig.«

»Hm! Wenn du dein Gesicht sehen könntest!«

Er zuckte die Schultern und ging zur Kapelle, der Kies knirschte unter seinen Füßen.

»Warte, ich muss aufsperren, die Kapelle ist jetzt immer abgeschlossen.«

Sie suchte an dem großen Schlüsselbund, der an ihrem Gürtel hing und sie wie eine Gouvernante aus viktorianischen Zeiten wirken ließ. Sie nahm einen Schlüssel ab.

»Hier. Bring ihn mir wieder, wenn du fertig bist.«

Die Kapelle roch nach Desinfektionsmittel und Bohnerwachs. Der Christus war wieder an seinem Platz, die hölzernen Blutstropfen rannen weiter über seine Rippen, seine gesenkten Augen weigerten sich, diese grausame Welt zu betrachten. Ein Strauß weißer Lilien schmückte den Altar. Chib zwang sich, den Blick auf Elilou zu senken, und war darauf gefasst, einen Dolch in ihrer Brust oder ein Kondom in ihrem Mund zu entdecken.

Aber sie ruhte so friedlich, wie das für eine mit Formalin gefüllte Kreatur möglich ist. Unwillkürlich wanderte sein Blick auf die von den Nägeln durchbohrten Füße. Etwas Flüssigkeit war ausgetreten und befleckte die weißen Baumwollsöckchen. Die Wangen hatten den Anschein, nein, die Farbe von glänzendem gelbem Wachs. Aber ohne es sich erklären zu können, wusste man auf den ersten Blick, dass es sich nicht um eine Porzellanpuppe handelte. Vielleicht das geschrumpfte Fleisch, die Lippen mit den feinen Fältchen, die ausgetrockneten Finger … »Eine Puppe aus Fleisch«, hatte Louis-Marie gesagt. Ja, eine abscheuliche Puppe in Lebensgröße, die ein Verrückter unter dem Arm transportiert hatte wie ein Paket schmutzige Wäsche.

Ein Knarren.

Er fuhr herum. Die Tür war einen Spaltbreit geöffnet. Hatte er sie nicht sorgfältig hinter sich geschlossen? Er kehrte um und stieß sie heftig auf. Cordier war angekommen, sein Volvo parkte im Hof. Chibs Nacken war feucht.

»Peng!«

Ah! Er war zusammengezuckt. Annabelle, eine große schwarze Spielzeugpistole in der Hand, sah ihn belustigt an.

»Du hast Angst gehabt, was?«

»Warst du vor fünf Minuten in der Kapelle?«

Sofort verschloss sich das Gesicht des Mädchens.

»Das ist keine Kapelle, es ist das Raumschiff der Blauen Hexe.«

»Red keinen Blödsinn«, schimpfte Chib, der keine Lust hatte, sich auf ihr Spiel einzulassen.

»Ich rede keinen Blödsinn, du bist blöd, dreckiger Neger!«

Er blieb mit offenem Mund stehen. Wo konnte sie solche Beleidigungen aufgeschnappt haben, wenn nicht zu Hause? Oder in der Schule? Er beugte sich zu ihr hinab und packte sie beim Handgelenk.

»Glaubst du, was du da sagst, ist besonders nett?«

Sie musterte ihn trotzig.

»Das ist mir egal, ganz egal! Lass mich los, oder ich bringe dich um!«

Sie fuchtelte mit ihrer Plastikpistole unter seiner Nase rum, und er wollte sie gerade anbrüllen, als eine Kleinigkeit seine Aufmerksamkeit erregte. Die Mündung des Laufs war zerkratzt. So, als wäre wirklich daraus geschossen worden, sagte er sich. Bei genauer Betrachtung schien sie schwer, ziemlich schwer und tatsächlich aus Metall. Ja, eigentlich unglaublich *echt*. Und sie war entsichert. Gab es an Spielzeugen eine Sicherung? Hatte dieses grässliche kleine Monster seinem Vater die Knarre geklaut? Zweifelsohne. Er ließ sie los.

»Du bist schlecht erzogen. Verschwinde!«, sagte er so autoritär wie möglich.

»Du bist schlecht erzogen, ich knalle dich ab«, schrie sie, rot vor Wut.

Wie durch eine Lupe vergrößert, sah er, wie sich der kleine rosige Finger um den Abzug krümmte. Er warf sich auf den Bauch, spürte, wie sich der Kies in seine Wange bohrte, in seinen Mund drang.

Klick.

»Geschieht dir recht«, schrie Annabelle über seinem Kopf. »Du bist tot!«

Klick. Ein Spielzeug. Klick! Völlig eingestaubt, richtete er sich auf Knie und Hände auf. Gelächter. Er wandte den Kopf.

Am Gitterzaun standen Charles und Louis-Marie und hielten sich vor Lachen die Bäuche.

»Wie nett, dass Sie gekommen sind, um mit Annabelle zu spielen«, meinte Charles belustigt.

Chib erhob sich, wütend und gedemütigt.

»Bleib liegen«, befahl Annabelle, »verstanden?«

»Lass mich in Ruhe!«, brüllte Chib wütend, riss ihr die Pistole aus der Hand und warf sie in ein Hortensienbeet.

Die Detonation verschlug ihm den Atem. Eine bläuliche, von einer Rauchwolke umgebene Blütenkrone flog in die Luft. Die Jungen hatten den Vorgang ungläubig beobachtet. Annabelle hielt sich die Hand vor den Mund und rannte zum Haus. Chib beugte sich über das Beet. Es roch nach Kordit. Er hob die Waffe auf. Sie war in der Tat schwer. Mit zitternden Händen untersuchte er sie. Eine Baby Eagle, Kaliber 9 mm Luger. Kapazität: fünfzehn Schuss. Gewicht etwa ein Kilo. Eine gute Handwaffe.

»Was ist los?«

Blanches ängstliche Stimme.

»Nichts, Maman, ein Unfall!«, antwortete Louis-Marie, ohne Chib und die Pistole aus den Augen zu lassen.

»Ein Unfall?«

»Anscheinend hat Annabelle eine Pistole gefunden«, erklärte Chib und zeigte ihr die noch warme Waffe.

Cordier stand neben Blanche, seine wulstigen Lippen waren zu einer argwöhnischen Grimasse verzogen.

»Was soll denn das nun wieder!«, knurrte er.

»Die gehört Jean-Hugues«, erklärte Blanche mit weit aufgerissenen Augen. »Wie konnte Annabelle ... Sie hängt immer in seinem Waffenschrank ... im Keller ...«

»Beinahe hätte sie Monsieur Moreno getötet!«

Charles' Stimme verriet seine Erregung.

»Das tut mir Leid ...«, sagte Blanche zerstreut, den Blick auf das zerfetzte Blumenbeet gerichtet.

»Wenn Sie erlauben, werde ich jetzt gehen«, sagte Cordier und spielte mit seinen Autoschlüsseln, »und ein Rat: Schließen Sie die Waffe weg!«

Die Tasche unter den Arm geklemmt, eilte er zu seinem Wagen. Und erst jetzt wurde Chib bewusst, dass er nur deshalb noch lebte, weil die Baby Eagle aus unerfindlichem Grund Ladehemmung gehabt hatte. Er spürte, wie seine Knie weich wurden, und zwang sich, tief durchzuatmen.

»Sehen wir uns den Waffenschrank an«, hörte er sich entschlossen sagen.

Blanche nickte, und sie gingen, von den Jungen gefolgt, ins Haus.

»Aïcha, Annabelle wird bestraft! Sie bekommt Stubenarrest!«

»Gut, Madame. Aber ich habe sie nicht gesehen. Sie hat draußen gespielt ...«

»Suchen Sie sie und bringen Sie sie in ihr Zimmer. Sagen sie ihr, dass ich sehr böse bin.«

»Gut, Madame.«

Sie gingen in den Keller, ein großer gekalkter Gewölbekeller, der gut beleuchtet war. An der einen Wand Vorratsregale, an einer anderen aufgestapeltes Brennholz für den Kamin. An der dritten eine aufgeräumte Werkbank und besagter Waffenschrank aus Holz. Hinter der Glasscheibe sah man zwei Karabiner, ein Brno ZK 99 und ein Norinco .22 long rifle, eine hübsche Bernizan, Modell 318, eine Sportpistole Walther GSP. 32 S&W und der leere Platz der Baby Eagle. Die Vitrine stand offen, das Vorhängeschloss war entfernt worden.

»Ich verstehe das nicht«, sagte Blanche, »Jean-Hugues hat den Schlüssel immer bei sich.«

»Vielleicht hat Papa vergessen abzuschließen«, meinte Louis-Marie.

»Das würde mich wundern, Papa vergisst nie etwas«, widersprach Charles bissig.

»Ganz ruhig. Ich glaube, es wäre jetzt das Beste, Annabelle zu fragen«, meinte Blanche und fuhr mit dem Finger über das Glas.

»Sie wird natürlich lügen. Sie lügt doch immer!«, meinte Charles.

»Jetzt reicht's aber! Ihr seid zurzeit wirklich unerträglich!«

Kaum hatte sie den Satz ausgesprochen, errötete sie und biss sich auf die Lippe, was bei Chib ein schier unbezwingbares Verlangen auslöste, sie in die Arme zu nehmen und von hier wegzubringen. Dorthin, wo das Gras grüner war, in jenes Wunderland, das nicht existierte.

Aïcha kam ihnen entgegen.

»Ich habe sie nicht gefunden, Madame.«

»Wir werden sie schon finden!«, rief Louis-Marie, und die beiden Jungen liefen in entgegengesetzte Richtungen los.

»Wo ist Eunice?«, erkundigte sich Blanche und rieb sich automatisch die Schultern, obwohl es warm war.

»Sie sieht sich das Video an, das Monsieur ihr mitgebracht hat.«

»Aha. Monsieur Moreno und ich werden im Wintergarten Tee trinken.«

»Gut, Madame.«

Er folgte ihr, ihr zierlicher Rücken rührte ihn, die schmalen Hüften, die Art, wie sie sich durch das aschblonde Haar fuhr, um eine Strähne hinter das Ohr zu streichen. Er hatte dauernd Lust, sie zu berühren. Sie an sich zu ziehen, ganz so, als würde sie ein bislang ungenutztes Potenzial an Zärtlichkeit in ihm wecken.

Die japanischen Hocker, der Keramiktisch, ein dichter Vorhang aus grünem und schwarzem Bambus, er sagte sich, dass er den Geruch nach feuchter Erde, der ständig in diesem Wintergarten herrschte, nicht mochte.

Sie sah ihn nicht an, strich mit dem Zeigefinger über die glatte Tischplatte. Chib wollte ihr von der DVD erzählen. Doch er blieb ebenso stumm wie sie. Gelähmt. Das Schweigen schien sich unendlich lange hinzuziehen. Er nahm seinen eigenen Atem wahr und kam sich vor wie ein Blasebalg. Er atmete tief ein und hörte sich sagen:

»Eigentlich habe ich keine Lust auf Tee.«

Warum hatte er das gesagt? Ebenso banal antwortete sie ihm:

»Dann nehmen Sie eben etwas anderes.«

Mit dieser Art von Dialogen würden sie keinen Molière-Preis gewinnen, dachte er sich und stellte die übereinander geschlagenen Beine nebeneinander, während Blanche die ihren übereinander schlug.

In diesem Augenblick tauchte Charles außer Atem auf.

»Sie ist verschwunden, Maman!«

»Rede keinen Unsinn!«

»Nein, es stimmt. Wir haben überall gesucht! Außer in der Kapelle!«

Blanche biss die Zähne zusammen. Die vertraute Ader, die an ihrer Schläfe pochte. Chib sah sich genötigt aufzustehen.

»Ich werde euch suchen helfen. Sie hat sich bestimmt versteckt, weil sie Angst hat, bestraft zu werden.«

»Annabelle?«, entgegnete Charles, »Die hat keine Angst! Sie ist ein richtiges Biest!«

»Charles«, sagte seine Mutter schwach. »Geht jetzt, ich bleibe hier.«

Der Himmel hatte sich bezogen, dicke graue Wolken breiteten sich rasch über den Hügeln aus und verschlangen das Blau. Es würde bald regnen. Louis-Marie erwartete sie beim Swimmingpool und kaute mit gerunzelter Stirn auf der Innenseite seiner Backe.

»Ich bin bis zum Fluss gelaufen«, sagte er zu seinem Bruder. »Ich frage mich, wo sie sich wohl versteckt hat.«

Chib zählte laut die verschiedenen Möglichkeiten auf, der Geräteschuppen, der Dachboden, die Waschküche, aber offensichtlich hatten die Jungen überall nachgesehen.

Plötzlich stellte sich Chib vor, wie das Mädchen den mit Gestrüpp bedeckten Abhang hinaufkletterte, der zu den Labarrières führte. Sie konnte sich durchaus in ihrem Poolhaus verstecken, in dem die bequemen gestreiften Matratzen (für die Liegen) aufbewahrt wurden. Er teilte ihnen seine Hypothese mit, und sie machten sich auf den Weg, die beiden Jungen aufgeregt wie Jagdhunde.

Das Unterholz verströmte einen kräftigen Geruch nach feuchtem Laub und nach Erde, der durch den nahenden Regen noch verstärkt schien. Chib suchte erfolglos nach Spuren, die das Mädchen hinterlassen haben könnte.

»Ich frage mich, wie sie es angestellt hat, Papa den Schlüssel zu klauen!«, meinte Louis-Marie und sprang hoch, um sich an einen Pinienzweig zu hängen. »Und noch dazu wusste sie, dass es eine echte Pistole war!«, fuhr er fort und schwang sich hin und her wie ein Affe.

Er hatte Recht. Aber vielleicht dachte sie, sie wäre nicht geladen. Im Übrigen äußerst unvorsichtig von einem Familienvater! Chib kletterte den mit Gestrüpp bewachsenen Abhang hinauf. Plötzlich stolperte er über einen moosbewachsenen Stein und wäre fast gestürzt. Charles kicherte. Chib verspürte das heftige Verlangen, ihm den Hals umzudrehen, vergaß es aber gleich wieder. Da war etwas in dem Hagebuttenstrauch. Zu seiner Rechten. Ein kleiner, glänzender Gegenstand. Er bückte sich, streckte die Hand in die Dornen, spürte die scharfen Spitzen auf seiner Haut und ergriff ihn. Ein kleiner rechteckiger Knopf aus Silber. Ein Manschettenknopf. Er schob ihn in die Tasche.

»Was haben Sie da aufgehoben?«, fragte Charles.

»Nichts. Wo ist dein Bruder?«

»Er spielt Tarzan.«

Plötzlich tauchte Louis-Marie neben ihnen auf.

»Tarzan! Wie altmodisch du bist, mein armer Charles!«

»Tarzan oder Predator, das ist derselbe Kinderkram!«

»Ach, und mit Barbiepuppen zu spielen ist wohl kein Kinderkram?«

Nachdem er diesen parthischen Pfeil abgeschossen hatte, rannte Louis-Marie den Abhang hinauf. Chib warf Charles, der einen hochroten Kopf bekommen hatte, einen Seitenblick zu. Ein Jugendlicher von fünfzehn Jahren, der mit Puppen spielt, das ist selten, sagte er sich und drehte den Manschettenknopf zwischen den Fingern. Ein hübscher Knopf, mit einem gravierten großen A. Hatte Andrieu ihn im Unterholz verloren, als er die Leiche von Elilou suchte oder als er sich mit Winnie traf? Was gab es Praktischeres als die leere Villa der Nachbarn für eine schnelle Nummer mit der Verlobten seines besten Freundes und Geschäftspartners?

Er erreichte die große Terrasse der Labarrières. Er hätte Noémie anrufen müssen. Es würde ihr nicht gefallen, wenn sie einfach so hier auftauchten. Er zog sein Handy aus der Tasche und warf dabei Louis-Marie, der aus dem Poolhaus kam, einen fragenden Blick zu.

»Da ist sie nicht«, rief der Junge aufgebracht.

»Was suchen Sie?«

Costas tiefe Stimme. Der Gärtner stand an einer Gruppe von Eukalyptusbäumen und sah sie unfreundlich an. Die Arme hatte er auf einer großen Schaufel verschränkt, die in der Erde steckte.

»Annabelle ist verschwunden«, erklärte Charles, den Blick auf seine Turnschuhe geheftet.

»Wir haben uns gesagt, dass sie sich vielleicht hier versteckt hat«, fügte Louis-Marie hinzu und hielt die Hand in das Wasser des Pools. »Huuh, ist das kalt.«

»Ich habe den ganzen Morgen hier gearbeitet. Ich habe niemanden gesehen.«

»Na gut. Entschuldigen Sie.«

Costa senkte den Kopf und griff, ohne zu antworten, nach der Schaufel. Chib sah, wie sich seine Muskeln anspannten, während er sie in den festen Boden stach. Kräftige Muskeln, die Charles, das Gesicht leicht abgewandt, mit Blicken verschlang.

Als sie zum Landhaus zurückkamen, blieb Chib bei der Kapelle stehen.

»Wartet hier auf mich«, befahl er den Jungen.

»Oik, oik, oik«, quiekte Louis-Marie, während er so tat, als wolle er Charles mit Fausthieben treffen.

»Hör auf, verdammt noch mal!«, knurrte der.

»Oik, oik, oik ...«

Chib lief die Bankreihen entlang und sah unter den Bänken, dann im Beichtstuhl und unter dem Altar nach. Er hatte es eilig, diesen Ort zu verlassen; er machte ihm Angst. Keine Annabelle. Als er hinaustrat, fing es gerade an zu regnen. Dicke, schwere, weiche Tropfen, hartnäckig wie Fliegen. Er hob den Kopf. Große schwarze Wolken, von elektrischen Schauern durchzuckt. Die Jungen waren verschwunden. Er ging zum Wintergarten. Kaum war er eingetreten, brach der Regen richtig los. Blanche erhob sich verstört.

»Wo kann sie nur sein?!«

»Machen Sie sich keine Sorgen, wir werden sie finden.«

»Erzählen Sie doch mit dieser beruhigenden Miene nicht irgendwelche Märchen, das ist nicht auszuhalten.«

»Dann stellen Sie auch keine Fragen, auf die es keine Antwort gibt!«

»Sie ...«

Er erfuhr nie, was sie ihm sagen wollte, denn in diesem Augenblick platzte der völlig durchnässte Louis-Marie herein.

»Maman!«

»Ja?«

»Wir haben nicht im Brunnen nachgesehen!«

»Welcher Brunnen?«, fragte Chib, der plötzlich eine Gänsehaut bekam.

Hatten diese Wahnsinnigen einen Brunnen?! Warum nicht auch einen Turm mit einer Folterkammer?

»Der alte Brunnen in der Nähe des Obstgartens. Normalerweise ist er mit einem Holzbrett abgedeckt, aber es war derart morsch, dass Costa es weggenommen hat, um ein neues hinzulegen.«

»Wann hat er es weggenommen?«, hauchte Blanche.

»Gestern Abend. Er wollte heute Nachmittag wiederkommen.«

»O mein Gott ...«

»Wir gehen hin«, sagte Chib und packte Louis-Marie beim Arm. »Aber wissen Sie, Annabelle ist kein Baby mehr ...«

Bevor er den Satz zu Ende gesprochen hatte, war er schon draußen. Das unangenehme Gefühl von kaltem Wasser auf dem Kopf. Louis-Marie zog ihn zum Obstgarten, es war dunkel, in der Ferne ein Donnerschlag. Die perfekte Kulisse für einen Horrorfilm, sagte sich Chib, als er den Brunnenrand erkannte. Ein Durchmesser von etwa einem Meter. Große, mehr oder weniger lockere Steine. Mit einem mulmigen Gefühl im Magen beugte sich Chib über den Rand, um ins Innere zu schauen. Man sah nichts. Der Regen lief ihm in den Nacken, über die Wangen, in die Augen, im Inneren des Brunnens war es stockfinster.

»Hol eine Taschenlampe!«, befahl er Louis-Marie, der zum Haus zurückrannte.

Er untersuchte wieder den dunklen Schlund. Plötzlich ein Geräusch. Er hob den Kopf, lauschte. Wegen des Regens, der in den Bäumen rauschte, konnte er nicht gut hören. Er beugte sich erneut hinab und legte die hohlen Hände hinter die Ohren. Ja, es war eindeutig. Wie ein *äääääää*... wie eine menschliche Stimme, sagte er sich *äääääää* ... wie ein dumpfer, anhaltender Klagelaut. O nein!

»Hier!«

Louis-Marie reichte ihm eine Taschenlampe. Er richtete den Lichtkegel auf den Grund.

Da war sie. Zwei Meter unterhalb von ihnen. Den Kopf nach unten, gehalten von einem Vorsprung, von irgendetwas – einem Nagel vielleicht? –, an dem sich ihr beigefarbenes Wollkleid verhakt hatte. Sie hatte die Augen geschlossen und rührte sich nicht. Nur das dumpfe Stöhnen zwischen den zusammengepressten Lippen. *Äääääää*, helft mir, sagte er sich, helft ihr und helft mir, helft uns, verdammt noch mal! Er kletterte auf den Brunnenrand.

»Ich brauche ein Seil! Schnell!«

Louis-Marie starrte auf seine Schwester hinab.

»Der Stoff wird reißen«, flüsterte er.

»Hol ein Seil, Himmel noch mal!«, brüllte Chib.

Vielleicht konnte er sich, wenn er vorsichtig war und die Füße in den Mauerritzen abstützte, zu ihr hinunterlassen. Sich hinunterlassen und sie holen, bevor das Kleid endgültig riss. Er stützte den Fuß an einer Unebenheit ab und starrte auf den Stoff. Halt noch ein Weilchen, halt noch ein Weilchen.

Keuchen über seinem Kopf.

»Hier!«

Ein guter Meter nasses Seil schlug ihm ins Gesicht.

»Binde es gut fest!«, schrie er.

Ein Blitz erleuchtete den Kopf des über ihn gebeugten Jungen.

»Ich habe es um den Orangenbaum gebunden«, rief er zurück. »Sie können anfangen!«

Er legte sich das Seil um die Taille, verknotete es und ließ sich hinab. Louis-Marie hatte die Taschenlampe genommen und leuchtete in den Schacht. Der Regen schlug in das Gesicht der Kleinen, doch sie hielt die Augen fest geschlossen. Er sah, dass sie die geballten Fäuste an ihren Leib presste. Er schluckte, rutschte auf einem nassen Stein ab, hielt sich an dem Seil fest, das sich mit einem heftigen Ruck spannte. Louis-Marie hatte gute Arbeit geleistet. Er seilte sich jetzt schneller ab. »*Äääääää*.« Der Ton hallte von den runden Wänden wider, dumpf und entfernt wie sein eigenes Echo. Er glaubte, den Riss im Stoff sich vergrößern zu sehen, hier, direkt vor seinen Augen, nein, das war nicht nur ein Eindruck, er sah, wie sich die Maschen weiteten. Er sah den Metallhaken, ein schwärzlicher Haken, der immer deutlicher zu erkennen war – weil, weil sich der Riss vergrößerte, weil der Stoff nachgeben würde und ... Sie fiel! Er griff nach unten, ohne zu sehen, wohin, seine Hand schloss sich um eiskaltes Fleisch. Die Wade. Sie glitt ein Stück durch seine Finger, bis er am Knöchel fest zupacken konnte. Er spürte das raue Gewebe eines Söckchens, versuchte, das Mädchen zu sich hochzuziehen, aber sie war zu schwer. Zu schwer, um sie mit einem Arm so zu halten. Tastend suchte er nach dem anderen Knöchel, ergriff ihn.

»Hab keine Angst, ich bringe dich nach oben, hörst du?«

»*Äääääää*.«

Schockzustand. Wie lange hing sie schon so da?

»Zieh uns hoch!«, brüllte er zu Louis-Marie hinauf, »zieh uns hoch!«

Der Junge verschwand.

Das Seil spannte sich. Chib stützte sich an der Brunnenwand ab und stemmte sich hoch. Er musste aufpassen, dass Annabelles Kopf nicht gegen die Steine schlug. Es wäre zu dumm, ihr den Schädel an einem Felsblock einzuschlagen, wirklich zu dumm, guter Chib. Wenn er den Kopf hob, fiel ihm der Regen in die Augen, so dass er nichts mehr erkennen konnte. Mit einer übermenschlichen Anstrengung gelang es ihm, die Arme anzuwinkeln und das Mädchen auf Taillenhöhe zu ziehen. Gut. Er legte den Arm um ihre Hüften und richtete sie auf. Jetzt hielt er sie an seine Brust gepresst. Sie hatte die Augen noch immer nicht geöffnet.

»Es ist zu schwer!«, rief Louis-Marie, »ich hole Hilfe.«

»Gut, ich halte sie fest.«

Er hing im strömenden Regen da, einen Fuß in einem Mauerloch abgestützt, die reglose Annabelle an sich gedrückt, *»Äääääää«*, und sah, wie die schwarzen Wolken über ihnen dahinjagten. Eine schwarze Armee gegen eine graue.

Plötzlich spannte sich das Seil und entfernte ihn von der Mauer. Er blickte angestrengt und mit zusammengekniffenen Augen zur Öffnung hinauf, sah Gestalten, die sich über den Rand beugten. Costas Stimme:

»Wir holen Sie hoch! Halten Sie durch!«

»Okay!«

Ein Ruck, er spürte, wie er fünfzig Zentimeter in die Höhe glitt. Eine Pause. Ein neuer Ruck. Bald waren sie oben angelangt, Chib reichte Louis-Marie das durchnässte, zitternde Kind und setze sich auf den Brunnenrand, um das Seil zu entfernen, das sich in seine Brust schnitt. Costa und Charles kamen außer Atem angelaufen.

»Wie hat sie nur da hineinfallen können«, murmelte Costa. »An dem einzigen Tag, an dem ich das verfluchte Brett weggenommen hatte!«

»Annabelle?«, fragte Louis-Marie und schüttelte sie, »alles in Ordnung?«

Ohne zu antworten, die Augen noch immer geschlossen, fing das Mädchen an, mit den Zähnen zu klappern.

»Ihr solltet Cordier anrufen«, sagte Chib, als er sich aufrichtete.

»Schon passiert«, antwortete Charles und schwang sein Handy, das neueste Modell, natürlich. »Ich habe auch Maman Bescheid gesagt, dass alles okay ist.«

»Ist euer Vater noch nicht zu Hause?«

»Der kommt nicht so früh.«

Bei der Erwähnung des Vaters verdüsterte sich Costas Gesicht noch mehr. Sicherlich fürchtete er um seine Stelle. Schließlich hätte Annabelle tot sein können, nein, müssen, korrigierte sich Chib im Geiste.

Schweigend kehrten sie zum Landhaus zurück, Louis-Marie hatte das Mädchen auf dem Arm. Blanche erwartete sie Hände ringend auf der Schwelle. Sie stürzte sich auf ihre Tochter und entriss sie den Armen des Bruders.

»Mein armer kleiner Liebling! Es ist vorbei, alles ist gut, Maman ist da!«

Annabelle stieß eine Art Schluchzer aus und fing dann, ohne ein Wort zu sagen, laut an zu weinen.

»Ihr solltet euch umziehen, ihr werdet euch noch den Tod holen«, sagte Aïcha, sobald die Jungen im Haus waren. »Für die Kleine habe ich eine heiße Schokolade gemacht, Madame.«

»Danke.«

Chib stand unbeholfen und triefend in einer Ecke. Blanche hatte sich auf einen Stuhl mit hoher Lehne gesetzt und hielt Annabelle auf dem Schoß. Er sah auf seine Uhr. Noch nicht einmal drei, und der Himmel war so dunkel, als wäre es schon Abend. Aïcha hatte im Übrigen die Lampe im Directoire-Stil eingeschaltet, die auf dem Barschrank stand. Jetzt kam sie mit einem Becher dampfender Schokolade herein.

»Aïcha, geben Sie Monsieur Moreno einen von Monsieurs Jogginganzügen, damit er sich umziehen kann.«

»Gut Madame, wenn Sie mitkommen wollen ...«

Kaum hatten sie die Tür hinter sich geschlossen, fragte sie: »Was ist passiert?«

»Keine Ahnung! Wahrscheinlich hat sie rumgetobt und ist runtergefallen.«

»Annabelle ist eher vorsichtig, ich kann mir kaum vorstellen, dass sie auf dem Brunnenrand balanciert!«

Er zuckte die Schultern.

»Offenbar ist dieses Anwesen eine permanente Gefahrenquelle für Kinder«, meinte er.

»Glaubst du …?«

Er zuckte wieder die Schultern. Sie blieb vor einer großen Holztruhe stehen und nahm einen frisch gebügelten, weißen Jogginganzug heraus, den sie ihm reichte, dann deutete sie auf eine Tür.

»Da ist die Toilette, du kannst dich umziehen«, erklärte sie, ehe sie sich eilig entfernte.

Er hatte das Gefühl, seine Zeit hauptsächlich damit zu verbringen, unvorhergesehene Gewitter über sich ergehen zu lassen und sich anschließend umzuziehen. Das Seil hatte eine rote Spur auf seinem Oberkörper hinterlassen, die Haut war zum Teil abgeschürft. Er tupfte sie mit Toilettenpapier und kaltem Wasser ab und schlüpfte in den viel zu großen Jogginganzug. Er musste die Ärmel und die Beine mehrmals umschlagen und die Kordel im Bund so eng wie möglich binden, damit ihm die Hose nicht über die Hüften rutschte. Er sah sich in dem antiken Spiegel an, der über dem Waschbecken hing. Fehlte nur noch die spitze Mütze, und er sähe aus wie ein Teufelchen nach einem Napalmangriff.

Annabelle hatte die Augen geöffnet, war jedoch noch immer an ihre Mutter geschmiegt, die sie sanft wiegte. Cordier beugte sich über sie, untersuchte ihre Pupillen und fühlte ihr den Puls. Er schien schlecht gelaunt und müde, das Gesicht war verquollen und unrasiert. Durch das nasse, ungekämmte Haar sah man den kahlen Schädel schimmern. Er seufzte:

»Es geht ihr bestens. Sie hat nur große Angst gehabt. Eine gut durchgeschlafene Nacht, und alles ist wieder in Ordnung. Geben Sie ihr vor dem Zubettgehen etwas Sirup.«

Er griff nach seiner Tasche und wollte schon gehen, als sein Blick auf Chib fiel und sich sein Gesicht zu einem breiten Lächeln verzog:

»Seien Sie mir nicht böse, mein Junge, aber ehrlich ...«

Blanche folgte seinem Blick, aber sie lachte nicht. Chib war nicht einmal sicher, dass sie ihn überhaupt sah. Er widerstand der Versuchung, seine Hand vor ihren Augen hin und her zu bewegen, während Cordier, noch immer lachend, hinausging.

»Haben Sie Annabelle gefragt, wie das passiert ist?«, wollte Chib wissen und deutete mit dem Kinn auf das Mädchen.

»Sie sagt, sie könne sich nicht erinnern. Sie ist gelaufen und dann hingefallen«, sagte Blanche mit eigenartig abwesender Stimme.

»Der Brunnenrand ist fünfzig Zentimeter hoch!«

»Wahrscheinlich ist sie gestolpert.«

Immer noch dieselbe eintönige Stimme.

»Haben Sie Ihrem Mann Bescheid gesagt?«

»Ich will ihn nicht unnötig beunruhigen.«

Chib seufzte. In der Tat war es nicht nötig zu übertreiben. Annabelle war heil und gesund. Aber er war fest davon überzeugt, dass jemand versucht hatte, sie zu töten. Ihre Überzeugung interessiert uns einen Dreck, Moreno! Bringen Sie Beweise!

Er streckte die Hand aus und strich dem Mädchen über den Kopf, das sich noch fester an seine Mutter schmiegte.

»Annabelle ...«

Keine Antwort.

»War jemand bei dir?«, flüsterte er ihr ins Ohr.

Blanche erstarrte.

»Was ...«

»Psst. Annabelle, hörst du mich?«

»Es ist nicht meine Schuld!«, stammelte sie unter Tränen.

»Nein, mein Liebling, es ist natürlich nicht deine Schuld«, sagte Blanche.

»Ich habe sie nicht gestohlen!«

Sie sprach sicher von der Pistole.

»Du hast sie gefunden, nicht wahr?«

»In Elilous Zimmer! Sie hat sie gestohlen.«

Blanche schluckte. Chib legte die Hand auf Annabelles geballte Faust.

»In Annabelles Zimmer? Warst du dort?«

»Ja! Weil sie mir meine Pokemons geklaut hatte, sie gehören mir, und sie … sie hat sie genommen!«

»Ah, natürlich. Und dann hast du die große Pistole gefunden?«

»Sie lag in ihrer Spielzeugkiste. Ich wollte sie meinem Papa wiedergeben. Elilou war eine Diebin!«

»Sag so etwas nicht, mein Herzblatt! Oh, sag so etwas nicht …«

Blanche hatte die Augen geschlossen und drückte das Mädchen so fest an sich, dass Chib Angst hatte, sie könnte es ersticken.

»War Elilous Zimmer nicht abgeschlossen?«, fragte er.

»Nein. Warum? Damit sie nicht zurückkehren kann?«, stöhnte sie mit geschlossenen Augen.

Er antwortete nicht. Wer hatte die Pistole in Elilous Spielzeugkiste versteckt? Und warum? Er stellte sich plötzlich vor, wie Andrieu nachts in ein Schlafzimmer nach dem anderen dringt, den Blick vernebelt vom Wahnsinn. Die Kinder schlafen ihren tiefen Kinderschlaf, manchmal ein Speichelbläschen auf den Lippen oder ein Seufzer. Er betrachtet sie mit unendlicher Traurigkeit, richtet die Waffe auf sie und drückt ab, explodierende Schädel, letzte erstaunte Blicke unschuldiger Wesen, Hirnmasse, die auf die makellose Kopfkissen spritzt, dann steckt er den Revolver in den Mund und …

Andrieu oder Blanche?

Das Szenario schien wesentlich realistischer mit Blanche in der Rolle der Verrückten.

»Trink deine Schokolade, mein Liebling«, sagte diese, »solange sie warm ist.«

»Die will ich nicht! Ich will Cola!«

Na gut, es schien ihr besser zu gehen.

Schritte.

Er richtete sich auf. Andrieu, die Aktenmappe unter dem Arm, das Gesicht müde, sah ihn verblüfft an.

»Was ist denn los? Aïcha ist ganz verstört. Und was machen Sie in meinem Trainingsanzug?«

»Nichts, nichts …«, antwortete Blanche, die noch immer ihre Tochter wiegte.

»Wie, nichts?«

»Es gab einen kleinen Unfall«, begann Chib zu erklären. »Annabelle ist gefallen und …«

»Ich bin nicht gefallen, er hat mich geschubst!«, brüllte die Kleine, die Züge wutverzerrt.

»Wer, er?«, riefen Andrieu und Chib wie aus einem Munde.

»Er, der aus dem Film! Er ist bei uns, und er wird uns allen den Kopf abschneiden.«

Andrieu wandte sich an Blanche.

»Kannst du mir erklären, was das zu bedeuten hat?«

»Ich habe keine Ahnung.«

»Welcher Film?«, fragte Chib.

»Der, wo er das schwarze Cape anhat und sein weißes Gesicht, das schreit!«

»Das könnte *Scream* sein«, mutmaßte Chib.

»Lässt du sie etwa Horrorfilme anschauen?«, fragte Andrieu mit strenger Miene.

»Glaubst du?«

Blanche hatte sich erhoben, Annabelle streckte ihrem Vater die Arme entgegen, und er nahm sie auf seine Hüfte.

»Ich werde mit Aïcha sprechen«, sagte er in eisigem Ton und ging hinaus.

Blanche griff mit zitternder Hand nach dem Becher und trank einen Schluck von der Schokolade.

»Grässliches Zeug«, murmelte sie und stellte den Becher wieder auf den Tisch. »Warm, süß und widerlich, wie tröstende Worte. Jemand wollte Annabelle töten, nicht wahr?«

»Ich weiß nicht«, sagte Chib. »Kinder erfinden alles Mögliche.«

»Jemand hat Jean-Hugues' Pistole gestohlen und in Elilous Zimmer versteckt. Dann hat er versucht, meine Tochter zu töten. Glauben Sie, er wird alle Kinder töten, eines nach dem anderen?«

»Wer ›er‹?«

»Der Teufel, wie Dubois sagen würde. Der wütende Hund, der aus der Hölle gefahren ist«, murmelte sie gedankenverloren.

Dubois.

Der sich nach Lust und Laune in dem Landhaus bewegte.

Dubois, der hilfsbereite Cousin.

Der erfahrene Exorzist.

Der mit der Unterwelt vertraut war.

Ach verdammt! Es konnte jeder sein. Wahnsinn und Hass konnten jedes Gesicht, jedes Lächeln annehmen.

»Spüren Sie nicht seinen Atem?«, fuhr Blanche fort. »Spüren Sie nicht den Geschmack von Blut zwischen ihren zusammengebissenen Zähnen? Ich spüre ihn dauernd. Ein Geschmack nach rostigem Metall.«

Plötzlich wurde ihm bewusst, dass sie gesagt hatte: »Er wird alle Kinder töten, eines nach dem anderen.« Er beugte sich zu ihr hinab und legte die Hand auf ihre Schulter, die wie immer kalt war.

»Blanche«, murmelte er, »Blanche, glaubst du, dass Elilou ermordet wurde?«

Sie hob die Augen zu ihm. Sah ihn an. Ihre grauen Augen waren starr wie ein zugefrorenes Meer.

»Glaubst du, dass ich sie getötet habe?«, fragte sie ruhig.

»Unsinn! Ich will wissen, was du glaubst!«, protestierte er und überwachte aus den Augenwinkeln die Tür.

»Ich glaube, dass ein Fluch auf uns lastet. Léon, Elilou, beinahe Annabelle ... Ich glaube, dass Gott mich ebenso hasst wie ich ihn. Gib mir etwas zu trinken.«

»Nein, Jean-Hugues kommt gleich zurück.«

»Mir egal. Ich bin müde. So müde ...«

»Hör zu, ich habe einen Film bekommen. Einen Film, auf dem man sieht, wie ich in dein Zimmer steige.«

Sie schloss die Augen. Die Wellen zogen sich zurück, weit, außer Reichweite und ließen nur den glatten Sand ihres Gesichts zurück. Sie wiederholte: »Einen Film?«, so als wäre ihr dieses Wort unbekannt.

»Ja«, beharrte er, »irgendjemand weiß ...«

Er sah, wie die Ader an ihrer Schläfe pulsierte. Sie verzog die Lippen zu einem hässlichen Lächeln.

»Dass der gute Monsieur Moreno die böse Madame Blanche vögelt?«

»Danke, Moreno, ich wusste nicht Bescheid.«

Chib spürte, wie sein Herz aussetzte. Andrieu stand ihm gegenüber, Annabelle noch immer auf dem Arm. In Erwartung eines Schlags hatte Chib instinktiv den Kopf zwischen die Schultern gezogen, aber nein, Andrieu lächelte ihn an.

»Sie haben ihr das Leben gerettet«, fuhr er fort, »ich stehe tief in Ihrer Schuld, mein Lieber.«

Als er merkte, dass er von dem Mädchen sprach, stieß Chib einen tiefen Seufzer aus, und es gelang ihm, ein halbwegs vernünftiges: »Nicht der Rede wert, ist doch normal« hervorzubringen.

»Aïcha hat mir auch erklärt, was mit der Pistole war. Ich verstehe nicht, wie man den Waffenschrank hat öffnen können.«

Er wirkte verärgert und besorgt.

»Soll Gaëlle ihre Ermittlungen noch einige Tage fortsetzen?«, schlug Chib vor.

»Ja, ich denke, all das muss geklärt werden, nicht wahr, Blanche?«

»Ja, natürlich. Entschuldige mich, ich will mich einen Moment hinlegen.«

Sie ging hinaus, ohne Chib eines Blickes zu würdigen. Andrieu setzte seine Tochter am Boden ab.

»Geh mit Eunice spielen, Liebes, Papa muss arbeiten. Und hör auf, Geschichten zu erfinden, das mag Papa gar nicht!«, rief er und drohte ihr tadelnd mit dem Zeigefinger.

Chib wartete, bis sie draußen war, und erkundigte sich dann, was es mit dem »Monster« auf sich hatte, das sie angeblich gestoßen hatte. Andrieu zuckte die Schultern.

»Sie hat mir gestanden, dass sie das erfunden hat, damit sie nicht ausgeschimpft wird. Gut, was ist Ihre Meinung?«

»Wozu?«

»Elilous Leiche verschwindet, ein Hund wird getötet und jetzt dieser Diebstahl ... Ich sehe sehr wohl, dass es da eine Verbindung geben muss, ich bin schließlich nicht blind!«

Leider, dachte Chib und biss sich auf die Lippe, wenn du nur blind und gelähmt wärest, würde ich mich besser fühlen.

»Ich glaube wirklich, dass irgendjemand Ihnen Übles will«, sagte er laut. »Jemand, der Ihnen näher steht, als Sie denken.«

»Was wollen Sie damit andeuten?«

»Ich weiß nicht, ich habe gehört, John Osmond sei in Ihre Frau verliebt.«

»Na und? Ich sehe nicht, warum er deshalb auf die Idee kommen sollte, die Leiche meiner Tochter zu stehlen oder einem Hund den Bauch aufzuschlitzen, der noch dazu ihm selbst gehört! Und wer hat Ihnen überhaupt gesagt, dass er in Blanche verliebt ist?«

»Noémie Labarrière.«

»Diese Giftnatter! Immer spioniert sie allen nach. Ich kann verstehen, dass der arme Paul die Nase voll hatte!«

So sehr, dass er Clotilde Osmond vernascht hat. Und anscheinend wussten alle Bescheid. In den Hügeln lebte man wirklich wie in einem Schaufenster. Aber irgendjemand lügte, das stand fest. Jemand, der ständig eine Maske trug und dessen Herz von Hass und Wut brannte. Aber gegen wen und warum?

Gegen wen: ganz offensichtlich gegen die Andrieus.

Warum: Solange er das »Warum« nicht verstand, verstand er gar nichts, sagte sich Chib. Das »Wer« war nur eine Folge des »Warum«.

Nun lass mal deine Spitzfindigkeit, Chib, und konzentrier dich auf Andrieu. Du weißt, welches Pulverfass jeden Augenblick unter deiner Nase explodieren kann, wenn jemand die Lunte anzündet, zum Beispiel mit einer DVD.

Andrieu schien in trübsinnige Gedanken verloren, unter den Augen dunkle Schatten. Er hatte sich ein großes Glas Scotch eingeschenkt, den er in kleinen Schlucken trank, und fuhr sich dabei mit der Hand durch das gut geschnittene Haar. Er deutete mit dem Kinn auf die Flasche, aber Chib lehnte ab.

»Ich muss jetzt gehen«, sagte er. »Ich rufe Sie morgen früh an.«

»Ich bin im Büro. Aber kommen Sie, wann Sie wollen, Sie haben freien Zutritt zu allem. Ach, hier ist die Codenummer für das Eingangstor, Sie brauchen nicht immer zu klingeln.«

Er reichte ihm einen Zettel, auf dem vier Zahlen notiert waren. Chib verabschiedete sich. Er fühlte sich unbehaglich. Als er am Fernsehzimmer vorbeiging, hörte er die scherzenden Stimmen der Jungen. Die Sorglosigkeit der Jugend. War er jemals sorglos gewesen? Ihm schien, dass er stets mit Zweifeln, Angst und Unsicherheit gelebt hatte.

Es war noch immer windig, aber es hatte aufgehört zu regnen. Die Luft roch nach Kälte und Feuchtigkeit, nach unter dem Humus vergrabenen Dingen, nach der Welt der Dunkelheit und der Nacht. Als er in seinen Wagen gestiegen war, blieb er, die Hände auf dem Steuer, eine Weile reglos sitzen und versuchte, Resümee zu ziehen. Alles ging zu schnell. Die Fakten häuften sich ohne sichtbaren Zusammenhang, ohne die geringste Antwort. Und die latente Bedrohung wurde präziser. Annabelle war in Gefahr. Was immer sie ihrem Vater erzählt haben mochte, Chib war davon überzeugt, dass sie jemand in den Brunnen gestoßen hatte. Und derjenige, der das getan hatte, würde auf andere Art wieder anfangen. Aber warum wollte er Annabelle töten? Dass dieses Kind wirklich grauenvoll war, reichte nicht als Grund, überlegte er scherzhaft. Aber warum dann? Wurde sie missbraucht? Das würde erklären, warum sie ihre Behauptung widerrufen hat. Weil sie Angst vor der Macht ihres Vergewaltigers hatte. Ein Perverser, der Angst hatte, entlarvt zu werden.

Und wenn es Cordier wäre? Wer war besser situiert, um an kleinen Mädchen rumzuspielen? Sozusagen unter den Augen und mit Wissen aller. Und wer könnte besser die Totenscheine ausstellen? Cordier! Aber ja, er gab einen prächtigen Schuldigen ab! Cordier hatte das Baby Léon getötet, dann Elilou, und jetzt griff er Annabelle an. Aber warum hatte er die Jungen nicht angerührt? Wobei Charles ... Überprüfen, seit wann Cordier ihr Arzt war. Aber wie? Du bist kein Polizist. Chib, du kannst nicht bei den Leuten mit deinem hübschen Spiralblock auftauchen und an deinem Kugelschreiber lutschen wie Columbo.

Ein Gefühl, als würde etwas in seinem Nacken brennen. Chib streckte sich und wandte sich um. Costa musterte ihn, er stand ganz in der Nähe, ein Brett unter dem Arm. Er drehte die Scheibe herunter.

»Ja?«

»Ich werde dieses verdammte Brett auswechseln«, erklärte der Gärtner, »damit niemand mehr in den Brunnen fallen kann.«

Chib schwieg. Der Mann schien bedrückt und zögernd.

»Ich muss mit Ihnen sprechen«, sagte er plötzlich. »Wegen des kleinen Hundes.«

Ein Fensterladen schlug im Wind. Plötzlich interessiert, schob Chib den Kopf durchs Fenster.

»Erzählen Sie.«

Ein Motorengeräusch. Der Peugot 606 von Belle-Mamie fuhr vorbei und parkte neben ihm.

»Immer noch da, Monsieur Moreno?«, fragte sie und strich ihren beigefarbenen Hosenanzug glatt.

»Ich wollte gerade fahren«, sagte er und ließ den Motor an.

Costa hatte sich verschlossen wie eine Auster und entfernte sich im Schatten der Bäume. Wütend fuhr Chib an. Die alte Hexe war im entscheidenden Moment aufgetaucht! Costa wusste etwas über den Mord an dem Welpen. Etwas, das er nicht vor Belle-Mamie sagen wollte. Und nun musste er bis zum nächsten Morgen warten, um mehr zu erfahren.

Er warf einen Blick auf sein Handy. Eine SMS von Gaëlle, in der sie fragte, ob sie gegen 20 Uhr 30 vorbeikommen könnte. Er schrieb zurück »Okay«. Wenn man bedachte, dass dieses ganze Theater erst vor zwei Wochen begonnen hatte. Nur zwei Wochen. Und jetzt der Eindruck, geradewegs auf die Katastrophe zuzusteuern. Wie ein Floß auf unkontrollierbaren Stromschnellen.

Gaëlle war erschöpft. Sie ließ sich in den alten Clubsessel aus Leder fallen, ein Bein über die Lehne geworfen, trank in kleinen Schlucken ihr Budweiser und lauschte dem Bericht über die letzten Ereignisse. Zwischendrin gähnte sie ausgiebig. Streckte sich und trank ihr Bier aus.

»Also, wenn ich recht verstanden habe, herrscht Panik an Bord!«, meinte sie schließlich.

»Diese Zusammenfassung scheint mir korrekt.«

»Was ich mich frage, ist, warum Labarrière mit Clotilde Osmond geschlafen hat.«

»Gaëlle, also wirklich ...«

»Ja, wirklich. Sie hat vielleicht ein Druckmittel gegen ihn. Vielleicht erpresst sie ihn?«

»Sie hat vielleicht verborgene Talente, nach denen er ganz verrückt ist. Offen gesagt ist das auch nicht besonders wichtig.«

»Das kann man nicht wissen. Denn meiner Meinung nach befinden wir uns mitten in der Domäne der Perversion: Pädophilie, Zoophilie, Nekrophilie, die ganze Bandbreite. Glaubst du, Costa weiß, wer den Hund getötet hat?«, fragte sie plötzlich.

»Wenn er es weiß, warum hat er es dann nicht den beiden Polizisten gesagt?«

»Vielleicht ist es einer seiner Arbeitgeber«, schlug Gaëlle vor.

»Das habe ich mir auch gesagt. Oder Charles, sein angeblicher Geliebter.«

»Warum sollte Charles eine sexuelle Beziehung zu Elilou gehabt haben, wenn er Männer bevorzugt? Verdammt noch mal, wir drehen uns im Kreis.«

Chib holte sich ein neues Bier.

»Meiner Meinung nach«, sagte er, während er die Dose öffnete, »haben wir es mit zweierlei Arten von Aktivitäten zu tun. Oder mit zwei Verrückten. Auf der einen Seite derjenige, der eine sexuelle Beziehung zu Elilou hatte und sie getötet hat, der über dem Foto masturbiert und auch versucht hat, Annabelle zu töten; auf der anderen Seite derjenige, der, einem noch abartigeren Trieb folgend, die Leiche gestohlen, auf den Christus uriniert und den Hund getötet hat.«

Gaëlle nahm eine Zigarette aus dem fast leeren Päckchen.

»Unterdessen rauche ich wie eine Wahnsinnige«, sagte sie und zog gierig den Rauch ein. »Zwei Verrückte? Vielen Dank, wir haben schon mit einem Irren genug zu tun. Andererseits beweist nichts, dass Annabelle wirklich gestoßen wurde. Das Mädchen ist verwirrt genug, um zu lügen. Immerhin hat dieser süße kleine Engel auf dich geschossen, und sie wusste, dass es sich um eine echte Waffe handelte.«

»Eben darum. Wer hat die Pistole gestohlen? Und warum?«

»He, Opa, ich bin keine Hellseherin! Was hast du uns Gutes zu essen gemacht?«

»Nichts, und das garantiert sehr frisch. Gehen wir zum Chinesen?«

»Wow, welche Extravaganzen heute Abend ... Und wir versuchen, zur Abwechslung mal über Fußball oder Politik zu reden?«

»Unmöglich«, sagte Chib und griff nach seinem Schlüssel, »das alles geht mir zu sehr im Kopf rum.«

»Stimmt, du siehst schon fast aus wie eine deiner geliebten Mumien.«

KAPITEL 16

Um Punkt neun Uhr hielt Chib vor dem Anwesen. Er hatte schlecht geschlafen, war immer wieder aufgewacht und hatte die Ereignisse der letzten zwei Wochen Revue passieren lassen. Um sechs Uhr war er aufgestanden, hatte Frühstück gemacht und Gaëlle zum Zug gebracht. Sie gähnte noch, als sie ihm zum Abschied zuwinkte. Er war viel zu nervös, um müde zu sein. Und er hatte den Eindruck, mit Koffein voll gepumpt zu sein. Eine Weile betrachtete er das große Landhaus, das so elegant und freundlich in der Morgensonne lag. Wie ein Lächeln mit falschen Zähnen, dachte er. Dahinter stank es. Und wenn er sich irrte? Wenn niemand Elilou vergewaltigt und ermordet hatte? Das Fehlen des Hymens konnte auch eine erbliche Missbildung sein. Und sie konnte sich ganz einfach das Genick auf der Treppe gebrochen haben. Die einzigen unbestreitbaren Tatsachen waren die gestohlene Leiche, die entweihte Christusstatue, der ermordete Hund, das beschmutzte Foto und die gestohlene Pistole. Die deuteten wohl auf einen Psychopathen, nicht aber zwangsläufig auf einen Kindermörder hin. Fleisch, Urin, Eingeweide, Sperma und eine Schusswaffe. Verbarg sich hinter diesen fünf Elementen zusammengenommen ein Sinn? Ergaben sie eine Nachricht?

Er seufzte und verließ die behagliche Wärme seines Kabrioletts. Es war noch immer windig und kühl. Er schlug den Jackenkragen hoch und gab den Code ein, mit dem sich das Tor öffnete.

Andrieus Wagen war nicht da. Kein Laut drang aus dem Haus. Die Kinder waren vermutlich in der Schule. Blanche war allein. Nein, Chib, sie ist allein mit Colette und Aïcha, sie ist also nicht wirklich allein. Du suchst jetzt Costa und näherst dich nicht dem Haus.

Er riss sich zusammen und machte sich auf die Suche nach dem Gärtner. Ein Blick durch die weit geöffnete Tür des Werkzeugschuppens sagte ihm, dass dort niemand war. Er beschloss, im Obstgarten nachzusehen. In der Nähe eines blühenden Orangenbaums stand eine Schubkarre mit einer Schaufel. Chib streckte sich, dehnte die Muskeln seiner verspannten Schultern. Er ging an dem mit einem himmelblauen Netz abgedeckten Swimmingpool vorbei, ohne jemanden zu treffen. Er lief schon eine Viertelstunde herum, ohne eine Menschenseele gesehen zu haben. Ideal für einen Einbrecher. Er ging zum Schuppen zurück und trat ein, doch von Costa keine Spur. Vielleicht arbeitete er noch am Brunnen. Mit dem eigenartigen Gefühl, in einer leeren Kulisse herumzuspazieren, folgte er dem mit weiß blühendem Oleander gesäumten Weg.

Über den Brunnen waren sorgfältig neue Bretter genagelt worden, die den Schacht vollständig bedeckten. Er strich über den Rand; die Steine waren nicht wie am Vorabend eisig und rutschig, sondern trocken und rau. Am Boden, neben seinen Mokassins, lagen ein Hammer und lange Nägel. Costa hatte sein Werkzeug dagelassen, also konnte er nicht weit sein. Er blickte sich fröstelnd um. Warum war er so nervös, wo doch alles so friedlich war?

Ein blau-gelber Schmetterling ließ sich auf dem Hammer nieder und flog dann enttäuscht weiter zu dem roten Hibiskusstrauch, neben dem sich am Boden ein verknoteter Schlauch schlängelte. Costa hatte offenbar einen Stiefel dagelassen, sagte er sich. Einen *Stiefel.*

Ein brauner Gummistiefel. Unter dem Hibiskus. Lauf nicht, geh.

Der Stiefel war ziemlich groß, mindestens Größe vierundvierzig, und er ging in ein Bein über. Ein Bein in einer blauen, lehmverschmierten Arbeitshose. Chib presste die Lippen zusammen und bückte sich.

Costa lag auf dem Rücken, einen Arm hinter dem Kopf, den anderen am Körper, und starrte ihn an. Er hatte den Mund geöffnet wie ein Mann, der gerade Siesta machte und leicht schnarchte. Der Schmetterling setzte sich auf seine Lippen und rieb seine zarten Beine an seiner Zunge. Costa blinzelte nicht. Der Schmetterling flog nicht weg, offenbar höchst zufrieden mit seinem neuen Platz. Er bewegte nur ganz leicht die Flügel. Chib berührte die behaarte Hand, die aus dem blauen Ärmel ragte. Kalt. Er beugte sich noch tiefer. Er sah einen Schatten den Blick des Gärtners trüben und hob den Kopf. Es war nur eine Wolke, die sich in den Augen des Toten spiegelte. Jetzt entdeckte er das Blut unter dem Schädel, eine kleine Pfütze, schon halb vom Erdreich aufgesogen. Und die scharfe steinerne Einfassung, die den Weg säumte. Den Stiefel, der sich in dem Schlauch verfangen hatte. Den Kopf auf dem spitzen Stein. Ein dummer und sofortiger Tod im aufgehenden Sonnenlicht. Er streckte die Hand nach dem Schmetterling aus, der sich an Costas Unterlippe geklammert hatte. Als er die Flügel berührte, pulsierten sie leicht unter seinen Fingern. Er erhob sich und ging zum Haus. Sinnlos, die Umgebung zu untersuchen, er war sicher, nichts Ungewöhnliches zu finden. Ein ganz normaler Unfall, wie er sich jeden Tag ereignet. Zugegeben, Costa hatte sich zum rechten Zeitpunkt den Schädel zertrümmert, genau einen Tag, nachdem er mit ihm über den getöteten Hund sprechen wollte, aber würde die Polizei darin etwas anderes als einen Zufall sehen? Und gab es überhaupt etwas anderes? Waren Gaëlle und er nicht der Theorie vom großen Komplott verfallen?

»Oh, ich habe dich gar nicht gehört!«

Aïcha tauchte mit einem Dreirad in der Hand in seinem Blickfeld auf.

»Ich räume etwas auf«, erklärte sie. »Was ist denn los? Du siehst so eigenartig aus.«

»Costa ist tot, ein Sturz in der Nähe des Brunnens.«

»Ist er in den Brunnen gefallen?!«, rief Aïcha aus und ließ das Dreirad fallen.

»Nein, er ist rücklings auf einen spitzen Stein gefallen. Sicher ein Schädelbruch. Wir müssen die Polizei verständigen.«

Sie blieb unschlüssig stehen.

»Was machst du eigentlich um diese Zeit hier?«

»Ich wollte ihm einige Fragen stellen. Über den Hund. Er wusste etwas.«

»Aber Léonard ... Was willst du der Polizei sagen? Wie willst du ihnen erklären, was du hier zu suchen hast?«

So weit hatte er nicht gedacht.

»Ich sage ihnen, dass ich mich mit Costa angefreundet habe und dass er mir Schösslinge für meine Freundin geben wollte.«

Sie verzog zweifelnd das Gesicht.

»Hoffen wir, dass Andrieu nicht beschließt, ihnen alles zu sagen, denn ihr müsstet erklären, warum ihr euch als Privatdetektive ausgegeben habt, du verstehst schon, was ich meine ...«

O ja, das verstand er. Er hätte mit erheblichem Ärger zu rechnen.

Der Polizeihauptmann betrachtete den Körper, der zu seinen Füßen lag, und runzelte die Stirn.

»Der arme Kerl hatte wirklich kein Glück!«, meinte er. »Wo bleibt denn der Krankenwagen, Théo?«, fügte er an den jungen Polizisten gewandt hinzu, der ihn schon beim letzten Mal begleitet hatte.

Chib stellte fest, dass dieser sich einen Oberlippenbart hatte wachsen lassen, einen feinen, kastanienbraunen Oberlippenbart, über den er beim Sprechen strich.

»Er kommt schon, Chef. Was ich mich frage, ist, was er hier wollte.«

Der Polizeihauptmann sah ihn erstaunt an.

»Na, er wollte bestimmt gießen, dabei ist er gestolpert, und bums! *Finita la commedia!*«

»Ja, aber er hat sein Werkzeug da hinten nicht aufgeräumt«, beharrte der junge Théo. »Es sieht so aus, als wäre er mit seiner Arbeit nicht fertig gewesen, als wäre er gestört worden und hierher gekommen, um nachzusehen und ...«

»Er hat sich im Gartenschlauch verfangen, und bums!«, beendete der Hauptmann den Satz. »Das ändert doch nichts.«

Das änderte alles. Théo hatte Recht. Irgendjemand oder irgendetwas hatte Costas Aufmerksamkeit erregt. Und er ist unter den Hibiskusstrauch getreten, wo man ihn vom Haus aus nicht mehr sehen konnte. Dort hatte man ihm den Schädel eingeschlagen und ihn dann so hingelegt, dass jeder an einen Unfall glauben musste.

»Werden Sie eine Autopsie vornehmen lassen?«, erkundigte sich Chib.

»Eine Autopsie? Wo denken Sie hin! So einfach macht man keine Autopsie! Das muss sowieso der Richter entscheiden. Aber es würde mich wundern, wenn er das Geld der Steuerzahler für einen Arbeitsunfall verschwenden würde«, sagte er und trat zur Seite, um den Männern mit ihrer Bahre Platz zu machen.

Chib kehrte langsam zum Landhaus zurück. Théo hatte seine Aussage aufgenommen und betont, dass er bei jedem tragischen Ereignis anwesend sei, woraufhin Chib geantwortet hatte, die Tragödie sei sein Beruf, was sein Gegenüber mit einem angewiderten Gesichtsausdruck quittiert hatte.

Blanche saß im Esszimmer vor einer Tasse kaltem Kaffee und Toastscheiben, die sie nicht angerührt hatte, seitdem Aïcha sie eine halbe Stunde zuvor von Costas Tod informiert hatte. Sie hatte die Nachricht ruhig aufgenommen und gefragt: »Sind Sie sicher, dass er tot ist?« Als Chib ihr das bestätigte, hatte sie in ihrem Kaffee gerührt und nur gesagt:

»Mein Gott …«

Etwas dürftig für eine Grabrede, sagte er sich und nahm ihr gegenüber Platz.

»Haben Sie Ihrem Mann Bescheid gesagt?«

»Ich habe den Eindruck, dass Sie mich das ständig fragen«, antwortete sie. »Aïcha macht neuen Kaffee.«

»Das ist mir egal. Ich frage Sie, ob Sie Jean-Hugues informiert haben.«

»Und ich frage Sie, ob Sie Kaffee wollen.«

»Was spielst du da für ein Spiel«, murmelte er und griff nach ihrer Hand.

Sie zog sie zurück.

»Keines. Sie haben eine allzu blühende Fantasie, Monsieur Moreno, Sie steigern sich in Sachen hinein ... Also, Kaffee?«

Aïcha stand auf der Schwelle, in den Händen ein Tablett mit einer dampfenden Kaffeekanne und zwei Tassen.

»Danke, gerne«, knurrte Chib.

Als Aïcha das Zimmer verlassen hatte, wandte er sich zu Blanche.

»Warum bist du so aggressiv?«

»Ich weiß nicht. Weil ich keine Lust habe zu reden. Ich will allein sein.«

Ein Schlag in den Unterleib, kalt, hart. Er erhob sich.

»Entschuldige, ich gehe.«

»Ich habe dir gesagt, dass du mir nicht helfen kannst.«

»Wunderbar. Bleib so. Vor allem ändere nichts, ändere bloß nichts. Krepier langsam weiter.«

»Schwachkopf.«

Sie hatte die Stimme nicht gehoben und sah ihn nicht an, sie betrachtete eingehend ihre Kaffeetasse aus wassergrünem Porzellan. Er fühlte sich plötzlich unendlich müde. Und vielleicht hatte er auch Lust zu weinen. Er musste etwas tun, etwas sagen, das konnte nicht ... nicht so ... in diesem schrecklichen Schweigen, doch nicht ein Wort fiel ihm ein. Dieses Gefühl, nichts mehr als windgepeitschtes Ödland zu sein, als würde ihn die Ablehnung dieser Frau zu einem Nichts degradieren.

Diese Frau.

Blanche.

Er hatte Lust, ihren Namen hinauszubrüllen wie ein Wolf, zu brüllen, bis ihm die Kehle zerriss, sie in seinem warmen Blut zu ertränken, sie zu schlagen, ja, sie zu schlagen!

Nein, sie in die Arme zu nehmen, hier, jetzt, während der Hauptmann sich verabschiedete, höflich grüßte, eine Hand am Käppi. Sah denn niemand, dass er im Begriff war, verrückt zu werden? Dass sich sein Inneres mit Felsbrocken füllte, dass er schon langsam versteinert war?!

»Sind noch Formalitäten zu erledigen?«, fragte Blanche.

»Das werde ich mit Ihrem Mann besprechen, machen Sie sich keine Sorgen. Wir werden seine Familie benachrichtigen.«

»Er war nicht verheiratet, er hat, glaube ich, eine Schwester in Lissabon. Aïcha müsste ihre Adresse haben.«

Der Hauptmann bedankte sich und ging endlich. Und Blanche folgte ihm. Sah zu, wie Ambulanz und Polizeiwagen wegfuhren. Sah, wie Colette sich bekreuzigte. Sah eine weiße Wolke am dämlich blauen Himmel.

Sah aber nicht Chib, den unsichtbaren, unbedeutenden, langweiligen Monsieur Chib Moreno. Und wenn von Anfang an alles nur ein Manöver gewesen war? Wenn sie ein nymphomanes Luder wäre? Bequem in ihrem Leid verschanzt?

Hör auf, Chib, sie hat schließlich zwei Kinder verloren. Sie spielt ihr Leid nicht, sie leidet. Und sie lässt dich leiden. Das war so, als würde man eine Rasierklinge lieben, die einem die Kehle durchschneidet, weil das nun einmal ihr Wesen ist. Er schüttelte sich. Ein Mann war gestorben, mit Sicherheit ermordet worden, und er dachte nur an sein Abenteuer mit der Hausherrin. Erbärmlicher Egoismus.

Sein Handy vibrierte. Es war Gaëlle. Mit leiser Stimme informierte er sie über Costas Tod. Als er das Handy abschaltete, war Blanche nicht mehr da. Er ging ins Esszimmer. Niemand. Er würde sie schließlich nicht durch das ganze Haus verfolgen. Er würde gehen. Sollten sie sich doch alle zum Teufel scheren.

Deprimiert und noch enervierter als bei seiner Ankunft, ging er zu seinem Floride. Plötzlich wurde er sich der Eindeutigkeit und der Brutalität der Tat bewusst. Derjenige, der dem Welpen den Bauch aufgeschlitzt hatte, hatte auch einen Menschen getötet, um sich seines Schweigens sicher zu sein. Das war keine sexuelle Perversion, sondern Mord. Geplanter Mord.

Und die Frage war, woher der Mörder gewusst hatte, dass Costa mit Chib reden wollte. Denn die einzige Person, die am Vorabend da gewesen war, war Belle-Mamie. Wirklich nicht gerade eine überzeugende Verdächtige. Außer, sie wäre ein alter Transvestit, spottete Chib, als er Dubois' Clio auf den Hof fahren sah.

»Sie machen ja ein Gesicht«, rief der Priester, während er aus dem Wagen stieg.

»Costa, der Gärtner, ist tot!«

»Was? Wie das?«

Chib erzählte noch einmal die offizielle Version.

»Ein so frommer Mensch, von uns gegangen, ohne eine letzte Beichte ablegen zu können ...«, murmelte der Priester.

»Apropos, er hatte mir gesagt, er wüsste etwas über den Mord an dem Welpen der Osmonds.«

Dubois hob den Kopf, und seine kleinen Augen fixierten Chib.

»Was wollen Sie damit andeuten?«

»Nichts. Ich stelle nur einen Zusammenhang zwischen den beiden Vorfällen her, das ist alles. Ich bin heute Morgen gekommen, um mit ihm zu sprechen. Und er ist tot.«

»In diesem Fall sind auch Sie in Gefahr«, sagte der Priester und tippte Chib mit dem Zeigefinger auf die Brust. »Wissen Sie, wenn die Dämonen einmal frei sind, sind sie nicht zimperlich. Das Böse nährt sich aus sich selbst, wie ein Feuer, das alles verschlingt. Wie geht es Blanche?«

Chib war aus der Fassung gebracht.

»Wie immer, glaube ich.«

»Ich habe Ihnen keine Ratsschläge zu geben, Moreno, aber ich glaube nicht, dass im Herzen meiner Cousine Platz für einen anderen Mann als den ihren ist.«

»Aber ich ...«

Der Priester klopfte ihm auf die Schulter und entfernte sich eiligen Schrittes. Chib rang nach Luft und blieb neben seinem Wagen stehen. Er musste, ohne es zu bemerken, transparent geworden sein. Alle anderen sahen, wie sich das Räderwerk seines kleinen überanstrengten Gehirns drehte, wie sein misshandeltes Herz schmerzhaft schlug, wie seine überreizten Nerven streikten. Er stieg in den Floride, schlug die Tür hinter sich zu und fuhr mit quietschenden Reifen davon; Telepopmusik dröhnte auf voller Lautstärke *Love can damage your health*.

Die Beine bequem vor sich ausgestreckt, schlürfte Greg seinen mittäglichen Pastis und sah den Passantinnen nach. Chib betrachtete sein Perrier mit einer Zitronenscheibe. Er hätte nicht herkommen sollen, er hatte keine Lust zu reden. Aber er hatte auch keine Lust gehabt, zu Hause zu bleiben, und Gregs unerwarteter Anruf war eine willkommene Gelegenheit gewesen, seinem Zimmer zu entfliehen, das von der Erinnerung an Blanches Körper erfüllt war.

»Was wirst du jetzt tun?«, fragte Greg und nahm einen fettigen Chip nach dem anderen aus dem kleinen Schälchen.

»Was meinst du?«

»Na, mit dem toten Gärtner und all dem.«

»Ich nehme an, die Polizei wird eine Untersuchung einleiten.«

Chib griff nach einer Olive, er schien zu zweifeln.

»Mann, du machst ein Gesicht, als hättest du weichen Schanker«, sagte er schließlich. »Ist es deine Blanche, die dir so zusetzt?«

»Hör auf.«

»Verdammt noch mal, Chib, diese Schlampe hat dich voll im Griff!«

»Nenn sie nie wieder Schlampe, hörst du?«

»Aber sieh dich doch mal an, Mensch! Du warst nie besonders witzig, aber jetzt brichst du alle Rekorde. Scheiße, Mann, wenn das der Erfolg der Liebe ist, kann einem wirklich die Lust vergehen.«

»Sie liebt mich nicht.«

»Warum sollte sie dich lieben? Sie ist verheiratet, wenn ich dich daran erinnern darf, mein Junge, sie leistet sich eine kleine Affäre, das ist alles. Kannst du nicht einfach wie alle anderen auch deinen Orgasmus haben, ohne dass die Geschichte gleich so nervig wird wie bei Bergmann?«

»Hast du überhaupt schon mal einen Film von Bergmann gesehen?«

»Ja, mindestens eine Viertelstunde, während ich auf die Fußball-WM gewartet habe.«

»Na, und Aïcha?«, fragte Chib und hielt sein Perrierglas umklammert.

»Was, Aïcha? Wir verstehen uns gut, wir gehen zusammen ins Bett und fertig.«

»Und was empfindest du für sie?«

»Keine Ahnung«, protestierte Greg und leerte sein Glas. »Ich gucke nicht die ganze Zeit in meinen Kopf rein. Also, gehen wir nun essen?«

»Ich habe keinen Hunger.«

»Du lieber Himmel, jetzt spielt er den total Deprimierten! Du musst essen, Junge, Essen ist wenigstens etwas Reales.«

»Du solltest Ratschläge im Herzenskurier geben. Die Selbstmordraten würden rapide ansteigen, das würde wenigstens Platz schaffen.«

Greg hatte sich erhoben und reckte sich.

»Hör auf mit dem Quatsch. Los, ich lade dich ein. Ragout mit Polenta.«

Chib seufzte. Ragout mit Polenta. Warum nicht? Ob er das auskotzte oder etwas anderes …

Es musste gegen sechzehn Uhr sein. Er lag auf seinem Futon und starrte an die Decke, wo eine kleine Fliege tanzte. Er versuchte, sich zu entspannen, Ragout und Polenta lagen ihm im Magen wie ein zu schwerer Koffer, von dem er nicht wusste, wohin damit. Nein, es war nicht das Ragout, es war Blanche, ein Stein an seinem Hals, der ihn in den Abgrund zog und ihn am Atmen hinderte. Liebe ich sie?, fragte er sich plötzlich und richtete sich auf. War das Liebe? Verdammt, woher sollte er das wissen? Er war immer ein Einzelgänger gewesen. Liebevoll, aber nicht wirklich verliebt. Nein, das konnte es nicht sein, denn … wer wollte schon einen solchen Schmerz erfahren? Er irrte sich. Sein Ego litt, das war alles. Er war in seiner Männlichkeit verletzt.

Er legte sich wieder hin. Die Fliege klebte an dem Dachfenster, wünschte sich verzweifelt, an das unerreichbare Licht zu gelangen. Dein eigener Klon, Chib, besessen und von vornherein ein Verlierer.

Das Telefon. Er sprang auf, ließ in seiner Hast den Hörer fallen, konnte ihn aber noch auffangen.

Keuchender Atem. Nein, zwei unterschiedliche Atemgeräusche. Stoßweise. Irgendwelche kleinen Idioten, die sich einen Scherz erlaubten. Er wollte gerade auflegen, als eine Frau stöhnte. Ein Säurestrahl, der seine Speiseröhre überflutete. Erneutes Stöhnen. Lang. Der raue Atem eines Mannes. Rhythmisch. Chib hatte den Eindruck, er würde den Hörer jeden Augenblick zerdrücken. Die Frau schrie leicht auf, jener unterdrückte, erstickte Schrei, den er letzte Nacht bei ihr gehört hatte. Dann das Rascheln der Laken. Feuchte Körper, die sich aneinander rieben. Das typische Knistern einer Zigarette, die angezündet wurde. Und dann Stille.

Er versuchte zu hören, ob jemand am anderen Ende der Leitung war oder ob die Bandaufnahme einfach zu Ende war. Ein Klicken. Dann:

»Nein, das tut weh, nein!«

Was war das jetzt?

Die Stimme eines kleinen Mädchens. Er spürte, wie sich Schweiß auf seiner Oberlippe bildete und wischte ihn ab.

»Nein, nein, nein!«

Annabelle? Eunice? Nein, das war nicht ihre Stimme. Also … Elilou, mein Gott, es war Elilou. Sie schluchzte, und wieder hörte man rhythmisches Atmen, eins, zwei, eins, zwei, immer schneller.

Das Telefon ans Ohr gepresst, lief er zum Spülbecken und entledigte sich der Ragout-Reste, während der Vergewaltiger sein Werk fortsetzte und plötzlich ohrenbetäubend das *Halleluja* von Händel ertönte.

Er spritzte sich mit einer Hand Wasser ins Gesicht und wischte es ungeschickt mit dem Küchentuch ab, während die verfluchte Musik in seinen Ohren explodierte, dann ein Klick und Stille. Verstört betrachtete er den Hörer, er spürte, wie ihm der Schweiß in Strömen über den Rücken lief, den widerwärtigen Geschmack in seinem Mund. Seine Gedanken prallten aufeinander wie Gestirne, die aus der Bahn geraten sind. Die Schreie des Kindes. Der Mann und die Frau, die sich liebten. Blanches Stöhnen, Blanches leiser Schrei. Mit Andrieu? Mit ihm, Chib? Er hatte sich nie bei der Liebe zugehört, woher sollte er es also wissen? Die eine Hypothese war so unerfreulich wie die andere. Denn er ertrug es nicht, zuzuhören, wie Blanche mit einem anderen schlief, da war es ihm schon lieber, dass man sie aufgenommen hatte, als er sich wie ein Dieb eingeschlichen hatte. Oder schlimmer noch, Blanche erdrückt von dem Gewicht des Mannes, der ihre Tochter vergewaltigt hatte?

Er bemerkte, dass er noch immer den Telefonhörer in der Hand hielt, und legte ihn auf die Gabel zurück. Er spülte sich erneut den Mund aus. Er musste Blanche warnen, dass in ihrem Schlafzimmer vielleicht ein Abhörgerät versteckt war, einer dieser winzigen Apparate, die sich bei Stimmengeräuschen einschalten. Und Gaëlle saß in Nizza bei ihrem Examen fest. Er zog seine Schuhe an, griff nach der Jacke und ging hinaus.

»Ich muss mit Blanche sprechen.«

Aïcha riss die Augen auf und legte den Finger auf die Lippen.

»Bist du verrückt? Nicht so laut! Belle-Mamie und Dubois sind da. Sie bereiten das Wohltätigkeitsfest zum Johannistag vor.«

»Gib ihr diskret Bescheid.«

»Aber das geht nicht! Was ist denn los?«

»Ich muss mit ihr sprechen, das ist alles. Oder ich gehe in ihr Zimmer.«

»He, du spinnst wohl! Greg sagt, du hättest einen Knall, und so langsam glaube ich, er hat Recht. Kannst du dir vorstellen, was passiert, wenn dich jemand in ihrem Zimmer findet?«

»Sind die Kinder da?«

»Ja.«

»Aïcha ... Ah, Moreno!«

Dubois war auf dem Flur aufgetaucht.

»Monsieur Andrieu hat uns gebeten, unsere Recherchen fortzusetzen«, sagte Chib steif.

»Ich weiß, ich weiß. Aïcha, das Telefonbuch bitte. Wir stellen gerade eine Liste mit den Personen zusammen, die wir zum Johannisfest einladen wollen«, erklärte er, an Chib gewandt.

»Wenn Sie erlauben ...«, sagte Chib und deutete mit einer ausholenden Geste auf die Halle und die Treppe.

»Natürlich. Aber sagen Sie, haben Sie etwas gefunden?«

»Nein, leider nicht.«

Der Priester trat näher.

»Blanche hat mir von Annabelles Unfall erzählt. Und kurz darauf ist der arme Costa auf so brutale Weise gestorben ... Die Ereignisse überschlagen sich, Monsieur Moreno. Das Böse enthüllt seine widerwärtige Fratze und entblößt seine Fangzähne. Ich habe den Eindruck, dass es Sie im Visier hat. Warten Sie in einer Stunde in der Kapelle auf mich«, flüsterte er, »ich will versuchen, Sie etwas besser zu schützen.«

»Wie bitte?«

»Ah, danke, Aïcha.«

Ohne etwas hinzuzufügen, kehrte er in den Salon zurück.

»Ich gehe nach oben!«, sagte Chib zu der fassungslosen Aïcha.

Vor Charles Zimmer blieb er stehen und legte das Ohr an die Tür. Das Geräusch von Computertasten, begleitet von den üblichen elektronischen Tönen. Gut. Aus dem Zimmer von Louis-Marie drangen die Klänge von *Jardins sous la pluie* von Débussy. Unterbrechung, Wiederholung, derselbe Irrtum an derselben Stelle, und wieder von vorne. Offenbar übte er an seinem Synthesizer. Sehr gut. Der Weg war frei. Mit dem Gefühl, einen Einbruch zu begehen, legte er die Hand auf die Klinke des ehelichen Schlafzimmers und trat ein. Das Zimmer lag im Halbdunkel, die Fensterläden waren geschlossen. Das Bett war gemacht, eine himmelblaue, tadellos glatt gestrichene Decke, dazu passende Kissen mit Volants. Er schob die Hand unter die Matratze, nicht daran denken, was in diesem Bett geschehen war, suche, sei effizient, auch am Holzrahmen nichts, er ging auf alle viere, kein Staubkorn auf den glänzenden Fliesen, legte sich auf den Rücken und schob sich unter das Bett.

Da, in der linken Ecke an der Wand, halb verborgen hinter einer Holzleiste, eine kleine verchromte Dose, kaum größer als eine Zigarettenschachtel. Mit dem Gefühl, es handele sich um ein gefährliches und abstoßendes Insekt, griff er danach. Ein kleines Schmuckstück in Miniatur. Er drückte auf ›eject‹, und eine winzige Kassette sprang heraus. Wie oft hatte man die Liebesnächte der Andrieus aufgenommen?

Die Kassette in der Tasche, verließ er das Zimmer. War auch Elilous Zimmer auf ähnliche Art »ausgestattet«? Auf alle Fälle war es dort ebenso dunkel. Eine rosafarbene Bettdecke mit kleinen weißen Schäfchen. Alle Spielsachen des Kindes waren noch da. Bis hin zu dem Buch, das auf dem Nachttisch lag. Ein illustriertes Märchen. *Le Mouton qui voulait être un loup (Das Schaf, das gerne Wolf sein wollte).* Auf dem Einband zeigte ein hübsches weißes Schaf seine Zähne und versuchte, sich einen wilden Ausdruck zu geben. Chib schlug das Buch auf. Auf der ersten Seite stand eine Widmung *Für Annabelle von ihrer Maman.* Aber Elilou hat das Buch gelesen. Ein etwas kindliches Buch für ihre acht Jahre. Elilou, laut Annabelle eine Diebin. Diebin der mütterlichen Liebe? Getrieben von dem Wunsch, ins Kleinkindstadium zurückzukehren, um all dem zu entfliehen, was man ihr antat? Allein bei der Erinnerung an die Aufnahme von der Vergewaltigung wurde ihm wieder übel. Er zwang sich, tief durchzuatmen und schob sich unter das Bett. Nichts. Man hatte das Spielzeug wieder abgeholt.

»Was machen Sie da?«

Er schreckte auf und stieß sich den Kopf an dem Holm aus lackiertem Pinienholz.

Die Arme vor der Brust verschränkt, sah Charles ihn herausfordernd an.

»Dein Vater hat mich beauftragt, Nachforschungen über verschiedene Ereignisse anzustellen, die sich in diesem Haus zugetragen haben«, antwortete Chib und erhob sich.

»Nachforschungen welcher Art?«

»Es ist nicht meine Sache, dir das zu sagen.«

»Macht es Ihnen Spaß, im Zimmer meiner Schwester rumzumachen?«

»Und macht es dir Spaß, wenn Costa an dir rummacht?«

Die Antwort war ihm einfach so herausgerutscht.

Der Junge lief rot an, und sein Gesicht verzog sich.

»Schwarzes Dreckschwein!«

»Mein kleiner Charles, du vergisst dich! Ein so wohlerzogener Junge ... Das wird deiner Maman gar nicht gefallen.«

»Lassen Sie meine Mutter in Ruhe!«

»Ist es wahr, dass du mit Barbiepuppen spielst? Warst du Costas kleine Barbiepuppe?«

»Dreckskerl!«

Charles Faust landete auf Chibs Kinn und schleuderte ihn aufs Bett. Der Mund verzerrt und keuchend vor Wut, stürzte sich der Junge auf ihn. Chib konnte sich gerade noch zusammenrollen, um den geballten Fäusten zu entgehen, die wie ein Vorschlaghammer auf ihn niedersausten. Er sprang auf, warf dem aufgebrachten Charles ein Kissen an den Kopf und nutzte die kurzfristige Sichtbehinderung, um ihm mit einem kräftigen Tritt zu Fall zu bringen, sich dann rittlings auf ihn zu setzen und ihn auf dem Bauch am Boden zu halten. Der Junge wand sich unter ihm, doch Chib hielt ihn an den Handgelenken fest.

»Hör auf, mit dem Hintern zu wackeln wie ein Mädchen!«

»Seien Sie still! Sie haben kein Recht dazu.«

»Mir egal, ich habe die Schnauze voll von deiner Familie, ich habe die Schnauze voll von dir. Ich will die Wahrheit wissen.«

»Lassen Sie mich!«

Er wehrte sich nicht mehr, stöhnte nur noch, und plötzlich wurde Chib bewusst, dass der Junge sich, eingeklemmt zwischen seinen Schenkeln, auf und ab bewegte. Er ließ ihn los und stand schnell auf.

Charles drehte sich um. Er lachte und hatte, wie Chib feststellen konnte, eine Erektion unter dem leichten Stoff des marineblauen Jogginganzugs.

»Was ist?«, fragte er hämisch grinsend. »Verhören Sie mich nicht weiter? Wollen Sie nicht wissen, was Costa und ich getrieben haben? Was er mit mir gemacht hat? Wie oft? Wo? Soll ich es Ihnen zeigen?«

Er streckte die Hand aus, als wolle er an den Reißverschluss seiner Hose greifen.

»Hör auf mit dem Blödsinn. Ich will die Wahrheit, das ist alles.«

»Wie blöd Sie sein können!«, sagte Charles nur und ging zur Tür. »Borniert und blöd! Der Kleinbürger in Reinkultur.«

Die Tür fiel zu, Chib stand fassungslos da und spürte echte Mordgelüste. Gut, beruhige dich, mein Alter. Tief durchatmen. Analysieren. Du hast ein Tonband in der Tasche. Charles hat dir sein Verhältnis mit Costa gestanden. Du hast zu Hause den akustischen Beweis dafür, dass Elilou vergewaltigt wurde. Nein, falsch, man hat dir die Aufnahme vorgespielt, und du bist der Einzige, der sie gehört hat. Bringt dich das etwa weiter? Nein, nicht im Geringsten, außer dass die allgemeine Verwirrung noch größer wird.

Er öffnete leise die Tür, strich über den weißen Hasen, der sie zierte, und ging nach unten. Die Stimmen von Blanche und Belle-Mamie im angeregten Gespräch über die Gewinne für die Tombola.

»Wer hat denn Sie verprügelt?«

Louis-Marie kam mit einer Flasche Trinkjoghurt aus der Küche. Chib fragte sich eine Sekunde lang, wovon er sprach, dann legte er die Hand ans Kinn. Im Augenblick selbst hatte er nichts gespürt, aber plötzlich war der Schmerz da, gut fühlbar.

»Ich bin hingefallen.«

Louis-Marie lächelte.

»Das würde mich aber wundern. Meiner Meinung nach haben Sie sich geprügelt.«

»Um wie viel Uhr bist du heute Morgen weggegangen?«

»Ich habe den Bus um sieben Uhr fünfundvierzig genommen, warum?«

»Und Charles?«

»Charles hatte erst um neun Schule. Wessen werden wir denn verdächtigt?«

»War Costa schon da, als du gegangen bist?«

Louis-Marie trank einen Schluck Joghurt und wischte sich den Mund mit dem Handrücken ab.

»Ach so«, sagte er mit der Miene des Komplizen. »Sie wollen wissen, ob ich Sie mit ihm gesehen habe.«

Chib sah ihn verblüfft an. Was stellte sich dieser Bengel denn vor?

»Sie haben sich mit ihm gestritten, er hat auf Sie eingedroschen, Sie haben zurückgeschlagen, und er ist gestürzt, was?«

»Unsinn!«

Louis-Marie zwinkerte ihm verschwörerisch zu.

»Keine Sorge, ist mir sowieso egal. Costa war ein Dreckskerl; jetzt kann er wenigstens Charles nichts mehr antun.«

»Warte mal!«

Chib hatte den Eindruck, dass alle den Text des Stücks kannten, das hier gespielt wurde, nur er nicht. Er artikulierte laut und deutlich:

»Ich habe mich nicht mit Costa gestritten. Er hat mich nicht geschlagen, ich habe ihn nicht gestoßen, okay?! Ich bin heute Morgen hierher gekommen, und Pater Dubois kann bezeugen, dass ich nicht verletzt war, okay?!«

»Warum werden Sie denn so wütend?«

»Weil du mich des Mordes beschuldigst!«, fauchte er, bemüht, seine Stimme zu beherrschen.

»Fahrlässige Tötung«, berichtigte der Junge, »so nennt man das. Sehen Sie denn nie fern? Costa ist um sieben gekommen«, fügte er hinzu.

Der Mord war also zwischen sieben und neun Uhr fünfzehn geschehen, denn zu diesem Zeitpunkt hatte Chib die Leiche entdeckt. Das brachte nichts Neues. Louis-Marie wollte an ihm vorbei, um die Treppe hinaufzulaufen. Chib hielt ihn am Arm zurück.

»Ging die Sache zwischen Costa und Charles weiter? Obwohl dein Vater Bescheid wusste?«

Ein leichtes Zittern unter seinen Fingern.

»Ich habe keine Lust, darüber zu reden.«

Er griff fester zu, war jetzt kurz vorm Explodieren.

»Soll ich die Frage lieber deinem Vater stellen? Oder deiner Mutter?«

Louis-Marie hob den Kopf und richtete seine Augen, die so grau waren wie die seiner Mutter, auf die blauen von Chib.

»Ich bin keine Petze«, erklärte er feierlich.

»Tu doch nicht so! Schließlich hast du mir selbst erzählt, dass Charles und Costa ein Verhältnis hatten. Ist das vielleicht nicht petzen?«

»Das ist nicht das Gleiche. Ich war wütend auf Charles.«

»Ich muss es wissen, verstehst du?«

»Ja, es ging weiter. Aber wenn Sie meinem Vater ein Wort sagen, bringe ich Sie um«, erklärte er.

»Mit einer Pistole aus seinem Gewehrschrank, zum Beispiel?«, höhnte Chib und lockerte den Druck auf den mageren Bizeps des Jungen.

Der zuckte nur mit den Schultern und lief, vier Stufen auf einmal nehmend, die Treppe hinauf.

Nun, was hatte dieses freundschaftliche Gespräch mit dem bezaubernden Jüngsten gebracht? Abgesehen von der Bestätigung, dass Charles einen Hang zum männlichen Personal des Anwesens hatte? Die ihn im Übrigen definitiv aus dem Kreis der potenziellen Vergewaltiger auszuschließen schien, ebenso wie Costa. Außer, Costas Neigungen wären vielseitiger gewesen und ... Es war Zeit, sich in der verfluchten Kapelle mit Dubois zu treffen.

Der Priester erwartete ihn neben dem Schrein, eine Hand auf den Deckel gelegt, so, als wolle er der Leiche befehlen, sich ruhig und anständig zu verhalten. Er zog ein kleines Messkännchen aus der Tasche und machte Chib ein Zeichen, näher zu treten.

»Wir sind alle in Gefahr«, flüsterte er und schwenkte das Messkännchen. »Spüren Sie die Kälte?«

Chib, der vor Nervosität schwitzte, antwortete nicht.

»Zuerst das Eis, dann das Feuer. So gehen sie vor. Sie lassen Sie erstarren, dann verglühen.«

Sie lassen Sie erstarren, dann verglühen – letztlich war er Blanche ein würdiger Cousin.

»Was hier drin ist, wird sie vorübergehend fern halten«, sagte Dubois und schwenkte das Messkännchen über Chibs Kopf, der unwillkürlich zurückwich.

Er spürte einen Tropfen kalte Flüssigkeit über seinen Schädel rinnen. Besprengte ihn der Irre mit Weihwasser? Und würde er ihm ein silbernes Kruzifix und eine Knoblauchzehe geben?

»Und hier ist der Knoblauch«, sagte Dubois und drückte ihm zwei Kapseln in die Hand. »Der Erzbischof von Turin hat sie persönlich geweiht, indem er sie an dem Heiligen Schweißtuch gerieben hat. Es nutzt gar nichts, sie sich um den Hals zu hängen, das ist reiner Aberglaube«, fuhr er mit verschwörerischer Miene fort. »Wichtig sind die positiven Energien darin, verstehen Sie, damit diese die negativen bekämpfen können.«

Chib bemühte sich um ein freundliches Lächeln, während er die beiden Kapseln schluckte. Nur nicht widersprechen.

»Sie glauben, ich bin verrückt? Nein, ich bin nicht verrückt, Moreno, aber ich habe Dinge gesehen, die Sie sich nicht vorstellen können, die Sie sich nie werden vorstellen können. Ich habe den Teufel gesehen, wie ich Sie sehe: Er fuhr aus dem Mund eines sechsjährigen Jungen. Ich habe einen Mann Ströme von Blut weinen sehen, das uns alle bespritzt hat, und eine Frau, die Fäkalien erbrach und dabei schallend lachte.«

War es möglich, dass der arme Irre beim selben Videoclub Abonnent war wie Greg?, fragte sich Chib und deutete ein Nicken an.

»Ach verdammt«, rief Dubois plötzlich und ging zur Tür, »Sie glauben mir nicht, niemand glaubt mir, ich frage mich, warum ich es überhaupt noch versuche!«

»Warten Sie!«

Chib hielt ihn am Ärmel fest.

»Costa war Charles Liebhaber«, platzte es aus ihm heraus. »Ihr frommer Costa!«

Dubois blinzelte.

»Das ist unmöglich. Völlig unmöglich.«

»Charles hat es mir selbst gestanden.«

»Er hat gelogen!«

»Warum sollte er so etwas erfinden?«

Der Priester ballte die Fäuste, seine Augen funkelten.

»Dann ist es noch viel schlimmer, als ich dachte. Das ganze Haus ist infiziert.«

»Und ich habe einen Anruf bekommen«, fuhr Chib fort, der jetzt nicht mehr zu bremsen war, »man hat mir Elilous Vergewaltigung vorgespielt, ich habe sie schreien hören, verstehen Sie?«

Dubois umklammerte die Lehne eines Betstuhls:

»Elilou ist Gewalt angetan worden?«, stammelte er, »aber Sie haben mir nichts davon gesagt!«

»Ich war nicht sicher. Das Ganze ist ein Albtraum«, sagte Chib und knackte mit den Fingergelenken.

»Nein«, erklärte der Priester überzeugt, »es ist eben kein Albtraum, es ist Wirklichkeit, der Kampf zwischen Luzifer und Gott ist unsere Wirklichkeit!«

Chib schüttelte resigniert den Kopf. Was war nur in ihn gefahren, diesem Erleuchteten alles zu enthüllen? Ein unwiderstehliches Verlangen, sich jemandem anzuvertrauen. Denn bislang war ihm Dubois einigermaßen robust und verlässlich – wenn auch völlig unsympathisch – vorgekommen. Die Anker gaben einer nach dem anderen nach, bald würde Titanic-Moreno von reißenden Fluten davongetragen werden. Er spürte, wie sich die Hand des Priesters auf seine Schulter legte.

»Sie sind müde, Moreno, müde, verliebt, entmutigt und ungläubig. Da brauchen Sie sich nicht zu wundern, wenn Sie den Halt verlieren.«

»Wissen Sie etwas?«

Chib packte Dubois am Revers seiner Jacke. Er besann sich und ließ ihn sogleich wieder los. Er sagte sich, dass er am Ende war. ›Scheiß auf deinen Tod‹, wie es Greg so elegant formuliert hatte.

»Ich weiß nicht mehr als Sie«, entgegnete Dubois und rückte das an seinem Kragen festgesteckte Kreuz zurecht.

»Aber Sie verdächtigen jemanden, stimmt's?!«, erregte sich Chib.

»Wir sind nur Masken, Moreno, Masken aus Fleisch für die leidenden Seelen. Welchen Unterschied gibt es zwischen der einen und der anderen Maske?«

»Ich spreche von Vergewaltigung, von Mord, von Psychopathen, nicht von Dämonen mit Pferdefüßen!«

»Eben da liegt ja das Problem. Sie sprechen von Äußerlichkeiten.«

»Okay«, knurrte Chib, »also hinter welchem Äußeren verbirgt sich Ihrer Meinung nach unser dämonischer Irrer?«

»Warum nicht hinter dem Ihren?«, entgegnete Dubois mit einem hämischen Lächeln. »Sie haben Zugang zu allem, Sie kennen alle Protagonisten ... Vielleicht hat Elilous plötzlicher Tod Sie in das mentale Chaos eines Films getrieben, bei dem Sie Autor, Regisseur und Darsteller sind?«

»Das ist nicht witzig.«

»Gut, dann vielleicht hinter dem meinen? Ein Mann Gottes, der der Versuchung erliegt, was gäbe es Amüsanteres für Satan?«

Chib betrachtete ihn aufmerksam. Die stechenden Augen des Priesters funkelten, seine Nasenflügel bebten, der Adamsapfel hüpfte auf und ab. Er war also betroffener, als er zugeben wollte. Oder vollständig verrückt.

»Aber Dubois, wo bleiben Sie denn«, zeterte die Stimme von Belle-Mamie auf der anderen Seite der Tür. Der Priester fuhr herum, räusperte sich und antwortete:

»Ich bin hier, ich komme.«

Er ging hinaus und ließ Chib im Halbdunkel zurück.

»Wir haben Sie überall gesucht! Der Traiteur will nicht mit sich reden lassen und ...«

Die Stimmen entfernten sich. Chib ließ sich auf eine Bank sinken.

Der Christus weinte noch immer an seinem Holzkreuz. Elilou kämpfte gegen die Verwesung an. Ein goldbrauner Skarabäus floh vor einem Lichtstrahl. Der Staub tanzte. Hinter ihm quietschte die Tür. Reflexartig, ohne nachzudenken, ließ er sich zwischen den Bankreihen auf den Boden gleiten.

Schritte auf den Fliesen.

Schritte, die näher kamen.

Dunkelblaue Lederschuhe, Waden in durchsichtigen Nylonstrümpfen, der Saum eines ebenfalls marineblauen Faltenrocks. Chib fühlte sein Herz schneller schlagen. Die Schritte gingen weiter ... Er hob den Kopf, um sie zwischen den Bänken hindurch sehen zu können.

Sie blieb vor dem gläsernen Sarg stehen und legte die Hände flach auf den Deckel, den Blick auf ihr totes Kind gesenkt. Die blonden Haare verdeckten einen Teil des Gesichts. Er sah, wie sie sich vorbeugte, wie sich ihre Lippen auf die kalte, durchsichtige Fläche legten, unbarmherzig transparent und unüberwindlich. Dann warf sie den Kopf zurück und stieß ein langes Wimmern aus. Etwas zwischen Schluchzen und Wut. Sie wandte sich zum Altar und fegte, noch immer wimmernd, die Vase mit den frischen Blumen herunter, sank auf die Knie, und er sah, wie sie nach der weiß-goldenen Altardecke griff, und, einen Zipfel zu einer Kugel gerollt, sich in den Mund stopfte, um ihren Schrei zu ersticken, er sah Tränen über ihre Wangen rinnen und in ihren Augen die ewige und nie erhörte Klage, die einen fast an die Zärtlichkeit des Todes glauben lässt. Er erhob sich, lief zu ihr, hockte sich neben sie und zog sie an sich, ohne ihr eine Möglichkeit zur Verteidigung zu lassen.

Widerstand.

Heftiges Winden, Kopfschütteln, er blieb standhaft, sie biss ihn, schlug die Zähne in seine Schulter, es war ihm egal, er zog sie an sich, sie gab nach, gab plötzlich nach wie ein Deich, der nicht mehr standhält, zerstört und ausgehöhlt, gab sie nach, brach an seiner Brust zusammen, Zucken, seine Hände auf ihren zarten Schultern: Er presste sie an sich, zu fest, die Arme ganz um sie geschlungen, ihre Lippen an seinem Hals, glühender Atem, eiskalte Haut, er wollte Dinge sagen, die sie nicht hören wollte. Feuchte, leicht geöffnete Lippen an seiner Halsbeuge. Der Christus betrachtete sie, das Blut rann über seine eingefallenen Wangen. Chib liebkoste zärtlich Blanches Rücken, ihre Hüften. Sie schlang die Arme um seinen Hals, zog ihn heftig an sich. Sie waren verloren. Das Wasser der zerbrochenen Vase hatte sich auf den Fliesen ausgebreitet, sie legten sich in das Wasser, in die Blumen, in die Glasscherben, während Elilou weiter starb. Sie legten sich hin, stammelten, umschlangen sich und schlossen die Augen.

In dem Augenblick, als sie den Mund zum Schrei öffnen wollte, legte Chib seine Hand darauf, und sie biss ihn noch einmal, heftig bis aufs Blut, während er sich in ihr befreite und sie ihre Schenkel so fest um ihn legte, als wollte sie ihn nie mehr loslassen. Eine Weile blieben sie noch so aneinander geschweißt liegen, ganz damit beschäftigt, zu atmen und wieder aufzutauchen.

O mein Gott, sagte er sich, als er wieder zu sich gekommen war und seine Kleider in Ordnung brachte, was hatten sie getan? Jemand hätte sie überraschen können, an diesem heiligen Ort, vor dem Sarg ihres Kindes. Halb kniend zog er den Rock über ihre nackten Schenkel, und sie warf ihm einen verschwommenen Blick zu. Sie war weich und hingegeben, ohne Reaktion.

»Blanche! Blanche, wir müssen hier raus.«

»Um wohin zu gehen?«

»Wir müssen weg, es ist zu gefährlich. Steh auf und komm!«

»Ich will schlafen. Ich mag diesen Ort, ich mag den Geruch des Bodens.«

»Blanche! Stell dir vor, wir werden entdeckt!«

»Glaubst du, man würde dich lynchen? Ich würde hinter den Gitterstäben meines Fensters sitzen und zusehen, wie sie dich hängen.«

Chib fasste sie unter den Armen und zog sie hoch. Sie ließ sich zurückfallen, und er fing sie gerade noch auf. Da, ihr weißer Slip am Boden. Ohne sie loszulassen, bückte er sich, hob ihn auf und stopfte ihn in seine Tasche. Sie hatte die Augen geschlossen und rührte sich nicht.

Die Tür, die verdammte Tür am Ende der Welt.

»Ah, da seid ihr ja ... Aber was ist ...!«

»Sie hatte einen Schwächeanfall, ich wollte Sie gerade rufen.«

Andrieu kam zu ihnen gelaufen, und Chib übergab Blanche in seine Arme. Roch sie nach Sperma, war sein Hosenschlitz zu?

»Ich habe etwas gehört«, improvisierte er weiter, wohl wissend, dass er schweißüberströmt war – Gott sei Dank trug sie keinen Lippenstift. »Ich habe sie bei Elilou stehen sehen, sie schien zu weinen, und plötzlich ist sie zusammengebrochen.«

Blanche stieß einen Laut aus, den man als Schluchzen oder Lachen deuten konnte, dachte er und nagte an der Unterlippe. Nein, sie würde wohl doch nicht anfangen zu lachen!

»Geht es, mein Liebling?«, fragte Andrieu und hielt seine Frau in den Armen.

»Soll ich Ihnen helfen, sie ins Haus zu tragen?«, fragte Chib.

»Nein, es wird schon gehen. Sie kommt wieder zu sich.«

Blanche sah sie in der Tat an. Sie richtete sich auf, stützte sich auf Andrieus Arm.

»Es ist vorbei, nur ein Schwindel, ich weiß nicht ...«, sagte sie und legte eine Hand an die Stirn.

»Glücklicherweise hat Monsieur Moreno dich gesehen, du hättest dir im Fallen wehtun können!«, meinte Andrieu fürsorglich. »Eines muss ich sagen«, fügte er, an Chib gewandt, hinzu: »Sie sind immer im richtigen Augenblick da!«

Er erkannte deutlich das leichte Lächeln von Blanche, ein angewidertes Lächeln.

»Ich gebe Aïcha Bescheid, sie soll sauber machen«, sagte er und deutete mit dem Kinn auf die zerbrochene Vase.

Ein Wunder, dass wir uns nicht geschnitten haben, dachte Chib, ja, ein Wunder, aber das war ja auch der ideale Ort für Wunder, oder?

Andrieu hatte seine Frau untergehakt und trat mit ihr hinaus, Chib hinter ihnen, ehrloser Trauzeuge einer eigenartigen Hochzeit.

INTERMEZZO 6

Nicht das Feuer
nicht das Wasser
nicht die Erde
nicht der Wind
Nur das Eis
das immer wieder, immer noch
meine Gedärme verbrennt
Ich möchte
ich möchte
Doch niemand interessiert sich dafür
Deshalb muss ich
ich muss
Um nicht zu zerspringen
wie eine Vase
wenn jemand lacht

KAPITEL 17

Nachdem Blanche sich zurückgezogen hatte, um sich frisch zu machen für die Besprechung mit Dubois und Belle-Mamie, lud Andrieu Chib zu einem Glas in der Bibliothek ein.

»Glauben Sie, dass Costa ermordet wurde?«, fragte er geradeheraus, während er Chib eine Zigarre anbot, die dieser mit einer Handbewegung ablehnte.

»Ich habe mir diese Frage natürlich auch gestellt«, entgegnete Chib vorsichtig.

»Er hatte vielleicht herausgefunden, wer der Perverse war, der ... Elilou gestohlen hat«, fuhr Andrieu fort und rollte seine Havanna zwischen den Fingern.

»In diesem Fall kennt der Betreffende Sie«, gab Chib zu bedenken.

Andrieu legte die Zigarre auf den niedrigen Tisch mit den Intarsienarbeiten und rieb sich die Augen.

»Was für ein Chaos«, seufzte er. »Was für ein verdammtes, unsinniges, beschissenes Chaos!«

Chib schwieg und trank einen Schluck Cognac.

»Ah, da bist du ja, mein Lieber!«

Belle-Mamie trat näher, mit vorwurfsvollem Blick auf die halb geleerten Gläser.

»Wir hätten gerne deine Meinung zu der Gala für die afghanischen Flüchtlinge.«

»Ich komme in zehn Minuten.«

»Nun, es ist etwas eilig, Dubois ist am Telefon und ...«

»Zehn Minuten.«

»Was soll eigentlich diese ganze Geheimniskrämerei! Dauernd steckt ihr die Köpfe zusammen. Was verbergt ihr vor mir? Sagen Sie es mir, Monsieur Moreno, was ist hier los?«

»Wir setzen unsere Nachforschungen fort, um herauszufinden, wer die Leiche Ihrer Enkelin gestohlen und die Kapelle geschändet hat, Madame.«

»Was für ein Unfug! Man hätte die Polizei einschalten müssen, das habe ich hundert Mal gesagt, aber Jean-Hugues macht ja, was er will – oder was Blanche will«, fügte sie bösartig hinzu. »Und außerdem, wozu das Ganze? Wozu sich um den unwürdigen Akt irgendeines Irren kümmern! Solch einen Schmerz kann man nur im Alltag überwinden.«

»Ich muss es wissen«, beharrte Andrieu und leerte sein Glas unter dem unwilligen Blick seiner Mutter. »Denn es raubt mir den Schlaf.«

»Du solltest lieber die Tabletten nehmen, die Cordier dir gegeben hat.«

»Mich mit Medikamenten voll stopfen? So ein Vorschlag deinerseits wundert mich!«, entgegnete er und griff nach der Flasche.

»Hör auf zu trinken! Glaubst du, das wäre ein gutes Vorbild für deine Söhne?«

»Meine Söhne ...«, murmelte Andrieu, »was weißt du schon von meinen Söhnen?«

Belle-Mamie setzte ihre Brille auf, neigte den Kopf leicht auf die Seite und sah ihn prüfend an.

»Jean-Hugues, du machst mir Sorgen. Ich denke ernsthaft, dass ...«

»Es ist mir scheißegal, was du denkst!«, brüllte Andrieu und goss den Cognac über Band IX von Racines gesammelten Werken.

Belle-Mamie starrte ihn mit offenem Mund an. Andrieu ging mit großen Schritten zur Tür und knallte sie hinter sich zu, ohne seine verblüffte Mutter eines Blickes zu würdigen.

»Aber ...«, stammelte sie, »aber ... Er hat mir den Cognac ins Gesicht geschüttet!«

»Nicht wirklich, er hat ihn nur in die Luft geschüttet«, glaubte Chib Moreno, der anerkannte Schlichter bei Familienstreitigkeiten, bemerken zu müssen.

»Haben Sie gesehen, er hat sich nicht mehr unter Kontrolle?! Und das noch dazu vor ...«

Sie verstummte und biss sich auf die Lippe. Noch dazu vor einem Angestellten, vervollständigte Chib lautlos ihren Satz.

»Und Blanche, die ... Also wissen Sie ...«, fuhr sie fort und rieb sich nervös die Hände. »Ich muss mit Dubois sprechen«, schloss sie und eilte davon.

Als Chib allein war, schloss er die Augen und lehnte sich zurück. Nur ein paar Minuten Entspannung. Ruhe. Ruhe, befahl er all denen, die unter seiner Schädeldecke brüllten, all den Antworten, die laut wurden und schmerzhaft an seine Schläfen prallten wie ein Bumerang. Nur ein paar Sekunden. Als würde all das nicht existieren. Als würde Blanche nicht existieren. Als wäre er nie in ihr weißes Fleisch eingedrungen.

»Bunny ist weg!«

Erschöpft öffnete er die Augen. Eunice stand auf der Schwelle und biss in einen kleinen blauen Plüschdelphin. Sie hatte geweint.

»Hast du deinen Bunny verloren?«, erkundigte sich Chib, dem das völlig gleichgültig war, mit freundlicher Stimme.

»Nein, e' ist weg. E' hat mich nicht meh' lieb!«

Also gut.

»Warum hat er dich nicht mehr lieb?«

»Weil ich böse bin!«

»Hat er dir das gesagt?«

»Ja!«

»Und warum bist du böse?«

Und warum musste immer jemand im ungeeignetsten Moment auftauchen und einem die Ohren voll heulen?

»Weil ich es nicht machen will! Also bin ich böse«, versicherte sie ihm.

»Was machen?«

Sie gab keine Antwort, und plötzlich hatte er den irritierenden Eindruck, dass sie ihm einen lasziven Blick zuwarf. Mit drei Jahren. Er schloss die Augen, öffnete sie wieder. Sie lutschte an ihrem Delphin, den sie fest umklammert hielt, das Gesichtchen war vom Weinen verquollen. Er machte ihr ein Zeichen herzukommen, und sie näherte sich zögernd.

»Wenn ich ganz lieb bin, fah'e ich diesen Sommer ins Disneyland!«, sagte sie unvermittelt.

»Was heißt das, ganz lieb sein?«, fragte Chib, der hellhörig geworden war.

»Und Bunny kommt auch mit, Mickymaus anschauen!«

»Ich dachte, er ist weg.«

»Du bist dumm!«

Zumindest ein Punkt, in dem sich alle einig waren.

»Wenn ich ganz lieb bin, kommt e' wiede'.«

»Wie machst du es, sehr lieb zu sein«, beharrte er.

Sie schloss plötzlich die Augen, presste die Lippen zusammen, und er sah, wie sich ihre Finger fest in den Delphin krallten und ihn fast zu einer Kugel quetschten. Er spürte, wie sich seine eigenen Finger um die Sessellehne klammerten.

»Und weiß deine Maman Bescheid?«, fuhr er leise fort.

Ein letztes krampfartiges Umklammern des Delphins, dann rannte sie weg. Beinahe wäre er ihr nachgelaufen, aber wozu? Sie würde nicht mehr sagen. Er ließ sich wieder in den Sessel fallen. Dachte er wirklich das, was er dachte? Der pädophile Kontext schien sich zu bestätigen. War Costa der Folterknecht der Kinder gewesen? Bis eines von ihnen ihm den Schädel mit einem Stein eingeschlagen hatte? Schließlich hatte er das Brett vom Brunnen weggenommen. Und er hatte behauptet, etwas über den Mord an dem Welpen zu wissen. Aber wer konnte beweisen, dass das stimmte? Vielleicht wollte er nur den Verdacht von sich selbst ablenken. Nein, Chib, nein, wenn Costa, und nur Costa, die Kinder missbraucht hätte, könnte dir Eunice heute nicht sagen, dass sie, wenn sie ganz lieb wäre, nach Disneyland fahren würde. Aber wusste Eunice denn, dass Costa tot war? Was verstand sie überhaupt vom Tod?

Und nebenbei, wo war Bunny? Hatte man ihn ihr weggenommen, um sie zu bestrafen, weil sie die Annäherungsversuche abgewehrt hatte? Wann war Bunny verschwunden? Vor oder nach Costas Tod? Mein Gott, Chib, ist dir eigentlich klar, dass du dabei bist, im Fall eines verschwundenen *Plüschhasen* zu ermitteln? Wenn andererseits Bunny vom Teufel besessen wäre, würde das alles erklären. Denn in Wirklichkeit war er es, der nachts aufstand, um die Andrieu-Kinder zu vergewaltigen. Um Elilous Leiche zu stehlen. Vielleicht vernaschte er ja auch Blanche, dieser Bunny, und schüttelte dabei seine langen Ohren iiiaaa, der Esel bist du, Chib, der glückselige Esel, das Kamel vom Dienst. Stopp. Ruhe. Entspannen. Eine wohl dosierte Seerosen-Infusion, genau das brauchte er jetzt. Zen und Meditation.

Er sprang auf, trank seinen Cognac aus und stellte sich vor das Foto, das besudelt worden war. Er betrachtete die lächelnden Gesichter. Wie eine Werbung für Ehe und Familie. Als hätte es die Bildunterschrift: Macht es wie wir, seid gesund und glücklich. Aber das Sperma auf der Rückseite hatte eine andere Nachricht hinterlassen: Macht es wie wir, versteckt eure Wunden.

Wie um sich zu vergewissern, drehte er das Bild um. Die Rückseite war sauber. Wenn er nur wüsste, wer dort masturbiert hatte. Das passte im Übrigen nicht zu seiner Hypothese der Pädophilie. Wenn jemand eines oder mehrere Kinder missbrauchte, warum sollte er noch dazu auf ihr Foto masturbieren? Oder aber ... John Osmond, der das unerreichbare Objekt seiner Begierde betrachtete? Schwer vorstellbar, wie sich der dicke Kerl hastig befriedigte, während Belle-Mamie mit Clotilde plauderte. Und du, Chib, solltest du dir nicht zum eigenen Gebrauch einen Abzug machen lassen, du weißt schon, wenn du nachts aufwachst und das Kopfkissen umklammerst, als wäre es Blanches Becken?

Er stellte es angewidert zurück auf den Sekretär. Eine kleine Partie Billard, um seine Nerven zu beruhigen? Er legte die Kugeln auf dem grünen Tuch zurecht und konzentrierte sich auf den ersten Effet. Das Geräusch, das sie beim Auseinanderrollen machten, auch das der 8, als sie gegen die Bande stieß und dann ins anvisierte Loch fiel. Er spielte eine halbe Stunde lang und versuchte, sich nur auf ein Ziel zu konzentrieren, das Berechnen des Abprallwinkels. Um die 5 zu treffen, musste er …

Ein Schrei.

Ein spitzer, schriller Schrei.

Der plötzlich abbrach.

Die Nerven zum Zerreißen angespannt, stürzte er zur Tür hinaus und wäre beinahe mit Dubois zusammengestoßen, der, Belle-Mamie und Blanche auf den Fersen, aus dem Esszimmer kam. Er sah Andrieu, der aus seinem Arbeitszimmer gerannt kam. Nur die Tür des Fernsehzimmers, aus dem eine heftige Schießerei tönte, blieb geschlossen.

Aïchas Stimme: »Was ist denn los?«

Colettes abgehackte Stimme: »Da, da!«

Spurt in die Küche. Colette, eine Hand auf der üppigen Brust, deutete auf den großen Suppentopf, der auf dem Cerankochfeld stand. Ein Suppentopf, aus dem … eine Stimme kam? Chib fragte sich für eine Sekunde, ob der Topf groß genug war, um den Körper eines dreijährigen Kindes aufzunehmen. Andrieu stieß alle beiseite und hob den Deckel an. Chib sah, wie sich Blanche kreidebleich am Kühlschrank festhielt. Er ging zu Andrieu, der den Deckel ins Spülbecken warf, und beugte sich mit klopfendem Herzen über den Topf.

Da schwamm etwas im kochenden Wasser. Eine formlose Masse mit Armen und Beinen. Und mit großen Ohren. Bunny, der in einer Bouillon mit Suppengrün kochte.

»Herr Gott noch mal, Colette«, zischte Andrieu, »das ist doch nur ein Spielzeug! Ist Ihnen klar, wie Sie geschrien haben?«

»Entschuldigen Sie, Monsieur«, stammelte die Unglückliche, das Gesicht hochrot angelaufen, »ich war im Gemüsegarten, und als ich zurückkam, habe ich diesen Suppentopf gesehen, und ich … ich … nach der Sache mit dem aufgeschlitzten Welpen …«

»Es ist kein Welpe, es ist Eunices Plüschhase!«, bellte Andrieu außer sich und griff mit den Fingerspitzen nach Bunnys Ohr.

Er zog den Hasen aus der Suppe und schüttelte ihn. Mit seinem verklebten Fell und den halb geschmolzenen Plastikaugen sah er ekelhaft aus, sagte sich Chib.

»Ein verfluchter Plüschhase«, brüllte Andrieu und schleuderte ihn auf die marmorne Arbeitsplatte.

Der Hase schlug mit einem dumpfen Geräusch auf, kleine Tropfen spritzten nach allen Seiten.

»Iiich maag Karooootten«, quiekte er.

Andrieu versetzte ihm einen Schlag mit der Faust.

»Duuu biiist meeein Freeeeund ...«, konnte Bunny noch von sich zu geben, ehe die Batterie streikte.

Andrieu fuhr sich mit der Hand durchs Haar. »Nie wieder so was!«, knurrte er im Hinausgehen. Colette brach in Tränen aus. »Nicht so schlimm, nicht so schlimm, alle sind etwas nervös«, versicherte die gute Aïcha und nahm sie in den Arm. Dubois hob die Augen zum Himmel und verließ die Küche. Belle-Mamie betrachtete den Hasen, doch Chib wusste, dass sie ihn gar nicht sah. Sie sah nur die Wut ihres Sohnes. Seine Gewalttätigkeit, die plötzlich hervorbrach. Auch sie ging. Blanche schien Mühe zu haben, wieder zu Atem zu kommen. Chib trat einen Schritt auf sie zu, doch sie machte eine abwehrende Handbewegung, um zu sagen »komm nicht näher« und eilte hinaus. Er wandte sich zu Aïcha und Colette um, Aïcha machte ihm dasselbe Handzeichen, »Geh, du störst«. Er zuckte die Schultern. Beugte sich noch einmal über den armen Bunny. Ein leises Quieken. Eine letzte Zuckung der Batterie? Nein, es war hinter ihm. Noch ein übler Scherz? Er drehte sich um. Erneutes Quieken. Es schien vom Boden zu kommen. Er bückte sich. Unter dem Tisch? Es war eigentlich kein Quieken. Eher ... ein ersticktes Wimmern, dachte er, und als er in die Hocke ging, saß er Eunice gegenüber, die tränenüberstömt zwischen den Tischbeinen kauerte, den Delphin halb in den Mund gestopft; ihre Finger hielten ihn so heftig umklammert, dass die Knöchel weiß waren. Er streckte ihr die Hand entgegen.

»Komm, es ist alles gut.«

Sie sah ihn an wie eine Ertrinkende, schluchzend.

»Komm, mein Liebes, komm da raus.«

Er fragte sich, was sie genau gesehen hatte. Hatte man sie gezwungen, der furchtbaren ›Bestrafung‹ ihres geliebten Bunny beizuwohnen? Hatte sie ihn zufällig entdeckt? Nein, warum sollte sie den Deckel des Suppentopfs angehoben haben? Er war sicher, dass man sie zum Zusehen gezwungen hatte. Die Platte, die langsam heiß wird. Der Suppentopf, den man genüsslich hervorholt. Der Hase, den man über dem Topf hin und her schwenkt, während das Wasser zu sieden beginnt. Das Suppenkraut, das man hinzufügt, um es »echt« zu machen, und das langsame Eintauchen, Bunny, der seine verzweifelte, hilflose Herrin ruft. Ein Mord, ja, ein kaltblütig und sadistisch inszenierter Mord. Er kroch unter den Tisch und zog das Kind an sich. Sie leistete keinen Widerstand. Als er sich mit der Kleinen erhob, knackten seine Kniegelenke. Chib, der Retter von Kindern in Gefahr, Chib der Schokoladen-Bernhardiner. Aïcha machte große Augen.

»Aber … warst du die ganze Zeit da, mein Püppchen? Komm schnell in Chachas Arme.«

Sie nahm ihm das Mädchen ab, setzte es auf ihre Hüfte und bedeckte es mit Küssen.

»Mein Püppchen, wir werden ihn abtrocknen, deinen Bunny, ihm eine neue Batterie einsetzen, und er ist wie vorher.«

»Nein«, stammelte Eunice, »e' is' ganz tot!«

»Nein, nein, er ist nicht tot, nur verletzt, mach dir keine Sorgen, wir werden ihn wieder heil machen, was, Chib, wir machen Bunny wieder heil. Weißt du, Chib ist Doktor.«

Eunice zog die Nase hoch, und als sie ihn ansah, blitzte ein Hoffnungsfunke in ihren Augen auf. Chib beugte sich über das Plüschtier, legte das Ohr auf die rosige, nasse Brust.

»Ja, ich glaube, das Herz schlägt noch!«, erklärte er bestimmt. »Schwester, ein sauberes Handtuch bitte!«

Schniefend reichte ihm Colette ein mit Gänsen besticktes Küchentuch. Chib presste es auf Bunny, wrang die Ohren und die Pfoten aus, drehte ihn um, zog den Reißverschluss auf und sah das garantiert wasserdichte Gehäuse in seinem Rücken.

»Skalpell!«

Die noch immer zitternde Colette reichte ihm ein Küchenmesser. Er schob es unter das Plastik, öffnete den Deckel, nahm die nasse Batterie heraus und trocknete sorgfältig den Mikro-Lautsprecher ab.

»Dieser junge Mann braucht ein Ersatzherz!«, rief er.

Verwirrt öffnete Colette den Mund.

»Glücklicherweise habe ich meine Zauberuhr dabei!«, fuhr er fort, öffnete das Armband, nahm die Batterie aus der Uhr und setzte sie in das Gehäuse ein. So! »Abrakadabra …«

Er drückte auf die »Play-Taste« und murmelte: »Los, du Mistding, los!«

»Ich mag Karotten!«, verkündete Bunny, die Nase auf dem Marmor, höflich.

Eunice stieß einen entzückten Schrei aus, sprang von Aïchas Arm, griff mit strahlenden Augen nach dem Hasen und presste ihn mit aller Kraft an ihr Herz. Chib tätschelte ihr den Kopf. Er war bereit, eine neue Batterie zu kaufen. Er steckte die Uhr in die Tasche. Die beiden Frauen lächelten ihn an, als sei ihm tatsächlich soeben eine Operation am offenen Herzen gelungen, und er verbeugte sich.

»Gut, aber das ist nicht alles. Jetzt muss ich mich um mein Lammragout kümmern«, brummte Colette und tupfte sich die Augen ab.

»Lass sie nicht allein«, sagte Chib, an Aïcha gewandt, und deutete dabei auf Eunice, die Bunny, die Augen glückselig geschlossen, in den Armen wiegte.

So, jetzt ein kleines Gespräch mit den Jungen, um Gewissheit zu haben. Er öffnete die Tür zum Fernsehraum und stellte sich vor den Bildschirm, auf dem Aliens explodierten und zu klebrigen violetten und grünen Massen zerliefen.

»He«, protestierte Charles. Er lag auf dem Sofa und richtete sich, den Joystick in der Hand, halb auf.

Louis-Marie, der mit seinem Joystick am Boden saß, drückte auf den Pausenknopf.

»Weg da, wir sind im Level vier!«, knurrte er.

»Wer hat Bunny in den Suppentopf geworfen?«, fragte Chib.

Die beiden Jungen sahen ihn erstaunt an.

»Bunny?«, wiederholte Louis-Marie.

»Den Plüschhasen von Eunice«, erklärte Chib. »Warst du es?«

»In welchen Suppentopf? Wovon reden Sie?«

»Warst du es, Charles?«

»Haben Sie nichts Besseres zu tun, als mir nachzuspionieren?«, sagte Charles seufzend. »Warum sollte ich einen blöden Plüschhasen in einen Suppentopf werfen?«

»Um deiner kleinen Schwester einen Streich zu spielen.«

»Ich werde bald sechzehn. Aus dem Alter für so dumme Streiche bin ich raus!«

»Sehen Sie mich nicht so an«, protestierte jetzt Louis-Marie, »ich war es auch nicht! Wenn Sie glauben, dass wir unsere Zeit damit vertun, mit Eunice oder Annabelle zu spielen, das sind doch Babys!«, betonte er verächtlich.

»Können wir jetzt bitte unser Spiel weitermachen?«, fragte Charles und drückte auf den roten Knopf.

Ohne zu antworten, schloss Chib die Tür. Vielleicht logen sie, trotzdem glaubte er ihnen. Doch die Übereinstimmung dessen, was ihm Eunice kurz zuvor erzählt hatte, und der Geschichte mit dem Hasen, der im Suppentopf kochte, war zu groß. Man hatte sie unter Druck setzen wollen. Um sie zu zwingen ...? Ihm wurde plötzlich bewusst, dass er mitten in der Halle stand. Der Fremde, der keinen Platz hat. Andrieu hatte sich in sein Arbeitszimmer zurückgezogen. Belle-Mamie weinte wohl ihren Groll an Dubois' Schulter aus, dessen kleine Wieselaugen auf vorwitzig umherkriechende Dämonen gerichtet sein mussten. Blanche war sicher in ihrem Zimmer, trieb auf dem zarten Blau ihrer Steppdecke dahin – der Kopf auf den gestickten Wolken der Kissen, der Blick im Halbdunkel irrend wie ein Phantomschiff, verloren im Packeis.

Da er nicht wusste, wo er bleiben sollte, ging er nach draußen und setzte sich auf einen der schmiedeeisernen Stühle. Es war kalt. Die Sonne war fast untergegangen. Er schlug den Kragen seiner Jacke hoch und vergrub die Hände in den Taschen. Ein gut angefüllter Tag, Chib. Zu Beginn einen Streit in Herzensangelegenheiten, Spannung am Telefon mit dem anonymen Anrufer, etwas viel Sex mit der Dame Blanche – deine ganz persönliche Droge –, ein Verdacht auf Pädophilie, verbunden mit der Misshandlung eines Plüschtiers, Wutausbruch des Familienoberhaupts, Versuch des Exorzismus mit Hilfe magischer Kapseln, nicht zu vergessen die doppeldeutigen Avancen des ältesten Sohnes: normal, dass du ein wenig kaputt bist, mein Lieber, und sicher, dass die Toten erholsamer sind als die Lebenden. Sogar Greg würde hier noch erholsam wirken.

Er lehnte den Kopf zurück. Man sah die noch blasse Mondsichel. Das nachdrückliche Klopfen eines Kleibers verursachte ihm fast Schwindel. Schließlich entdeckte er den Vogel, der den Stamm einer alten Ulme hinunterlief und, auf der Suche nach Insekten, unablässig mit dem Schnabel in die Rinde schlug. Der ganze Garten wimmelt von Leben, dachte er, und erneuert sich, unabhängig von unserm Tun. Das vertraute Gefühl von Wehmut, nur ein winziges Staubkörnchen im Universum zu sein. Das Geräusch eines Fensters, das geöffnet wurde. Schießen, Explosionen, kehlige Schreie störten seine Träumereien. Das Videospiel der Jungen auf voller Lautstärke, ebenso unangenehm wie das Geknatter von Jet-Skiern, wenn man dem Murmeln der Wellen lauschen will. Zwischen zwei Detonationen Schritte auf dem Kies. Er drehte sich nicht um. Er hatte keine Lust zu reden, sich zu bewegen.

Also traf ihn der stechende Schmerz im Hinterkopf völlig überraschend. Er hatte gerade noch Zeit, sich zu sagen, dass er ein Idiot war, dann versank er in einem tiefen schwarzen Loch.

Er hatte Schmerzen. Das war sicher. Ein Schmerz, der seinen Kopf umschloss, wie eine kräftige Hand, die heftig auf seinen Schädel drückte. Eine Hand voller Hass, die den Druck immer mehr erhöhte, um ihn zu zerquetschen. Er blinzelte, die Augen zu öffnen, bereitete ihm Übelkeit, schickte Wellen von Schmerz bis in seine Zahnwurzeln. Er schloss die Lider und wartete eine

Weile. Dann öffnete er sie erneut, langsam, ganz langsam. Alles war verschwommen. Dunkel und verschwommen. Er versuchte zu verstehen. Etwas Braunes bewegte sich in der Nähe seiner Augen. Er versuchte, die Finger zu bewegen, und das Ding berührte seine Nase. Seine Hand. Er sah seine Hand an. Er entfernte sie, legte sie auf …? Etwas Kaltes, voller kleiner, trockener Steine. Der Kies. Seine Hand auf dem Kies. Ein feuchtes Gefühl hinter dem Kopf im Nacken. Blut? War er gelähmt? Er befahl seinen Füßen, sich zu bewegen, spürte, wie sie über den Boden rutschten, nein, nicht gelähmt. Die Zehen bewegen. Selbst das tat weh. Er hob die Hand erneut zum Gesicht. Und der andere Arm? Wo war der? Anscheinend neben seinem Körper. Er war der Länge nach auf den Bauch gefallen. Er öffnete und schloss die Augen erneut. Er sah Reifen. Dicke Michelinreifen. Eine Ameise kletterte an seiner Hand hoch, marschierte über den Nagel seines Zeigefingers. Er blies auf sie, und sie ergriff die Flucht.

Aufstehen.

Er stützte sich auf die Hände und stemmte sich hoch. Fast wäre er zurückgesackt. Er spannte die Muskeln an, die zitterten wie ein alter, lahmer Motor. Er verharrte jetzt auf allen vieren. Sah das Heck des Peugeot 606 von Belle-Mamie, mit etwas Glück würde er vielleicht bald auch das Dach sehen.

Noch immer auf Händen und Knien, drehte er langsam den Kopf nach rechts und links. Heftiger Schmerz auf der linken Seite. Als würde man ihm das Fleisch mit einer Zange zerreißen. Er zwang sich, ruhig zu atmen, bis der Schmerz langsam abebbte. Es war Nacht, und der Schein der Außenlampe erreichte ihn nicht, der Kleiber sang nicht mehr. Im Landhaus brannte Licht. Wie lange lag er schon so da? Er versuchte, die Uhrzeit zu sehen, erinnerte sich, dass seine Uhr ohne Batterie in seiner Tasche steckte. Interessant, festzustellen, wie sehr man sich um sein Schicksal sorgte. Hatte überhaupt jemand bemerkt, dass er verschwunden war? Moreno, der dunkle Schatten, der Luftzug in Menschengestalt.

Er kroch bis zum Wagen und stützte sich auf die Stoßstange,

um sich aufzurichten. Seine Knie gaben nach, er lehnte sich eine Weile gegen die Heckklappe, um wieder zu Atem zu kommen und zu warten, bis die weißen Schmetterlinge vor seinen Augen endlich davonflogen. Dann richtete er sich ganz auf, atmete tief durch und streckte vorsichtig seine Glieder. Nichts gebrochen, nur dieser stechenden Schmerz im Schädel. Les Tambours du Bronx, alle Mann hoch.

Er sah den Stuhl an, auf dem er gesessen hatte. Die Rückenlehne war tief eingekerbt. Man musste ihn mit etwas wirklich Hartem geschlagen haben, um das Schmiedeeisen so zu verbeulen. Eine Brechstange? Vielleicht hatte er einen Schädelbruch. Er schwankte, fand sein Gleichgewicht wieder, metallisches Klirren, als er an die Karosserie stieß. Sicherlich seine Schlüssel. Die Kassette! Er schob die Hand in seine Tasche und zog die Armbanduhr heraus. Keine Kassette mehr.

Sein Angreifer hatte sie sich zurückgeholt! Adrenalin schoss durch seinen ganzen Körper, trübte kurz seinen Blick. Wieder zwang er sich, tief durchzuatmen. Dann ein Schimmern zu seiner Linken in der Nähe der Eukalyptussträucher. Ein Plätschern. Schwerfällig steuerte er auf den Pool zu, steif und ruckartig wie ein lebender Toter. *The Attack of The Three Feet Black Zombi,* Technicolor, Sie hören garantiert die Engel im Himmel singen!

Er war fast darauf gefasst, Elilou im klaren Wasser treiben zu sehen, aber das Becken war leer. Er sagte sich, dass vielleicht jemand einen Stein ist Wasser geworfen hatte, um seine Aufmerksamkeit abzulenken. Aber von was? Er drehte sich um, sah den Schatten an der Mauer. Riesig und verzerrt durch die Scheinwerfer, die im Gras aufgestellt waren, um den Garten zu erleuchten. Da war jemand, ganz in seiner Nähe, zwischen dem Licht und dem Haus. Aber wo? Er erkannte nur die sich wiegende Masse der Bäume. Der Schatten hatte die Hände in die Hüften gestemmt, dann streckte er einen Arm aus und hob die Hand zum Fuck-you-Zeichen. Chib öffnete und schloss ungläubig die Augen. Er stand allein am Rande des Pools. Er zitterte vor Kälte und Müdigkeit. Und er hatte Angst.

Mit schlurfenden Schritten und hängenden Armen machte er sich auf den Weg zum Haus. Sehr elegant, Chib, mit diesem originellen Auftritt wirst du die Eiskappe zum Schmelzen bringen, die Blanche als Herz dient. Welche Frau hätte nicht davon geträumt, die Verlobte von Frankenstein zu sein?

Nach zwanzig Metern, die ihm wie tausend vorkamen, erreichte er die Fenstertür zum Esszimmer. Sie waren alle da, Andrieu, Blanche, Dubois, Belle-Mamie, vor sich Stapel von Papier. Er drückte mit den Fingern gegen die Scheibe und stellte fest, dass sie dunkle Flecke darauf hinterließen. Blanche hob den Kopf, und er sah, wie ihr Blick starr wurde. Er senkte die Hand auf die Klinke, die Tür öffnete sich, fast hätte er das Gleichgewicht verloren und taumelte ins Zimmer.

»Was ist denn mit Ihnen los?«

Andrieu hatte sich erhoben und kam auf ihn zu.

»Ich habe einen Schlag in den Nacken bekommen«, brachte Chib mühsam hervor.

»Was sagt er?«, fragte Belle-Mamie verblüfft.

»Er hat einen Schlag in den Nacken bekommen«, wiederholte Dubois.

»Wie der arme Costa?«, murmelte sie und legte das Blatt zur Seite, das sie gerade las.

»Sind Sie gefallen?«, fragte Andrieu und führte Chib zu einem Stuhl.

»Man hat mich niedergeschlagen.«

Nun erhob sich auch Dubois. Blanche hatte die Lippen zusammengepresst und rührte sich nicht. Ihre Hände zitterten. Andrieu zog einen Stuhl heran.

»Setzen Sie sich und erzählen Sie uns alles.«

Chib setzte sich langsam, er machte alles langsam, so, als würde er mit einem Bleigürtel beschwert unter Wasser schwimmen. Er legte seine blutbeschmierten Hände auf die Knie und sah, dass alle entsetzt darauf starrten. Dann hörte er Andrieu murmeln: »O mein Gott!« Blanche hob den Kopf zu ihrem Mann. Dubois legte eine Hand auf Chibs Schulter und murmelte: »Ruft den Notarzt, schnell!«

»Das ist nicht nötig«, meint Chib, »es geht schon.«

»Sie sollten sich besser untersuchen lassen, mein Lieber«, versicherte Andrieu mit angespannter Stimme.

»Nein, es geht, ganz bestimmt«, protestierte Chib.

»Das glaube ich nicht, denn Sie haben ein Loch im Nacken.«

»Ein Loch?«

»Nach meiner Erfahrung als Krankenhausgeistlicher in Algerien würde ich sagen, dass Sie durch eine Kugel verletzt wurden«, sagte Dubois und drückte leicht seine Schulter.

»Eine Kugel?«, wiederholte Chib.

Eine Billardkugel?

Andrieu räusperte sich.

»Hm ... ich glaube, Dubois hat Recht ... Hm ... und ich glaube, die Kugel steckt noch drin.«

»Wo?«, fragte Chib, der Lust hatte, zu schlafen.

»In Ihrem Kopf«, antwortete Dubois sanft.

Eine bunte Billardkugel, vielleicht eine gelbe, in seinem braunen Kopf, eine Sonnenblume im Topf. Das ist nicht der richtige Moment, um Scherze zu machen, wollte Chib ihm sagen, aber er sah, dass Blanche schon nach dem Telefon griff und mit hastiger Stimme sprach. »Kommen Sie schnell!«, sagte sie. Er sah, dass Belle-Mamie sich erhoben hatte, dass ihr Patriziergesicht einen entsetzen und ungläubigen Ausdruck angenommen hatte. Blanche legte auf. »Sie sind gleich da«, sagte sie, »er darf sich nicht bewegen.«

Man sprach von ihm. Er war verletzt. Eine Kugel. Kinder spielen mit Kugeln, mit Murmeln. Schießen mit echten Kugeln. Eine *echte* Kugel? In meinem Kopf? Unmöglich. Eine Kugel im Kopf, und man ist tot. Der Schädel explodiert, das Hirn spritzt. Man kann nicht laufen, nicht reden. Er sah erneut auf seine Hände, auf das klebrige Blut an seinen Fingern. Sein Blut. Vielleicht war er ja auch schon tot, und ein anderer Thanatopraktiker hatte begonnen, ihn zu entleeren. Nein, der Schmerz war lebendig. Er musste sich also der Tatsache beugen, wie man sich dem überlegenen Feind beugt, widerwillig, aber unausweichlich. Er musste also anerkennen, dass ein Stück möglicherweise tödliches Metall irgendwo in der Nähe seines Gehirns steckte. Er schloss die Augen.

»Sehen Sie sie?«, fragte er im Flüsterton, so, als fürchte er, das Geschoss zu wecken.

»Nein«, antwortete Dubois genauso leise. »Aber offenbar gibt es kein Loch, durch die sie ausgetreten ist.«

»Wo ist sie?«

»Im Nacken, rechts vom Halswirbel.«

Zwischen seinem verlängerten Rückenmark und seinem Kleinhirn also. Wie viele Millimeter von totaler Lähmung und definitiver Verblödung entfernt?

»Hat niemand meine Partitur gesehen, ich …«

Louis-Marie verstummte abrupt.

»Welche Partitur?«, fragte Andrieu, den Blick auf Chibs blutigen Nacken gerichtet.

»Du weißt schon, die von Debussy«, antwortete der Junge. »Was ist passiert?«

»Man hat auf mich geschossen, ich habe eine Kugel im Kopf«, informierte ihn Chib ruhig.

»Ist das ein Witz?«

»Louis-Marie«, knurrte sein Vater, »sieht das etwa nach einem Witz aus?«

»Aber … man kann doch nicht …«

»Nun, wie du siehst, kann man!«, unterbrach ihn Dubois. »Mach dich nützlich und sag Aïcha, sie soll das Tor aufmachen, wir warten auf den Krankenwagen.«

»Aber wie ist das passiert?«

»Richtig«, pflichtete Belle-Mamie bei, »wo ist das passiert?«

»Auf einem Stuhl im Hof.«

»Mein Gott«, rief sie theatralisch aus, »auf unserem Hof?«

Nein, an dem des Sonnenkönigs, während meiner letzten Reise zurück in die Zeit. Er antwortete nicht. Er wünschte sich, dass Blanche die Hand auf seine Stirn legen und ihm sagen würde, dass sie sich Sorgen mache. Keine Bange, Chib, das passiert mit Sicherheit nicht, nicht einmal, wenn du krepierst. Übrigens bist du dabei zu krepieren. Und sie sieht aus dem Fenster, ebenso weiß wie ihre Seele, ausgewaschen von den Tränen, die sie nie vergießt und in denen sie mit jeder Sekunde tiefer versinkt.

»Wer hat auf Sie geschossen?«

Alle wandten sich zu dem Jungen um, der den Kopf zwischen die Schultern zog.

»Nun, die Frage ist doch wohl logisch, oder?«

»Ich weiß nicht«, sagte Chib, »ich habe nichts gesehen. Ich habe nur Schritte hinter mir gehört.«

Andrieu schien plötzlich zu erwachen.

»Mein Gott, ich hoffe, dass ...«

Er lief aus dem Zimmer.

»Papa?«, rief Louis-Marie und rannte ihm nach, »Papa?«

Das entfernte Echo einer Sirene, das sich näherte. Chib spürte, wie ihm der Schweiß, vermischt mit Blut, über den Nacken und den Oberkörper rann, aber er wollte nicht die Hand heben, um ihn abzuwischen. Die Sirene. Der süße Gesang der Sirene. War Costa erst heute Morgen gestorben? Aber ja. Tod am Morgen, Kummer und Sorgen, Tod am Abend ...

»Es scheint ihm schlecht zu gehen, er verdreht die Augen.«

Belle-Mamies Stimme mit leicht missbilligendem Unterton.

Tut mir Leid, wenn ich nicht korrekt krepiere. Eine Hand auf seinem Arm. Er versuchte, seinen Blick auf den Tisch zu richten. War er für ein paar Minuten eingeschlafen?

Ihre Hand. Die blassrosafarbenen Nägel. Ihre bleiche Hand. Die Finger, die leicht seinen Arm umschlossen, wie zuvor sein Geschlecht. Er fröstelte.

»Ich bin da«, murmelte er.

»Alles ist da, im Waffenschrank fehlt nichts«, rief Andrieu außer Atem und deutlich erleichtert.

Stürmisches Klingeln. Getöse. Schnelle Schritte. Männerstimmen, eine darunter sehr bestimmt.

»Sehen wir mal ...«

Man berührte ihn, beklopfte ihn, fühlte seinen Puls, maß den Blutdruck, man untersuchte seine Pupillen, befahl ihm, den Kopf vorzuneigen, vorsichtig, so, man gab ihm eine Spritze, eine Trage in seinem Blickfeld, Schuhe, ein Stethoskop.

»Na, mein Lieber, Sie hatten verdammtes Glück! Nun sieh sich das mal einer an«, sagte der Arzt, ein junger Mann mit der heiseren Stimme eines Kettenrauchers. »Wir müssen sie hier rausnehmen. Zu riskant, ihn bis ins Krankenhaus zu karren.«

Schon wieder ein Witz. Man würde ihn im Esszimmer der Andrieus aufschneiden. Haha.

»Ein Glück für Sie, dass ich heute Dienst habe! Wie werden jetzt zur Ambulanz gehen, okay? Ganz langsam. Nein, keine Bahre, es ist besser, wenn er sich aufrecht hält«, sagte der Arzt den Krankenträgern.

»Aber … Sie werden ihn doch nicht im Krankenwagen operieren?«, wunderte sich Belle-Mamie.

»So etwas nennt man mobiles Operationszentrum, wenn Sie wollen, einen Krankenwagen, der für Intensivbehandlungen eingerichtet ist. Nachdem Sie uns beschrieben haben, was passiert ist, schien es uns besser, mit einer Ausrüstung zu kommen, die eine Operation vor Ort erlaubt. So, kommen Sie, wir gehen«, sagte er und nahm Chib beim Arm.

Mein Gott, wie weich seine Knie waren! Wie Spaghetti, nicht einmal die Sauce Bolognaise fehlte, die hatte er im Nacken. Ein Krankenpfleger hakte ihn auf der anderen Seite unter, und sie gingen langsam zum Krankenwagen, der vor der Fenstertür stand. Mobiles Operationszentrum? Sehr gastlich. Das konnte man von dem Landhaus nicht eben behaupten. Bitte Chib, keine dummen Witze, wenn der Tod hinter deinem rechten Ohr lauert, wohlig eingerichtet zwischen deinen zerfetzten Muskeln, und in aller Seelenruhe seinen Bloody-Moreno schlürft.

Im Inneren des Krankenwagens roch es nach Antiseptika. Man legte ihn bäuchlings auf den Operationstisch. Zahlen, Stimmen, Apparate, Blutkonserven, Mundsschutz, ein Monitor, auf dem Ziffern und Grafiken flimmerten.

»Bis gleich«, sagte der junge Arzt und machte dem Anästhesisten ein Zeichen.

Er spürte, wie sich die Nadel in seinen Arm bohrte, hörte jemanden zählen, dann hörte er nichts mehr.

KAPITEL 18

Wieder ein benommenes Erwachen. Aber der Schmerz war weniger stark. Und es war Tag. Und er lebte, unbestreitbar. Und das Eigenartigste war, dass ihm das fast normal schien. Er versuchte vorsichtig, den rechten Arm zu heben, sah die Nadel in der Beuge stecken und senkte ihn wieder. Die linke Hand war frei. Er bewegte sie vor seinen Augen. Alles klar zu sehen. Er hob sie an den Kopf. Verbände. Dicke Verbände. Wie eine große Mütze. Chib der emeritierte Kampfschwimmer tauchte aus dem Ozean des ewigen Eises auf. Welcher Tag war heute? Was für ein schöner Tag, der Donnerstag. Tröpfeln zu seiner Rechten. Eine Fensterscheibe. Es regnete. Ein schöner, regnerischer Donnerstag. Donnerstag, der Tag des Jupiter, danke Jupi!

Er sah, dass man sein Handy auf den Nachttisch gelegt hatte, und bekam es zu fassen. Es gab vier Nachrichten von Gaëlle, die von Fröhlichkeit über Verwunderung bis Ängstlichkeit reichten. Er rief sie an, die Mailbox, er hinterließ, er habe einen kleinen Unfall gehabt, aber es gehe ihm gut, er würde sie wieder anrufen, sobald er könne. Sie hatte sicher durch Aïcha von dem Anschlag auf ihn erfahren.

Die Tür öffnete sich, und der junge Arzt trat ein. Ein kleiner Rotschopf mit schiefen Zähnen, langem Nackenhaar, einem Kittel, der über einem Nike-T-Shirt geöffnet war, und tiefen Schatten unter den Augen.

»Guten Tag, ich bin Doktor Flamel, fühlen Sie sich besser?«

»Von einem Gewicht befreit, würde ich sagen.«

»Wollen Sie es sehen?«, fragte der junge Arzt lachend. Er

reichte ihm einen Plastikbecher, in dem auf einem weißen Tupfer ein platt gedrücktes und geschwärztes Stück Metall lag.

»Sie saß neben dem zweiten Halswirbel, gleich neben dem pneumogastrischen Nerv. Sie hat die Wirbelsäule gekitzelt«, fügte er freundlich hinzu, »jene Art Berührung, die Sie für den Rest Ihrer Tage erstarren lassen kann wie tiefgefrorenes Gemüse.«

»Danke«, sagte Chib und stellte den Becher zurück auf den Nachttisch. »Wann kann ich nach Hause?«

»Wenn Sie wollen, übermorgen. Es handelt sich nur noch um eine hässliche Fleischwunde, die verheilen muss. Ich denke, die Stuhllehne hat Ihnen das Leben gerettet.«

»Warum?«

»Das Schmiedeeisen hat den größten Teil des Aufschlags abgefangen. Die Kugel ist daran abgeprallt und hat so achtzig Prozent ihrer Wucht verloren. Sonst hätte sie Ihnen den Kopf zerfetzt, es war ein Acht-Millimeter-Kaliber, da gibt es kein Pardon. Eine Acht-mal-fünfundsiebzig-JS, das gab's vor langer Zeit. Sind Sie Jäger?«

»Nein«, sagte Chib, »wirklich nicht.«

»Ich auch nicht. Aber mein Vater. Also kenne ich mich mit Jagdgewehren aus. Solche Unfälle kommen häufig vor. Gut, ich muss gehen ... Ich werde mich etwas hinlegen. Ich nehme an, Ihre Freunde haben die Polizei informiert«, führte er ruhig hinzu. »Das ist nicht mein Job. Ich habe nur den Eingriff vermerkt. Entfernung eines Fremdkörpers hinter dem linken Hinterhauptlappen.«

Als er allein war, sagte sich Chib, dass der junge Arzt wohl einen ausgearteten Familienzwist vermutete. Ein tragikomisches Eifersuchtsdrama. Er lehnte sich in die Kissen zurück. Würde Blanche ihn besuchen? Träum nur, Chib, träum weiter!

Wer hatte auf ihn geschossen und warum? Näherte er sich der Wahrheit so sehr, dass der Schuldige nervös wurde? Auf jeden Fall handelte es sich nicht um einen Scharfschützen. Er hatte sein Ziel verfehlt, obwohl er sicher nicht mehr als zwanzig Meter entfernt gewesen war, denn Chib hatte die Schritte auf dem Kies gehört. Warum war er nicht näher gekommen? Um nicht in den Schein der Laternen zu treten, die den Hof erleuchteten? Und die Detonation? Warum hatte niemand die Detonation gehört? War doch klar, Chib: Sie war im Getöse des Videospiels untergegangen, das passenderweise gerade lief. Da hatte jemand Interesse an einer guten Geräuschkulisse für Actionszenen gehabt …

Er suchte eine bequemere Lage, trank einen Schluck Wasser und gähnte. Er fühlte sich völlig benommen. Sicher die Nachwirkung der Anästhesie. Er würde später nachdenken. Sich zuerst etwas ausruhen. Sich vom Regen forttragen lassen, der an der Scheibe herunterlief, den flüssigen Vorhang mit dem beruhigenden Rauschen durchqueren, auf dem Wasser dahintreiben, weit entfernt von den nebligen Ufern, wo sich die Fragen, schwer wie Bleisohlen, in den Treibsand bohrten.

Als er diesmal wieder zu sich kam, regnete es nicht mehr. Über dem Park, der das Krankenhaus umgab, graute der Morgen und tauchte die hundertjährigen Pinien in ein zartes Rosa. Er hatte Hunger. Er hörte das Rollen eines Teewagens auf dem Gang, die Stimmen der Schwesternhelferinnen, irgendwo eine Klingel, Türen, die sich öffneten und wieder schlossen. Er setzte sich auf und betastete seinen Verband. Ein leichter, diffuser Schmerz. Er drehte den Kopf, der Schmerz wurde deutlicher. Finito mit den hektischen Untersuchungen des furchtlosen Moreno. Ab in die Hütte, Opa, sagte er sich, als man ihm das Frühstück brachte.

Nachmittags bekam er Besuch vom männlichen Zweig der Familie Andrieu. Charles und Louis-Marie interessierten sich für die verschiedenen Apparaturen, während Jean-Hugues mühsam Konversation betrieb.

»Haben Sie die Polizei informiert?«, unterbrach ihn Chib mitten im Satz.

»Nun … ehrlich gesagt, nein«, erklärte Andrieu. »Ich habe mir gesagt, Sie würden selbst Anzeige erstatten. Sie sind der Einzige, der weiß, was geschehen ist, nicht wahr?«

»Es gab einen Schützen auf Ihrem Hof«, erwiderte Chib, »jemanden, der versucht hat, mich auf Ihrem Grundstück zu töten.«

»Ist es denn sicher, dass es sich um einen Mordversuch handelt? Es könnte auch ein Schuss gewesen sein, der sich versehentlich gelöst hat.«

»Ein Jäger, der sich abends auf ihren Parkplatz verlaufen hat?«, fragte Chib ironisch.

»Es hat schon unwahrscheinlichere Dinge gegeben!«, knurrte Andrieu.

Ja, vor allem bei ihnen, dachte Chib und wandte sich an die Jungen.

»Könnt ihr beide schießen?«

Andrieu runzelte die Stirn, während Charles sagte: »Das hängt davon ab, womit«, und Louis-Marie rief: »Wir gehen manchmal mit Papa auf die Jagd.«

»Was wollen Sie da unterstellen?«, protestierte Andrieu, der steif und mit hochrotem Kopf auf seinem Stuhl saß.

»Ich kann mir kaum vorstellen, wer – außer Charles und Louis-Marie – bei Ihnen mit einem Karabiner hätte hantieren und ihn, wie Sie sagen, falsch bedienen können«, erklärte Chib ruhig.

»Jedes Mal, wenn irgendwas passiert, beschuldigt er uns«, schimpfte Charles, »du bezahlst ihn wirklich für nichts.«

»Charles«, rief sein Vater, »bitte bleib höflich. Allerdings muss ich zugeben, Monsieur Moreno, dass mir Ihre Verdächtigungen ein wenig konstruiert erscheinen.«

Chib richtete sich etwas mehr auf. Er hatte in letzter Zeit immer weniger Lust, höflich und geduldig zu sein. Ja, die Familie Andrieu hatte seine natürlichen Reserven an verständnisvoller Sanftheit erschöpft.

»Hören Sie, bei Ihnen passieren wirklich seltsame Dinge, mein Lieber« – er betonte das ›mein Lieber‹ – »und ich bin entschlossen herauszufinden, wer dahinter steckt oder Anzeige wegen versuchten Mordes zu erstatten.«

»Aber ist Ihnen klar, was das für einen Skandal gibt?«

»Was geht mich das an? Dieses Mistding hat man in meinem Kopf gefunden, nicht in Ihrem«, schrie Chib und deutete auf den Plastikbecher mit der Kugel.

»Wow! Hast du das gesehen, Charles, unglaublich!«, rief Louis-Marie, die Nase über dem Becher.

»Ganz ruhig!«, befahl Jean-Hugues und erhob sich. »Ehrlich gesagt, wäre es mir sehr lieb, wenn Sie im Moment Ihre Nachforschungen fortsetzen würden, ohne die Ordnungskräfte einzuschalten. Beim Tod unseres kleinen Léon hatten wir mit der Polizei zu tun«, fügte er hinzu und senkte unbewusst die Stimme, »das war sehr schwer, all diese Fragen ... die Verdächtigungen ... Können Sie sich vorstellen, dass man die Jungen stundenlang verhört hat? Wie alt war Charles? Fünf, und Louis-Marie vier! Und meine Frau! Sie hat monatelang unter einem Trauma gelitten. Das möchte ich nicht noch einmal erleben, verstehen Sie?«

»Und ich möchte überhaupt leben«, entgegnete Chib, was die Jungen laut auflachen ließ. »Also möchte ich zuerst wissen, ob Sie eine Waffe mit einem Acht-Millimeter-Kaliber besitzen.«

Andrieu schüttelte den Kopf.

»Sie haben ja den Waffenschrank gesehen, Sie wissen, dass dem nicht so ist.«

Chib ließ die verschlossenen Waffen vor seinem geistigen Auge Revue passieren, von der Long Rifle bis zur Walther und der Smith & Wesson.

»Gut«, sagte er schließlich erschöpft. »Wir setzen die Untersuchungen fort, aber, ehrlich gesagt, bin ich der Meinung, dass das alles unsere Kompetenzen überschreitet.«

Andrieu drückte ihm sichtlich erleichtert die Hand und verabschiedete sich. Auf der Schwelle drehte sich Charles um und zwinkerte ihm zu, was ihm sofort einen Rippenstoß seines Bruders einbrachte.

Chib ließ vorsichtig seinen schmerzenden Kopf auf das Kissen sinken. Er wusste genau, dass er eigentlich zur Polizei gehen müsste. Die Sache wurde zu gefährlich. Warum tat er es nicht? Warum verhielt er sich so kindisch? Aus Wichtigtuerei?

Willst du Greg nachmachen oder was? Oder weil du Angst vor dem hast, was du entdecken wirst, säuselte ihm eine böse kleine Stimme zu. Und wenn Blanche den Karabiner in der Hand gehabt hätte? Und ihre Kinder umgebracht hätte? Hast du davor Angst, mein kleiner Chib?

Blanche ist keine Mörderin, sie ist vielleicht ein bisschen – ziemlich, Chib, ziemlich – gestört, aber sie ist nicht ›schlecht‹. Sie hat nicht über dem Familienfoto masturbiert und auch ihre Tochter nicht entjungfert.

Außer natürlich, sie hätte einen Komplizen.

Ach, er würde sich morgen darum kümmern. Morgen ist ein anderer Tag.

Am Samstagmorgen um acht Uhr war er angezogen und bereit zum Aufbruch. Sein Anzug war nicht gereinigt worden, und er hatte angewidert das Hemd übergestreift, das nach Schweiß roch und mit getrockneten Blutflecken übersät war. Er hatte gehofft, Aïcha würde ihm saubere Sachen bringen, aber sie hatte gesagt, sie könne nicht lange genug weg, um zu seiner Wohnung zu gehen. Greg war zum Genua-Barcelona-Match in Italien, und Gaëlle saß bis zum Abend in der Uni fest. Die Einsamkeit des Undercover-Detektivs. So stand er draußen und blinzelte in die Sonne. Aïcha wusste, dass er an diesem Morgen entlassen wurde, und während er zur Bushaltestelle ging, stellte er sich für einen Augenblick vor, wie Blanches Chrysler Serbing heranrauschen und vor ihm anhalten würde. Stattdessen hielt der Bus mit quietschenden Bremsen, und der Fahrer schimpfte, weil er nur einen Zwanzig-Euro-Schein hatte.

Während sich der Bus, im morgendlichen Stau gefangen, langsam die Hügel hinaufschraubte, widerstand er erneut dem Drang, an den dicken Verband an seinem linken Ohr zu fassen, unter dem es ihn juckte. Er musste zugeben, dass er sehr schlecht gelaunt war. Hätte es sich einem Mann gegenüber, der beinahe auf einem ihrer Gartenstühle erschossen worden war, nicht gehört, ihn vom Krankenhaus abzuholen? Er ließ die Fingergelenke knacken und legte die Hände auf seine Knie. Er könnte sie sich sehr gut um Blanches Hals gelegt vorstellen, wie sie fest zudrückten. Unsinn, sie würden nur zärtlich an ihm hinuntergleiten zu ihrer weichen Brust.

Er stieg an einer Haltestelle an der Nationalstraße aus. Zweihundert Meter zwischen Olivenbäumen den Hang hinauf. Tief einatmen, die Luft ist rein. Ausgezeichnet, um wieder gesund zu werden. Trotz der kühlen Morgenbrise begann er zu schwitzen und zog seine Jacke aus. Ein Sperling begrüßte ihn freudig. Falsch, Chib, er begrüßt nicht dich. Er warnt nur seine Artgenossen, dass das Territorium besetzt ist, dass dieses Weibchen ihm gehört und dass er, wenn man Streit mit ihm sucht, bereit ist zu kämpfen. Wie Andrieu, zum Beispiel, wenn er liebenswürdig von seiner Frau sprach.

Außer Atem erreichte er das Tor und hatte den Eindruck, seine Wunde würde wieder bluten. Ihm war schwindelig, und er spürte das Blut in seiner Halsader pochen, das war unangenehm. Er klingelte. Er fühlte sich drei Tage zurückversetzt, als er gekommen war, um Costa zu suchen. Dasselbe Licht, derselbe leichte Wind. Aïcha öffnete ihm in Begleitung von Eunice und Bunny. Sie blinzelte, als sie ihn sah.

»Ich komme den Floride abholen«, sagte Chib.

»Gaëlle hat gesagt, sie käme heute Abend bei dir vorbei. Hast du starke Schmerzen?«

»Nein, es geht. Ich will jetzt nach Hause, ein Bad nehmen und mich hinlegen. Und hier?«

»Nichts Besonderes.«

»Maman macht Heia«, sagte Eunice. »Das ist ga' nicht lustig.«

Er warf Aïcha einen fragenden Blick zu.

»Es geht ihr nicht sehr gut, nein. Anscheinend ein Rückfall. Sie isst nichts mehr.«

Ein kleiner Stich im Solar Plexus. War es möglich, dass Sie sich Sorgen um ihn machte?

»Ist sie da?«

»Ja, und er auch«, entgegnete Aïcha, die Betonung lag auf *er*.

»Okay, ich komme morgen wieder vorbei.«

»Hörst du denn nicht auf?«

»Nein. Ich kann nicht.«

»Du bist wirklich verrückt!«

»E' ist ve'ückt?«, wiederholte Eunice entzückt.

»Nein, mein Liebling, das ist nur ein Scherz, sonst nichts.«

»E' ist ve'ückt, e' ist ve'ückt!«

Chib stieg in den Floride, während Aïcha die kichernde Eunice zurechtwies. Wenn er Vollgas geben und das Lenkrad geradeaus halten würde, würde er den hübschen Wintergarten demolieren. Er brauchte nur die Handbremse zu lösen und aufs Gaspedal zu treten. Er schlug ein und fuhr winkend auf die Straße. Das Tor schloss sich vor Eunice, die lachend davon lief, gefolgt von Aïcha.

Schweißgebadet kam er zu Hause an, sein Hals schmerzte, und seine Kehle war trocken. Er ließ sich auf den Futon fallen wie ein auf seinem vertrauten Felsen gelandeter Seehund mit hängenden Lefzen. Er hatte nicht einmal mehr die Kraft, sich bis zum Kühlschrank zu schleppen und ein Bier zu holen. Bei der Vorstellung, dass man wirklich auf ihn geschossen hatte, fröstelte er plötzlich, und ihm wurde kalt. Er legte das Kopfkissen auf seinen Bauch. Liebe, er brauchte Liebe wie ein Kind, verdammt noch mal, das war doch alles gar nicht möglich, nicht möglich, dieses plötzliche wilde Durcheinander in seinem Leben, fass dich wieder, sei ein Mann! Hör auf zu frieren, hör auf zu schwitzen, hör auf zu zittern, hör auf zu lieben!

Das Klingeln des Telefons unterbrach seine Fantasien, und er stürzte sich auf den Hörer. Es war nur Gaëlle, die beunruhigt war und sagte, sie käme so schnell wie möglich, aber sie müsste erst ihre Zwischenprüfung in Toxikologie ablegen.

Den Rest des Nachmittags verbrachte er damit, die Ereignisse der letzten zwei Wochen hundertmal wiederzukäuen, sich vorzustellen, was hätte sein können und nicht gewesen war oder anders hätte werden können, wenn … und wenn … Er analysierte die Gesichter der Protagonisten vor seinem geistigen Auge, als verfügte er über einen geistigen Zoom, um die Quintessenz herauszukristallisieren, stellte sich Orte und Szenerie vor, hörte sich noch einmal die Gespräche an, ließ die Bilder zurückspulen und stoppte immer wieder, ohne dass alles einen neuen Sinn ergab. Dabei musste es zwangsläufig eine Leitlinie geben. Einen Plan. Ein Ziel. Einen Kopf hinter den Taten. Denn die Dinge waren organisiert, also inszeniert. Man hatte es nicht mit einem Kranken zu tun, der ebenso plötzlichen wie unkontrollierbaren Impulsen unterlag. Denn ein Kopf, der fähig war zu organisieren, besaß auch die Fähigkeit zur Verschleierung, zur Lüge. Wenn doch unsere Gefühle unsere Haut färben würden, sagte er sich, grün für Angst, blau für Freude, gelb für Nachdenken, rot für Verlangen. Toll, Chib, da sähest du super aus, ziegelrot, jedes Mal, wenn du eine Frau siehst, deren Pheromone dich anmachen. War vielleicht doch besser, dass sich die Gefühle diskret unter unserer Haut oder unserer Kleidung verkrochen, Schweißdrüsen, aufgestelltes Körperhaar, beschleunigter Puls, Erröten, Schwitzen, Erektion, nichts, was sich nicht mit etwas Stoff oder Make-up verbergen ließ.

Erschöpft von diesen müßigen Träumereien, schlief er fast zwei Stunden, versuchte dann, den Bericht eines Kolloquiums zum Thema Thanatologie zu lesen, das unlängst in Montreal stattgefunden hatte, nahm ein Bad, zog einen schwarzen Trainingsanzug an, in dem er sich gewöhnlich wie ein wilder Ninja-Krieger fühlte, und legte sich wieder ins Bett. Sein Herz war schwer, sein Geist überhitzt.

Gegen sieben Uhr erschien Gaëlle und machte große Augen:

»Ist das alles?«

»Wie ›ist das alles‹«?

»Ich weiß nicht, ich hatte mir gedacht, du wärest völlig entstellt in der Art von *Die Mumie 2*, ich weiß auch nicht, irgendetwas Spektakuläres.«

»Tut mir echt Leid, dass ich so gewöhnlich bin, nächstes Mal versuche ich, eine ins Herz zu erwischen.«

»Du scheinst ja nicht gerade gut gelaunt!«, rief sie und sprang aufs Bett.

»Stimmt«, brummte er, »ich weiß wirklich nicht, worüber ich mich beklagen könnte.«

»Ich auch nicht«, gab sie zurück, »du lebst und hast nur ein winzig kleines Loch und ein bezauberndes Mädchen, das Krankenschwester spielen möchte. Man könnte sagen, es ist dein Glückstag«, sagte sie und streichelte seine Wange.

In der Tat. Er lehnte sich an die Wand, Gaëlle schmiegte sich an ihn, und er begann, ihr alles zu erzählen. Der anonyme Anruf, bei dem er hörte, wie Elilou missbraucht wurde, das Tonband im Elternschlafzimmer, die Rauferei mit Charles, die Hirngespinste von Dubois, der Zwischenfall mit Eunice und Bunny, der Schuss, den man auf ihn abgegeben hatte und der wie durch ein Wunder an der Stuhllehne abgeprallt war, und zum Schluss der mokante chinesische Schatten. Er verschwieg nur das blasphemisch-koitale Zwischenspiel in der Kapelle, das nichts mit all dem zu tun hatte, nicht wahr.

Gaëlle, die seine Brust streichelte, war so aufgeregt, dass sie ihn beinahe gekratzt hätte.

»Wir haben ihn, Chib!«

»Ach ja? Und wer ist es?«

»Siehst du nicht, dass er immer mehr Fehler macht. Er ist in der Phase, in der er sich erwischen lassen möchte.«

»Die berühmte Phase auf Seite dreihundert, wenn der Krimiautor das Buch beenden muss?«, spottete Chib.

»Du bist blöd, die Sache mit dem chinesischen Schatten ist der Beweis dafür, dass er sich zeigen will, er ist stolz auf sich, er hat es satt, anonym zu bleiben.«

»Offenbar hat er vor allem mich satt.«

»Nein, du bist nur eine Figur in seinem Spiel. Vergiss nicht, dass er nicht genauso fühlt wie wir.«

»Hast du einen Kurs in Profiling gemacht?«

»Du siehst ja, wohin dich deine ständigen Spötteleien geführt haben«, antwortete sie und griff nach seiner Zigarettenschachtel. »Die Beschleunigung der Ereignisse bedeutet, dass der Druck in seinem kranken Hirn ansteigt. Handeln ist für ihn der einzige Weg, den Schmerz zu erleichtern, der ihn quält.«

»Hast du auch einen Poesiekurs gemacht?«

Sie warf ihm die Zigarettenschachtel ins Gesicht.

»Ich würde dich nicht verfehlen, Moreno! Hör zu … ich glaube, dass er sich in die Enge getrieben fühlt und dass ihn das erregt. Ich glaube, wir haben ihn fast!«, schloss sie, »weil er eine große Dummheit begehen wird.«

»Zum Beispiel, uns alle abzuknallen«, meinte Chib und knetete seine Zigarette.

»Ich frage mich nur«, fuhr Gaëlle nachdenklich fort, »ob ihm manche Taten misslungen sind, weil er nicht wollte, dass sie gelingen, oder weil er weniger gewieft ist, als er selbst glaubt. Er hat Annabelle verfehlt, er hat dich verfehlt …«

»Costa hat er nicht verfehlt, Elilou und den Hund auch nicht.«

»Hm. Weil er sich an dem Hund wirklich austoben musste und weil Costa wirklich etwas wusste, was für ihn gefährlich war.«

Chib stellte die Beine nebeneinander und rieb sich die steifen Knie.

»Und auf mich hat er just for fun geschossen, willst du das damit sagen?«

»Ich weiß nicht.«

Klingeln. Beide schreckten zusammen.

»Erwartest du jemanden?«

»Nein.«

Gaëlle drückte auf den Knopf der Videobildschirms. Schwarz.

»Man sieht nichts.«

»Doch! Außer, jemand hält die Hand vor die Kamera«, zischte Chib.

»Wer ist da, bitte?«, fragte sie nervös.

Keuchender Atem. Chib richtete sich halb auf.

»Wer ist da?«, wiederholte Gaëlle ängstlich.

»Graf … Beel … Ze … Schwanz!«, dröhnte eine Grabesstimme.

»Du bist wirklich unmöglich«, rief Gaëlle, »nimm die Hand weg!«

Gregs belustigtes Gesicht erschien auf dem Bildschirm.

»Ich habe euch Angst gemacht, was?«

Er lachte noch, als er mit drei Pizzaschachteln beladen ins Zimmer kam.

»Quatro Formaggi, Salami und Schinken«, verkündete er. »Stört es euch, wenn ich mich einlade? Wie geht's dem Toten?«

»Es geht«, sagte Chib ungnädig.

»Du bist gar nicht so viel weißer als sonst«, spöttelte Greg, während er in den Schubladen nach Besteck suchte. »Hast du irgendwo Wein?«

»Im Schrank unter der Spüle. Wie war das Match?«

»Genial, Mann, ich habe so gebrüllt, dass ich keine Stimme mehr habe.«

»Das hört man aber nicht«, meinte Gaëlle spitzfindig.

»Honigbonbons und Calvados«, erklärte Greg und griff nach dem Küchentuch. »Ein Rezept meines Großvaters.«

»Welcher Großvater?«, wunderte sich Chib.

»Der Alte, der mit meiner Mutter rumgemacht hat, als wir acht waren, du weißt schon, der wollte immer, dass ich ihn Opa nenne. Eines Tages hat er mich gebeten, ihm einen runterzuholen, da habe ich ihn aus dem Fenster geschmissen, weißt du noch? Mann, war das ein Spaß!«

Gaëlle musterte ihn ungläubig.

»Du hast jemanden aus dem Fenster geschmissen?«

»Aus dem ersten Stock, mein Täubchen, beruhige dich, der alte Bock hatte nur ein gebrochenes Bein. So, das Essen ist fertig. Was machst du, Toter, isst du in deinem Sarg oder kommst du an den Tisch?«

»Na, wie ich sehe, dient mein Fall der allgemeinen Belustigung«, knurrte Chib, während er sich erhob.

»Was ist denn das?«, fragte Greg und deutete auf den Becher mit der platten, geschwärzten Kugel, den Chib auf den Kühlschrank gestellt hatte.

»Rate mal.«

»Au Scheiße, da kriegt man aber doch Schiss.«

Jetzt trat auch Gaëlle näher und betrachtete das kleine Stück Metall mit Respekt und Abscheu zugleich.

»Du solltest es als Anhänger fassen lassen, wie einen Heiligen Christopherus«, schlug Greg vor. »Na ja, aber schwarz auf schwarz«, meinte er dann und setzte sich.

»Immer in Form«, bemerkte Chib, der ebenfalls Platz nahm.

»Ich gehe morgen zu diesen Verrückten«, verkündete Greg mit vollem Mund, »die werden uns nicht mehr lange auf die Nerven fallen.«

»Und wie willst du das machen?«, seufzte Chib mit einem kritischen Blick auf seine schlecht gebackene Pizza.

»Das wirst du schon sehen. Die Mädchen wissen was, das ist sicher. Und die beiden großen Rüpel auch. Die werde ich mal ein bisschen in die Mangel nehmen.«

»Eigentlich sollen wir für, nicht gegen die Andrieus arbeiten«, erklärte Chib und machte sich lustlos an seiner Pizza zu schaffen.

»Iss, sonst wird sie kalt! Keine Sorge, ich werde taktvoll und behutsam vorgehen.«

Gaëlle verbarg ihr Lächeln hinter der Papierserviette. Chib trank einen Schluck Bordeaux. Die letzte Zeit war nicht eben erholsam gewesen, doch er ahnte, dass der nächste Tag besonders strapaziös werden würde.

»Gibt es keine Pizza mit Aspirin?«, fragte er und schob seinen Teller zurück.

»Meine arme Gaëlle«, höhnte Greg. »Du hast wirklich eine schlechte Nummer gezogen. Dauernd jammert er! Mann, wenn ich mir vorstelle, dass ich ihn schon seit dreißig Jahren ertrage … Ich verdiene eine Medaille! Köstlich, die Pizza. Zeig mal deine her, Chib …«

INTERMEZZO 7

K.O.
Chaos
Jetzt
das Halali
die Jagd auf den Neger zum Aperitif
Sie glauben, sie seien
gute Menschen
Der Finger in meinem Kopf drängt
er will aus meinem Mund raus
mein Auge zum Zerfließen bringen
wie der Schürhaken, der stochert
bis ich explodiere
Die Stücke einsammeln, zusammensetzen
sie halten und halten
um das Gesicht zu wahren
Jetzt
Crescendo
Lauter bunte Kugeln
die das Queue zum Tanzen bringt
Sie schnellen weg und stoßen, stoßen aneinander
Anstößig?

KAPITEL 19

Der Tag des Herrn war klar und sonnig, mit angenehmen Temperaturen um die zwanzig Grad. Gute Sicht – die verschneiten Bergkuppen im Norden und das schaumgekrönte Meer im Süden waren deutlich zu sehen. Ein angenehmer Geruch nach Lammbraten kam aus der Küche, wo Colette ihres Amtes waltete und ein großes Mittagessen vorbereitete. Es seien Gäste geladen, hatte sie Chib erklärt, während sie mit den Töpfen hantierte. Die ganze Familie habe sich zur Zehn-Uhr-Messe begeben, hatte ihnen Aïcha gesagt, sie würden nicht vor Mittag zurück sein. Na super, hatte Greg geantwortet und sie trotz ihrer mehr oder weniger heftigen Proteste in ihr Zimmer geschleppt.

Gaëlle stand an der Fenstertür und blickte auf den Hof.

»Na, suchst du Fußspuren?«, spöttelte Chib.

»Nein, ich versuche mir vorzustellen, wo er stand, als er auf dich geschossen hat«, gab sie zurück. »Los, setz dich auf den Stuhl da.«

Chib gehorchte nur widerwillig, fast nervös. So, als würde ihn sein Instinkt warnen, auf keinen Fall dem Haus den Rücken zuzukehren. Der Anblick der tiefen Kerbe in dem Gusseisen jagte ihm eiskalte Schauer über den Rücken.

»Gut«, hörte er Gaëlles Stimme im Rücken, »warte, ich messe.«

»Was denn?«

»Die Höhe, wenn du so dasitzt. Die Kugel hat dich dicht unter dem linken Ohr getroffen. Wenn Annabelle geschossen hätte, dann von unten nach oben, klar? Wenn er gekniet hätte, wäre es das Gleiche. Also stand der Kerl. Hielt das Gewehr ein bisschen geneigt.«

»Ist ja unerhört spannend.«

»Klappe. In Anbetracht des Schusswinkels muss er fünfundvierzig Grad rechts von dir gestanden haben ...«

»Trägt er thermodynamische Socken?«

»Hat schon jemand nach der Patronenhülse gesucht?«

Chib erhob sich.

»Hülsen dieser Gewehrart, mein Kind, werden nicht automatisch ausgeworfen.«

»Danke, Professor, doch ich denke, also zweifele ich. Man kann ja nie wissen ...«

Es folgte eine ebenso gewissenhafte wie erfolglose Suche im Kies. Anschließend wollte Gaëlle den Weg, der ums Haus führte, unter die Lupe nehmen, dann den Werkzeugschuppen, die Schubkarre, in der der aufgeschlitzte Welpe gefunden worden war, die Blumenbeete und schließlich den Rasen, der gemäht gehört hätte, wie Chib fand, als er plötzlich wieder das Bild des leblosen Costa, ausgestreckt im Gras, vor seinem geistigen Auge sah. Sie fanden weder die Patronenhülse noch das Gewehr irgendwo im Laub versteckt, noch ein Foto mit einer Widmung des Schützen unter dem vierten Stein von rechts. Erschöpft ließ sich Chib auf einer der Liegen am Pool nieder und sah, ohne wirklich zu sehen, in das türkis schimmernde Wasser, in dem Ratten trieben.

Ratten? Er kniff sich in den Nasenrücken. Keine Lust, sich diese Ratten aus der Nähe anzusehen. Keine Lust, sich vorzustellen, dass das Anwesen von Ratten mit roten Augen bevölkert wurde, die sich im Schatten der Büsche verbargen. Doch natürlich erhob er sich, trat an den Beckenrand. Vier kleine Fellkugeln trieben faul auf der Oberfläche. Er griff nach der Metallstange, die gleich neben ihm lag, und fing eine in dem Netz auf. Er zog das Netz zu sich heran. Spürte, wie die vertraute Übelkeit seinen Mund mit Säure füllte. Es waren natürlich keine Ratten, sondern Kätzchen. Vier getigerte Kätzchen. Die

Augen herausgeschält. Er fischte sie alle aus dem Wasser und legte sie auf den rosafarbenen Sandstein. Keine sichtbaren tödlichen Verletzungen. Man hatte sie wohl erstickt oder ihnen das Genick gebrochen. Oder sie einfach in den Pool geworfen, nachdem man ihnen die Augen herausgerissen hatte.

Er wandte sich ab und atmete tief aus, um den Stress loszuwerden, ohne großen Erfolg. Ihm war schwindelig. Er verweilte einen Moment, den Blick auf die frisch erblühten Schlüsselblumen geheftet. Richtete ihn wieder auf die Kätzchen, die jetzt jedes in einer Pfütze lagen, kleine, schlaffe Häufchen Fell, aufgeweicht, die Lefzen hochgezogen, steif vom Tod, die Augenhöhlen leer und schwarz.

Gaëlle hatte Recht, die Dinge beschleunigten sich, dachte er, als er hinter sich ihre Schritte vernahm. »Was hast du denn …?«, begann sie und stieß dann einen kleinen erstaunten Schrei aus.

»Ganz offensichtlich respektiert er nicht mal die Sonntagsruhe«, sagte Chib.

Sie beugte sich über die kleinen, gemarterten Körper, berührte einen mit der Fingerspitze.

»Wir müssen ihn finden, Chib.«

»Ich weiß.«

Er ging zur Schubkarre, kam mit einem Müllsack zurück, warf die Kätzchen hinein, obwohl es ihn ekelte, sie anzufassen.

»Das müssen die Mädchen ja nicht unbedingt sehen.«

Gaëlle legte die Hand auf seinen Unterarm.

»Er lebt hier. Es ist einer von ihnen. Oder er lebt versteckt auf dem Anwesen.«

»Es könnte auch einer der Nachbarn sein«, erwiderte Chib mit dem entmutigenden Gefühl, zum tausendsten Mal dasselbe zu faseln.

»Ans Werk, Leute … He, was macht ihr denn für lange Gesichter!«

Greg sah sie an, die Hände in die Hüften gestemmt, das Haar klitschnass, als käme er gerade aus der Dusche.

»Du hast dein Hemd falsch zugeknöpft«, sagte Gaëlle.

»Wie? Ach so. Also, was ist los? Habt ihr den Werwolf gesehen, oder was?«

Chib öffnete den Müllsack. Greg beugte sich vorsichtig darüber.

»Pfui Teufel, was ist denn das!?«, fluchte er und wich zurück.

»Die letzte Farce des Werwolfs«, sagte Chib müde.

»Aïcha meinte, Sie seien hier«, rief Andrieu, der in diesem Moment auftauchte. »Gibt's was Neues?«

»Nein, nein, nichts«, sagte Chib hastig.

Doch Greg brüllte schon:

»Dieser Drecksack von einem Irren hat eine ganze Horde Katzen abgemurkst!«

Andrieu sah Chib verdattert an.

»Sie haben Katzen getötet?«

»Aber nein, er doch nicht! *Ihr* Drecksack«, stellte Greg klar und tippte Andrieu auf die Brust.

»Ich weiß nicht …«

»Wir haben im Pool vier ertrunkene Kätzchen gefunden«, erklärte Gaëlle mit gesetzter Stimme und stieß Greg mit dem Ellenbogen weg. »Hören Sie, die Situation verschärft sich, irgendwer treibt hier auf Ihrem Besitz sein Unwesen.«

»Im Stil von *Invasion der Grabschänder*«, meinte Greg trotz des Rippenstoßes von Chib.

Andrieu runzelte die Stirn.

»Es kommt öfter vor, dass Leute einen ganzen Wurf von Katzen ertränken«, meinte er kleinlaut und starrte auf den Plastiksack.

»Ja, aber selten in Ihrem Pool und noch seltener, nachdem ihnen die Augen ausgerissen wurden!«, knurrte Greg.

Andrieu fuhr zusammen, und Chib stellte fest, dass seine Augenlider nervös zuckten. Doch bevor er antworten konnte, kreuzten Paul und Noémie Labarrière, wie so oft im dunkelgrünen Gewand von Gutsbesitzern, auf. Begrüßung, überschwänglicher Empfang. Die Labarrières speisten bei den Andrieus, auch die Osmonds, denen man auf dem Heimweg von der Messe begegnet war. Ein sonntägliches Mittagessen mit der

Aussicht auf die nächste humanitäre Aktion für »Terre du Nil«, die ganz offensichtlich die Kräfte des Andrieu-Clans und ihrer Nachbarn mobilisierte. Noémie spielte auch auf die baldige Hochzeit von Chassignol an, der, begleitet von seiner lieben Winnie, zum Kaffee erwartet wurde. Woraufhin Greg Chib ins Ohr flüsterte, dass er sich an die Serie auf Télé Monte Carlo erinnerte fühle. »Weißt du, dieser halbschwule Detektiv mit Schnurrbart, der am Ende, wenn alle versammelt sind, plötzlich den Namen des Täters nennt, zack, einfach so, während er seinen Kaffee schlürft.« Ja, sagte sich Chib, nur dass meine grauen Zellen, im Unterschied zu denen von Hercule Poirot, total weiß sind. Ein weißes, unberührtes Schneefeld ohne die geringste Spur, von der man etwas Vernünftiges hätte ableiten können.

Er stellte fest, dass ihm Noémie einen verschwörerischen Blick zuwarf, und zwang sich zu einem Lächeln. Dann begaben sich die Gäste ins Haus, woraufhin Greg ein paar deftige Kommentare zu Noémie Labarrières üppigem Hinterteil abgab und verkündete, dass er Hunger habe.

»Komm mir bloß nicht auf die Idee, dich zu diesem Essen einladen zu lassen!«, drohte Chib.

»Was? Wie kommst du denn darauf. Ich werde nur die gute Colette fragen, ob sie uns ein paar Sandwiches macht. Habt ihr Hunger, ihr beiden?«

»Nein«, sagte Gaëlle, »wir sind doch eben erst angekommen.«

»Ich sehe nicht, was das eine mit dem anderen zu tun hat. Gut, dann kriegt ihr eben nichts.«

Sie sahen ihm nach, wie er sich mit großen Schritten entfernte, die Hände tief in den Taschen seiner Fallschirmspringerhose vergraben.

»Er ist wirklich erholsam, verglichen mit dir«, meinte Gaëlle.

Chib zuckte die Schultern, was den Schmerz in seiner Wunde aufs Neue weckte. Er wollte ins Haus gehen und Blanche sehen. Sich Blanche mit seinem Verband zeigen, der bewies, dass er sein Leben riskiert hatte. Wie ein kleiner Junge, der stolz war, sich geprügelt zu haben. Kleiner Kindskopf von Chib. Konzentriere dich lieber auf das, was auf diesem verdammten Anwesen passiert. Er wandte sich zu Gaëlle.

»Kannst du uns verraten, wie lange sie schon tot sind?«

»Schwer zu sagen, da sie im Chlorwasser waren. Lass sehen.«

Sie beugte sich über den Sack, nahm einen der Kadaver heraus, legte ihn auf den Beckenrand. Chib wandte sich ab. Das Echo von Stimmen aus dem Haus. Der Schrei einer Elster. Jemand in der Nähe mähte den Rasen. Ein friedlicher Sonntag.

»Sie sind nicht ertrunken«, meinte Gaëlle in seinem Rücken. »Man hat ihnen das Genick gebrochen. Ich würde sagen, sie sind seit einigen Stunden tot.«

»Seit heute Nacht oder heute Morgen?«

»Genau.«

»Kurz vor dem Gang zur Messe, um sich für den Tag in Form zu bringen«, höhnte Chib zornig.

»Weißt du, was ich denke?«, fragte Gaëlle plötzlich und machte den Plastiksack zu.

»Nein, aber du wirst es mir sagen.«

»Er tötet einen kleinen Hund, die Kätzchen, ein Kind ...«

»Einen Mann ...«

»Ja, aber das ist nicht dasselbe, das dient nicht seiner Lustbefriedigung. Seine echten Opfer sind präpubertäre Säugetiere.«

»Da fühle ich mich als postpubertäres Säugetier aber erleichtert. Das heißt, das ist eine höchst interessante Beobachtung.«

»Danke, Opa«, meinte sie und machte einen tiefen Knicks.

»Hasst er Kinder? Die Repräsentation der Kindheit?«

»Hühnchen oder Schinken?«

Greg hielt ihnen in Alufolie eingewickelte Sandwiches unter die Nase.

»Ich habe genau gehört, was ihr gesagt habt«, verkündete er und biss in sein Hühnchen-Speck-Sandwich. »Durch die Luke da.«

Er zeigte ihnen eine kleine, vergitterte Öffnung in Mannshöhe.

»Es ist das Scheißhausfenster. Wenn du pinkeln gehst, hörst du alles, was draußen gesprochen wird. Witzig, was? Gut, also, unser Mörder hasst Kinder, deshalb vergewaltigt und tötet er sie, aber das war doch schon klar, oder?«

Chib wollte ihm antworten, als ihm erst richtig klar wurde, was Greg gesagt hatte. Jeder konnte ihr Gespräch von der Toilette im Erdgeschoss aus belauschen. Er trat zu Gaëlle.

»Ich sehe nach, ob jemand im Toilettenraum ist«, flüsterte er ihr zu. »Unterhalte dich weiter mit Greg.«

»Wohin gehst du, Mann?«, rief Greg mit vollem Mund. »Ich dachte, wir wollten weiter ermitteln und herausfinden, wer Schneewittchen vergewaltigt, die Katzen abgemurkst hat und so fort.«

»Bin gleich wieder da, ich sterbe vor Durst. Soll ich euch 'ne Cola mitbringen?«

»Ja, super, für mich ein Bier.«

Greg ließ sich auf eine der Liegen fallen. Gaëlle setzte sich auf die andere und nahm sich ein Sandwich.

»Warum nennst du sie Schneewittchen?«, fragte sie.

»Na ja, weißt du, der Glassarg und all das, und in dem Märchen wurde sie von ihrer Stiefmutter getötet, erinnerst du dich? Ich will ja vor Chib nicht zu viel sagen, aber die Mutter Andrieu flößt mir nicht gerade Vertrauen ein. Sie gehört zu der Sorte von Tussis, die ihr Tranchiermesser eher dazu gebraucht, dir ins Herz zu stechen, als einen Braten damit aufzuschneiden, findest du nicht? Die haben hier alle was von Teufelsanbetern und haben sogar einen Pfaffen in ihrer Mitte, und wo ein Pfaffe ist, da ist auch der Teufel nicht mehr weit. Das ist so wie bei 'ner sexy Blondine und 'nem Schwanz – die ziehen sich gegenseitig an.«

Chib stand vor dem Waschbecken und seufzte. Man hörte tatsächlich alles. Er hatte die Toilette erreicht, ohne jemandem begegnet zu sein, und hatte sie leer vorgefunden. Aber waren sie früher belauscht worden? Bei anderen Gelegenheiten? Er untersuchte rasch den Inhalt des Papierkorbs. Ein Kleenex-Tüchlein mit Spuren von Lippenstift, ein Kaugummi, die Verpackung einer kleinen Seife, sicher von der in der Seifenschale, ein leeres Parfümpröbchen, ein Manschettenknopf.

Er ließ ihn in seiner Hand springen. Ein Manschettenknopf, identisch mit dem, den er im Unterholz gefunden hatte, mit demselben »A« darauf. Mögliches Szenario: Andrieu geht auf die Toilette und stellt fest, dass er einen Manschettenknopf verloren hat. Was nützt es, den anderen zu behalten? Er nimmt ihn ab und wirft ihn in den Papierkorb. Sehr wenig männlich, mein alter Chib. Jeder Mann würde in einem ähnlichen Fall seine Frau aufsuchen und ihr jammernd erklären: »Chérie, hast du zufällig einen Manschettenknopf gefunden? Ich habe nur noch einen!« Unausgesprochen: »O Göttin des heimischen Herdes, erfüll deine Rolle als Hüterin des häuslichen Friedens und finde mir diesen verfluchten Knopf.« Es sei denn, die bessere Hälfte soll nicht erfahren, dass einer fehlt. Denn er weiß, wo und bei wem er ihn verloren hat, diesen verdammten Manschettenknopf. Alles nur Spekulationen, Chib, sagte er sich, öffnete die Tür und hätte fast Blanche umgeworfen.

Er erstarrte wie ein Kaninchen im Scheinwerferlicht eines Wagens.

»Ich fragte mich, ob Sie vielleicht eine Schwäche ergriffen hat«, sagte sie, die Augen auf das Pflaster unter seinem Ohr geheftet.

»Nein, nein, es geht«, erwiderte Chib, der Meister der Konversation. »Und Ihnen?«

»Keine Schwäche, nein.«

»Ich wollte sagen: »Geht es Ihnen gut?«

»Ich habe die Frage bereits beantwortet.«

Na, super. War es denn völlig unmöglich, bei der leidenschaftlichen Umarmung im letzten Akt anzuschließen? Ja, es schien sogar schon unmöglich, ihre Hand zu berühren oder sie anzusehen, ohne mit den Lidern zu zucken wie eine Eule in der Sonne. Fass dich wieder, Chib! Er richtete sich kerzengerade auf, tauchte den Blick in den undurchdringlichen von Blanche und wich zurück. Belle-Mamie steuerte auf sie zu, Eunice an den Fersen.

»Wo steckt denn Aïcha? Die arme Kleine hier irrt ganz allein im Haus herum!«, sagte sie und ließ Eunice in den Toilettenraum.

»Ich weiß es nicht«, sagte Blanche. »Ich weiß es wirklich nicht. Wie spät ist es?«

»Blanche, ist alles in Ordnung?«

Belle-Mamie musterte sie mit dem scharfen Blick eines Kapitäns, der den Horizont nach dem Festland absucht, aber nur Nebelbänke sieht.

Blanche verzog die Mundwinkel zu einem starren Lächeln und blieb so stehen, die Hände vor dem Schoß gefaltet.

»Ich gehe Aïcha suchen«, sagte Chib.

Niemand antwortete. Er gelangte in den Ostflügel und klopfte an ihre Zimmertür. Auch hier keine Antwort. Die Tür war nicht abgeschlossen. Er trat ein. Die Arme ausgebreitet, die Augen geschlossen, lag Aïcha auf dem Bett. Auf das Schlimmste gefasst, stürzte er zu ihr, stellte aber erleichtert fest, dass sich ihre Brust regelmäßig hob und senkte. Sie schlief. Sie hatte mit Greg gevögelt und war eingeschlafen, obwohl sie sich um die Kinder kümmern sollte. Trieb es Greg wirklich so wild, dass seine Gespielinnen danach völlig kraftlos in bleiernen Schlaf versanken? Er schüttelte sie, doch sie knurrte nur, ohne sich zu bewegen, ein Rinnsal Speichel in ihrem Mundwinkel. Er dachte sofort an die Tabletten von Cordier und begann, auf ihrem Nachttisch zu suchen, auf dem ein Stapel mit Zeitschriften lag, ein Aschenbecher, Zigaretten, ein Feuerzeug, ein Röhrchen Aspirin, Ohrringe, ein kleiner goldener Plastikwecker, eine Schachtel mit Kleenex Tüchern, ein fast leeres Glas mit Coca-Cola und ein Folienstreifen Mepronizin, in dem fünf Tabletten fehlten. Gut überlegt, Chib. Offensichtlich hatten die Frauen des Hauses eine Vorliebe für kleine Wunderpillen. Bei Aïcha hatte er allerdings noch nie aufschlussreiche Symptome entdeckt. Und wie sollte er sie jetzt wach bekommen? Mit einem Glas kaltem Wasser? Er zögerte, wusste nicht so recht, wie er sich verhalten sollte, als plötzlich hinter ihm die Tür aufging.

»Was ist denn hier schon wieder los?«, ertönte die kalte und überdrüssige Stimme von Andrieu, bevor sie eine Oktave höher fortfuhr: »Mist! Was ist ...«

»Sie schläft. Sie hat wohl ein Schlafmittel genommen«, erklärte Chib.

»Ein Schlafmittel? Mittags? Wo sie sich doch um die Kinder kümmern soll? Das ist völlig unsinnig!«

Chib zuckte die Schultern. Unsinnig, ja. Greg verlässt das Zimmer, um sich ihnen, Gaëlle und ihm, anzuschließen, und Aïcha sagt sich: Na, wenn ich nichts Besseres zu tun habe, ziehe ich mir 'ne ordentliche Dosis Mepronizin rein und mache ein kleines Nickerchen. Er schüttelte sie erneut, und sie öffnete stöhnend die Lider.

»Aïcha! Wach auf!«

»Jetzt sagen Sie bloß nicht, das Hausmädchen schläft!«

Die Hände in die Hüften gestemmt, stand Belle-Mamie kopfschüttelnd in der Tür.

»Wie man sieht, nimmt es das Personal in diesem Haus nicht so genau. Alles geht drunter und drüber«, spottete sie und sah ihren Sohn herausfordernd an.

Gleichgültig gegen die bissige Bemerkung seiner Mutter, untersuchte Andrieu die Tablettenschachtel.

»Das sind die, die Blanche von Cordier verschrieben bekommen hat«, sagte er.

»Und noch dazu ist sie eine Diebin! Wer hätte das gedacht! Die Stimme des Blutes lässt sich nicht leugnen«, fügte Belle-Mamie mit geschürzten Lippen hinzu.

Das Blut von Chib begann zu kochen, und er musste sich sehr zusammenreißen, um ihr nicht an die Gurgel zu gehen, zumal sie sich jetzt an ihn wandte:

»Verpassen Sie ihr zwei, drei Ohrfeigen, dann wacht sie schon auf!«

»Hm«, machte Aïcha und verdrehte die Augen, »hm.«

»Ich fürchte, sie hat noch mehr genommen«, sagte Adrieu, einen weiteren angebrochenen Folienstreifen in der Hand. »Ich rufe Cordier an, für alle Fälle.«

»Eine ordentlich kalte Dusche, und die Sache ist vergessen«, knurrte Belle-Mamie. »Wie die Männer die Dinge komplizieren können!«

Gregs Stimme in der Halle:

»Mann, wo steckt dieser Chib bloß wieder?«

Die von Blanche:

»Er ist bei Aïcha. Möchten Sie etwas trinken?«

»Nein, danke. Bei Aïcha?«

Jetzt Dubois:

»Oh, Sie müssen der Geschäftspartner von Mademoiselle Holzinski sein, ich bin Pater Dubois.«

»...genehm, ...schuldigung.«

Schritte, dann die kräftige Gestalt von Greg, die ins Zimmer stürmt und Belle-Mamie beiseite stößt.

»Ach du meine Scheiße!«

»Sie schläft, reg dich nicht auf.«

»Sie schläft. Du willst mich wohl verarschen?«

Aus den Augenwinkeln sah Chib, wie Belle-Mamie pikiert das Zimmer verließ:

»Jean-Hugues!«

»Anscheinend hat sie Schlafmittel genommen«, fuhr er fort. »Wir haben den Arzt gerufen.«

»Zeig her«, sagte Greg und nahm die Tablettenschachtel. »Kaum zu glauben, Mann, meine Mutter nimmt das!«, rief er und fuchtelte damit vor Chibs Nase herum. »Und Aïcha hat mir gesagt, dass sie so was niemals nehmen würde, weil sie nämlich auf irgendwas da drin allergisch ist, irgendwas mit Metro oder so.«

»Meprobamat?«

»Genau. Wenn sie so was nimmt, wie du sagst, kann sie dran krepieren.«

»Cordier kommt«, rief Andrieu und steckte den Kopf durch die Tür. »Einen Augenblick bitte, Maman!«

»Rufen Sie ihn noch mal an. Sie ist allergisch auf Meprobamat, fragen Sie ihn, was wir machen sollen!«, rief Chib im Befehlston.

»Okay, Maman. Einen Augenblick!«

Die helle Stimme von Eunice:

»Wo ist Chacha?«

»Sie schläft, Chérie, sie darf nicht gestört werden«, kam die tonlose Antwort von Blanche.

»Abe' alle sch'eien ganz laut!«

»Ich muss mich wieder um meine Gäste kümmern. Spiel schön mit Annabelle.«

Gekränktes Knurren von Annabelle.

»Annabelle, du spielst jetzt mit deiner kleinen Schwester.«

»Nein, ich will mein Silver Fight fertig machen!«

Die honigsüße Stimme von Dubois:

»Ist das ein Spiel?«

»Ja, ich bin Dirty Splash, ich kann dir fünfzig Schläge hintereinander verpassen, zack, zack, zack ... Ich hab schon Bionic-Bionda getötet und Scary Man, ich bin unheimlich stark!«

»Sind diese Spiele nicht arg grausam?«, fragte der Priester, wohl an Blanche gewandt.

»Ja, aber es macht ihr Spaß. Sie tobt sich aus damit. Jetzt kommt, das Essen ist fertig.«

Aber ...«

Sie entfernten sich.

Neuer Auftritt von Andrieu, recht blass.

»Cordier hat sein Handy ausgeschaltet«, teilte er ihnen mit. »Ist es schlimm mit dieser Allergie?«

»Vielleicht«, erwiderte Chib. »Greg, hör auf, ihren Arm zu schütteln, das bringt nichts.«

»Es ist schließlich nicht deine Tussi, der man 'ne Überdosis verpasst hat. Wenn ich diese Schwuchtel erwische, die ihr das Zeug gegeben hat, schneide ich ihm die Eier mit der Kettensäge ab!«

»Das ist ja ein sehr verlockendes Programm, aber vorerst können wir nichts tun. Beruhige dich.«

»Sag mir nicht, was ich zu tun habe oder nicht! Du bist so 'ne Nervensäge wie meine Mutter!«

Die Ankunft des atemlosen Cordier machte ihrem Wortwechsel ein Ende.

»Sie haben mich wirklich im letzten Moment erwischt«, sagte er und warf sein Jackett auf die Kommode. »Ich hab einen Golftermin in einer halben Stunde. Gut, sehen wir uns das mal an.«

»Sie hat Mepronizin genommen und ist allergisch auf Meprobamat«, erklärte ihm Chib, während der Arzt sie zu untersuchen begann.

»Mist«, sagte er. »Um eine Magenspülung kommen wir wohl nicht herum.«

Er zog das Laken beiseite. Aïcha hatte nur einen weißen Body an, und Chib zuckte zusammen, als er sah, dass die Waden blau und geschwollen waren.

»Ich lasse sie ins Krankenhaus bringen, das ist sicherer«, meinte Cordier.

Er legte sein Stethoskop zur Seite und wählte eine Nummer auf seinem Handy, während Greg auf seinen Fußballen wippte wie ein Grizzlybär, der sich fragt, ob er das Ende der Nummer abwarten oder den Dompteur gleich verschlingen soll. Unbewegt steckte Cordier das Handy wieder in seinen Gürtel.

»Sie kommen. Und jetzt gehen Sie bitte, es sind hier zu viele Leute«, sagte er und prüfte Aïchas Pupillen. »Und keine Panik, sie ist nicht in Lebensgefahr.«

»Sicher?«, fragte Greg mit belegter Stimme.

»Ganz sicher. Und jetzt machen Sie den Weg frei.«

Sie verließen das Zimmer. Chib sah Clotilde Osmond, die, sichtlich desorientiert, den Kopf zum Esszimmer heraussteckte. Ein eher bewegtes Mittagessen, sagte er sich. Doch wer konnte ein Interesse daran haben, Aïcha mit Schlafmittel voll zu pumpen? Was bedeutete dieser Streich in dem perversen und kindischen Spiel, das der Mörder trieb? Der Beweis für seine Stärke, seine Allmacht? Oder nur eine einfache Warnung?

Er sah Gaëlle im Gespräch mit ihrer Freundin Belle-Mamie und, o Wunder, diese wirkte fast sanft und liebenswürdig. Blanche war sicher bei ihren völlig ratlosen Gästen. Eunice hatte die Hand ihres Vaters ergriffen, der, an der Seite von Dubois, in der Eingangstür auf den Krankenwagen wartete. Annabelle hämmerte wütend, die Augen weit geöffnet, auf die Knöpfe ihres Gameboys. Greg stellte sich neben sie.

»Hast du ihn, Silver Fight?«, fragte er neugierig.

»Kannst du spielen?«

»Na, klar! Ich bin Meister im Silver Fight. Was hast du sonst noch zu bieten?«

»Ganz, ganz viel!«, sagte sie und hielt ihm den Gameboy hin.

Greg drückte auf verschiedene Knöpfe der Mini-Playstation und löste eine Reihe von elektronischen Piepstönen und Melodien aus, die Chib in den Ohren wehtaten.

»He«, rief er plötzlich. »Was ist denn das für 'ne Sauerei?«

Annabelle riss die Augen auf und sprang hoch, um ihm den Gameboy zu entreißen, aber Greg musste nur die Hand heben, und sie blieb wütend an seinem Ärmel hängen.

»Gib ihn mir zurück, der gehört mir, du Dieb!«

»Moment mal. Chib, sieh dir das an.«

»Dieb!«, schrie Annabelle und trat ihn mit aller Wucht gegen das Schienbein.

»Au, sag mal, spinnst du? Mach das noch mal, und ich verpass dir 'ne Tracht Prügel, verstanden?«, knurrte Greg und ließ seine Muskeln spielen.

Die Kleine rannte heulend zu ihrem Vater. Greg senkte den Arm und zeigte Chib den Gameboy.

»Das ist was ganz Komisches drin. Ich glaube, wir sind auf dem richtigen Weg, Mann.«

»Erklär.«

In der Liste der zugänglichen Programme deutete Gregs riesiger Zeigefinger auf einen der Titel, »Snake Combat«.

»Siehst du das?«

»Ja und? Du greifst mit bloßen Händen nach Klapperschlangen oder so?«

»Nein, nein, mein Unschuldsengel, du greifst mit bloßen Händen nach kleinen, nackten Ärschen.«

»Wie bitte?«, stammelte Chib, der sicher war, falsch verstanden zu haben.

»Es ist ein kodiertes Programm. Der wirkliche Titel ist ›Sexual Combat‹; es ist in Sex-Shops und im Internet erhältlich. Meiner Meinung nach völliger Schrott, aber das ist nicht das Problem.«

»Willst du mir gerade weismachen, dass Annabelle ein Porno-Spiel in diesem Ding da hat?«, flüsterte Chib.

»Genauso ist es.«

»Aber da könnte ja jeder zufällig drangeraten!«

»Nein, eben nicht, für den Zugang benötigt man einen Code. Sonst denkst du, das Spiel funktioniert nicht, das ist alles. Du bekommst eine Fehlermeldung: ›Dieses Programm ist nicht lesbar.‹«

»Kennst du den Code?«

»Nein, nur derjenige, der das da reinprogrammiert hat, kennt ihn.«

»Vielleicht weiß die Kleine also nichts von diesem ... Ding.«

»Möglich, aber da sie mir reichlich unflätig vorkommt ...«

»Greg, sie ist sechs.«

»Meine Mutter hat mit acht angefangen, auf den Strich zu gehen ...«

»Ja, aber weil sie in Not war, weil sie Hunger hatte: Ihre eigene Mutter war Prostituierte und ihr Vater ein Säufer, der sie ständig verprügelt hat!«

»Trotzdem hat sie niemand gezwungen.«

»Die Umstände haben sie gezwungen ...«

»Komm, hör auf, ist doch auch egal. Ich sage bloß, dass die Kleine keine Heilige ist, nur weil sie erst sechs ist. Okay? Da kommt die Ambulanz.«

Ein Arzt erschien, nicht derselbe, etwas älter und mit Bart, begleitet von den Krankenträgern. Ob es dieselben waren, die ihn geholt hatten?, fragte sich Chib, als sie im Laufschritt an ihm vorbeieilten. Die Stimme von Cordier, die dem Notarzt den Sachverhalt erklärt, dann wieder die Krankenträger, die mit Aïcha auf der Bahre zur Ambulanz zurücklaufen, Annabelle, die an ihrem Vater klebt, Dubois, der, sichtlich frierend, das Haus betritt, während die Ambulanz abfährt und Andrieu ihr nachschaut, ohne auf das zu hören, was Cordier ihm erzählt, Greg, der zu ihm eilt, Genaueres zu erfahren.

»Ich hatte Ihnen ja gesagt, dass sich die Dinge beschleunigen«, sagte Dubois im zufriedenen Tonfall des Mannes, der das Spiel des Feindes durchschaut. »Wer wird der Nächste sein?«

»Was wollen Sie damit sagen?«

»Dass der böse Geist, der im Anwesen umgeht, nie zweimal dieselbe Person anvisiert«, flüsterte ihm der Priester vertraulich zu. »Er setzt sein unreines Mal der Reihe nach auf jeden ›mit dem einzigen Ziel, sie alle zu besudeln‹! Spüren Sie nicht, wie die Vibrationen stärker werden? Und die Kälte, spüren Sie nicht die Kälte?«

Chib musterte ihn: Tatsächlich war der Priester aschfahl und fröstelte sichtlich. Dabei war es ganz mild.

»Seit heute Morgen ist mir eiskalt«, fuhr Dubois fort. »Die Kräfte der Finsternis bringen stets Kälte mit sich, weil der Hass kompakt und schneidend ist wie Eis. Eisberge des Hasses, die schmelzen und auf ihre erstarrten Opfer tropfen, Spinnen aus Eis, die einem langsam die Seele aussaugen, genau das sind sie!«

»Von welcher Art Spinnen sprechen Sie?«

Greg sah die beiden ratlos an.

»Das ist eine Metapher. Wie geht es Aïcha?«

»Wird schon gehen. Ich fahre nachher in die Klinik, um nach ihr zu sehen. Verdammt, ist das vielleicht ein Saustall hier!«

»Auch eine Metapher«, beeilte sich Chib hinzuzufügen.

»Verwirrung, nichts als Verwirrung. Sie versuchen, uns in die Irre zu führen!«, verkündete Dubois mit drohender Stimme.

»Aus welchem Film zitieren Sie gerade?«, wollte Greg wissen.

Dubois starrte ihn fassungslos an.

»Wie bitte?«

»Ach, lassen wir das. Unsere Gaëlle scheint sich bestens mit Königin Mutter zu verstehen.«

»Sie gehen nicht sehr respektvoll mit Ihren Mitarbeitern um, junger Mann.«

»Wenn man versucht hat, meinem Kumpel mit 'ner Knarre das Hirn aus dem Kopf zu blasen und meine kleine Freundin vergiftet wird, geht mein Kapital an Respekt allmählich zur Neige. Wie heißt es doch so schön: Es ist was faul im Staate Oz.«

»Dänemark. Oz, das ist aus *Der Zauberer von Oz*«, verbesserte Chib.

»Ja? Na gut, auf jeden Fall stinkt's.«

»In diesem Punkt stimme ich mit Ihnen überein«, meinte Dubois.

»Josselin, wir sollten uns vielleicht zu den anderen begeben. Annabelle, hör jetzt bitte auf, das kleine Baby zu spielen!«

Andrieu versuchte, sein Hosenbein von den klammernden Armen seiner Tochter zu befreien, Chib sah den Blondschopf seinen Hosenschlitz streifen und konnte nicht umhin, sich eine widerliche Fellatio-Szene vorzustellen. Dubois packte die Kleine am Arm und riss sie mit Gewalt von ihrem Vater weg.

»Danke«, sagte Andrieu. »Ich weiß nicht, was sie hat; es ist infernalisch.«

Bei diesem Wort verfinsterte sich die Miene des Priesters, und er bedachte Chib mit einem eindringlichen Blick, als wollte er sagen: Na, da sehen Sie es!, bevor er, Belle-Mamie im Schlepptau, Jean-Hugues ins Esszimmer folgte. Chib fuhr sich mit der Hand über die Stirn. Er war ebenso ratlos wie erschöpft.

»Sag mal, die Alte will dich wohl adoptieren«, meinte Greg, als Gaëlle sich zu ihnen gesellte.

»Sie ist ziemlich verwirrt und verärgert wegen allem, was passiert ist, und sie hat niemanden, mit dem sie reden kann. Sie misstraut Blanche, und ihr Sohn geht ihr aus dem Weg.«

»Kann ich gut verstehen!«, höhnte Greg.

Sie zogen sie in eine Ecke und erklärten Gaëlle, was sie auf Annabelles Gameboy entdeckt hatten. Greg steckte ihn daraufhin in seinen Fliegerblouson, verkündete, es sei an der Zeit für einen Besuch in der Klinik, und machte sich aus dem Staub, ohne sich von den Andrieus zu verabschieden.

»Wenn Greg geht, hat man immer den Eindruck, aus einer Zone mit starken Turbulenzen zu kommen«, bemerkte Gaëlle.

»Er war immer schon etwas lebhaft, das stimmt.«

»Aber du magst ihn.«

Das war keine Frage. Und wenn es eine gewesen wäre, hätte Chib keine eindeutige Antwort geben können. Vielleicht war es ähnlich wie mit dem Wort »lieben«, dessen er nie ganz sicher gewesen war. Er zuckte die Schultern.

»Was machen wir jetzt?«

»Keine Ahnung! Weißt du, jedes neue Ereignis hindert mich daran, über das vorangegangene nachzudenken, und so fische ich mehr und mehr im Trüben«, gestand sie seufzend ein. »Geht es dir auch so?«

»Das ist natürlich die Absicht des Täters. Die Ereignisse zu beschleunigen, um uns zu desorientieren, uns in Stress zu versetzen, uns Sand in die Augen zu streuen. Es ist so, als hätten wir es mit einem Balancekünstler zu tun, der seine Figuren so schnell nacheinander zeigt, dass man die einzelnen Nummern gar nicht schätzen kann.«

»Eher ein Zauberkünstler.«

»Ein Zauberkünstler und Seiltänzer.«

»Nein, die Seiltänzer, das sind wir«, erwiderte Gaëlle, »Wir balancieren über das Seil zwischen der Wirklichkeit und seinen Phantasmen und können uns gerade noch aufrecht halten.«

»Meine Poetin, wie schön du das gesagt hast, aber bist du sicher, dass du von uns sprichst? Ich habe den schrecklichen Eindruck, dass du immer intelligenter wirst und ich immer debiler.«

»Das ist nicht nur ein Eindruck, Opa, das ist die Degeneration deiner Neuronen, die sich, nach zu intensiver Benutzung, beschleunigt, so dass du jetzt ganz eindeutig eine Tasse weniger im Schrank hast.«

In einer Anwandlung von Zärtlichkeit lächelte Chib und drückte ihr einen Kuss auf die Wange. Genau in diesem Augenblick trat Blanche, ihre lachsfarbene Serviette in der Hand, zur

Tür heraus, um nach Colette zu rufen. Sie musste sie gesehen haben, eilte aber wortlos an ihnen vorbei in die Küche.

»Eine Frau unter Einfluss«, meinte Gaëlle.

»Warum sagst du das?«

»Ihr Gang, ihre ganze Haltung. Zu steif. Zu kontrolliert. Ihre Stimme. Ihre Augen. Starr, funkelnd. Etwa so wie du, wenn du sie ansiehst«, fügte sie mit sanfter Stimme hinzu.

Chib fühlte, dass er errötete, als Blanche, ihr höfliches Lächeln angeknipst, aus der Küche zurückkam und mit einem vagen Kopfnicken in Gaëlles Richtung, wieder an ihnen vorbeilief. Kurz darauf steckte Andrieu den Kopf zur Tür hinaus

»Trinken Sie doch ein Tässchen Kaffee mit uns.«

KAPITEL 20

Im Esszimmer klassische Musik – das Konzert Nr. 1 von Chopin –, während sich die Gäste in steifer Haltung um ein weltgewandtes Gespräch bemühten. Man hatte sich an die traditionelle Tischordnung gehalten, ein Mann, eine Frau. Jean-Hugues, Blanche, Josselin Dubois, Belle-Mamie, John Osmond, Noémie Labarrière, Clotilde Osmond, Paul Labarrière, Charles, Annabelle, Louis-Marie, Eunice.

John und Clotilde hatten, nach den roten Flecken auf ihren Wangen zu urteilen, schon einiges getrunken. Dubois betrachtete sein Glas Mineralwasser, als handelte es sich um eine besonders kommunikative Kristallkugel. Paul Labarrière und Andrieu diskutierten ausführlich über die jeweiligen Vorzüge der Fob-Super- und der Mary-Arn-Patronen für die Schnepfenjagd, woraufhin Chib automatisch sein Pflaster berührte. Noémie lauschte andächtig Louis-Maries Ausführungen zu dem 1984 in Moskau von Kissin dirigierten Chopin-Konzert Nr. 1, und Belle-Mamie erkundigte sich bei Charles nach seinen Schulergebnissen. Eunice zappelte auf ihrem Stuhl herum und flüsterte Bunny Geheimnisse ins Ohr, und Annabelle gabelte mit finsterer Miene kleine Brotkügelchen auf, während sie Verwünschungen murmelte, bei denen Chib das Wort »Dieb« herauszuhören glaubte.

Gaëlle und er saßen am Tischende neben den Kindern und spürten deutlich ihre verstohlenen Blicke. Chib fühlte sich unwohl in seiner Haut. Wie ein Domestike, der von seiner Herrschaft zu Tisch geladen war, dachte er. Er war froh über die Ablenkung, als Colette den Teewagen mit dem Kaffee und den Süßigkeiten hereinrollte.

Er rührte mechanisch in seinem Espresso, was ihm einen kritischen Blick von Belle-Mamie einbrachte, als Chassignol und Winnie in karierter Golfkluft Einzug hielten.

»Ah, die Helden des Tages!«, rief John Osmond und hob sein noch halb volles Glas mit Lynch-Bages 91.

Winnie mit ihrer stets verzückten Miene am Arm, lächelte Chassignol in die Runde. Sie wurden mehr schlecht als recht am Tischende untergebracht, Winnie gleich neben Chib, den sie kaum grüßte.

»Wir sind Cordier im Club begegnet«, teilte ihnen Chassignol mit und schenkte sich ein Glas Bordeaux ein. »Er hat uns von Ihrem kleinen Hausmädchen erzählt ... üble Geschichte!«

»Grässlich, diese Allergien!«, meinte Paul Labarrière und schenkte sich nach. »Aber Frauen scheinen eher betroffen als Männer, nicht wahr, Chérie? Weißt du noch, diese hässlichen roten Pusteln?«

Noémie warf ihm einen giftigen Blick zu.

»Urtikaria heißt das. Ich musste x Untersuchungen über mich ergehen lassen, bis wir endlich den Schuldigen gefunden hatten.«

»Und das war?«, erkundigte sich Clotilde Osmond, ihr Glas in der Hand.

»Federn.«

»Federn?«, rief die ganze Gesellschaft wie ein klassischer Chor aus.

»Wir hatten Kopfkissen mit Gänsefedern, und ich bin allergisch dagegen.«

»Wenn du mich fragst, war es Paul, der versucht hat, dich im Schlaf zu ersticken!«, höhnte Rémi Chassignol.

»Sollten wir, anstatt Unsinn zu reden, nicht lieber anstoßen?«, fragte Paul liebenswürdig.

»Gute Idee.«

Chassignol hob sein Glas und legte den Arm erneut um seine Verlobte.

»Nun, das Datum für die Hochzeit steht fest – der sechsundzwanzigste Juni, – und ich hoffe, ihr erweist uns alle die Ehre, unsere Gäste zu sein.«

Rufe, Gratulationen, vages Lächeln von Blanche, Standbild aus Nebel, Phantom aus Fleisch. Andrieu sprach einen Toast aus, Dubois gab seinen Segen. Louis-Marie und Charles kicherten albern und warfen lüsterne Blicke in Winnies Richtung, Eunice und Annabelle nutzten die Gelegenheit, um ein Maximum an Süßigkeiten zu verdrücken.

Was habe ich hier zu suchen?, fragte sich Chib. Was habe ich in dieser Familie zu suchen, bei diesen Leuten, die ich unsympathisch und oberflächlich finde und denen ich zulächele wie eine folgsame Marionette. Und was betrachte ich die Leere in Blanche, die wie ein Abgrund ist, an dem ich mich gefährlich nah entlanghangele, was versuche ich zu verstehen, warum jemand ihnen Böses will, ihnen Böses antut? Wie könnte ich es verstehen, sie sind mir so fremd!

Plötzlich ein Gefühl von feindlicher Hitze. Er drehte den Kopf und suchte den lodernden Blick, der auf ihn gerichtet war, aber alle Puppen spielten eifrig ihre Rolle. Das pornografische Spiel in Annabelles Gameboy ließ ihm keine Ruhe. Nur ein Vertrauter hatte es einprogrammieren können. Er beobachtete Andrieu, sein männliches Gesicht, sein blondes, gut geschnittenes Haar, seine klaren, offenen Augen, seine sauberen, gepflegten Hände mit den viereckigen, gewölbten Nägeln. Hatten sich diese Hände an kleinen, panischen Mädchen zu schaffen gemacht? Er nahm einen Schluck Kaffee, fand ihn bitter. So bitter wie dieses geheuchelt fröhliche Essen wenige Tage nach der Bestattung eines gebrochenen Kindes. Hatten sie auch nach dem Tod von Léon festlich geschlemmt? Hatte Greg nur im Spaß von einer satanischen Sekte gesprochen?

Annabelle, die auf ihrem Stuhl zappelte und dabei war, ein winziges Blätterteiggebäck zu massakrieren, versetzte ihm mit dem Ellenbogen einen so heftigen Stoß, dass seine Tasse umzukippen drohte und der Löffel zu Boden fiel. Sein wütender Blick wurde mit einer herausgestreckten Zunge beantwortet, und er bückte sich rasch, um den Löffel aufzuheben. Kurzer Rundblick unter dem Tisch, Schock angesichts dessen, was er sah: Ein großer Fuß in marineblauen Socken glitt ein kariertes Hosenbein hinauf, verweilte im Schritt derselben Hose, und niemand muckste sich. Den Löffel in der Hand, tauchte Chib wieder auf, um zu eruieren, wem Fuß und wem Hosenbein gehörten. Charles! Charles, der in aller Seelenruhe Chassignol bearbeitete. Großer Gott! Ihm wurde fast schwindelig, und er musste kurz die Augen schließen, um sich wieder zu fassen. Charles und Supermacho-Chassignol! Chassignol, der, die Verlobte an seiner Seite, große Reden schwang und das Datum seiner Hochzeit bekannt gab, während Charles ihn unter dem Tisch befummelte.

Als hätte er seine Gedanken gelesen, wandte sich Chassignol, ein charmantes Lächeln um die Lippen, plötzlich an ihn.

»Was ist Ihnen denn passiert?«, fragte er und deutete auf Chibs Pflaster.

»Ach, nichts weiter als eine Kugel, Acht-Millimeter-Kaliber, im Kopf«, erwiderte Chib mit einem ebenso strahlenden Lächeln.

Winnie brach in ein zugleich perlendes und kristallenes Lachen aus und schüttelte ihre hübschen Prinzessinnen-Locken, woraufhin Chassignol die Stirn runzelte.

»Ich wusste nicht, dass Sie Jäger sind ...«

»Ja, ich habe ein Spezialmodell, den bumm-bumm-Bumerang. Ideal, um sich selbst den Schädel zu öffnen.«

Es folgte ein kurzes Schweigen, unschlüssiges Lächeln, allgemeine Ratlosigkeit, der Belle Mamie mit lauter Stimme ein Ende bereitete: »Auf das zukünftige Paar!«, woraufhin alle mit der Hast von Schiffbrüchigen, die nach der Trosse des Rettungshubschraubers greifen, sich erneut zuprosteten.

Chib fühlte, wie der pulsierende Schmerz zunahm und so stechend wurde wie von einer glühenden Nadel. Oder zumindest von der Vorstellung, die er sich vom Stich mit einer glühenden Nadel machte, denn bis dato hatte er keine Gelegenheit gehabt, es *in vivo* zu erproben; wenn sich die Dinge freilich so rasant weiterentwickelten, standen die Chancen gut, dass er schon bald mit besagter Nadel Bekanntschaft machen würde. Eine neue Erfahrung, die er auf der langen Nagelkette des Lebens würde aufreihen können.

Er richtete seine Aufmerksamkeit erneut auf Charles und Chassignol, beobachtete sie aus den Augenwinkeln, während er mit Gaëlle und Winnie über den letzten Kinohit plauderte, den er gar nicht gesehen hatte. Dann begannen sich die Gäste, rosig und gesättigt, einer nach dem anderen zu erheben. Andrieu schlug eine Runde Billard vor, die von den Männern begrüßt wurde, während sich die Frauen für einen Rundgang durch den Garten entschieden. Chib verdrückte sich diskret zu den Toiletten. Er hatte Kopfweh, war völlig zerschlagen und fror. Ja, er fror. Sonderbar, wie diese Kälte gekommen war, heimtückisch und schneidend. Beim Hinausgehen wurde er von Gaëlle abgefangen.

»Ich habe mit Greg gesprochen, Aïcha geht es gut. Du hingegen scheinst total kaputt. Du solltest dich ein bisschen hinlegen.«

»Ja, ich brauche nur zu fragen, wo das Besucherzimmer ist. Oder soll ich mich mit in die hübsche Kiste von Elilou legen?«

»Total kaputt. Du hast den Bogen überspannt, mein Lieber. Du gehörst nach Hause ins Bett. Ich bin sicher, dass niemand etwas dagegen hat, wenn du dich einen Augenblick in Aïchas Zimmer aufs Ohr legst.«

Chib, dem schwindelig war, nickte willenlos. Ein Weilchen daliegen. Im Dunkeln, im Stillen. Ein bisschen Ruhe … Er ließ sich zu Aïchas Zimmer führen, streckte sich erleichtert auf ihrem Bett aus, spürte, wie ihm Gaëlle die Schuhe auszog, freundschaftlich seine Fußsohlen kitzelte, ohne dass er reagierte, und sank auf der Stelle in einen Schlaf, dicht wie Watte.

Baumwolle. Drei Männer in Lumpen, über Pflanzen mit weißen Kugeln gebückt. Spiralen aus Staub. Furchen roter Erde. Geruch nach rauchender Erde. Beißender Geruch nach Teer, der schmilzt. Säuerlicher Geruch von Schweiß auf den nackten Oberkörpern, unter den Armen und um den Mund. Langsame

Bewegungen. Bisweilen ein kehliger Schrei. Staub, der hochwirbelt, rote Spiralen am blauen Himmel und schwarze Gesichter. Ein quietschender Karren in einer ockerfarbenen Wolke. Münder voller Staub, Arme, die sich heben und wieder senken, um die weißen Kugeln zu pflücken, keuchender Atem zwischen den Furchen roter Erde, die Hand auf der Stirn, um den Schweiß wegzuwischen, der quietschende Karren, drei Männer in Lumpen, die Augen voller Schweiß oder Tränen, die den Kopf heben und ihn betrachten, ohne Emotion, wie drei Steine in einem Baumwollfeld, unmöglich, ihrem steinernen Blick standzuhalten, zurückweichen. Zurückrennen zu der Straße, die schmilzt und mit dem Himmel verschmilzt, zurückweichen, fliehen, das Quietschen des Karrens und die Schritte der Ochsen, der fließende Schweiß, der grässliche Geruch der Baumwolle, fliehen ...

Er fuhr aus dem Schlaf hoch, sein Mund so trocken, dass er Mühe hatte zu schlucken, seine Augen feucht. Feucht? Er hob die Hand an die Lider, fühlte die nassen Spuren auf den Wangen. Blut? Er betrachtete seine Finger. Es war kein Blut. Es schien aus seinen Augenwinkeln zu rinnen, einfach so. Er rieb langsam über sein Gesicht. Der Schweiß der Sklaven hatte das Dunkel durchquert, um in meine Augen zu kommen, dachte er, der Schweiß meiner Väter.

Er setzte sich langsam auf, trocknete sich Nacken und Gesicht mit einem Zipfel des Lakens. Der Wecker zeigte 15 Uhr 10 an. Er hatte eine halbe Stunde geschlafen. Seine Glieder schmerzten, als wenn er gelaufen wäre, gerannt über eine steinige Straße voller Schlaglöcher. Er streckte sich, dehnte die Muskeln in Rücken und Beinen. Tiefes Einatmen, langes Ausatmen. Er stand auf, ging in das kleine Badezimmer, um am Wasserhahn zu trinken, spülte sich den Mund mit einer Zahnspülung aus. Ziehen in seiner Wunde. Beginn der Vernarbung? Er band sich die Krawatte neu um, zog sein anthrazitfarbenes Jackett an, strich mit der nassen Hand durch seinen Bürstenschnitt und verließ das Zimmer. Trubel in der Küche. Männerstimmen in der Bibliothek. Er hörte die tiefe Stimme von Chassignol heraus. Er musste Gaëlle erzählen, was er unter dem Tisch beobachtet hatte. Unentschlossen blieb er mitten in der Halle stehen, benommen von all den widersprüchlichen Gedanken, als er gerufen wurde.

»Spielen Sie nicht Billard?«

Er drehte sich um. Louis-Marie stand auf halber Treppe über das Geländer gebeugt, auf dem Kopf ein alter, verrosteter Militärhelm.

»Und du?«, fragte Chib, »was spielst du?«

»Ich bin im Einsatz hinter den feindlichen Linien«, vertraute ihm der Junge mit einem Augenzwinkern an. »Wie Sie.«

»Und deshalb schützt du dich?«, wollte Chib wissen und deutete auf seinen Helm.

»Ach, der hat meinem Großvater gehört. Den hat er von der zweiten Marne-Schlacht mitgebracht. Es steckt sogar noch ein Granatsplitter drin, schauen Sie.«

Er rutschte das Geländer herunter und hielt Chib den Helm hin, damit er den Metallsplitter darin bewundern konnte.

»Ja, super«, meinte Chib und hob reflexartig die Hand an seine Wunde. »Hast du deinen Großvater noch gekannt?«

»Kurz. Er ist gestorben, als ich fünf war. Er war sehr alt. Er hustete die ganze Zeit, das war ekelig.«

Chib rechnete schnell nach. Louis-Marie war viereinhalb beim Tod des kleinen Léon, 1992. Enguerrand Andrieu war in dieser Zeit gestorben, Andrieu verlor also seinen Vater, kurz nachdem er seinen Sohn verloren hatte. Wenn der Großvater nun an der Marne gekämpft hatte, musste er, selbst wenn er damals erst achtzehn war, ein ganzes Stück älter gewesen sein als Belle-Mamie, die jetzt um die siebzig war. Er hob den Kopf und stellte fest, dass Louis-Marie ihn spöttisch betrachtete.

»In der Puppensammlung von Charles ist eine, die Ihnen ähnlich sieht«, sagte er. »Sie heißt Jim und hat viele schöne Kleider.«

»Stimmt es, dass Charles mit diesen Puppen spielt?«

»Jetzt behauptet er, das sei albern gewesen, aber er hat lange mit ihnen gespielt. Er dachte sich Geschichten aus, richtige Fortsetzungsromane.«

»Und welche Rolle spielte Jim?«

»Er ging mit Allan, dem schlaksigen Rothaarigen, zum großen Kummer von Barbie, die sich stundenlang bei ihrer Freundin Magda ausweinte …«

»Spannend.«

»Nicht wahr? So, ich muss gehen, die Pflicht ruft.«

Vier Stufen auf einmal nehmend, verschwand der Junge im ersten Stock.

Chib schleppte sich in das jetzt leere Esszimmer und nahm auf einem Stuhl mit Blick auf den Garten Platz. Die Sonne war hinter dem Westflügel verschwunden, und die Schatten wurden länger. Er erkannte das Lied des Kleibers, noch bevor ihm bewusst war, dass er ihn hörte: Ein leichter Schauer rieselte ihm über den Rücken, und er bekam eine Gänsehaut. Es war dasselbe schrille Lied, das er gehört hatte, bevor man auf ihn schoss. Sein Körper erinnerte sich.

Er entdeckte Notizblock und Stift auf dem Tisch, nahm beides an sich und konzentrierte sich, um den Stand der Dinge zusammenzufassen.

Auf der einen Seite die Gewissheiten, auf der anderen der Verdacht.

GEWISSHEITEN	VERDACHT
Elilou ist tot, ihr Genick gebrochen.	Mord?
Elilou hatte kein Hymen mehr.	Vergewaltigung?
Die Leiche des toten Mädchens wird gestohlen und dann gekreuzigt.	Nekrophilie?
Die Kapelle wird entweiht.	
Einem Welpen wird der Bauch aufgeschlitzt.	
Jemand hat über einem Familienfoto masturbiert.	
Man hat Chib gefilmt, während er nachts in Blanches Zimmer einsteigt.	

Annabelle hat ihn mit einer geladenen Pistole bedroht, die Andrieu gehört.	
Annabelle fällt in den Brunnen.	Gestoßen?
Costa ist tot, sein Schädel zertrümmert.	Mord?
Ein Tonbandgerät ist unter dem Ehebett versteckt.	
Bunny wird in einen Topf mit kochendem Wasser geworfen.	Einschüchterung?
Man schießt Chib eine Kugel in den Kopf.	
Ein Schatten macht ihm eine eindeutige Geste mit dem Arm, obwohl er schwer verletzt ist.	Der Schütze?
Kleine Kätzchen werden getötet, nachdem ihnen die Augen ausgerissen wurden.	
Aïcha hat Schlafmittel genommen, gegen die sie allergisch ist.	Vergiftung?
In Annabelles Gameboy wurde ein Porno-Spiel einprogrammiert.	Pädophilie?
Charles befummelt Chassignol unter dem Tisch.	

Er knackte mit den Fingergelenken. Selbst wenn man diese Fakten nüchtern betrachtete, verblieb eine eindrucksvolle Zahl anormaler Handlungen.

Wahrscheinlich dadurch, dass er in Erwägung gezogen hatte, Elilou sei getötet worden, hatte er die Büchse der Pandora geöffnet, in der sich ein verwirrter, zerstörungswütiger Geist verbarg. Selbst wenn sie eines natürlichen Todes gestorben war, stand einwandfrei fest, dass ein Kranker am Werk war, ein perverser Sadist, im klinischen Sinn des Wortes. Und ein potenzieller Mörder erbrachte den Beweis durch die Wunde in seinem eigenen Fleisch.

Er stellte eine Liste mit den Nebenhandlungen und Gerüchten auf:

NEBENHANDLUNGEN	GERÜCHTE
	Charles hatte was mit Costa.
	Andrieu wusste davon.
	Paul Labarrière hatte eine Liaison mit Clotilde Osmond.
Winnie hat sich in ihrer Abwesenheit zu den Labarrières begeben.	
Winnie wurde im Unterholz überrascht.	
Winnie wird Rémi Chassignol heiraten.	
	Chassignol war als Student in Blanche verliebt.
	John Osmond ist in Blanche verliebt.
Habe Manschettenknopf von Andrieu im Unterholz gefunden.	
Habe den zweiten im Papierkorb der Toilette gefunden.	
Das besudelte Foto wurde am selben Morgen gesäubert, an dem ich es entdeckt hatte.	
Charles hat Chassignol unter dem Tisch mit dem Fuß befummelt.	

Er betrachtete die Zettel mit den gekritzelten Notizen. Ja, und jetzt? Kein vielsagendes Diagramm, das sich plötzlich vor seinen entzückten Augen auftat. Er las noch einmal aufmerksam jeden seiner Sätze. Die Schändung der Kinderleiche und der Kirche deuteten auf einen blasphemischen Nekrophilen hin.

Die DVD und das Tonband auf einen Voyeur. Die Kätzchen und die Welpen auf einen Sadisten. Die Annabelle zugespielte Pistole und die auf ihn abgegebene Kugel auf einen Mörder. Nekrophiler, Voyeur, Sadist, Mörder. Ein Psychopath also, erstaunlich, oder?

Er glaubte, ein Knacken hinter sich wahrzunehmen, und drehte sich ruckartig um. Stellte fest, dass niemand da war. Wie neulich abends. Nun hör mal zu, niemand würde ihn am helllichten Tag wie ein Kaninchen abknallen. Ach, ja? Und warum nicht? Er stand auf, steckte die Zettel in seine Tasche, ohne die angelehnte Tür aus den Augen zu lassen, war so darauf gefasst, eine behandschuhte Hand sie aufstoßen zu sehen, dass er, als er sie tatsächlich und obendrein mit einer Gartenschere bewaffnet sah, bloß einen leichten Krampf im Magen verspürte. Doch es war nur die rechte Hand von Clotilde Osmond, die in einem grünen Gummihandschuh steckte, während die linke einen Strauß mit Pfingstrosen hielt. Bei seinem Anblick zuckte sie leicht zusammen.

»Sie haben mich erschreckt!«, sagte sie freundlich lächelnd. »Die habe ich für Blanche gepflückt, sind sie nicht wunderschön?«

Sie legte die Blumen auf den Tisch.

»Ich werde Colette um eine Vase bitten. Sie scheinen nicht recht auf dem Pfosten zu sein«, fügte sie mit einem kritisch besorgten Blick hinzu.

»Posten«, korrigierte er. »Ich bin noch etwas müde. Wo sind die anderen?«

»Die Herren spielen Billard. Die Damen plaudern im Wintergarten. Hübsch, finden Sie nicht? Ich liebe dieses Haus. Es hat so viel Stil! Unseres ist zu modern, das habe ich John schon gesagt. Es fehlt ihm die, wie sagt man, ach ja, die Seele. Macht Ihnen Ihre Wunde noch sehr zu schaffen?«

»Es geht.«

»Aber wie hat das passieren können? Ich habe das nicht richtig verstanden.«

Sie hatte den Kopf zur Seite geneigt, die Augen zusammengekniffen, die Gartenschere gegen die ausladende Hüfte gedrückt.

»Eine verirrte Kugel. Man weiß nicht, wer geschossen hat.«

Sie kräuselte die lange, immer ein wenig gerötete Nase, was sie noch hässlicher machte.

»Sonderbar!«, sagte sie. »Aber hier ist ja alles irgendwie sonderbar, nicht wahr?«

»Was wollen Sie damit andeuten?«

»Ich weiß nicht, es ist die ... Atmosphäre ... die Leute ... die ganze Gegend gleicht einer Postkarte mit Figuren wie aus einem Roman. Man fragt sich, wo die echten Menschen sind!«, schloss sie lachend.

»Kennen Sie Blanche und Jean-Hugues schon lange?«

»Seitdem wir hierher gezogen sind, also seit, warten Sie, seit neun Jahren, das war ganz kurz nach dem Tod des Kleinen ... Ich liebe die Gartenarbeit, und Blanche wollte von mir lernen, so haben wir uns angefreundet.«

»Ihr Mann interessiert sich nicht für Botanik?«

»John interessiert sich nur für seine geliebten Inkunablen, er ist Sammler, wissen Sie?«

Und er hätte gerne Blanche in seine Sammlung von Originalen aufgenommen, höhnte Chib im Stillen, während er laut sagte:

»Nein, das wusste ich nicht; das muss sehr aufregend sein!«

»Ja, wenn man alte, verstaubte Manuskripte mag, die auseinander fallen. Bei Staub muss ich husten, ich bin lieber draußen in der Natur. Der Großvater Andrieu hat ihm einige von seinen Schätzen vermacht.«

»Haben Sie ihn gekannt?«

»Nur wenige Monate. Er wollte unbedingt eine Hecke schneiden, ist von der Leiter gefallen und tödlich verunglückt. Er hat immer nur nach seinem Gesicht gehandelt.«

»Kopf.«

Sie lächelte wie ein kleines Mädchen, das bei einem Fehler ertappt wurde.

»Er war sehr imposant, trotz seines Alters, ein echter Koloss;

man hätte ihn durchaus für zehn Jahre jünger halten können. Ich kann verstehen, dass es Jean-Hugues schwer hat, sich gegen seine Mutter durchzusetzen«, fügte sie mit gesenkter Stimme hinzu.

Bemüht, aktuellere Themen anzuschneiden, fragte Chib:

»Aber Sie haben doch sicher Costa gut gekannt.«

»Natürlich. Costa war ein hervorragender Gärtner! Und er hat seinen Beruf geliebt. Das einzige Problem ...«

Sie zögerte, verstummte. Chib spürte, wie sich seine Finger um die Rückenlehne klammerten, auf die er sich stützte.

»Ja?«

»Nun, Costa war ein rechtschaffener Kerl, aber er hatte Probleme in seiner Jugend ... er ... er war sehr auf die Sache fixiert, wissen Sie ...«, sagte sie, den Blick auf ihre klobigen, wenig femininen Schnürschuhe gesenkt.

»Ich dachte, er war homosexuell«, stieß Chib verwirrt hervor.

»Costa? Ach wo! Er hat selbst mir nachgestellt, denken Sie nur!«, rief sie und hob stolz ihr unschönes Gesicht. »Ich weiß, ich bin kein heißer Ofen, wie Sie hier sagen, das beweist also, wie sehr er die Frauen liebte, oder nicht? Noémie hat mir erzählt, dass er sie so belästigt hat, dass sie ihm beinahe kündigen musste.«

Chib verspürte das Bedürfnis, sich wieder hinzusetzen. Wenn alle Beteiligten ihre Zeit damit verbrachten, ihre Sexualität zu wechseln, wie andere ihre Handys, wie sollte man da noch durchblicken?

»Sie sind gewiss eine begehrte Frau«, brachte er vorsichtig hervor. »Ich habe gehört, dass auch Paul ... mit Ihnen ...«

»Das stimmt nicht!«, protestierte sie vehement. »Noémie hat sich das in den Kopf gesetzt. Sie selbst ist John damit gekommen, der Arme, er war fix und zu Ende!«

»Fertig«, verbesserte Chib automatisch. »Haben Sie ihr denn nicht gesagt, dass sie sich getäuscht hat?«

»Natürlich! Aber sie wollte mir nicht glauben. Sie ist krankhaft eifersüchtig!«

»Und hat Paul Ihnen nie vorgeschlagen ... oder durchblicken lassen ...«

Sie wandte sich ihren Blumen zu, und ihr langes graues Haar verdeckte ihr Gesicht zur Hälfte.

»Nein, Paul ist ein echter Gentleman.«

Aha.

»Und John? Was glaubt er?«

»Es ist ihm gleichgültig. Ich sagte doch schon, er interessiert sich nur für seine alten Schinken. Ich könnte ihn mit einem ganzen Heer von Kosaken betrügen, ohne dass er etwas anderes sagen würde als ›Sollen wir nicht trotzdem unseren Five-o'clock-Tea zu uns nehmen, Darling?‹«

Er hörte sich lachen, sie aber lächelte nicht, sie schien unglücklich und verhärmt.

»Und er. Neigt er zur Treue?«, fragte er vorsichtig.

»So wie man treu sein kann, wenn man den wirklichen Menschen Romanfiguren vorzieht. Er ist chronisch verliebt, aber in Frauen aus Papier«, schloss sie ohne ein Lächeln.

Er brannte darauf, das Thema Blanche anzuschneiden, wusste aber nicht so recht, wie. Clotilde musterte ihn mit gerunzelter Stirn.

»Ich weiß, woran Sie denken«, sagte sie unvermittelt. »Vor allem, wenn Sie mit Noémie gesprochen haben. Aber das ist auch nicht wahr.«

»Was denn?«, fragte er so unschuldig wie möglich.

»Dass John in Blanche verliebt ist. Er findet sie verführerisch, das stimmt, aber weiter geht es nicht. John ist ein Mann der Bücher, wie ich Ihnen gesagt habe, das Fleisch ist nicht sein Hobby!«, schloss sie, den Blick zur Decke gerichtet.

»Sie wollen sagen ...«

»Ja, genau das will ich sagen. Er wurde vor zehn Jahren an der Prostata operiert und kann keinen Geschlechtsverkehr mehr haben.«

Faszinierend, wie ihm die Leute ihre intimsten Geheimnisse anvertrauten, dachte er bei sich, ich muss etwas von einem Beichtvater haben. Oder war es die Hautfarbe oder sein sonderbarer Beruf, der ihnen den Eindruck vermittelte, sich einer imaginären Person anzuvertrauen? Auf jeden Fall hatte John weder das Foto besudeln noch Elilou vergewaltigen können. Aber genügte das, um ihn aus der Liste der Verdächtigen zu streichen?

»Woran denken Sie mit Ihrer grüblerischen Miene?«, fragte Clotilde und fuchtelte mit ihrer Gartenschere vor seiner Nase herum. »Und was machen Sie überhaupt hier?«

»Hier?«

»Fragen Sie nicht so katerfreundlich …«

»Katzenfreundlich.«

»Wie auch immer. Sagen Sie's mir.«

»Ich kann nicht. Ich bin an das Berufsgeheimnis gebunden.«

»Ach, es hat mit Elilous Tod zu tun, ist es das?«, flüsterte sie, ihr Blick plötzlich fiebrig. »Sie glauben, dass es kein Unfall war?«

»Wie kommen Sie nur darauf?«, murmelte Chib verblüfft.

»Wegen Léon. Die Polizei hat monatelang ermittelt.«

»Das müssen Sie mir genauer erklären.«

»Ich beschuldige niemanden, aber Tatsache ist, dass Blanche mehrmals in der Klinik war …«

»Ich dachte, Sie wären befreundet«, wunderte sich Chib.

»Mit jemandem befreundet zu sein, heißt nicht, dass man blind ist, was denjenigen betrifft.«

»Aber Sie sind dabei, sie des Mordes zu beschuldigen!«

»Sie sind es, die das denken!«, gab sie Contra. »Ich habe nur die Möglichkeit eines Missgeschicks angedeutet, eines ungewollten Fehlers. Den Kleinen, der am Pool spielte, nicht zu beaufsichtigen, zum Beispiel, oder die weinerliche Tochter zu heftig zu stoßen, weil sie ihr auf die Nerven ging, oder weil sie an einer Bewusstseinstrübung litt …«

»War Elilou denn ein weinerliches Kind?«

»Ja, sie war ein eifersüchtiges, rachsüchtiges, ein trauriges Kind, genau genommen.«

»Und Sie meinen, es sei Blanches Schuld gewesen, weil sie die Kleine nicht genug liebte?«

»Ich habe keine Kinder. Ich weiß nicht, wie man sie liebt«, sagte sie sehr schlicht. »Mein Gott, warum reden wir von alledem?«

»Weil es Sie bekümmert?«

»Wahrscheinlich. So, jetzt kümmere ich mich um diese Vase«, schloss sie und steuerte auf die Tür zu.

»Ist Jean-Hugues ein guter Vater?«

»Gewiss. Vor allem ist er ein guter Geschäftsmann. Er ist häufig auf Reisen. Er ist sehr autoritär. Ein Vater der alten Schule. Wie sein eigener.«

Sprach's und verschwand und ließ einen ziemlich desorientierten Chib zurück. John Osmond war impotent. Paul hatte nicht mit Clotilde geschlafen. Costa war nicht homosexuell, im Gegenteil. Was zu folgenden Fragen führte:

Warum hatte Noémie eine Liaison zwischen Clotilde und ihrem Mann erfunden?

Warum hatte Charles ein Verhältnis mit dem Gärtner vorgetäuscht?

Wer log?

Alle? Welches war die wahre Geschichte, die sich innerhalb dieser Mauern abspielte?

Er wartete eine Weile, glaubte, sie würde mit der Vase zurückkommen, aber sie kam nicht. Er verließ seinerseits das Esszimmer, begab sich in die Bibliothek, die immer noch von Männerstimmen erfüllt war. Er würde Gaëlle später sprechen und hatte keine Lust, Blanche beim Tee zu sehen. Blanche, die von ihrer Freundin und Nachbarin des Mordes beschuldigt wurde. Blanche, die Wahnsinnige. Ein hübscher Name für eine mittelalterliche Prinzessin. Er konnte sie sich gut in einem hohen Turm vorstellen, schneeweiß natürlich, den Blick auf einen leeren Horizont gerichtet, auf der Stirn ein schwarz glänzendes Diadem, ein Strick um den zierlichen Hals gelegt und sich ruhig die Frage stellend, ob sie sich an einer der hübschen Zinnen aufhängen oder einfach ins Leere springen solle. Es sei denn, dass rechtzeitig Rettung nahte. Léonard, der Maure, auf seinem gepanzerten Ross, sein nobles Laserschwert gezogen, so attraktiv in seinem granatroten Samtwams. Mein Gott, Chib, du denkst dir einen Schwachsinn zurecht! Er öffnete die Tür und trat ein.

INTERMEZZO 8

Tempus fugit
Lupus
Exit
Der Wolf, der an mir nagt,
hat Hunger
Der Notausgang ist verschlossen
die Tänzer nicht mehr im Takt
Die Zeit ist eine enge Haut
die immer knapper wird
Die Stunde der Fuge
strain Stretta, straight Boy Group
Es gibt keine andere Lösung
als sie alle lösbar zu machen
Gefriergetrocknet
mit Vorsicht zu genießen
eine Tasse pro Erinnerung
und schön ziehen lassen
in Frieden
Ein seltsames
Wort

KAPITEL 21

Jean-Hugues, Rémi, Paul und Dubois spielten Billard, alle vier hochkonzentriert, fieberhaft, die halb leeren Gläser neben sich. John studierte die eigentliche Bibliothek. Die Brille auf die Stirn geschoben, las er in einem der dicken alten Bände. Als Chib näher trat, hob er nicht einmal den Blick, das Buch auf seinen gewaltigen Schmerbauch gestützt, die flaschengrüne Cordhose an seinem flachen Hintern schlackernd, sein graues Haar zerzaust. Genauso hässlich wie seine Frau, dachte Chib mitleidslos und fragte ihn, was er lese.

»Oh, ein altes Wappenhandbuch«, antwortete John, gleichsam als Echo seiner Fantastereien. »Sehr interessant!«

Sehr wenig für mich, dachte Chib, als er das unverständliche Durcheinander lebhaft kolorierter Symbole sah. Er machte »Hm« und näherte sich dem Billardtisch. Jemand spielte im ersten Stock den Mephisto-Walzer von Liszt. Sicher Louis-Marie. Er beobachtete das Spiel eine Weile. Andrieu hatte sichtlich Schwierigkeiten, sich zu konzentrieren, und wetterte nach jedem misslungenen Stoß. Paul spielte und hörte dabei nicht auf, seine heiteren Kommentare zu allem abzugeben. Rémi betrachtete die Kugeln wie zu bezwingende Feinde, kalkulierte lange jeden Stoß und führte sein Queue mit einer gewissen Brutalität. Dubois, äußerst konzentriert, sagte kein Wort, setzte eine zufriedene, gewitzte Miene auf, wie ein alter Soldat in vertrautem Terrain, und punktete häufig. Chib steuerte die Cognacflasche an, entsann sich dann aber, dass er Schmerzmittel und Alkohol nicht mischen sollte. Was seine Gedanken zu Aïcha zurückführte. Wer hatte die Tabletten in der Cola aufgelöst? Und wann?

»Wollen Sie spielen?«, fragte Chassignol, »ich höre bald auf.«

»Nein, nein, danke«, murmelte Chib und deutete vage auf seine Verletzung.

Er zog sich in einen Winkel des Raums in die Nähe des Fensters zurück und rief Greg an, der ihm bestätigte, dass es Aïcha besser gehe, noch etwas benebelt, aber sonst stabil. Nein, sie könne sich nicht erinnern, Tabletten genommen zu haben, warum auch mitten am Tag? Wo sie zudem gegen das Zeug allergisch sei?

Während er sein Handy wieder in die Brusttasche seines Hemdes steckte, beobachtete er, wie Charles, von Eunice und Annabelle auf ihren Dreirädern begleitet, durch den Park lief. Er trug eine lange Hülle über die Schulter gehängt. Ein Gewehr? Ein Bogen? Würde er seine Schwestern an eine der hundertjährigen Pinien heften? Charles nahm die Hülle von der Schulter, öffnete sie unter dem angespannten Blick von Chib, zog einen Golfschläger hervor und begann, seinen Schlag ohne Bälle zu trainieren. Chib kehrte zu den Spielern zurück. Dubois hatte gewonnen und lächelte bescheiden. Chassignol warf einen Blick auf seine Uhr und rief, dass er gehen müsse. Paul nahm gern ein weiteres Schlückchen Cognac an und setzte sich in einen der Polstersessel. Ihm gegenüber saß Andrieu, die Augen funkelnd, die Wangen rot. Er schenkte sich ordentlich nach und leerte sein Glas fast in einem Zug. John Osmond war noch immer in sein altes Buch vertieft und schien begeistert. Dubois trat zu Chib, der vorgab, den Globus zu betrachten.

»Ulan-Bator«, rief der Priester und deutete auf die Mongolei. »Der Name bedeutet ›der Rote Held‹. Trauriger Held. Ich war vor etwa fünfzehn Jahren dort. Eine düstere Stadt. Aber die Landschaft rundherum … atemberaubend. Gibt's was Neues?«, fragte er unvermittelt.

»Im Augenblick nicht. Was wissen Sie genau von Costa?«

Der Priester kniff die Augen zusammen.

»Wieso?«

»Man sagte mir, er habe in seiner Jugend Probleme gehabt. Worum handelt es sich?«

»Ah … die Zungen lockern sich!«, seufzte Dubois. »Da die arme Seele nicht mehr ist, bin ich wohl nicht mehr an die Schweigepflicht gebunden. Er wurde wegen Vergewaltigung verurteilt.«

»Was?!«

»Ein Moment der Verirrung, für den er mit sieben Jahren Gefängnis bezahlt hat. Er hat die Frau seines Arbeitgebers missbraucht, ein Bauunternehmer. Auf diese Weise habe ich ihn kennen gelernt, er kam in eine Werkstatt zur Resozialisierung ehemaliger Häftlinge.«

»Haben Sie ihm die Stellung vermittelt?«

»Mehr oder weniger. Als ich zu der Überzeugung kam, dass seine Reue und sein Wille, auf dem rechten Weg zu bleiben, ernst waren, habe ich ihn Jean-Hugues empfohlen. Er hatte exzellente berufliche Referenzen.«

»Ein Vergewaltiger? Und Sie hatten keine Sorge, dass Blanche …«

»Er wäre doch nicht so dumm gewesen, wieder anzufangen und sich zwanzig Jahre aufbrummen zu lassen! Und ich kann Ihnen versichern, dass er seine Tat ehrlich bereut hat. Er hatte früher getrunken, seither aber keinen Tropfen Alkohol mehr angerührt. Und außerdem war ich ja da und kam regelmäßig vorbei, um mich zu vergewissern, dass alles in Ordnung war.«

»Es hat aber den Anschein, dass er Noémie Labarrière ernsthaft belästigt hat.«

Dubois zuckte die Schultern.

»Ich weiß nicht, wer die belästigen müsste«, zischte er. »Sie würde mit dem Papst kokettieren. Welchen Zusammenhang gibt es zwischen Costa und dem, was hier passiert?«

»Ich weiß nicht, ich informiere mich nur. Kennen Sie jemanden, der eine Acht-Millimeter besitzt?«

»Ich schieße schon seit langem nicht mehr. Dies ist die einzige Waffe, die ich heute mit mir herumtrage!«, sagte er und deutete auf das kleine Silberkreuz. »Nein, ich kenne niemanden mit dieser Art Kaliber. Was nicht heißen soll, dass keiner so eines besitzt.«

»Es geht um Jagd?«, mischte sich Labarrière mit einer deutlichen Whiskyfahne ein …

»Es geht um das Acht-Millimeter-Kaliber«, erwiderte Chib und fixierte ihn mit dem Blick. »Genauer gesagt um die Munition acht mal siebenundfünfzig JS.«

Labarrière runzelte die Stirn, ohne im Geringsten verlegen zu werden.

»JS? Sind Sie Sammler?«

»Ich hoffe nicht«, entgegnete Chib und deutete erneut auf sein Pflaster.

Labarrière kniff verdutzt die Augen zusammen.

»Donnerwetter! Diese Patrone wird seit Ewigkeiten nicht mehr hergestellt! Sie kam Neunzehnhundertfünf auf den Markt als Nachfolgerin der acht mal sieben J, mit der die Mauser achtundneunzig G bestückt wurde. Sie wissen schon, die Gewehre der deutschen Armee … Mauser hat sie damals übrigens wieder aufgenommen, um sie mit einem S zu signieren. Daher der neue Name der Patrone: JS. Patrone mit verkupferter Kugel acht Komma zweiundzwanzig Millimeter Durchmesser, Antrieb achthundertzwanzig Meter pro Sekunde.«, sagte er blitzschnell herunter. »Sind Sie sicher, dass es sich um diese Kugel handelt?«

»Der Arzt im Krankenhaus hat sie als solche identifiziert.«

»Sie müssen sie mir zeigen, damit ich sie untersuchen kann. Ich kenne mich nämlich bestens mit alter Munition aus.«

»Besitzen Sie ein Gewehr dieses Typs?«, erkundigte sich Chib, um einen beiläufigen Tonfall bemüht.

»Nein, ich sammele keine Waffen, nur die Munition. Ich gehöre einem Club von Pyrotechnophilen an«, fügte er pathetisch hinzu.

Andrieu trat zu ihnen, schien recht betrunken.

»Ihr brecht doch nicht etwa schon auf. Ich wollte eine Partie Bridge vorschlagen.«

»Du scheinst mir nicht mehr so ganz in der Lage, Bridge zu spielen«, meinte Labarrière. »Ich glaube, du solltest dich etwas ausruhen.

»*Tu quoque, Brutus!*«, rief Andrieu theatralisch aus, die Augen zur Decke erhoben. »Komm, sei so lieb! Und du, Josselin, einverstanden mit einer Partie Bridge?«

»Spielen Sie, Moreno?«

»Tut mir Leid, ich bin kein Kartenspieler.«

Andrieu wandte sich an John, der nickte. Die vier Männer ließen sich am Spieltisch nieder, der mit einem grünen Tuch bedeckt war, und entschieden sich dann für eine Partie Poker. Chib trat ans Fenster. Charles übte noch immer seinen Schlag. Die Sonne ging allmählich unter. Eunice und Annabelle spielten Fangen. Er sah sie in den Wintergarten rennen. Eine Drossel flog schimpfend auf. Ein später Nachmittag mit dem Geruch toten Laubs, sagte er sich. Er hatte plötzlich das Bedürfnis, frische Luft zu schnappen.

Colette musste schon gegangen sein. Kein Zeichen von ihr aus der Küche. Er trat hinaus, blieb aber nahe der Tür stehen, den Blick wie magisch angezogen auf den gusseisernen Stuhl gerichtet. Eine Elster ließ sich auf der Rückenlehne nieder, die ihm das Leben gerettet hatte, und stieß ihren kriegerischen Schrei aus, bevor sie auf den Rasen sprang und eifrig im Gras zu wühlen begann. Die Tür zum Geräteschuppen war geöffnet. Der Rasenmäher stand mitten auf einem Weg. Eine Gasflasche war geliefert und neben der Kapelle abgestellt worden. Sie mussten schnell jemanden finden, um Costa zu ersetzen.

Er sah Charles, der, ihm den Rücken zugewandt, immer noch seinen Swing übte, diesmal mit Bällen. Er bewunderte die geschmeidige und disziplinierte Bewegung des Jungen, als dieser den Ball plötzlich mit viel zu viel Kraft und viel zu weit schlug. Er würde irgendwo hinter dem Brunnen niedergehen. Der Junge seufzte ostentativ und verschwand hinter den Bäumen. Chib folgte ihm mit dem Blick und verstand plötzlich den Grund für seinen ungeschickten Schlag, als er das Karomuster eines Golfhosenbeins zwischen zwei Büschen entdeckte. Gut gespielt.

Ein Rendezvous im Schutz der Bäume, wie es diskreter und natürlicher nicht ging.

War Winnie also nur ein gesellschaftliches Alibi für Rémi? Und spazierte sie deshalb ihrerseits im Unterholz herum? Um dort denjenigen zu treffen, mit dem sie wirklich schlief? Labarrière oder Andrieu, es blieb kein anderer Kandidat, nachdem sich John disqualifiziert hatte. Aber Noémie hatte mit ihrem Mann in der Stadt zu Mittag gegessen, als Winnie heimlich zu ihnen gefahren war. Andrieu also. Daher der Manschettenknopf. Ja, wir kommen voran, dachte Chib. Charles und Chassignol, Winnie und Andrieu, die Paare formieren sich. Er hatte die plötzliche Eingebung, dass, wenn Noémie ihrem Mann vorgeworfen hatte, eine Affäre mit Clotilde zu haben, dann nur deshalb, weil sie ihn mit Costa betrog. Ja, genau! Eine geschickte, wenn auch krumme Tour, den Verdacht abzulenken, sich in die tugendhafte, entrüstete Ehefrau zu verwandeln. Das Gleiche galt für Charles, der Costa als Deckmantel für seine Liaison mit Chassignol benutzt hatte.

Er blinzelte, wie um die Klarstellung der neuen Übersicht, die sich vor seinen Augen auftat, zu bestätigen. Ein Maskenspiel, bei dem jeder mehr schlecht als recht seine Rolle beibehalten hatte, um den sakrosankten Konventionen zu genügen.

Wenn Andrieu Blanche mit Winnie betrog, war das ein untrügliches Zeichen dafür, dass ihre Ehe keine Musterehe war, und das bedeutete für Chib, den Ehebrecher, dass es vielleicht doch eine Chance gab, dass Blanche … Aber nein. Das Problem von Blanche ist nicht Andrieu, das weißt du sehr genau, das Problem von Blanche ist Blanche, dieser Schnee in ihrem Kopf, dieses weiße Loch in ihrem Herzen.

Stimmen. Frauen, die aus dem Wintergarten kamen. Er trat automatisch in die Halle zurück, darauf bedacht, Blanche aus dem Weg zu gehen. Als bedeutete ihm ihr Anblick mit einem Mal nur noch Schmerz.

Lärm im Esszimmer. Die schrillen Stimmen der Mädchen. Der Sopran von Gaëlle. Der Alt von Blanche. Der vertraute Fausthieb in die Magengegend beim Klang ihrer Stimme. Die gezwungene Tonlage von Belle-Mamie, das perlende Lachen von Winnie, das Timbre von Noémie, das er fortan ein wenig vulgär fand, der britische Akzent von Clotilde. Gruppenbild mit Damen. Er schlich in Aïchas Zimmer und lauschte durch die halb geöffnete Tür. Schritte in der Halle. Männerstimmen, die sich unter den Chor der Frauen mischten. Austausch von Höflichkeiten, Scherzen, Händeschütteln, Schulterklopfen, bis bald etc.

Er wartete, dass der Lärm abebbte, warf einen Blick nach draußen: Die Wagen der Gäste verließen einer nach dem anderen das Anwesen, die letzten waren die Labarrières, Noémie schon am Steuer, Paul noch auf der Außentreppe. Getrieben von einer plötzlichen Eingebung, dem berühmten »Moreno-Impuls«, trat Chib zu ihm.

»Ah, Sie sind noch da!«

Paul lächelte ihm leicht betrunken zu.

»Warum hatte Ihre Frau eine Depression? Warum haben Sie die anderen an eine Liaison zwischen Clotilde und Ihnen glauben lassen?«

Paul kniff die Augen zusammen, tippte Chib mit einem tadelnden, aber freundschaftlichen Zeigefinger auf die Brust.

»Guter Jagdhund«, bemerkte er mit einem verschmitzten Lächeln. »Ein echter Spürhund! Noémie hatte eine Depression, weil dieser Saukerl von Costa sie fallen lassen wollte, wenn Sie's genau wissen wollen. Und was Clotilde anbelangt, so war Noémie eifersüchtig auf unsere Freundschaft; sie kann nicht verstehen, dass ein Mann Freude daran haben kann, mit einer Frau zu diskutieren, und noch dazu mit einer hässlichen! Also hat sie es vorgezogen, das Ganze zu einer Bettgeschichte zu machen. Sie wissen ja, Angriff ist die beste Verteidigung ...«

Bravo, beglückwünschte sich Chib, du hast ins Schwarze getroffen!

»Und Costa – war Ihnen das egal?«

Paul schwankte leicht, ohne sein jungenhaftes Lächeln abzulegen.

»Und wie! Meine Sache, das sind die Nutten. Nicht die alte

Nutte mit Krampfadern, nein, das Call-Girl für fünfhundert Dollar. Meine Frau ist sympathisch, aber ihr fehlt etwas ... na ja, Sie wissen schon«, fuhr er fort und knackte vor Chibs Nase mit den Fingergelenken. »Sie werden sich fragen, warum ich Ihnen das alles erzähle. Weil ich voll bin wie eine Haubitze und weil mir Ihre Visage gefällt. Erinnern Sie sich an die *Budenbesitzer* auf den Jahrmärkten, als wir noch klein waren? Ja, Sie erinnern mich an einen von diesen guten alten Budenbesitzern. Gut, jetzt entschuldigen Sie mich, ich muss mich beeilen. Wir gehen nämlich heute Abend ins Theater, und Noémie macht mir sonst eine Szene.«

Er entfernte sich leicht torkelnd, und Noémie fuhr abrupt an, sobald er eingestiegen war.

Chib ging zu Gaëlle, die schon neben dem Floride wartete.

»Sag mal, was machst du denn die ganze Zeit?«

»Schnüffeln ...«

»Schnüffeln nennst du das? Lass uns abhauen. Mir reicht es, ich finde es unheimlich hier.«

»Hast du dich denn nicht mit deiner Freundin Louise amüsiert?«

»Hör auf, sie ist mir den ganzen Nachmittag mit ihrem Enguerrand auf den Keks gegangen.«

Der Kies knirschte, sie drehten sich gleichzeitig um und sahen Blanche zur Kapelle gehen.

»Und, hopp, ein kleiner Besuch im Mausoleum, um einen gelungenen Abschluss für den Tag zu finden«, spottete Gaëlle. »Also machst du jetzt den Wagen auf, oder bleiben wir hier, um Kulisse zu spielen?«

Er öffnete die Wagentüren, ohne die Kapelle aus den Augen zu lassen. Gaëlle trommelte mit den Fingern auf die Armlehne. Er nahm ebenfalls Platz, drehte den Zündschlüssel. Im Rückspiegel sah er Andrieu und Dubois, dann Belle-Mamie, begleitet von Eunice und Annabelle, die jetzt auch auf die Kapelle zusteuerten.

Und schließlich Charles und Louis-Marie mit schlurfendem Gang.

Die Familie, alle Mann hoch.

Er fuhr durch das Tor mit dem ärgerlichen Gefühl, dass irgendetwas in der Kulisse nicht am richtigen Platz war. Und allein schon der Begriff ›Kulisse‹ trug zu seiner Verärgerung bei.

Bedrängt von Gaëlle, die ihn mit Fragen löcherte, fasste er für sie zusammen, was er in Erfahrung gebracht hatte, nickte zu ihren Ausrufen der Überraschung und versank wieder in finstere Gedanken. Der Manipulator, der Drahtzieher musste sich ins Fäustchen lachen. Nein, falsch, Chib, es ist nicht lustig, anderen wehzutun, das brennt wie Säure, das verätzt, als Echo dieses inneren Feuers, das einen bedrängt und verschlingt.

»Stell dir mal vor, wie schrecklich das gewesen sein muss ... Krieg auf der Seite der Deutschen zu führen«, sagte Gaëlle.

»Wie?«

»Es ist wirklich immer wieder ein Vergnügen, sich mit dir zu unterhalten. Ich sagte, dass Enguerrand Andrieu de Glatigny im Ersten Weltkrieg auf Seiten der Deutschen gekämpft hat, weil er im Elsass lebte. Nach Kriegsende ist er in den Süden gezogen wegen seiner angegriffenen Lunge, und hier lernte er zehn Jahre später Louise kennen. Sie war achtzehn, er knapp dreißig.«

Wer hatte unlängst von Deutschland gesprochen?, fragte sich Chib, während er den Wagen durch eine Haarnadelkurve lenkte. Großer Gott, ja, genau!

Er trat so brutal auf die Bremse, dass Gaëlle fast mit dem Kopf durch die Windschutzscheibe geflogen wäre.

»He, spinnst du, oder was!«

»Das Gewehr aus der deutschen Armee!«

Sie musterte ihn mit einer gewissen Besorgnis.

»Ich bin nicht durchgeknallt! Die Kugel, die mich erwischt hat, ist eine deutsche Kugel, vorgesehen für die Mauser der deutschen Armee, kapiert? Man hat mit dem Gewehr von Enguerrand Andrieu auf mich geschossen! Die ganze Soldatenausrüstung des Alten ist im Haus, Louis-Marie hat es mir gesagt.«

Er wendete in einem gewagten Manöver, und Gaëlle schloss die Augen, als sie einen riesigen LKW auf sie zudonnern sah, der sie fast streifte und wütend hupte.

»Diesmal erwische ich ihn!«, knurrte Chib, der nichts bemerkt hatte und Gas gab.

Das Tor stand noch offen, und er bremste in einer Kiesgarbe vor dem Landhaus. Alles war still. Nein, korrigierte er sich, das *Salve Regina* von Pergolèse drang aus dem Innern der Kapelle.

»Sieh nach, was sie machen, beschäftige sie notfalls, ich suche inzwischen im Haus. Vielleicht finde ich Fingerabdrücke auf dem Gewehr.«

Sie zuckte die Schultern und ging resigniert zur Kapelle. Chib stürmte in Andrieus Arbeitszimmer. Er erinnerte sich an die Militärtruhe in einer Ecke. Er riss brutal den Deckel auf, zog eine saubere, gebügelte Uniform heraus, die nach Mottenpulver roch, den verrosteten Helm, den Louis-Marie getragen hatte, eine unlängst gesäuberte Patronentasche, ein altes Messbuch aus hauchdünnem Papier, ein militärisches Handbuch in deutscher Sprache, und dort, unter dem Tornister, ein Mauser-Gewehr in perfektem Zustand. Um keine Fingerabdrücke zu hinterlassen, ergriff er es mit dem geflickten Hemd, legte es auf Andrieus Schreibtisch und verspürte dabei eine finstere Befriedigung, als er plötzlich die Explosion vernahm.

Er dachte zunächst an die Fehlzündung eines Wagens, warf einen Blick aus dem Fenster und erstarrte. Rauch stieg aus der Kapelle. Dicker grauer Rauch, der wie eine Nebelbank unter der geschlossenen Tür hervorkroch. Was konnte das sein?

Er stürzte nach draußen, rannte, so schnell er konnte, zur Kapelle, trotz des plötzlich wieder aufflammenden Schmerzes und seines viel zu schnell schlagenden Herzens. Der Rauch war inzwischen so dicht, dass er husten musste, als er den Türgriff drehte. Verriegelt, er versuchte es noch einmal, stieß mit aller Kraft gegen die Tür, vergebens.

Und jetzt hörte er die Schreie. Er wich zurück, gerade rechtzeitig, um die Feuerzunge aus einem zerbrochenen Fenster kommen zu sehen.

Feuer! Er spürte, wie ihm die Knie weich wurden. Die Kapelle stand in Flammen, und sie waren im Innern gefangen. Blanche im Innern der Kapelle gefangen. Ihm wurde übel, er beugte sich vor, doch er übergab sich nicht. Eine Leiter! Bis zu einem der schmalen Fenster hochsteigen, sie dort rausholen. Er drehte sich um, seine Augen tränten vom Rauch, eine Trommel hämmerte in seinem Schädel, und er rannte zu Costas Werkzeugschuppen. Er griff nach der großen Aluminiumleiter, die neben einem nach Benzin riechenden Kanister an der Wand lehnte, und hievte sie, die Hände nass von Schweiß, auf seine Schulter. Er schwankte unter ihrem Gewicht wie ein betrunkener Matrose und legte die etwa zwanzig Meter zur Kapelle keuchend zurück. Die Leiter knallte krachend auf die Steine, und er sagte sich, dass er sie niemals würde aufrichten können, um sie an die Mauer zu lehnen. Vorgebeugt, die Hände auf den Knien, versuchte er, wieder zu Atem zu kommen, als er plötzlich Charles unter der Trauerweide hinter der Wildrosenhecke sah.

»Schnell!«, brüllte er, »hilf mir!«

Der Junge starrte ihn nur unverwandt an, wand sich ein wenig, und Chib hätte ihn am liebsten erdrosselt. Was musste dieser Idiot da an dem Ast hängen?

Ast.

Hängen.

Entsetzt sah er jetzt den Strick, der den Hals des Jungen mit dem Ast verband. Geöffneter Mund. Leichtes Drehen des Oberkörpers. Vorquellende Augen. Charles hatte sich erhängt. Hatte er also das Feuer in der Kapelle gelegt? Hatte also auch er …?

Gedanken, die drunter und drüber gingen, Kolonie von roten Ameisen, die wimmelten und brannten und den Humus der Gefühle durchwühlten.

Ein Schrei. Der Angstschrei eines Kindes, durchdringend, markerschütternd. Es war, als hätte man ihn mit einem glühenden Eisen berührt. Sein Blick war verschleiert, von der Anstrengung war die Wunde wieder aufgeplatzt, doch es gelang ihm, die Leiter unterhalb eines der kleinen Fenster anzulehnen, während aus dem anderen, dem geborstenen, die Flammen schlugen, gelb und blau. Das Gas! Das hatte vorhin in der Kulisse gefehlt: die Gasflasche!

Er setzte den Fuß auf die erste Sprosse und begann, die Leiter zu erklimmen. Dabei glaubte er, die Hitze durch die Steine hindurch zu spüren. Ein Schrei hinter ihm, fast hätte er den Halt verloren. Er drehte sich um. Blanche stand auf der Türschwelle der Villa, die Augen weit aufgerissen, eine Hand an der Kehle. Blanche war nicht in der Kapelle! Blanche würde nicht sterben, sagte er sich und kletterte weiter, mit dem Gefühl, dass die Freude, die er empfand, etwas Obszönes hatte.

Wie von einer Woge getragen, erreichte er das Fenster, setzte sich auf den Vorsprung, zog seine nach Schweiß stinkende Jacke aus, wickelte sie sich um den Arm und zerschlug eine prächtige Kreuzweg-Szene. Der Rauch, der herausdrang, ließ ihn husten. Er warf die Jacke nach unten und wickelte sich ein Taschentuch als Atemschutz vor Nase und Mund. Dann beugte er sich vor.

Die Hölle, ihre Flammen und ihre Verdammten. Eine Feuerwand, gespeist vom Holz des Chorgestühls und der Bänke, blockierte den Weg zur Eisentür, die außerdem verriegelt war. Die Flammen hatten die Standarten an den Wänden verschlungen, was erklärte, warum sie aus dem zerborstenen Fenster schlugen. An den gläsernen Sarg unter der Christusfigur gedrängt, verfolgten Dubois und Andrieu, die Gesichter starr vor Entsetzen, das Fortschreiten des Feuers. Die Hitze war bereits unerträglich, Rauch füllte den Kirchenraum und verursachte ihnen Hustenkrämpfe. Chib sah, dass Andrieu die kleine Eunice auf dem Arm trug, während Dubois Annabelle an der Hand hielt. Belle-Mamie war auf die Knie gesunken. Er fragte sich, warum sie nicht bis zu den Fenstern hinaufgeklettert waren, um zu fliehen, dann aber sah er, dass das Chorgestühl an den Wänden auch schon in Flammen stand und den Zugang versperrte. Chib dachte flüchtig, dass man es mit Benzin übergossen haben musste, sonst würde es nicht so schnell und so heftig brennen. Der Kanister?!

Jetzt hatte er Gaëlle entdeckt, die zur Nische hinaufgeklettert war, sicher um die Rosette aufzuschlagen, doch die Öffnung war mit einem Gitter versehen. Er schrie, so laut er konnte, ihren Namen. Sie drehte ihm ihr verstörtes hochrotes Gesicht zu.

»Ich komme!«, brüllte er noch.

Er beugte sich nach draußen. Blanche stand unten, so totenbleich, dass er sich fragte, ob überhaupt noch ein Tropfen Blut in ihren Adern floss.

»Helfen Sie mir, die Leiter anzuheben, ich muss sie ins Innere ziehen«, rief er ohne weitere Erklärung und ohne auf Charles anzuspielen, der keine zehn Meter entfernt am Ast eines Baumes hing.

Blanche stellte keine Fragen, sagte kein Wort. Sie griff nach den glatten Holmen der Leiter, hob sie mit aller Kraft hoch, während Chib sie zu sich herzog. Die oberste Sprosse war jetzt auf seiner Höhe, er griff nach der zweiten und schob die Leiter ins Innere, dann bekam er die dritte zu fassen und so weiter, bis sie zur Hälfte auf dem Fenstersims lag. Der Schweiß rann ihm über die Stirn, als käme er gerade aus der Dusche, und versperrte ihm nicht minder die Sicht als der Rauch.

Das Feuer breitete sich immer weiter aus, die Kinder schrien nicht mehr, sie fixierten die Flammen mit starren Augen. Würden sie mit der Leiter über das brennende Chorgestühl bis zu ihm klettern können? Oder musste er sie wie eine Hängebrücke zu Gaëlle hinschieben? Ja, das wäre wohl die beste Lösung. Gaëlle hatte bereits verstanden und machte ihm ein Zeichen. Er stützte sich an der Mauer ab und schob die Leiter waagerecht zu ihr hin. Sie durfte sich nicht neigen, sonst würde sie fallen, und er hätte nicht die Kraft, sie zu halten. Sie musste also im Gleichgewicht bleiben, sagte er sich, die Bauchmuskeln zum Zerreißen angespannt. Er streckte die Beine vor, um die Leiter stützen zu können. Aber die Kapelle war nicht sehr breit, und er sah, wie jetzt auch Gaëlle die Beine vorstreckte, die erste Sprosse mit den Füßen zu fassen bekam, sie zu sich herzog, bis das Metall an die Wand stieß, nach den Holmen griff, fast das

Gleichgewicht verlor und sie auf den Vorsprung legte. Er tat das Gleiche.

Auf Gaëlles Seite reichten die Holme bis ans Ende der Nische. Auf seiner Seite ragten sie ein Stück aus der Fensteröffnung. Unten verfolgten die Schiffbrüchigen des Flammenmeers ihr Manöver mit angstverzerrten Gesichtern. Plötzlich kletterte Andrieu auf den Altar und begann, Eunice auf einem Arm, sich an der Christusfigur hochzuziehen, um zu Gaëlle zu gelangen. Sobald er konnte, streckte er Gaëlle das Kind entgegen und kletterte wieder hinunter. Damit die Leiter nicht abrutschte, setzte sich Chib auf eine Sprosse, schob die Füße unter die nächste, breitete die Arme nach hinten aus, stemmte sie, zu beiden Seiten des Fensters, gegen die Außenmauer. Gaëlle sprach mit Eunice, deutete auf Chib. Die Kleine schüttelte den Kopf. Plötzlich aber begann sie, auf allen vieren über die Leiter zu krabbeln. Chib widerstand der Versuchung, die Augen zu schließen. Sie würde fallen. In den Glutofen fallen. Sie kam langsam näher, Sprosse für Sprosse, das Gesicht tränenüberströmt, die Augen auf Chib gerichtet, der sie mit sanfter Stimme ermutigte.

Unter ihm das feurige Flüstern der Flammen, ihr gieriges Knistern, die obszönen Verrenkungen ihrer Zungen. Er sah, wie sie sich an Elilous Sarg drängten, lange an ihm leckten, versuchten, ihre glühenden Finger hineinzustecken, und plötzlich explodierte der Sarg, so dass die Splitter in alle Richtungen flogen, und die Flammen machten sich über den leblosen Körper her, bedeckten ihn mit brennenden Küssen. Er sah, wie das tote Fleisch Blasen warf, das Haar Feuer fing. Kleid und Samtkissen – Elilou war nur noch eine Fackel, die einen grässlichen Gestank nach Formalin verbreitete. Ihre weit geöffneten Augen starrten weiter ins Leere. Wie in einer dramatischen Szene mit Theaterdonner und Rauchentwicklung sah er Belle-Mamie mit den Armen rudern, eine Hand an den Hals heben, an dem ein Glassplitter glitzerte, und dicht neben einem halb verkohlten Betstuhl zu Boden stürzen; er sah das Blut über den Boden fließen, die Flammen an dem Blut züngeln – unpassendes Bild von einer flambierten Crêpe –, dann hüllte sich auch Belle-Mamie in ein glühendes Leichentuch.

Eunice! Sie war fast bei ihm angelangt. Er wagte nicht, ihr die Arme entgegenzustrecken, aus Angst, die Leiter könnte abrutschen, er musste warten, bis sie das äußere Ende erreicht hatte. Geschafft, sie legte die Hände auf den Stein, das Kinn mit Rotz bedeckt, »kriech hinter mich, so ist es gut, setz dich, schau, da unten ist deine Mutter, gleich klettern wir zu ihr hinunter«.

Andrieu hatte mit Annabelle Zeit verloren, denn sie wehrte sich, wahnsinnig vor Angst, und Chib sah, wie der Vater die erhobene Faust auf den Kopf des Mädchens sausen ließ, um sie zu betäuben. Dann warf er sie über die Schulter und begann erneut, nach oben zu klettern. Dubois, der unbewegt hinter dem Altar stand, schien zu beten, die Augen geschlossen, immer wieder von heftigen Hustenanfällen geschüttelt. Andrieu war fast oben angelangt, als auch der Christus Feuer fing. Und jetzt war Chib ganz sicher, dass alles von Benzin durchtränkt war. Ein geplanter Kollektivmord. Höhepunkt dieses Pandämoniums. Das spektakuläre Finale des von einem schizoiden Geist ersonnenen Dramas.

Die Flammen hatten zunächst die Füße des Gekreuzigten angegriffen, waren dann auf seine Knie übergesprungen, hatten schließlich seinen Lendenschurz erfasst und züngelten jetzt an seiner blutenden Seite.

Andrieu warf einen einzigen Blick unter sich, spürte die Hitze des Feuers an seinen Sohlen und stieß das Kind mit einer letzten Anstrengung hin zu Gaëlle, die es gerade noch zu fassen bekam. Dann versuchte er, zur Seite auszuweichen, doch sein Hosenbein hatte Feuer gefangen, er drängte sich an die Wand, um die Flammen zu ersticken, erfolglos. Er versuchte, mit einer Hand das brennende Kleidungsstück abzustreifen, verlor den Halt und fiel. Einen Atemzug später war er nur noch ein Korken in einem tobenden Meer aus zinnoberfarbenen Wellen.

Dubois öffnete die Augen. Er wandte sein gerötetes Gesicht zu Chib, schrie etwas wie »Ich hab's doch gesagt!«. Es war so viel Rauch um ihn herum, dass er kaum noch Luft bekam. Er wird ersticken, dachte Chib. Ihm gegenüber, auf seiner Höhe, hustete sich Gaëlle halb die Lungen aus dem Leib, und die Flammen, die den Christus verschlangen, schlugen fast bis zu ihr hinauf. Sie brüllte ihm zu, Annabelle zu holen.

Wie viel Zeit, um sich zu entscheiden? Eine Zehntelsekunde? Bis er mit Annabelle zurückkäme, hätten die Flammen Gaëlle erreicht. Er würde sie sterben sehen, zusammengekauert in ihrer Nische. Er schüttelte den Kopf. »Nein, komm du!«, brüllte er zurück, »Komm!« Sie starrten sich durch den Vorhang aus Rauch, den Gestank nach Formalin und verbranntem Fleisch an und wussten beide genau, was auf dem Spiel stand. Das Kind retten oder Gaëlle retten. Eine unmögliche Wahl. »Komm mit ihr!«, brüllte er weiter. »Schnell!« Und er zog es plötzlich vor, sie beide sterben und hinabstürzen zu sehen, als eine Entscheidung zu Gunsten der einen oder der anderen treffen zu müssen. Dazu war er nicht in der Lage.

Gaëlle biss die Zähne zusammen, fasste Annabelle fest um den Leib und wagte sich auf die Leiter. Chib atmete eine Rauchschwade ein. Die Leiter schwankte leicht. Gaëlle kroch vorwärts, Annabelle mit dem linken Arm an die Seite gepresst, die Beine des Mädchens baumelten im Leeren, sie war schwer, das wusste Chib, da er sie aus dem Brunnen gehievt hatte, Chib der ständige Retter der Familie Andrieu, Chib auf allen vieren über einem Brunnen aus Flammen, die ihm gierig zulächelten.

Gaëlle näherte sich noch um zwei Sprossen, sie hatte die Hälfte der Strecke zurückgelegt. Er sah ihr schweißüberströmtes Gesicht, er spürte die Anspannung ihrer Muskeln, halt durch, du bist eine Kämpfernatur, halt durch, weiter, weiter, verdammt! Sie kam Zentimeter für Zentimeter voran, er konnte sie immer besser sehen, die Schultern, den linken Arm, der zitterte, der das zu schwere Kind fallen lassen würde, den rechten, von Blasen übersät, der jede Sprosse umklammerte wie einen Arm, der über den Abgrund ausgestreckt war.

Er kam ihr entgegen. Das Gefühl, dass die Leiter ins Rutschen kam. Er hielt inne. Gedankenfetzen, Bilderfetzen:

Blanche draußen, banges Warten, Block aus Angst, Gaëlle über dem Grill, Annabelle, die ihr entglitt, auf den Körper ihres Vaters fiel, Blanche, die Hände gefaltet, die Augen geschlossen. Er murmelte zu sich selbst: »Wenn du Gaëlle und Annabelle rettest, schlafe ich nie wieder mit Blanche.« Lächerliches Opfer. Und eine Lüge noch dazu. Du bist nicht mal zu diesem Gelöbnis fähig, Chib Moreno, du bist nichts als ein Feigling, deiner selbst entleert, zerfressen von krankhaftem Verlangen nach einer kranken Frau.

Wo war Louis-Marie?

Die Frage knallte plötzlich in seinem Kopf wie ein überspanntes Gummiband. Charles war tot, aber wo war sein Bruder? Warum war er als Einziger nicht in dem großen Holocaust? Warum war das Feuer ausgebrochen, als nur Louis-Marie und seine Mutter außerhalb der Kapelle waren? Wer konnte Blanche so lieben, dass er all die hasste, die in den Genuss ihrer Liebe kamen? So sehr, dass er über dem Foto masturbierte, so sehr, dass er in einem Anfall wahnsinniger Eifersucht seine eigene Schwester umbrachte? Wer hatte den kleinen Léon in den Swimmingpool gestoßen? Mein Gott, Chib, wie dumm du gewesen bist! Und wenn er bedachte, dass er ihn vorhin noch mit dem Helm von Enguerrand verhöhnt hatte. Aber war es möglich? Ein so junger Knabe ...

Keine Zeit, sich Fragen zu stellen. Mit unendlicher Kraftanstrengung streckte Gaëlle den linken Arm vor, um ihm das Mädchen zu reichen. Erst eine Hand voll Haar, dann ein Blusenkragen, dann die Schultern. Er zog sie zu sich her mit dem Gefühl, dieselben Bewegungen endlos zu wiederholen, er sollte einen Beruf daraus machen, Chib Moreno, Schlittenhund, zurückweichen, die bewusstlose Annabelle im Arm, nicht zu schnell, wenn die Leiter abrutschte, würde es heiß, sehr heiß, den harten Sims spüren, den wunderbar harten Sims, den schmalen Rücken von Eunice, Annabelle auf der Seite absetzen, sich zu Gaëlle vorbeugen, die Leiter rutschte.

Er spürte, wie sie glitt, blockierte sie mit den Beinen, klammerte sich an der Fensteröffnung fest, gevierteilt, das Weinen von Eunice in den Ohren, die bewusstlose Annabelle bäuchlings auf dem Sims, die Leiter wollte weiter rutschen, wollte Gaëlle in den Glutofen werfen, dann eine Hand an seinem Fuß, dann an seinem Knie, ein Gesicht an seinem Schenkel, Geruch von versengtem Haar, ein Körper auf dem seinen, der nach verbrannter Haut, nach Holz, nach Angst roch, zurückrobben, weg von der Leiter, Gaëlle auf die Seite schieben, sich hinauslehnen, es war so schön draußen.

Blanche hatte eine Stehleiter geholt und versuchte, an der Mauer hochzuklettern, fiel zurück, versuchte es immer wieder mit der Hartnäckigkeit einer Katze, die einen Schmetterling fangen will. Der Schmetterling auf dem Mund von Costa. Chib, fass dich, wisch das Blut an deinem Hals ab, du musst die Leiter herausziehen, sie auf der anderen Seite runterlassen, Blanche scheint zu verstehen, sie streckt die Arme hoch, greift nach einem Ende, merkt nicht, dass sie glühend heiß ist, hilft, sie nach unten gleiten zu lassen, dreht plötzlich den Kopf, springt von der Stehleiter und rennt davon. Träumst du, Chib? Hast du das Bewusstsein verloren? Warum rennt sie weg? Egal, er muss weitermachen, es ist wie im richtigen Leben, solange man nicht tot ist, geht es weiter. Jetzt steht die Leiter, die dir die Finger verbrennt, im Gras, im grünen, frischen, weichen Gras. Eunice beginnt hinunterzusteigen, sie hat nichts gefragt, sie hat sofort die Holme umfasst und steigt schniefend hinunter. Und dann Gaëlle mit den Bewegungen einer sehr alten Dame, sie verfehlt eine Sprosse, schlägt sich den Mund an, Blut quillt aus der aufgesprungenen Lippe, sie scheint es gar nicht zu merken, setzt ihren Weg nach unten fort. Nun du, Chib. Ein letzter Blick hinab in den Glutofen, in dem drei Körper verkohlen.

Und plötzlich öffnete sich die Tür, wodurch ein Luftzug entstand und die Flammen anheizte. Fassungslos sah Chib eine Gestalt in die Kapelle wanken. Louis-Marie! Wenn er gekommen war, um sie zu retten, dann war nicht er es gewesen, der …

Während er das dachte, hörte er sich schreien: »Raus! Schnell raus!«, sonderbar, wie die Worte ganz von selbst kamen. Er sah Louis-Marie den Kopf zu ihm heben, sah das Erstaunen in seinen Augen, sah das Blut, das ihm übers Gesicht lief, nein, warum *Blut*? Und er sah ihn zur Tür zurückweichen, langsam, wie trunken, das Gesicht noch immer ihm zugewandt, traurig und vorwurfsvoll, aber die Flammen hatten bereits beschlossen, ihn mit aller Macht zu lieben, sie umfingen ihn, liebkosten sein Haar, ließen ihn aufheulen, ein erstickter Schrei, den Chib nicht hörte, den er aber in seinen Augen lesen konnte.

Dann sah er nur noch dichten Rauch, einen Schleier, der sich über den Todeskampf des Jungen legte, Hampelmann aus Feuer, der einen höllischen Reigen in der zerstörten Kapelle tanzte.

Er nahm Annabelle auf den Arm und stieg die Leiter hinunter. Er verfehlte keine Sprosse, legte das Kind ins Gras, umarmte Gaëlle und wurde ohnmächtig.

KAPITEL 22

Er fror, aber die Hand auf seiner Stirn war warm. Er öffnete die Augen. Gaëlle beugte sich über ihn. Sie hatte geweint, und ihr Gesicht war mit Blasen übersät. Er streckte die Hand aus, strich ihr über die Wange, setzte sich langsam auf. Er lag im Gras, ein wenig abseits. Der rote Feuerwehrwagen glänzte im Dunkeln, die Kapelle rauchte und glühte rot, wie ein zorniges Ungeheuer aus dem Mittelalter.

»Blanche und ich haben dich hierher gezogen. Ich hätte nicht gedacht, dass du so schwer bist! Die Feuerwehr hat den Brand gelöscht, sie suchen in den Trümmern. Sie sind tot, Chib. Jean-Hugues, Belle-Mamie, Louis-Marie … und Dubois …«

Sie schluckte.

»Er war noch am Leben, er hatte sich das Blumenwasser über den Kopf gegossen und sich unter dem Altar verkrochen. Verbrennungen zu siebzig Prozent. Sie haben ihn in die Klinik gefahren. Aber es besteht kaum Hoffnung, es sei denn, es geschieht ein Wunder.«

Die Wunderpillen mit Knoblauch, wer weiß?

Er legte die Hand auf seine Wunde, betrachtete sie, Dunkelrot auf Braun. Er suchte die Trauerweide mit den Augen, sah die Feuerwehrmänner, ihre erschöpften Gesichter. Hörte das Zischen des Wassers auf der Glut.

»Charles …«

»Charles auch, ich weiß«, unterbrach ihn Gaëlle.

»Blanche?«

»Im Haus mit Eunice und Annabelle.«

»Die Polizei?«

»Blanche hat mich gebeten zu warten, bevor wir sie rufen. Sie hat Charles' Körper vom Baum genommen und ins Feuer gezogen! Verstehst du, warum?«

Er bemühte sich, aber er verstand nichts, er hatte Kopfweh und Durst, schrecklichen Durst.

»Niemand sollte erfahren, dass er sich erhängt hat! Niemand sollte erfahren, dass er ein Mörder ist!«

Chib setzte sich auf. Er sah Charles Körper, wie er sich sanft unter den Zweigen drehte. Er sah Louis-Marie, seine grauen erstaunten Augen, hin und her geworfen von den Flammen wie ein Korken aus Fleisch. Zu viele Bilder, schlecht eingestellt, nur Flimmern.

»Er hat alles mit Benzin übergossen, er hat die Gasflasche in die Luft gehen lassen, die Aïcha weggeräumt hätte, wenn man sie nicht mit einem Schlafmittel aus dem Verkehr gezogen hätte, und als er sicher war, dass alle sterben würden, außer seiner geliebten Mutter, hat er sich erhängt!«, fuhr Gaëlle fort, deren versengte Locken ihn an der Nase kitzelten.

Er murmelte:

»Die Polizei wird alles durchsuchen.«

»Ja, aber was sollen sie an den verkohlten Leichen finden? Selbst Elilou ist in Flammen aufgegangen, es gibt keine Indizien mehr, keinen Beweis, kein gar nichts.«

»Ich muss Blanche sehen.«

»Glaubst du, sie hat Lust, ein Schwätzchen zu halten?«

»Gaëlle, ich ...«

Sie richtete sich abrupt auf.

»Ich weiß, halt mich nicht für blöd. Ich weiß, dass du sie liebst. Warum, glaubst du, habe ich die Polizei nicht sofort gerufen? Weil du mir nie verziehen hättest, ihr nicht diese Zeit gelassen zu haben. Die Zeit, Frieden zu finden bei dem Wahnsinn dieser ganzen Familie ...«

»Ich muss sie sehen. Bevor die Polizei kommt.«

»Sie sind noch dabei, den Unglücksort zu untersuchen, wie es heißt. Beeil dich.«

Er stand auf. Das Blut in seinem Nacken war getrocknet, eine kalte Kruste, die die Haut spannte. Der angenehme und trügerische Geruch von Holzfeuer. Das Blaulicht des Feuerwehrwagens, das seine Blitze entsandte wie ein Leuchtturm vom Ende der Welt. Das Ende der Welt von vorher, sagte er sich und steuerte auf das Haus zu.

Alles war still. Hell erleuchtet, kalt und still. Wie in einem Totenzimmer. Ein leises Geräusch im ersten Stock. Er ging die Treppe hinauf, der Magen zusammengekrampft vor Anspannung, der Puls auf 180. Er hatte Angst, sie zu sehen, Angst vor ihrer Stimme, Angst vor der Wahrheit.

Sie war in ihrem Zimmer, saß auf dem Bett mit der blauen Decke, diesem ewig wolkenlosen Blau. Saß einfach nur da, sah aus dem Fenster auf die Kapelle, die aufhörte zu brennen.

»Ich habe die Kinder ins Bett gebracht«, sagte sie mit unbeteiligter Stimme.

»Geht es ihnen gut?«

»Sicherlich. Warum hast du nicht auf meinen Anruf geantwortet?«

Fassungslos wiederholte er: »Dein Anruf?«

»Vorhin. Vorher. Ich habe versucht, dich auf deinem Handy zu erreichen. Damit ihr zum Abendessen bleibt. Ich hatte Lust, dich zu sehen.«

Automatisch griff er an seinen Gürtel:

»Mist, die Batterie ist leer!«, rief er, während die Worte »Lust, dich zu sehen« im Hintergrund hallten, hinter den verkohlten Leichen.

»Wir führen immer lächerlich triviale Gespräche, nicht wahr?«, murmelte sie sanft.

Das Leben ist trivial, und wenn ich diesen Anruf bekommen hätte, wäre ich euch in die Kapelle gefolgt und wäre jetzt tot, dachte er relativ ruhig …

»Und dann bin ich hinausgegangen, um es noch einmal zu versuchen. Deshalb bin ich nicht mit ihnen verbrannt«, fuhr Blanche fort und strich über eine Falte der Tagesdecke. »Das unverschämte Glück der untreuen Frau, nehme ich an.«

»Blanche, es tut mir Leid ...«

»Was tut dir Leid? Du kannst nichts dafür, niemand kann etwas dafür. Außer mir natürlich. Weil ich es wusste.«

Er fühlte eine eisige Kälte in sich aufsteigen, die Kälte, von der Dubois gesprochen hatte, eine Kälte, die die Knochen zerschneidet.

»Was willst du damit sagen?«

»Das.«

Draußen zwei Männer im Blouson im Gespräch mit Gaëlle. So wenig Zeit.

Blanche zuckte die Schultern.

»Warum, glaubst du, trinke ich? Warum, glaubst du, bin ich so lebensunfähig? Ich weiß es, seit er noch ganz klein war. Es liegt an dem, was er ihm angetan hat ...«

Chib schüttelte den Kopf wie ein störrisches Tier, begierig zu begreifen:

»Was angetan? Wem?«

»Ich habe ihn überrascht, wie er ...«

»Wie er was?«

»Schläge, Zärtlichkeiten ... Wie eine Idiotin fragte ich mich, warum er so ängstlich war ... Das alte Schwein war schon ziemlich verkalkt, er hatte eine Abneigung gegen ihn ... Ich habe Gott gedankt, als er tot war.«

Chib verstand plötzlich.

»Enguerrand?«

»Enguerrand Andrieu, Ehrenlegion, der Kinderpeiniger. Wenn er nicht kurz danach gestorben wäre, hätte ich ihn bei der Polizei angezeigt. Ich hatte Jean-Hugues gesagt, ich wolle, dass wir fortgehen. Aber Jean-Hugues ...«

»Jean-Hugues?«, wiederholte Chib.

»Er war schwach. Und ich, ich war leer. Ich bin immer leer gewesen, weißt du.«

Er fühlte, wie seine Augen brannten. Weil sie ihn niemals lieben würde. Sie konnte nicht, das war alles.

»Wie auch immer«, fuhr sie fort, »er ist nie mehr wie vorher gewesen. Es war so, als wäre ein Raubtier im Haus, ein Raubtier, versteckt im Körper eines kleinen Jungen. Manchmal sah ich seinen Blick, wenn er sich unbeobachtet glaubte. Der leere, starre Blick eines Raubtiers. Dessen war ich mir sicher, als Léon …«

»Hast du nichts getan? Nichts gesagt?«

»Doch, ich habe versucht, mich zu überzeugen, dass ich mich täuschte. Dass nicht er es war, der die Katzen und Hunde der Nachbarschaft tötete. Dass hinter seinem freundlichen Lächeln nicht so viel Hass sein konnte. Dass er ein kleiner Junge war wie alle anderen, nur etwas sensibler, aber kein Monster, nicht dieses, dieses … Etwas ohne Seele.«

»Aber man hätte ihn zu einem Spezialisten bringen müssen!«

Was für eine idiotische Bemerkung.

»Wirklich? Dies ist mein Sohn, er wurde, sagen wir, von seinem Großvater misshandelt, und ich verdächtige ihn, seinen kleinen Bruder ermordet zu haben … Ja, die Familie Andrieu, ja.«

»Im Vergleich dazu konnte dir die Familie doch egal sein.«

»Belle-Mamie hatte gedroht, mir die Kinder wegzunehmen, wenn ich fortginge. Ich wäre schuldig geschieden worden. Ich hätte sie verloren.«

Belle-Mamie, deren gekrümmter Körper heute wegen ihrer verdammten Wohlanständigkeit verkohlt war. Er presste die steifen Finger an die Schläfen.

»Dann wussten also alle von der Sache mit Léon, mit Elilou …«

»Nein, alle hatten es vergessen. Alle hatten diese herrliche Gabe zu verschleiern, was sie nicht sehen wollten. Alle waren ganz ehrlich mit Blindheit geschlagen. Es gibt mögliche Dinge und unmögliche Dinge, Léonard. Und das gehörte zu den unmöglichen Dingen. Wie du und ich«, fügte sie mit einer Sanftheit hinzu, die ihm einen Dolchstoß ins Herz versetzte.

Chib schüttelte den Kopf, um sich von dem Kummer zu befreien, um sich an den Tatsachen festzuklammern.

»Aber warum seine Geschwister angreifen?«

»Er … er war irgendwie auf mich fixiert, er ertrug es nicht, dass er nicht der Einzige war, ich ... ich glaube, er war in mich verliebt«, fügte sie erschauernd hinzu. »Wie ein Tier.«

»Und du, hast du ihn trotzdem geliebt?«

»Ja. Er war mein Sohn. Ja, ich habe ihn geliebt. Und ich hatte Angst vor ihm. Er widerte mich an. Doch ich liebte ihn. Du verstehst mich nicht, oder?«

»Ich versuche es.«

»Das ist wahr«, sagte sie und sah ihn zum ersten Mal richtig an. »Du bist ein Mann, der es versucht. Dafür danke ich dir.«

Er schluckte. Nicht von ihm und ihr sprechen, oder er würde anfangen zu flennen.

»Wusste Jean-Hugues, dass Charles ...«

»Was, Charles?«

Er runzelte die Stirn.

»Nun, dass Charles ein Psychopath war.«

Sie lächelte, ein Lächeln so traurig wie eine Rasierklinge, die in ein zartes Handgelenk schneidet.

»Charles« – sie stolperte über den Namen, kam wieder zu Atem – »Charles hat nichts damit zu tun, der Arme, ich spreche von Louis-Marie.«

Er zuckte zusammen wie jemand, der von einem unerwartet lauten Geräusch überrascht wurde. Und plötzlich sah er Louis-Marie wieder über das Geländer gebeugt mit seinem spöttischen Lächeln. »Ich bin im Einsatz hinter den feindlichen Linien.« Louis-Marie, der in der Uniform seines folternden Großvaters spielte. Louis-Marie, der sein Gewehr nahm, um den Liebhaber seiner Mutter zu töten. Ja, natürlich, nicht Charles hatte Elilou vergewaltigt oder Eunice zu perversen Handlungen zu zwingen versucht, Charles fühlte sich nicht zum weiblichen Geschlecht hingezogen. Es war Louis-Marie, der seine Schwestern terrorisierte, der Annabelle in den Brunnen gestoßen hatte, verkleidet als eines der Monster aus Horrorfilmen, die er immer wieder in seinem Kopf abspulen ließ. Hirnrissig. Das Wort hatte nicht mehr seine vulgäre Konnotation, sondern vermittelte das Bild von Riss, von Spalt, zunächst noch ganz schmal, der sich aber vergrößern und den Bruch nach sich ziehen wird, den nie wieder zu behebenden Bruch zwischen dem Kontinent der anderen und dem Leid des Ich, wenn die Tat, die schrecklichste Tat, der einzige Weg hin zum anderen wird ... Doch da stimmte was nicht, sagte er sich sogleich und schüttelte den Kopf, wie um seine Gedanken zu ordnen.

»Aber warte mal ... ich habe ihn gesehen ... er hat die Kapelle betreten, um zu versuchen ...«

»Léonard, du bist ein guter Mensch. Louis-Marie ist nicht in die Kapelle getreten, um zu versuchen ... wie du sagst.«

Blendender, greller Blitz. Gaëlle: Blanche hat Charles' Leiche ins Innere der Kapelle gezogen. Also hat sie die Tür öffnen können. Er taumelte unmerklich, aber er taumelte, während Blanche mit monotoner Stimme fortfuhr:

»Er hat die Kapelle betreten, weil ich ihn vorher mit der Eisengieskanne niedergeschlagen und dann ins Innere gestoßen habe.«

Das Blut auf dem verstörten Gesicht von Louis-Marie.

»Das musste aufhören, verstehst du? Ich habe ihn niedergeschlagen, den Schlüssel aus seiner Tasche gezogen, habe die Tür halb geöffnet und ihn ins Innere gestoßen, damit er stirbt«, schloss sie ganz sachlich.

Chib versuchte zu atmen. Die Luft war unter seinem Adamsapfel eingeklemmt. Schließlich gelang es ihm, einen tiefen Atemzug zu nehmen.

Blanche öffnete die linke Hand. Ein paar zerknüllte Zettel. Sie reichte sie ihm.

»Das war in seiner Tasche, neben dem Schlüssel.«

Voll gekritzelte Zettel.

»Eunice und Annabelle sind jetzt in Sicherheit«, fuhr sie fort und wandte sich erneut dem Fenster und der Nacht voller Asche zu.

Die beiden Männer im Blouson entfernten sich von Gaëlle und traten ins Haus. Stimmen.

»Aber was wirst du ihnen sagen?«, fragte er völlig aufgelöst.

»Nichts. Du wirst es ihnen sagen.«

»Wie bitte?«

»Du wirst es ihnen sagen, Léonard. Denn ich … ich gehe.«

»Aber …«

Und jetzt sah er, was sie unter dem blauen Laken versteckte.

Die Mauser.

Er machte einen Schritt auf sie zu, aber sie hatte den Gewehrlauf schon im Mund. Er erstarrte. Sie nicht anschreien, sich nicht bewegen.

Er sah ihre grauen Augen, Nebelbank ohne jede Hoffnung auf Sonne, er sah den Finger am Abzug, ein weiblicher Finger, zart und weiß, der Nagel gepflegt, unpassend auf einem Kriegsgewehr. Er dachte kurz, dass er sie nicht in die Arme genommen, sie nicht berührt hatte, dass sie gehen würde, ohne dass er sie noch einmal berührt hätte …

Nicht bewegen, ihr sagen, sie solle die Waffe niederlegen, ganz sanft, dass alles wieder gut würde, nein, das nicht, das wäre dumm, ihr sagen, zu leben, für ihre Töchter, ihr sagen …

Schritte auf der Treppe. Schwer. Schnell.

Blanche lächelte ihm zu und drückte ab.

Es war das erste Mal, dass Chib starb.